Martha Fischer

Amandas tödliche Kreuzfahrt

Kriminalroman

michael.stolle.lit@gmail.com

Buchsatz: Erik Kinting / www.buchlektorat.net

published bei Kindle Direct Publishing

Prolog

Ich schaue in den Spiegel und entdecke mein vertrautes Gesicht.

Es gibt Leute, die mir sagen, dass ich attraktiv aussehe – ich weiß nicht, ob ich das glauben soll. Wahrscheinlich bin ich voreingenommen. Ich finde mich eher durchschnittlich.

Ich habe glattes braunes Haar, aber wenn die Sonne damit spielt, färbt sich mein Haar rötlich (ich nenne es lieber kastanienbraun), eine Erinnerung an meine irischen Vorfahren. Meine Nase ist ein bisschen zu kurz. Meine Augen sind vermutlich mein größter Trumpf. Sie sind ausdrucksvoll und smaragdgrün, obwohl Großmutter immer darauf bestand, dass sie blau seien:

»Nur Katzen und Hexen haben grüne Augen, mein Schatz, deine sind blau!«

Ich liebe die Farbe meiner Augen, sie machen mich zu etwas Besonderem. Um ehrlich zu sein, hätte ich nichts dagegen, eine Hexe zu sein, zumindest von Zeit zu Zeit. Immer das brave Mädchen und die beste Freundin von allen zu sein, ist so furchtbar langweilig. Das Schlimmste an der ganzen Sache ist, dass genau das mein Schicksal zu sein schien. Alles an meinem Leben war geordnet und langweilig – zumindest bis vor Kurzem.

Ich schaue noch einmal auf mein Spiegelbild. Seltsam, dass ich so normal und gelassen wirke; irgendwie hatte ich erwartet, dass mein Gesicht anders aussehen sollte, nach allem, was gerade geschehen ist …

Denn ich bin mir sicher, dass ich heute einen Mord gesehen habe … und ich bin die einzige Zeugin. Das alles scheint so unwirklich. Ich befinde mich auf einem luxuriösen Schiff. Um mich herum teure Edelhölzer, dazu der sanfte Glanz von perfekt poliertem Messing, blitzende Spiegel und funkelnde Lampen aus Kristall. Auf meinem Bett liegen dezent gestreifte Satinkissen. Es ist wie in einer Hollywood-Filmkulisse: Luxus und Dekadenz im Überfluss.

***

Oh, ich muss mich entschuldigen, ich habe vergessen, mich vorzustellen:

Ich heiße Amanda und verbringe meine Zeit damit, Kinder als Lehrerin zu quälen – das stimmt nicht ganz, meistens quälen sie mich. Ich bin dreißig Jahre alt (vielleicht ein paar Jährchen mehr …), ohne nennenswertes Vermögen und mit eher bescheidenem Einkommen.

Aber – ich kann es noch immer nicht ganz glauben – ich fahre auf der Belgravia, dem luxuriösesten Kreuzfahrtschiff, das man sich nur vorstellen kann. Ich möchte gerne erzählen, wie alles begann und wie ich es geschafft habe, eine Reise zu unternehmen, die ebenso luxuriös wie … mörderisch geworden ist.

Es besteht für mich kein Zweifel mehr, dass sich unter meinen Mitreisenden ein Mörder befindet.

Und dass ich vielleicht das nächste Opfer sein könnte.

Eine reizende Kollegin

»Amanda, Darling!«, rief meine Freundin Claudia laut über den Schulhof.

Claudia und ich geben vor, beste Freundinnen zu sein. Wir umarmen uns auf das Herzlichste, dann folgt Bussi-Bussi – wann immer wir uns treffen.

In Wahrheit verabscheue ich Claudia – und ich bin mir sicher, dass sie dieses tief empfundene Gefühl teilt. Ich muss gestehen, dass ich schon am ersten Tag, an dem ich Claudia getroffen habe, eine Abneigung gegen sie gefasst habe. Ich erinnere mich noch lebhaft an den Tag unserer ersten Begegnung. Claudia trat ins Lehrerzimmer, so selbstsicher, als gehöre ihr die Welt. Sie lächelte uns strahlend an, aber ich wusste sofort, dass das nicht echt war.

Claudia ist nicht zu übersehen. Sie färbt ihre Haare in schreienden Rottönen. Als wäre das nicht schon schwer genug zu ertragen, trägt sie dazu Oberteile in grellen Lila- oder Orangetönen. Dazu – wie könnte es anders sein – schlurft sie in Birkenstock-Sandalen.

Wenn sie sich aufregt – und das tut sie oft und gerne – trompetet sie wie ein Elefant. Claudia ist eine glühende Kämpferin, immer bereit, den Planeten zu retten und dafür zu sorgen, dass wir gemeines Volk nicht vom Pfad der ökologischen Rechtschaffenheit abkommen.

Ich will auch gerne unseren Planeten retten, aber nicht um jeden Preis. Unsere geheiligte Kaffeepause im Lehrerzimmer wurde abgeschafft und durch »Zen«- inspirierte Sitzungen mit grünem Tee ersetzt. Überflüssig zu erwähnen, dass der Tee natürlich handgepflückt aus ökologischem Anbau stammen muss. Danach wurden meine geliebten Schokoladenkekse durch die gesündere, aber recht harte Variante von zuckerfreien Vollkornkeksen ersetzt. Es gab allerdings einige Kollegen, die danach den Zahnarzt aufsuchen mussten.

Obwohl ich mit Nachnamen Lipton heiße (Dank meines englischen Vaters), habe ich keinerlei Affinität für Tee geerbt. Ich mag ihn einfach nicht und – ich gebe es zu – bin süchtig nach Kaffee. Es ist mir egal, was die Ärzte und die diversen bunten Blätter sagen, Kaffee ist mein Laster. Außerdem liebe ich meine Schokoladenkekse. Das tun die meisten meiner Kollegen auch, und deshalb muss ich meine inzwischen verstecken. Die Vollkornkekse hingegen verstaubten neben dem Teekocher – bis sie scheinbar einen Liebhaber gefunden hatten.

***

Ich weiß immer noch nicht, wie sie es geschafft hat, aber schon bald hatte Claudia die Leitung der Schule übernommen. Natürlich haben wir einen Direktor, aber selbst dieser schien nie verstanden zu haben, welche Art von politischen Winkelzügen ihn an die Spitze einer der größten und chaotischsten Schulen in Hamburg, meiner Heimatstadt, katapultiert hatte.

Ich vermute, er hatte einfach nur Glück, denn er ist einer der zahllosen und unrühmlichen Kompromisskandidaten, der durch das Schicksal nach oben gespült worden ist. Unser Direktor, Malte, ist von Natur aus ein eher schüchterner Mensch und Wachs in Claudias starken Händen. Er verbringt seine Zeit am liebsten abgeschottet in seinem Büro, wo er auch – rein zufällig – seine Briefmarkensammlung aufbewahrt.

Schule und natürlich für unsere lieben Kinder einsetzen. Wenn du es schaffst, ein bisschen Geld zu gewinnen, sollte es natürlich an die Schule gehen. Du weißt, wie knapp hier alles ist, wir könnten zusätzliche Mittel gebrauchen, die Heizung ist eine Schande, überhaupt nicht umweltfreundlich, und wir brauchen dringend Sonnenkollektoren. Ich zähle auf deine Großzügigkeit.«

Ich schluckte schwer. Ich bin Lehrerin. Ich bin es gewohnt, vor Publikum zu stehen – aber vor einer Fernsehkamera mit Millionen von Menschen, die mich beobachten? Ich fing an zu schwitzen.

»Jetzt bist du sicher sprachlos!« Claudia konnte ihre Genugtuung nicht verbergen.

»Das bin ich in der Tat«, krächzte ich, dann schöpfte ich wieder Hoffnung. »Aber die Chance, dass sie mich auswählen, ist gleich null, ich bin zu langweilig, zu gewöhnlich, sieh mich doch an!«

Claudia wies meine Bedenken mit einer Geste zurück, als wolle sie eine lästige Fliege verscheuchen. »Sei kein Gänschen, meine Liebe. Natürlich bist du schüchtern und spießig, aber solche Leute nehmen sie auch gerne ab und zu in die Show auf, das lässt die anderen Kandidaten viel bunter und interessanter aussehen. Aber bitte verstecke deinen englischen Akzent, wenn es um Fragen zu fremden Ländern geht, kein Mensch sagt Wuster-Soße, wenn es doch richtig Worchestersauce heißt.«

Sie spitzte ihren Mund bei »Wuster-Soße«, als sei es etwas Unanständiges.

»Das Englisch habe ich von meinem Vater, und ich bin stolz darauf und Worchestersauce wird nun einmal so ausgesprochen«, protestierte ich.

»Genau das sage ich doch«, beharrte Claudia. »Es klingt zu fremd. In Deutschland musst du Englisch mit einem deutschen Akzent sprechen, damit dich jeder versteht! Sei kein Snob! Aber zurück zur Sache: Der Typ, der die Kandidaten auswählt, ist Mitglied der Waldkrieger-Bewegung, ich kenne ihn schon lange. Er wird dafür sorgen, dass du in die Endauswahl kommst. Wir treffen uns immer sonntags, um Bäume zu umarmen.«

Sie lächelte mich breit an und wie immer war ich mir nicht sicher, ob dieses Lächeln einfach eine Gewohnheit geworden war, sozusagen ein fester Bestandteil ihrer Schulausrüstung, oder ob sie sich vielleicht einfach über mich lustig machte. Um ehrlich zu sein, war ich mir fast sicher, dass sie sich über mich lustig machte.

»Claudia, das ist sehr nett, aber ich könnte es einfach nicht.« Meine Stimme versagte fast.

Claudia warf mir einen giftigen Blick zu und ihre Stimme nahm plötzlich einen stählernen Ton an: »Es ist deine Entscheidung, Darling, natürlich. Nicht in meinen kühnsten Träumen würde ich dich zu etwas zwingen, was du nicht möchtest. Wir sind hier eine große, glückliche Familie. Ich könnte mir vorstellen, stattdessen Dr. Wagner um Hilfe zu bitten. Aber ich bin mir ziemlich sicher, dass er viel freie Zeit brauchen wird, um sich vorzubereiten, du kennst ihn ja – er ist leider bei Weitem nicht so brillant wie du!«

In diesem Moment wusste ich, dass Claudia gewonnen hatte, ich war geschlagen. Dr. Wagner war ein Lamm, immer bereit, zur Schlachtbank geführt zu werden. Ich hatte ihm dieses Schuljahr meine schlimmsten Klassen aufs Auge drücken können. Diese Kurse würden an mich zurückfallen, sobald Claudia ihn freistellen würde. Im Lehrerzimmer liefen bereits Wetten, dass Dr. Wagner nur noch wenige Monate davon entfernt war, komplett durchzudrehen – nächster Halt die psychiatrische Anstalt. Er war diesen Hyänen und Haifischen, die sich als heranwachsende Schüler ausgaben, einfach nicht gewachsen.

Ich atmete also tief durch und antwortete: »In Ordnung, ich nehme die Herausforderung an! Schließlich geht es um das Wohlergehen unserer Schule …«

»Darling, ich bin so stolz auf dich! Ich wusste, dass ich mich auf dich verlassen kann! Deine Sendung wird in sechs Wochen laufen, es ist schon alles geklärt! Mein Freund versteht, dass wir so schnell wie möglich eine positive Nachricht für unsere Schule brauchen.«

»In sechs Wochen! Claudia, du machst wohl Witze. Ich werde keine Zeit haben, irgendetwas vorzubereiten, ich habe keine Ahnung, was ich tun soll!«, schrie ich gequält auf.

Aber Claudias Lächeln blieb wie festgemeißelt: »Ich habe natürlich schon darüber nachgedacht und bin auf eine geniale Idee gekommen, wie du dich auf deinen Auftritt vorbereiten kannst.«

Mit einer dramatischen Geste überreichte sie mir einen schweren Leinensack (in Claudias Nähe waren keine Plastiktüten erlaubt). Wie in Trance blickte ich in den Beutel und entdeckte einen schweren Karton. »Trivial Pursuit?«, keuchte ich.

»Das ist die ideale Vorbereitung, so hat es mir mein Freund gesteckt, es gibt nichts Besseres!« Claudia strahlte mich an. »Ich habe es gleich auf Englisch gekauft, damit du es später im Unterricht verwenden kannst. War das nicht schlau?«

»Keiner in meiner Klasse würde überhaupt eine dieser Fragen verstehen – geschweige denn, dass sie auf Englisch antworten könnten«, erwiderte ich gereizt und bereute diesen unbedachten Versprecher sofort.

»Sei nicht so negativ, Darling, unsere Schüler verdienen unser allerbestes Bemühen. Ich kann nicht dulden, dass sie so pauschal verurteilt werden, das sind reine Vorurteile der Bourgeoisie gegenüber den Unterprivilegierten.« Claudia runzelte die Stirn und sah mich kämpferisch an.

Ich stelle mir vor, dass Jeanne d'Arc ähnlich ausgesehen haben muss, als sie ihre Truppen zusammenrief, um die englischen Eindringlinge zurück in den Kanal zu treiben.

»Das war nur ein Scherz«, antwortete ich schwach. »Es wird sicher großen Spaß machen, es im Unterricht zu testen.«

»Das ist die richtige Einstellung.« Claudia lächelte wieder breit. »Ist es nicht toll, Darling, dass wir uns immer einig sind? Du schuldest mir übrigens fünfzig Euro für das Spiel – aber du kannst es mir später zurückzahlen. Ich bin bereit, einer zukünftigen Millionärin Kredit zu geben.« Sie gab ein heiseres Kichern von sich und ergriff kameradschaftlich meinen Arm. »Lass uns jetzt eine schöne Tasse Tee zusammen trinken. Ich habe eine Überraschung. Ich habe frische Kekse mitgebracht! Warum lachst du?« Sie schaute mich misstrauisch an.

Ich beherrschte schnell meinen Gesichtsausdruck. Ich hatte mich gerade daran erinnert, wie ich versucht hatte, die verstaubten Kekse an den Hund meines Nachbarn, einen Beagle, zu verfüttern. Dieser Hund ist erstaunlich, er verschlingt wirklich jede Art von Futter. Nur als ich ihm Claudias Kekse gab, warf er mir einen langen, vorwurfsvollen Blick zu und rollte sich empört zusammen.

Ach ich wär … so gern ein Millionär …

Die nächsten Wochen vergingen wie im Traum – oder sollte ich es eher als eine Art Albtraum bezeichnen? Ich wusste nicht, womit ich mich vorbereiten sollte oder was ich tun konnte, um nicht als komplette Idiotin vor der Kamera zu stehen und mich bis auf die Knochen zu blamieren.

So beschloss ich schließlich, Claudias Spiel *Trivial Pursuit* mit meiner besten Freundin Susan – gebürtige Engländerin – auszuprobieren und stellte schnell fest, dass es überraschend viel Spaß machte. Sobald wir angefangen hatten, spielten wir stundenlang!

Ich machte mich auch im Internet über die berühmte Fernsehshow schlau und dabei sank mein Mut immer mehr. Manche Einstiegsfragen waren so einfach, dass sie fast schon ein Witz waren, aber viele, viel zu viele, schienen einfach aussichtslos für mich zu sein. Vor allem bei Sport oder Geografie war ich fast ahnungslos. Woher zum Teufel sollte ich den höchsten Berg der Rocky Mountains kennen? Ich kam zu dem Schluss, dass Claudia mich in eine Mission Impossible geschickt hatte.

»Ich werde es nicht einmal bis zur zweiten Runde schaffen, es ist hoffnungslos und so peinlich! Wann war Uruguay Fußballweltmeister – waren sie es überhaupt jemals? «, beschwerte ich mich und griff tief in die Pralinenschachtel, die seit Tagen mein ständiger Begleiter und einziger Trost war – neben der dampfenden Tasse Kaffee, versteht sich.

»Isst du in letzter Zeit nicht ein bisschen zu viel Schokolade?« Meine Freundin Susan sah mich stirnrunzelnd an.

»Man kann in allen Zeitungen lesen, dass Schokolade gesund ist und die neurologischen Prozesse des Gehirns fördert«, verteidigte ich mich. »Es ist genau das Richtige, gefährliche Radikale und Stresshormone mit den natürlichen Stoffen von Schokolade zu bekämpfen.«

»Nicht, wenn du vorhast, das blaue Kleid mit den Pailletten zu tragen, das du mir letzte Woche gezeigt hast; es saß schon etwas eng …«

Susan warf mir einen langen und sehr nachdenklichen Blick zu. Es bedurfte keiner weiteren Worte mehr.

»Wer braucht schon Feinde, wenn man dich als Freundin hat?«

Mit einem herzzerreißenden Seufzer schloss ich den Deckel der Pralinenschachtel. »Ich hatte das Kleid vergessen – oder verdrängt. Lass uns später zusammen zu Abend essen – einen Salat, vielleicht gönne ich mir sogar einen Löffel Olivenöl dazu?«

»Das klingt schon viel besser!« Susan strahlte mich an, während sie die Pralinenschachtel geschickt aus meiner Reichweite entfernte.

Vielleicht sollte ich an dieser Stelle erklären, dass ich eine moderne, erfolgreiche und alleinstehende Frau bin, die ein Leben führt, das der Arbeit und der Gesellschaft gewidmet ist. Meine Mutter sieht das leider anders, sie lamentiert, dass ich Gefahr laufe, eine alte Jungfer zu werden. Mein Prinz ist eben noch nicht aufgetaucht – oder vielleicht habe ich ihn einfach übersehen. Man sagt allgemein, dass man viele Frösche küssen muss, bevor man seinen Prinzen trifft, eine Aussage, die sich in meinem Fall als sehr zutreffend erwiesen hat.

***

Der große Tag kam bald, viel zu bald.

Ehe ich es mich versah, fand ich mich in den Händen eines jungen Maskenbildners wieder, dessen leidendes Gesicht Bände sprach: *Wer hatte es nur gewagt, so ein Landei wie mich bei ihm abzuladen?*

Ich fand das nicht lustig. Ich trage sogar Lippenstift – zumindest von Zeit zu Zeit! Nachdem der Maestro mein Gesicht mit einer Schminkschicht überzogen hatte, mit der man auch locker mein Wohnzimmer hätte verputzen können, nebelte er mich mit Haarspray ein.

»Hören Sie auf! Ich kann nicht atmen!«, jaulte ich und die Tränen schossen mir in die Augen.

»Hör auf hier rumzuheulen, du ruinierst deine Wimperntusche!«, knurrte er mich wütend an, aber die Dose mit dem Haarspray verschwand. Kein Wunder, sie musste inzwischen leer sein.

Wir waren vorher im Fernsehstudio genau instruiert worden, wo wir eintreten, wie viele Schritte wir gehen, wann wir winken und wann wir lächeln sollten. Ich wusste, dass Leuchtanzeigen dem Publikum mitteilen würden, wann es zu klatschen und wann es zu jubeln hatte. So viel zu den spontanen Reaktionen des Fernsehpublikums.

Ich war so aufgeregt wie nie zuvor in meinem Leben.

Glücklicherweise nahm mich die Assistentin des Moderators am Arm und führte mich zum Bühneneingang. Ihre warme, mitfühlende Stimme war Balsam für meine angespannten Nerven.

»Keine Sorge, Amanda, bisher haben noch alle diese Tortur überlebt. Wenn du draußen bist, konzentriere dich einfach auf den Moderator, er wird dich führen, er ist ein netter Mann, nur manchmal versucht er dich aufs Glatteis zu führen, das muss er, sonst wird es langweilig. Also pass auf«, flüsterte sie und umarmte mich kurz, bevor ich die Bühne betrat.

Ohrenbetäubende Musik überspülte mich wie ein Tsunami und ich taumelte vorwärts wie ein betäubter Roboter aus einem billigen

Science-Fiction-Film. Dabei folgte ich der weißen Linie auf dem Boden, die mir die Assistentin zuvor gezeigt hatte. Zu meiner großen Überraschung erreichte ich den Stuhl und den kleinen Schreibtisch mit dem Monitor, der für die Teilnehmer aufgestellt worden war, ohne zu stolpern, dem Moderator in die Arme zu fallen oder sonstiges Chaos anzurichten.

Ich war fest davon überzeugt gewesen, dass ich nicht einmal den Stuhl erreichen würde, denn nicht nur mein Haar war mit Haarspray betoniert, auch meine Kontaktlinsen hatten eine ordentliche Dosis abbekommen. Ich seufzte also erleichtert, als ich mich hinsetzte, nicht wissend, dass das Mikrofon bereits eingeschaltet war. Mein zufriedenes Grunzen hallte wie ein Donnerhall durch das Studio und ich wurde feuerrot.

»Willkommen Amanda, ich höre, dass du dich hier schon sehr wohlfühlst!«, hörte ich den Moderator mich necken. »Bist du bereit für die Million?«

»Wer wäre das nicht?«, erwiderte ich und ging auf seine Neckerei ein. Wir waren instruiert worden, dass wir alle dicke Freunde seien und uns duzen mussten.

»Und danke für deine Nachfrage, der Stuhl ist Gott sei Dank sehr bequem. Ich hoffe nur, dass du nicht zu früh auf den roten Knopf drückst, ohne die Million will ich nicht gehen.«

Offenbar hatte ich den richtigen Ton getroffen. Das Publikum brüllte vor Lachen und die Show konnte beginnen.

Das Seltsame ist, dass man sich da draußen auf der Bühne fast allein fühlt. Die Scheinwerfer blendeten mich, ich konnte keinen einzigen Zuschauer im Publikum erkennen – und doch waren sie sehr präsent, denn ich konnte hören, wie sie jubelten, in die Hände klatschten und oft genug meine Antworten kommentierten.

Schnell kamen wir zur zweiten Frage, denn die erste war nur ein Scherz, um mich aufzuwärmen, das übliche Verfahren halt.

Als Nächstes wird das »Klatschen und Jubeln«-Schild aufleuchten, dachte ich automatisch. Ich behielt recht, schon Sekunden später folgte dem Jubel ein begeisterter Applaus, der teils aus dem Publikum hinter den grellen Scheinwerfern, teils aus der Konserve kam.

Die Show zog an mir vorbei wie ein Traum. Einige Leute haben mir gesagt, ich sei sehr witzig gewesen – ich habe keine Ahnung, denn ich habe so gut wie keine Erinnerung mehr daran. Ich scheine auch einige warme Worte über meine Schule und die Schüler gesagt zu haben und wie engagiert ich mich fühle – kein Wunder, Claudia hatte mich zuvor gedrillt.

Dann kam die gefürchtete Sportfrage. Ich war aber darauf vorbereitet und versuchte gar nicht erst, mir eine eigene Antwort auszudenken. Ich benutzte meinen Telefonjoker.

Wenn es auf der Welt einen echten Sportexperten gibt, dann ist es mein sechzehnjähriger Neffe. Seine Antwort kam innerhalb von Sekunden – fragen Sie mich nicht, wie die Frage lautete! – und er lag richtig und schon war ich bei sagenhaften 125.000 Euro angelangt.

Die Zahlen auf der Anzeige wurden immer größer und ich fühlte mich wie in Trance, losgelöst vom wirklichen Leben. Die ganze Situation war einfach surreal; ich schwebte wie in einer Blase und war mir fast sicher, dass ich bald in meinem Bett aufwachen würde und alles nur ein wunderbarer, aber völlig verrückter Traum gewesen war.

Aber doch fühlte sich alles echt an, die Hitze der Scheinwerfer, die mich zum Schwitzen brachten, meine ausgetrocknete Kehle, die Stimme des Moderators, der Jubel und das Vibrieren des Bodens, wenn das Publikum mit den Füßen stampfte.

Als die letzte Frage kam, jubelte ich innerlich – es war eine historische Frage, Frankreich, siebzehntes Jahrhundert. Ich hörte die Stimme des Moderators:

»Welcher Premierminister diente unter Königin Anne d'Autriche?«

Langsam zähle er die Namen Metternich, Colbert, Richelieu und Mazarin auf. Ich muss gelächelt haben. Das ist meine Lieblingszeit in der französischen Geschichte, und er würde mich nicht in die Irre führen, indem er die Königin mit ihrem Mädchennamen erwähnte.

Der Moderator versuchte sein Bestes, um bei mir Zweifel zu säen, wer will schon eine Million verschenken? »Bist du dir sicher? Vergiss nicht, dass der Name der Königin auf ein weiter östlich gelegenes Land hindeutet …«

Aber ich ließ mich nicht auf den falschen Weg führen. »Die richtige Antwort ist eindeutig Kardinal Mazarin. Anne d'Autriche war Königin von Frankreich. Colbert kam viel später ins Amt und er war kein Premierminister, während Richelieu unter ihrem Mann diente und Metternich noch nicht einmal geboren war.«

Ich hörte meine Stimme und ich fürchte im Nachhinein, dass ich ein wenig mit meinem Wissen geprahlt habe – einmal Lehrerin, immer Lehrerin.

Der Moderator zögerte noch ein paar Sekunden und tat so, als würde er überlegen, dann sprang er plötzlich auf und gratulierte mir.

Das war das Zeichen, auf das das ganze Fernsehstudio gewartet hatte. Das Publikum rastete aus, der Jubel dröhnte aus allen Lautsprechern.

Du hast es geschafft, dachte ich stolz und immer noch etwas ungläubig, *du hast die Million gewonnen!* Das war eine Zahl jenseits aller Vorstellungskraft. Wie viele Paar Schuhe kann man für eine Million kaufen? Ich bin nicht gut im Rechnen, aber ich schätze, es ist weit mehr als ich jemals in meinem Schlafzimmer würde unterbringen können.

Der Moderator umarmte mich und nach der Show verbrachten wir eine wunderbare Nacht mit der ganzen Crew im Hotel. Wir feierten und tanzten, bis ich leicht beschwipst in mein Bett fiel, wo ich einfach nicht einschlafen konnte – alles in mir wollte weiterfeiern und tanzen, ich war Millionärin geworden!

Noch im Bett liegend, beschloss ich, einen schönen Batzen des Geldes meinem Neffen zu schenken, der mich mit der Sportfrage gerettet hatte und zufrieden über diesen Beschluss muss ich dann endlich eingeschlafen sein.

***

Am nächsten Tag kehrte ich mit rot unterlaufenen Augen und völlig erschöpft in die Schule zurück, aber ich fühlte mich immer noch beschwingt, bereit, die Welt zu umarmen.

Ich hatte erwartet, bewundert, wenn nicht gar geliebt zu werden, war mir aber auf jeden Fall sicher, die Heldin des Tages zu sein. Die lokale Boulevardpresse lobte unsere Schule über den grünen Klee, ich hatte also meine Mission bestens erfüllt, so dachte ich.

Doch schon bald sollte ich feststellen, dass ich eine große Sünde begangen hatte: Ich hatte viel Geld gewonnen, und zwar einen Betrag, von dem alle anderen Kollegen nur träumen konnten. Kein unbeschwerter Small Talk mehr, Gespräche unter Kollegen endeten regelmäßig mit einem Seitenhieb:

»Na ja, für dich ist es wahrscheinlich bedeutungslos, du brauchst dir ja wirklich keine Sorgen mehr zu machen.«

Schon am nächsten Tag kam eine junge Kollegin auf mich zu –

sie hatte mich bis dahin nicht einmal gegrüßt – und bat mich um einen Kredit:

»Amanda, für dich ist es doch nur ein Almosen – für uns würde es einen großen Unterschied ausmachen, unser Jüngster ist doch so begabt …«

Nicht genug, dass ich an unserer Schule zu einer Art Außenseiterin geworden war – meine liebe Freundin Claudia saß mir ständig im Nacken, das Preisgeld endlich der Schule zu schenken – mein Geld!

»Darling, wir hatten eine klare Abmachung, dass du die Solaranlage bezahlst, jetzt können wir uns sogar neue Fenster leisten. Ich kann einen Rabatt bekommen, wenn ich beides zusammen bestellen. Ich plane sogar, dir zu Ehren die Einweihung mit dem Schulchor zu organisieren!«

»Claudia, ich bin's leid. Geh hin und gewinne selbst, du bist doch immer so schlau. Ich werde mein Geld nicht an eine Schule verschwenden, in der meine Kollegen mich entweder ignorieren oder mich auffordern, sie mit Geld zuzukippen, sobald sie mich nur sehen«, schnauzte ich zurück, genervt von den ständigen Schikanen der letzten Tage.

Claudia setzte ihr »Ich-rette-den-Regenwald«-Gesicht auf und begann sofort mit einer ihrer üblichen Moralpredigten. Aber heute fehlte mir die Geduld. Ich stürmte ärgerlich aus dem Lehrerzimmer und knallte die Tür hinter mir zu.

Ich wusste natürlich, dass Claudia vor Wut platzen würde.

***

»Amanda, du benimmst dich wie ein verwöhntes Kind«, schimpfte ich mit mir selbst, aber ich wusste, dass ich etwas tun musste, sonst würde ich in einer psychiatrischen Klinik landen – schlimmer noch, ich war nahe einem Geisteszustand, in dem ich Claudia mit Wollust würgen wollte. Plötzlich wurde mir klar, dass das alte Leben von Amanda Lipton hier und jetzt zu Ende gegangen war. Ich war eine Fremde in meiner eigenen Schule geworden. Und ... ich konnte es einfach nicht mehr ertragen, von allen nur ausgenutzt zu werden.

Halt, dachte ich, *du hast doch gerade ein Vermögen gewonnen!*

War das nicht eine Art himmlisches Zeichen dafür, dass ich neue Dinge ausprobieren sollte? Tief in Gedanken versunken, ging ich durch das Gebäude – und fand mich vor dem Büro des Direktors wieder. Ich holte tief Luft, bevor ich an die Tür seiner Sekretärin klopfte. Wir kommen gut miteinander aus – ab und zu tauschen wir Backrezepte aus, denn sie liebt Kuchen. Ihre Torten sind nicht nur köstlich, sondern wahre Kunstwerke. Ich werde diese Stufe der kulinarischen Raffinesse wohl nie erreichen.

»Darf ich deinen Chef stören?«, fragte ich sie.

Sie lächelte mich an. Ihr pralles Gesicht zeigte attraktive Grübchen, was sie noch sympathischer machte. Ich denke, dass sie eine der wenigen Mitarbeiterinnen ist, die bei allen beliebt sind. »Ich bin mir nicht sicher, Amanda, ist es dringend? Um ehrlich zu sein, bin ich mir ziemlich sicher, dass er nicht gestört werden möchte, eigentlich möchte er nie gestört werden ...« Sie lächelte wieder und zwinkerte mir zu. »Übrigens, ich habe dich im Fernsehen gesehen, du warst großartig. Ich fand auch deine neue Frisur toll, du sahst hinreißend aus!«

»Die haben mich in die Hände des mürrischsten Stylisten gegeben, den man sich nur vorstellen kann, und ich habe an diesem Abend mehr Haarspray eingeatmet als jemals zuvor in meinem Leben. Ich weiß immer noch nicht, wie ich diese Tortur überlebt habe. Aber umso besser, wenn es zumindest gut aussah.« Ich schauderte, als ich an die Wolke von Haarspray dachte. »Aber um auf deinen Chef zurückzukommen, ich muss nur fünf Minuten mit ihm reden, ob er nun will oder nicht.«

»Wenn es darum geht, ihn um ein Sabbatical zu bitten, vergiss es lieber, er ist heute schlecht gelaunt. Diese Woche haben zwei Kolleginnen verkündet, dass sie schwanger sind, und die neue Sportlehrerin hat sich das Bein gebrochen; es war eine schlimme Woche. Er braucht alle Lehrer an Bord, wenn die Sommerferien vorbei sind.«

Sie sah mich prüfend an. Sie hatte sofort verstanden, warum ich gekommen war; sie ist alles andere als dumm.

»Du kannst Gedanken lesen, Gitta! Du solltest nicht hier sitzen, du solltest als Wahrsagerin arbeiten – da würdest du viel mehr Geld verdienen!«

Gitta kicherte. »Tolle Idee! Ich wickle mir einen Schal um den Kopf, spreche mit einem fremdländischen Akzent und nenne mich *Gitta la Clairvoyante*. Aber um auf deine Anfrage zurückzukommen: Es ist nicht schwer zu erraten, was der Zweck deines Besuchs ist. Seit die liebe Claudia die Verwaltung der Stundenpläne übernommen hat, wollen die meisten Lehrer, die in mein Büro stürmen, eine Auszeit beantragen.« Sie beendete ihren Satz mit einem vielsagenden Blick. »Lass mich sehen, was ich für dich tun kann.«

Wenige Minuten später wurde ich in das Allerheiligste des Direktors geführt. Wie von Gitta vorhergesagt, sah er nicht sehr erfreut aus. Nun, er hatte mein volles Mitgefühl! Auf seinem Schreibtisch lag noch eine verlorene Briefmarke, eine Gedenkmarke an die Olympischen Spiele in Moskau vor vielen Jahrzehnten. Ich vermutete, dass der Rest seiner Briefmarken schnell in einer Schublade verschwunden war.

»Frau Lipton, was kann ich für Sie tun?« Er eröffnete das Gespräch in einem förmlichen Ton, obwohl wir uns eigentlich duzen.

Ich beschloss, frontal wie die preußische Armee anzugreifen. Es war keine Zeit für höfliche Umwege oder den üblichen Small Talk zu verschwenden. »Malte, seit ich diese alberne Fernsehspielshow gewonnen habe, sind meine Kollegen unerträglich geworden. Es wäre so viel besser, wenn wir alle etwas Zeit hätten, uns daran zu gewöhnen.« Ich hatte im Laufe der Jahre gelernt, ihm gegenüber direkt zu sein, denn seine Aufmerksamkeitsspanne war begrenzt. »Entweder verlasse ich die Schule ganz oder du gewährst mir ein Sabbatjahr, aber ich kann mir einfach nicht vorstellen, so weiterzumachen. Es gibt zu viele Reibereien, das ist nicht gut für mich … und auch nicht für die Schule.«

»Ich kann das auf keinen Fall akzeptieren, Amanda, es tut mir leid. Mehrere Kollegen sind nächstes Schuljahr abwesend. Das Übliche, einige sind schwanger, ein Nervenzusammenbruch, ein gebrochenes Bein …«

Ich konnte an seiner Stimme hören, dass er sich persönlich beleidigt fühlte. Eine Schule war dazu da, Kinder zu unterrichten, aber wie konnten seine Lehrer es wagen, selbst Nachwuchs zu zeugen oder sein friedliches Leben zu stören?

»Nun gut, ich stehe selbst vor einem Nervenzusammenbruch …« Das war unfair von mir, aber ich konnte mir wirklich nicht vorstellen, Claudias Zickigkeit noch länger Tag für Tag zu ertragen.

Malte warf mir einen giftigen Blick zu. »Dann musst du dich einer Untersuchung durch den arbeitsmedizinischen Dienst unterziehen. Ich werde darauf bestehen«, entgegnete er genervt.

Seine harsche Reaktion überraschte mich. Ich hätte nicht gedacht, dass er den Mumm dazu hatte. Es entstand eine unangenehme Stille und ich blickte auf seinen Schreibtisch, da ich ihm nicht in die Augen sehen wollte. In diesem Moment traf mich eine göttliche Eingebung. Ich beschloss, meine Taktik zu ändern.

»Das ist eine schöne Briefmarke, Malte, eine echte Rarität«, bemerkte ich beiläufig und ließ meine feindselige Haltung fallen.

Sein Gesicht erhellte sich. »Ja, das ist sie, diese Briefmarken wurden nur in einem kompletten Satz verkauft, der jeder Sportart gewidmet war. Da die Spiele von den westlichen Ländern boykottiert wurden, steigerte dies im Endeffekt nur ihren Wert. Es gab sogar einen speziellen Gedenkstempel … allerdings sehr selten zu finden.«

»Ich weiß, ich habe einen gestempelten Satz zu Hause, mein Vater ist ein begeisterter Briefmarkensammler, er hat sie mir zum Geburtstag geschenkt, als ich noch ein Kind war.«

»Du hast eine Briefmarke mit einem Gedenkstempel der Olympischen Spiele?« Malte wurde aufgeregt, seine Augen funkelten gierig hinter seiner Brille.

»Nicht nur das, mein Vater hat den kompletten Bogen mit dem Sonderstempel der Olympischen Spiele ergattert – er war sehr stolz darauf.«

»Würdest du ihn mir verkaufen?«, hauchte er verzückt.

»Sehr gerne, aber nur, wenn ich mich beruhigt habe. Wenn ich weiter so gestresst bleibe, fürchte ich, dass ich die Kraft dazu nicht finden kann.«

»Amanda, du weißt, dass das übelste Erpressung ist!« Er warf mir erneut einen giftigen Blick zu, aber er hatte angebissen. Meine Chancen stiegen, wir machten Fortschritte.

»Malte, lass mich dir einen Deal vorschlagen. Ich bestehe darauf, dass es für die Schule besser ist, wenn ich ein Jahr lang wegbleibe. Claudia ist wütend auf mich, weil ich ihr mein Geld nicht für ihre geliebten Solarpaneele in den Rachen schmeißen will, ihr Traum ist es, dass wir zur nachhaltigsten Schule des Jahres gekürt werden. Das wird also in einem täglichen Krieg zwischen uns beiden enden.«

»Oh ja, sie wird wütend sein, sehr sogar. Ich habe noch nie einen Menschen getroffen, der so viel Energie hat, sie zermürbt mich regelrecht …« Er sprach mehr zu sich selbst als zu mir. »Ich nehme an, du hast recht, wenn es zwischen Claudia und dir nur Streit gibt, wird das nicht helfen.«

Malte hielt inne und schloss die Augen. Er versuchte, sich zu konzentrieren, und ich kreuzte die Finger hinter meinem Rücken.

»In Ordnung, ich stimme einem Sabbatical zu, aber nur für ein Semester, nicht für ein ganzes Jahr. Und das ist endgültig!«

»Danke, Malte!« Ich hätte ihn umarmen können.

»Aber vergiss die Briefmarken nicht – bist du sicher, dass es der komplette Bogen ist?« Maltes Augen waren jetzt so groß wie Untertassen hinter seiner Brille.

»Sicher – und in bestem Zustand, dafür hat mein Vater gesorgt!«

***

Das ist also die Geschichte, wie ich meine Auszeit bekommen habe. Nicht auf die ethischste Art und Weise, könnte man bemängeln, aber ich bin immer noch davon überzeugt, dass das die beste Lösung war – sowohl für mich als auch für die Schule.

Das Frühjahr ging schon zu Ende und wir steuerten schnell auf die Sommerferien zu. Hamburg ist nicht gerade für warmes Wetter bekannt, aber wir genossen eine seltene Periode anhaltenden Sonnenscheins, die meine sonnige Stimmung widerspiegelte.

Das Ende eines Schuljahres ist immer mit Wochen voller Prüfungen, aber auch langweiliger Sitzungen mit Kollegen verbunden. Es blieb mir nichts anderes übrig, als mich wie üblich durch diese Routine zu schleppen, und mich auf meine Ferien zu freuen. Von Gitta, der Sekretärin mit den Grübchen, wurde mir grinsend gesteckt, dass Claudia wohl eine denkwürdige Szene hingelegt hat, als sie erfuhr, dass ich mein Sabbatical bewilligt bekommen hatte. Malte meldete sich danach für zwei Tage krank.

Claudia und ich taten zwar immer noch so, als wären wir beste Freundinnen, wir waren ausgesucht höflich zueinander. Aber mir war bewusst, dass meine Kurse und Stundenpläne vom Übelsten sein würden, sobald ich zurückkam – falls ich denn überhaupt zurückkam. Es ist schon komisch, wie man aus einem Gebäude, das ein Jahrzehnt lang der Arbeitsplatz – eigentlich mein ganzes Leben – gewesen war, herausgehen kann und nichts als Erleichterung empfindet.

Ich war allerdings gerührt, als ich feststellte, dass einige Schüler über meinen bevorstehenden Weggang traurig zu sein schienen – eine nette Überraschung, die ich so nicht erwartet hatte.

»Wir werden Sie vermissen, Frau Lipton«, jammerte eine Gruppe von Mädchen mit bunten Tattoos, die ihre Arme hochwucherten. Erstaunt stellte ich fest, dass sich Tränen mit dem üppigen Mascara vermischten.

»Wie könnt ihr mich vermissen? Ihr kommt immer zu spät zum Unterricht und wenn ich euch dafür eine Strafe aufbrumme, beschwert Ihr euch bitterlich, wie gemein ich bin.«

»Weil wir es mögen, wenn ein Lehrer Disziplin verlangt. Sie lassen uns arbeiten, aber das ist schon okay so, Sie sind eigentlich ganz cool …«

Das war für mich das schönste Kompliment, das ich seit einem Jahrzehnt gehört hatte, muss ich ehrlich zugeben. Vielleicht war meine Karriere als Lehrerin doch kein kompletter Reinfall gewesen.

Ich hatte allerdings keinerlei Vorahnung bezüglich der Ereignisse, die noch kommen würden. Vielleicht hätte ich an der Schule bleiben sollen – aber woher hätte ich das damals wissen sollen?

Abenteuer, ich komme!

»Was soll ich jetzt nur tun?«, beschwerte ich mich bei Susan. Normalerweise habe ich meine täglichen Routinen. Jedes Jahr während der Schulferien verließ ich Hamburg, um in die Berge zu fahren, wo ich in der Regel in der bedrückenden Gesellschaft anderer, meist alleinstehender Lehrer landete. Seltsam, wie wir immer zueinanderfinden.

Aber dieses Jahr wollte ich etwas anderes ausprobieren, ich fühlte mich abenteuerlustig. Ich stand sogar vor einem neuen und sehr seltsamen Problem, ich hatte Freizeit ohne Ende, da ich keinen Unterricht für das nächste Schuljahr vorzubereiten hatte.

Ich begann mich zu langweilen – ein ganz neues Phänomen. Jahrelang hatte ich mich darüber beklagt, dass meine kostbaren Ferien durch die lästigen Vorbereitungen für das nächste Schuljahr aufgefressen wurden, und jetzt musste ich plötzlich nichts tun – und langweilte mich zu Tode. Ich wusste einfach nicht, was ich mit meiner freien Zeit anfangen sollte!

»Wie sieht's aus mit Shopping? Ich könnte dich begleiten, ich brauche neue Schuhe«, schlug Susan vor. Sie neigt dazu, meine Anfälle von akutem Selbstmitleid zu ignorieren.

»Alle werden dann herumposaunen, dass ich mein Geld verplempere«, protestierte ich. »Es ist unglaublich, jeder scheint diese Show gesehen zu haben. Stell dir vor, gestern wollte mich ein Journalist von diesem grässlichen VIP-Intim-Boulevardblatt über *mein neues Leben im Luxus* interviewen. Ich hasse es«, schmollte ich.

Aber Susan hatte kein Erbarmen mit meiner Gefühlsduselei.

»Hör auf, dich ununterbrochen an meiner Schulter auszuweinen, du wirst langsam paranoid. Geh ins Ausland, reise, verprasse dein Geld. Jeder hier denkt, dass du das sowieso tust. Oder willst du es für deine liebe Freundin Claudia aufbewahren?«

Ich bewundere Susan, sie ist immer so praktisch veranlagt.

»Wohin soll ich verreisen? Ich hasse diese Ausflüge, die die Reisebüros unglücklichen Singles wie mir verkaufen. *Erkunden Sie das Erbe des antiken Griechenlands – reisen Sie in der Gesellschaft gleich gesinnter, anspruchsvoller Gäste.* Sie versprechen einem immer, dass man dort den Mann seiner Träume trifft, aber die Busse sind voll von alleinstehenden Lehrern – die meisten davon weibliche Drachen mittleren Alters, die einen guten Grund haben, warum sie immer noch Single sind. Ich will das nicht. Und stell dir vor, ich übernachte in einem Familienhotel, da kann ich nicht einmal mit einem Mann reden, ohne dass mir seine Frau ein Messer in den Rücken rammt.«

Susan überlegte. »Du hast leider Recht, die einzige Möglichkeit, interessante Leute kennenzulernen und anderen Lehrern aus dem Weg zu gehen, ist logischerweise eine Luxusreise. Mach kein Gesicht, ich übernehme das jetzt. Schließlich gibst du dein Geld für einen guten Zweck aus! Hör auf Tante Susan!«

Sie war jetzt voll in ihrem Element und tippte mit ihren Fingern auf ihrem Tablet herum.

»Schau mal, was ich hier im Internet gefunden habe: Die Belgravia ist das luxuriöse Flaggschiff der Astra Lines, das prächtigste Kreuzfahrtschiff, das je gebaut wurde. Sie bietet alle Annehmlichkeiten eines großen Kreuzfahrtschiffes und gleichzeitig eine intime Klubatmosphäre für anspruchsvolle Gäste. Die Belgravia bietet unvergleichliche kulinarische Erlebnisse, Suiten von herausragender Eleganz und einen Service, der zum Maßstab der Branche geworden ist.«

Susans Finger tippten in wahnsinniger Geschwindigkeit weiter auf ihrem Tablet. Ich schloss die Augen. *Würde ich wirklich auf einem Dampfer stehen wie die schöne Kate in den Armen ihres Leonardo?*

»Wow, schau mal«, Susans Stimme riss mich aus meinen Tagträumen. »Es ist eine Suite für eine Atlantiküberquerung verfügbar, eine Reise, die um eine Kreuzfahrt nach Kanada erweitert werden kann. Boarden ist in drei Wochen, da bleibt genug Zeit, um deine Garderobe auf Vordermann zu bringen und dich vorzubereiten!«

Ich öffnete meine Augen, sah die Website und schloss sie wieder in Panik. Susans sorgfältig manikürter Finger deutete auf den Preis, eine Summe, die der Hälfte meines letzten Jahresgehalts entsprach!

»Das ist unmöglich, wer gibt schon so viel Geld für nur vierzehn Tage aus? Susan, vergiss es, das ist einfach obszön!«, ächzte ich.

»Nein, Liebling, es ist ein Schnäppchen. Schau, sie bieten dir einen riesigen Spätbucherrabatt an. Das ist eine einmalige Gelegenheit und ich bestehe darauf, dass du dir etwas gönnst. Du brauchst das und hast es dir verdient.«

Susan hatte jetzt eindeutig das Kommando übernommen; sie sprach mit fester Stimme und Autorität, und ich muss gestehen, dass ich eine willige und leichte Beute war, gerne bereit, vom Pfad der monetären Tugend abzuweichen.

»Willst du dich mir anschließen?«, stotterte ich, eingeschüchtert von so viel Begeisterung in ihrer Stimme. »Ich zahle!«

»Nein, mein Gänschen, vergiss es. Hast du dich nicht gerade über Busse voller alleinstehender Frauen beschwert? Es gibt nichts Schlimmeres als zwei alleinstehende Frauen, die zusammen reisen, das ist eine Garantie dafür, dass man nie jemand Interessantes trifft und angesprochen wird. Mir gehts gut und ich bleibe hier. Danke für das großzügige Angebot, ich weiß das sehr zu schätzen, aber ich werde dir sicher nicht den Urlaub verderben.«

Sie hämmerte weiter auf dem Tablet herum, bis ich ein zufriedenes Grunzen hörte.

»So, das hätten wir erledigt. Du erhältst eine Buchungsbestätigung und eine Rechnung. Ich vermute, dass deine Kreditkarte solche Beträge noch nie gesehen hat, du musst überweisen.«

Susan studierte noch einmal aufmerksam den Bildschirm und rief aus: »Wow, sieh dir das an! Hier steht: *Ihre Minibar wird täglich mit dem Champagner Ihrer Wahl aufgefüllt,* das nenne ich Service! *Kaviar und Foie-Gras-Kanapees werden zusammen mit köstlichen französischen Patisserien zur Teezeit in Ihrer Suite serviert oder wann immer Sie es wünschen.* Amanda, kauf dir lieber ein paar locker sitzende Kleider, das klingt einfach fabelhaft!«

»Foie gras ist unethisch«, wandte ich ein, aber dann sah ich mir die Bilder an. Köstlich war eine Untertreibung. Ich war sofort süchtig.

***

Die nächsten Wochen vergingen wie im Traum, dem schönsten Traum, den ich je erlebt habe. Mehrere ausgiebige (und sündhafte teure) Shoppingtouren in Hamburgs Edelboutiquen füllten meine nagelneuen Koffer bis zum Bersten.

»Meinst du nicht, dass wir es etwas übertreiben?«

Ich ließ mich in meinen bequemen Sessel fallen, denn ich war völlig erschöpft. Mit einem zufriedenen Seufzer kickte ich meine Schuhe in die Ecke – sie mussten in den letzten Stunden geschrumpft sein! Und wer hat hohe Absätze erfunden? Er oder sie muss ein Frauenhasser gewesen sein.

»Das sind die schieren Grundbedürfnisse!«, antwortete Susan mit der Stimme der Autorität. Sie hatte immer noch ein aufgeregtes Funkeln in den Augen; sie liebt es einzukaufen und ist eine geborene Schnäppchenjägerin. Wie ein Trüffelschwein findet sie exklusive Sachen zum halben Preis.

»Luxus, ich komme!«, rief ich im Überschwang, dann humpelte ich zum Kühlschrank und öffnete die Flasche Prosecco, die schon seit Monaten dort stand.

»Auf dich und Wochen ohne Sorgen!«, prostete Susan mir zu.

Wenn wir nur geahnt hätten …

Tag 1 – An Bord der Belgravia

Der große Tag war gekommen und mein Abenteuer sollte heute beginnen. Mein Herz hämmerte wie wild. Ich war in den Fängen einer freudigen, fast überschwänglichen Erwartung und zugleich einer Art Bedrückung, die stündlich wuchs. Was wäre, wenn ich entdeckte, dass auf der Belgravia nur widerliche Snobs reisten, die mit einer gewöhnlichen Person wie mir nicht einmal reden wollten?

Susan hatte darauf bestanden, mich zum Hafen zu fahren, wo sie mich zum Abschied umarmte und küsste, sich aber standhaft weigerte, mich an Bord zu begleiten.

»Ich könnte meine Entscheidung, dich allein reisen zu lassen, furchtbar bereuen. Eigentlich bereue ich sie jetzt schon.« Sie zwinkerte mir aufmunternd zu. »Tu einfach so, als wärst du ein erwachsenes Mädchen und geh jetzt allein. Ich wünsche dir viel Spaß!«

Ich muss gestehen, ich bin ein bisschen sentimental. Diejenigen, die mich gut kennen, wird es nicht überraschen, dass mir die Tränen in die Augen stiegen, als ich Susans beruhigende Gestalt in der Menge verschwinden sah.

Aber ich hatte keine Zeit, in Selbstmitleid zu schwelgen, denn eine tüchtige Stewardess in einer strahlend weißen Uniform kam auf mich zu und nahm sich sofort meiner an. Ich fühlte mich wie ein echter VIP und wurde zu einem Empfangsschalter geführt, wo schon ein Begrüßungsgetränk auf mich wartete.

Die Stewardess sprach mich sofort mit meinem Namen an, denn ich gehörte – ausnahmsweise – zu den wenigen Auserwählten, die es sich leisten konnten, Tausende von Dollar oder Pfund für ihr Vergnügen aus dem Fenster zu schmeißen.

Sobald die Registrierung abgeschlossen war, wurde ich von einem charmanten Steward über plüschige Galerien in einen Aufzug geführt, der uns geräuschlos auf eines der oberen Decks schweben ließ. Jetzt verstand ich, warum man es eine Penthouse-Suite nannte – das Schiff war so groß wie ein Wolkenkratzer. Der Aufzug war wie ein Glaskasten gebaut; wir sausten lautlos nach oben und die anderen Passagiere schrumpften zu Zwergen.

Mein kundiger Steward führte mich einen langen Korridor entlang, während sanfte Musik durch den Gang säuselte. Hier liefen wir auf so weichen Teppichen, dass sie jedes Geräusch unserer Schritte verschluckten, bis wir die Tür meiner Kabine erreichten. Der elektronische Schlüssel betätigte das Schloss und ich durfte die luxuriöse Behausung betreten, die für die nächsten zwei Wochen mein Zuhause sein würde.

Ich wurde nicht enttäuscht; die Kabine war atemberaubend. Von den eleganten Möbeln, darunter ein gepolstertes Sofa und ein einladender Sessel, bis hin zu den geschmackvollen Tapeten, den sanften Lichtern und dem riesigen Bett, hätte ich mir nichts Schöneres oder Luxuriöseres vorstellen können! Ein großes Fenster mit einer Schiebetür führte auf einen privaten Balkon, der durch große Glasscheiben vor Wind geschützt war. Es war einfach traumhaft.

In Gedanken schickte ich ein kurzes Dankgebet an Susan. Ohne ihre Entschlossenheit säße ich jetzt wahrscheinlich in meinem üblichen Bus und wäre mit einem Haufen langweiliger Lehrerkolleginnen auf dem Weg zu einem noch langweiligeren Ferienort irgendwo in den Alpen.

Die Zeit verrann und ich musste mich schick machen, denn das Dinner würde im Westminster Grill serviert werden. Neugierig und voller Vorfreude hatte ich die Fotos der Belgravia immer wieder im Internet studiert. Daher wusste ich bereits, dass der Westminster Grill sicherlich zur Eleganz und Raffinesse meiner Kabine passen würde.

Astra Lines hält immer noch an der – etwas verstaubten – Klassentrennung fest, was bedeutete, dass nur die wenigen Auserwählten der teuersten Kabinenklassen im Westminster Restaurant zu der von ihnen gewählten Zeit essen durften.

Dies war allerdings das erste (und vermutlich letzte) Mal, dass ich zu diesem elitären Zirkel gehören würde. Es war daher eine ganz neue Erfahrung für mich und ich musste lächeln, als ich versuchte, mir Claudia mit ihren wild gefärbten Haaren und ihren Gesundheitslatschen in dieser Umgebung vorzustellen – sie wäre ein echter Exot gewesen.

Die Französische Revolution mag die Grundwerte der Menschheit als Liberté, Égalité und Fraternité auf ewig definiert haben, aber anscheinend hat die Idee der Gleichheit und Brüderlichkeit dieses Schiff nie erreicht. Hier war frei, wer reich war, denn ein Schiff ist ein Universum für sich.

Hier war ich also – auf diesem wunderbaren Kreuzfahrtschiff – und fühlte mich wie Aschenputtel. Schade, dass es keinen Prinzen geben würde, der verzweifelt genug sein würde, um nach meinem Schuh zu suchen (obwohl ich für den Fall der Fälle genügend davon mitgebracht hatte).

Aber eigentlich kümmerte es mich gar nicht, ob ein Prinz auftauchen würde oder nicht. Ich fühlte mich so wunderbar unbeschwert und abenteuerlustig wie selten zuvor in meinem Leben.

Ich erblickte mein Spiegelbild und eine elegante Frau mit strahlenden Augen schaute mich an. Nun ja, nachdem ich durch die ruppigen, aber fähigen Hände des Maskenbildners von Independent Media gegangen war, hatte ich sicher noch etwas glamouröser ausgesehen. Ich tröstete mich mit der Überlegung, dass selbst die berühmtesten Models ohne Make-up nicht wie ein Model aussehen.

Der Begrüßungschampagner hatte mir ein Gefühl der Leichtigkeit gegeben und ich war bereit, die Welt zu umarmen. An diesem Abend hatte ich keine Ahnung, noch nicht einmal eine Vorahnung, was das Schicksal für mich bereithielt. Aber das erfährt man immer erst, wenn es zu spät ist – und das ist vielleicht auch besser so.

Ich zog mich um und stellte zufrieden fest, dass das Geld für meine neuen Kleider gut angelegt war. Einem plötzlichen Impuls folgend, ging ich zurück ins Bad – ein bisschen mehr Make-up als üblich konnte schließlich nicht schaden. Wenige Minuten später sah mich eine verwandelte Amanda an. Die neue Amanda gefiel mir, ich war bereit, die Welt zu erobern.

Die tüchtige Dame an der Rezeption hatte mir zuvor gesagt, dass die meisten Gäste es vorzogen, gegen 20 Uhr zu Abend zu essen. Aber mein Magen knurrte, denn als ich an diesem Morgen aufgewacht war, war ich ein reines Nervenbündel gewesen und hatte kein Frühstück zu mir nehmen können. Auch mein Mittagessen war nur ein schneller Snack gewesen, aber jetzt – da die Anspannung gewichen war, fühlte ich mich hungrig wie ein Wolf.

Vorsichtig schenkte ich mir ein zweites Glas Champagner ein und plünderte den Teller mit den Kanapees, dann ging ich zum großen Glasfenster, das zum Balkon führte, zu meinem Balkon, um genau zu sein.

Ich musste allerdings sehr vorsichtig trippeln, denn meine hochhackigen Schuhe waren funkelnagelneu und die glatten Ledersohlen rutschten gefährlich auf dem flauschigen Teppichboden. Fröhlich an meinem Glas nippend schaute ich dann durch das große Fenster; die Zeit der kleinen Bullaugen war längst mit der Titanic untergegangen.

Meine Augen schweiften zufrieden über die weite, graue Nordsee, während die Motoren der Belgravia wie gut gelaunte Hummeln im Takt summten. Langsam sah ich die Silhouette der deutschen Küste in der immer noch hellen Abendsonne verschwinden. Ich stieß mit meinem Spiegelbild im Fenster an:

»Prost, Amanda – und auf das Abenteuer, ich komme!«

***

Gegen Viertel vor acht verließ ich meine luxuriöse Kabine und ging auf die Suche nach dem Westminster Grill. Ich war ausgesprochen nervös, nicht nur, weil ich die unglückliche Angewohnheit habe, mich auf unbekanntem Terrain zu verirren, sondern auch, weil ich mich äußerst unwohl dabei fühlte, eine Welt zu betreten, die mir fremd war – und zu der ich nicht gehörte.

Ich fühlte mich wie eine Hochstaplerin, die sich unter die Reichen und Schönen mischen wollte – denn ich war keines von beidem. Würden die anderen Gäste mich ignorieren, würden sie mich – wenn vielleicht auch höflich – ihr Verachtung spüren lassen? Was für eine dumme Idee, diese Kreuzfahrt überhaupt gebucht zu haben!

Zumindest fand ich den Weg sofort, aber ich betrat den Westminster Grill immer noch nervös und angespannt. Dort begrüßte mich der Oberkellner sofort mit meinem Namen, ich war verblüfft. *Woher kannte er mich?*

Der Kellner führte mich zu einem großen runden Tisch mit einem schönen Blick auf das Meer. Gott sei Dank war ich nicht die Erste. Richard Gere wartete schon auf mich – na ja, sozusagen. Der Mann, der am Tisch saß, hätte sein jüngerer Bruder sein können. Höflich erhob er sich von seinem Stuhl, um mich zu begrüßen, und ich, begabt wie ich nun einmal bin, segelte direkt in seine Arme, denn meine glatten Sohlen ließen mich im Stich. Glücklicherweise fing er mich auf, bevor ich auf dem Tisch aufschlug, und ich landete in seinen starken Armen.

Er lächelte mich nett, aber leicht spöttisch an und parlierte auf Englisch: »Guten Abend, my Lady. Wie ich sehe, bin ich völlig falsch informiert worden. Meine Freunde hatten mich gewarnt, dass ich auf einem Kreuzfahrtschiff nur von senilen Passagieren umgeben sein würde, die die achtzig weit überschritten haben. Ich muss sagen, ich bin hocherfreut, denn Sie sind nicht nur jung und attraktiv, Ihr sehr persönlicher Auftritt ist beeindruckend schwungvoll.«

»Es tut mir furchtbar leid, Sir, ich verspreche, dass ich das nicht jeden Abend wiederholen werde! Zumindest werde ich es versuchen.«

Ich lächelte zurück. Hatte ich ihn wirklich sagen hören, ich sei jung und attraktiv? Könnte er das bitte wiederholen? Daran könnte ich mich gewöhnen!

»Obwohl – nach reiflicher Überlegung könnte ich in Versuchung kommen, es zu wiederholen«, platzte ich heraus und ärgerte mich sofort über diesen Ausspruch.

Amanda, du bist so entsetzlich peinlich, schoss es mir durch den Kopf.

Er lachte und das tat seiner Anziehungskraft keinen Abbruch – im Gegenteil. *Amanda, du musst auf der Hut sein,* beschloss ich, aber wie immer kam diese Überlegung viel zu spät.

»Darf ich mich vorstellen? Ich bin Daniel. Und Sie sind?«

»Ich bin Amanda. Bitte sagen Sie jetzt nicht, dass das ein schöner Name ist, aber ich habe mich daran gewöhnt.«

»Amanda ist ein sehr schöner Name. Setzen wir uns und nehmen die besten Plätze in Beschlag, bevor unsere Mitreisenden auftauchen. In der ersten Nacht früh am Tisch aufzutauchen, ist ein sehr strategischer Zug!«

Er beäugte den Tisch kritisch und wählte einen Stuhl aus, von dem aus man einen schönen Blick auf das Meer hatte, ungehindert von den anderen Passagieren, die sich bereits an den anderen Tischen niedergelassen hatten.

»Ich denke, dieser Platz ist ideal«, sagte er und bot mir galant seinen Arm an. Dabei ignorierte er den Kellner, der sich eifrig anstellte, mir den Stuhl zu rücken. Ich nahm Daniels Angebot mit einem schüchternen Lächeln an und ohne auf meine Einladung zu warten, setzte er sich neben mich.

In kürzester Zeit waren wir in ein interessantes Gespräch verwickelt, so als hätte ich nie etwas anderes in meinem Leben getan, als mit einem gut aussehenden Fremden in einem luxuriösen Restaurant an einem Tisch zu sitzen. Unser Tisch war mit Kerzen und Blumen dekoriert, dazu gedeckt mit feinstem Porzellan, glänzendem Silberbesteck, Gläsern aller Art und Formen, alles natürlich perfekt poliert. Wir unterhielten uns noch angeregt, als die nächsten Passagiere eintrafen.

Ich blickte auf und zuckte zusammen, denn ich kannte einen von ihnen, nun, eigentlich beide.

Ich möchte hier ein sorgsam gehütetes Geheimnis lüften: Ich bin ein Fan der seichten Sendungen des Frühstücksfernsehens, zumindest an den Tagen, an denen ich keine lustlosen Teenager unterrichten muss. Ich tauche gerne in die bunte Welt des Reisens ein, träume von Königshäusern – oder verfolge fassungslos deren Intrigen, höre dem letzten Klatsch zu und lasse mich von Experten über die neuesten Modetrends informieren.

Eine der Ikonen der Damenmode ist unbestritten Charles Peltier, Topdesigner des Labels icon-U, das absolute Muss für jede junge Frau in der Gesellschaft. Das weiß ich, weil ich die Boulevardpresse genauestens studiert habe. Niemand hat jemals Peltiers wahre Herkunft herausfinden können, auch sein wahres Alter bleibt ein Geheimnis, was an sich schon eine Leistung ist in unserem Zeitalter von Facebook, Twitter und totaler Internet-Transparenz.

Ich hatte mehrere Interviews und Modeschauen im Fernsehen gesehen, in denen Charles Peltier auftrat. Zweifellos ist er ein Mann mit großem Charisma, der mühelos mehrere Sprachen beherrscht, eine wirklich bemerkenswerte Persönlichkeit. Wie üblich war sein graues Haar zu einem Pferdeschwanz gebunden. Heute Abend trug er einen schlichten schwarzen Seidenanzug mit einem weißen kragenlosen Hemd. Nur sein rechter Manschettenknopf aus glänzend schwarzem Chinalack war mit einem großen, auffallend gelben Punkt markiert, genau passend zu dem gelb-schwarzen Nagellack, der den Nagel seines linken Ringfingers zierte. Ich jubelte innerlich: Das hier war das echte Leben, viel besser als vor dem Fernseher zu sitzen!

Der junge Mann (er stellte sich als Frank vor), der Charles Peltier begleitete, war niemand anderer als der junge Maskenbildner, der sein Bestes getan hatte, um mich für die Fernsehshow salonfähig zu machen. Beide begrüßten uns, und Frank nickte mir danach kurz zu, so als hätte er mich erkannt.

Ich schätze, dass ich für ihn nicht weiter von Bedeutung war und es wahrscheinlich auch nie sein würde, da ich nicht zu der Glitzerwelt von Mode und Film gehörte. Nachdem beide Männer mich höflich begrüßt hatten, vergaßen sie meine Existenz sofort wieder und richteten ihre ganze Aufmerksamkeit auf meinen Nachbarn. Sie verwickelten Daniel sofort in ein angeregtes Gespräch.

Ich muss zugeben, dass ich ein wenig eifersüchtig war, denn das Gespräch mit Daniel war sehr anregend gewesen. Aber die Tatsache, dass ich nicht aktiv an ihrem Gespräch beteiligt war, gab mir die Möglichkeit, Daniel genauer zu betrachten.

Er war ein attraktiver Mann, aber ich stellte erleichtert fest, dass er nicht der klassische Schönling war. Seine Nase hatte einen leichten Drall nach links (war er etwa ein Boxer gewesen?) und obwohl mir sein Profil gefiel, war es nicht perfekt proportioniert. Mein Blick fiel auf seine braunen Augen. Ich mochte sie; aber Gott sei Dank hatten sie nicht den Schmelz eines allzeit bereiten Latin Lovers, die Art Blick, die verspricht, eine Frau jederzeit in einem Meer von Leidenschaft ertrinken zu lassen. Darauf war ich schon einmal reingefallen und hatte es bitter bereut. Und doch war Daniel ein sehr attraktiver Mann. Ich würde vorsichtig sein müssen.

Von Zeit zu Zeit versuchte Daniel höflicherweise, mich in das Gespräch einzubeziehen, aber meine Bemerkungen wurden von den beiden anderen meist ignoriert und ich hörte ohnehin lieber zu. Bald bekam ich mit, dass die drei planten, schon in New York von Bord zu gehen. Ich war enttäuscht, eine kleine Flamme der Hoffnung in mir hatte gehofft, dass Daniel auch an der Kreuzfahrt nach Kanada teilnehmen würde.

Charles Peltier gestand, dass er sich in Flugzeugen klaustrophobisch fühle. Mit einem entschuldigenden Lächeln (das mich zum ersten Mal mit einbezog) erklärte er: »Ich kann einen kurzen Flug von einer Stunde überleben – aber nur in einem Privatflugzeug und dann geklammert an meine Wodkaflasche, aber können Sie sich vorstellen, in welchem Zustand von Körper und Geist ich nach einem siebenstündigen Flug in New York ankommen würde? Für mich gibt es keine Alternative zu einer Seereise – und ist es nicht viel entspannender, seinen Körper auf die Zeitverschiebung einzustellen, indem man sich täglich nur für eine Stunde umstellt?«

Wie jeder erfahrene Reisende (in meinem Fall allerdings nicht ganz ehrlich) stimmten wir ihm zu und widmeten uns dann der angenehmen Aufgabe, unsere Vorspeisen auszuwählen, denn ein Kellner war erschienen und wartete auf unsere Bestellungen.

»Hat Peltier schon einmal die Freuden eines Billigfliegers ausprobiert?«, sprach ich leise und ketzerisch zu Daniel.

»Ich glaube nicht«, antwortete Daniel grinsend. »Zwei Möglichkeiten: Entweder der Schock würde ihn für immer von seiner Phobie heilen oder er würde in einem Sarg ankommen; seine Flasche Wodka würde ihm nicht viel helfen.«

»Die haben den Sarg sicher schon versteckt als Option auf der Buchungsseite, selbstverständlich gegen Extragebühr – wegen Übergröße«, kommentierte ich trocken.

Daniel brach in Gelächter aus.

»Können wir den Witz teilen?«, fragte Charles Peltier neugierig.

»Tut mir leid, das ist ein eher privater Scherz!« Daniel schnappte nach Luft und versteckte sich schnell hinter der Speisekarte.

Wir studierten noch immer die umfangreiche Speisekarte und versuchten, uns zu entscheiden, als bereits die nächsten Passagiere eintrafen. Ich brauchte nicht lange, um herauszufinden, dass es Amerikaner waren.

»Honey, welchen Platz würdest du bevorzugen? «

»Darling, es macht mir wirklich nichts aus, aber ich schlage vor, du nimmst diesen Stuhl hier, dann hast du eine schöne Aussicht!«

Sie lächelte ihren Mann an. »Du bist immer so rücksichtsvoll, Honey!«

Bevor die beiden sich jedoch hinsetzten, wurden wir auf Herzlichste begrüßt. Es war nicht nur ein lässiges »Hallo, wie gehts?«, sondern es wurden kräftig Hände gedrückt, ich bekam auch einen Kuss auf die Wange von Honey und Darling und sie schwärmte laut von meinem Kleid. Ich begann, Darling zu mögen.

Es dauerte dann auch nicht lange, bis wir herausfanden, dass sie

New Yorker waren und ebenfalls im Big Apple von Bord gehen wollten, denn ihre Reise auf der Belgravia war der krönende Abschluss einer ausgedehnten Europareise. Ich war also – bis jetzt – die einzige Passagierin, die nach Kanada weiterreisen wollte.

»Oh, eine Reise durch Europa ist einfach wunderbar«, seufzte Darling, der Ekstase nahe. »Ich brauche das einfach von Zeit zu Zeit, ich könnte nicht leben, ohne ein- oder zweimal im Jahr nach Paris zu reisen!«

Ich schloss aus dieser schlichten Aussage, dass Dinge wie Geld und Zeit in ihren Überlegungen keine große Rolle spielten.

»Ihr Europäer, ihr habt so viel Zivilisation, so viel Kultur, das Essen ist himmlisch raffiniert. In den Staaten ist es dagegen so primitiv.«

»Aber New York strotzt doch nur so vor Kultur«, kam ich nicht umhin zu sagen. »Ihr habt wunderbare Museen, Opernhäuser, eine lebendige Kunstszene, so viel hat Hamburg nun wirklich nicht zu bieten.«

Sie lächelte nur milde. »Oh ja, New York ist natürlich anders, aber es ist nicht das wirkliche Amerika, meine Liebe. Die meisten Amerikaner denken, dass New York die Reinkarnation von Sodom und Gomorrha ist. Ich habe Freunde in Minneapolis, die es nicht wagen würden, einen Fuß in New York zu setzen, sie nennen es nur Sin City.« Sie lächelte nachsichtig. »Nenn mich übrigens Marge, mein richtiger Name ist Margareta, aber ich hasse ihn. Und wie heißt du? Ich höre an deinem Akzent, du bist Britin, wie kommt es, dass du in Hamburg wohnst?«

Wie die meisten Amerikaner benutzte sie sofort meinen Vornamen, wir Deutschen sind durch das Siezen eher distanziert.

»Ich heiße Amanda und bin Deutsche, aber mein Vater ist Brite, wir haben immer Englisch zusammen gesprochen, also bin ich zweisprachig aufgewachsen.«

»Wie aufregend!« Marges Ehemann mischte sich plötzlich ein. »Ich bin übrigens John. Ich wünschte, ich könnte auch Französisch sprechen!«

»Sie hat gerade gesagt, sie ist Deutsche, John!«, zischte Marge und ich entdeckte, dass Marge eine ganz andere Seite zeigen konnte, wenn sie wollte.

»Ich habe doch nur einen Witz gemacht!«, antwortete John und lief rot an.

Ich schloss aus dem kurzen Wortwechsel, dass Marge die Angewohnheit hatte, ihn zu korrigieren, eine Angewohnheit, die er wohl nicht so sehr schätzte.

Wir wurden unterbrochen, denn ein Kellner erschien mit den Cocktails. Ich hatte mich für einen eisgekühlten Orangensaft entschieden, da ich mir nicht sicher war, ob das Schiff schon schwankte oder ob es die Wirkung des Champagners war, den ich zuvor in meiner Kabine genossen hatte.

»Wissen Sie, ob die übrigen Passagiere auch schon in Hamburg zu uns stoßen?«, fragte Marge den Kellner.

»Nein, Madam, sie werden in London zusteigen. Darf ich jetzt Ihre Bestellungen aufnehmen?«

Mir war bereits aufgefallen, dass vier Plätze an unserem Tisch frei geblieben waren, und ich war ein wenig enttäuscht, denn ich würde noch einen Tag warten müssen, um die Identität der restlichen Passagiere zu erfahren, mit denen ich in den kommenden Tagen einen Tisch teilen würde. Ich brannte vor Neugierde – würde noch ein Prominenter auftauchen? Auf der Belgravia, da war ich mir inzwischen sicher, konnte alles passieren!

Wie wahr diese Aussage war, das sollte ich erst später erfahren …

Was macht die Auswahl aus einer Speisekarte so schwierig? Ich weiß nie, ob ich etwas Neues und Exotisches probieren soll oder ob ich mich lieber für eine sichere Wahl entscheiden soll, weil ich weiß, dass sie mir schmecken wird. Ich stehe also immer etwas ratlos vor einer Speisekarte, egal ob es sich um ein Fast-Food- oder ein Sternerestaurant handelt. Ich wähle aus, ich überlege, ich zweifle, und in dem Moment, in dem der Kellner mit meiner Bestellung den Tisch verlässt, bereue ich sie bereits und würde sie am liebsten ändern.

Nach dieser anstrengenden Übung (ich entschied mich für eine leichte Tomatenmousse als Vorspeise, da ich leider zu eitel gewesen war, Susans Vorschlag, nur locker sitzende Kleidung zu kaufen, zu befolgen), konnte ich mich wieder auf meine Mitreisenden konzentrieren.

Daniel unterhielt sich gerade mit Marge. Ich konnte hören, wie er ihre Perlenkette lobte: »Heutzutage ist es sehr selten, eine Kette mit natürlichen Perlen in dieser Größe und mit einem fast rosafarbenen Schimmer zu finden. Die meisten Perlen sind Zuchtperlen; du musst sehr stolz sein, eine solche wunderbare Rarität zu besitzen.«

Marge errötete vor Stolz. »Oh, ich hatte ganz vergessen, dass meine Perlen so außergewöhnlich sind! Daniel, du musst ein Experte auf diesem Gebiet sein. Für mich waren die Perlen immer etwas Besonderes, denn mein Vater schenkte sie mir zu meinem einundzwanzigsten Geburtstag. Ich werde diesen Tag nie vergessen, denn meine Eltern organisierten ein wunderbares Fest für mich. Jetzt, wo du es erwähnst, sagte mein Vater etwas über die Einzigartigkeit dieser Kette – er hatte sie auf einer Geschäftsreise in Japan erworben und hatte alle möglichen Probleme, sie aus dem Land und durch den Zoll zu bekommen!«

»Und du sahst an diesem Tag umwerfend aus, Schatz, ich erinnere mich noch an dein rosa Kleid … schön wie eine Frühlingsblume.«

Marge sah ihn nachsichtig an, hin- und hergerissen zwischen der Freude über das Kompliment von John und der offensichtlichen Tatsache, dass er vergessen hatte, was sie damals getragen haben musste.

»Es war ein weißes Kleid, Schatz, aber das macht nichts, ich erinnere mich, dass du an diesem Tag äußerst schlecht gelaunt warst – du hast mich anfangs kaum angeschaut.«

Sie drehte sich zu mir um und fuhr in einem geschwätzigen Tonfall fort. »John war damals auf dem College ein gefeierter Quarterback. Alle Mädchen beteten ihn an, er sah einfach toll aus, so ein wunderbarer Anführer auf dem Feld. Aber am Tag vor meiner Geburtstagsfeier hatte seine Mannschaft ein wichtiges Spiel verloren und es brauchte ein paar Flaschen Bier, damit er es vergaß und sich endlich die Mühe gab, mich überhaupt anzusehen.«

John grinste ein wenig verlegen, als sie ihm einen Kuss über den Tisch hinweg zuwarf.

»Seit diesem Tag habe ich nie wieder ein anderes Mädchen angeschaut«, erklärte John schlicht.

Bedauerlicherweise nutzte er diese Erinnerung als Vorwand, um mich mit allen Einzelheiten dieses längst vergessenen Spiels zu langweilen. Ich war noch nie ein sehr sportlicher Mensch; American Football ist mir ein völliges Rätsel. Alles, was ich verstehe, ist, dass übermäßig gepolsterte Kerle ständig ihren seltsam geformten Ball verlieren und sich dabei die Köpfe einschlagen. Da ich mich an meine guten Manieren erinnerte, schaute ich John weiterhin mit einem (hoffentlich) aufmerksamen Gesichtsausdruck an und rief in regelmäßigen Abständen »Oh mein Gott« und »Wow« Ich muss mit dieser Strategie sehr erfolgreich gewesen sein, denn John glühte vor Begeisterung.

»Darling, du langweilst Amanda zu Tode!«

»Oh, überhaupt nicht, Marge, es ist faszinierend!«, protestierte ich.

Bedauerlicherweise nahm John meine Bemerkung für bare Münze. Zufrieden, ein offenes Ohr gefunden zu haben, fuhr er fort, das Spiel bis ins kleinste Detail zu beschreiben, bis der Kellner uns mit den Vorspeisen unterbrach. Ich konnte nur hoffen, dass Football in den kommenden Tagen nicht unser Hauptthema bleiben würde. Ich würde heute Abend die Grundregeln googeln müssen, denn früher oder später würde ich mich verraten und etwas Lächerliches sagen.

Schnell ergriff ich in dieser Pause die Gelegenheit, ein Gespräch mit Daniel zu beginnen. Ich war mir fast sicher, dass ich ein sympathisches Zwinkern in seinen Augen sah. Er schien sagen zu wollen: *Lass mich dich vor diesem Langweiler bewahren.*

»Du kennst dich offensichtlich gut mit Schmuck aus?«, eröffnete ich das Gespräch.

»Oh ja, ich gebe zu, das ist ein Hobby von mir. Ich kann stundenlang in einem Juweliergeschäft sitzen, die Leute zur Verzweiflung bringen – und dann meistens gehen, ohne etwas zu kaufen«, lachte er.

Ich merkte schnell, dass Daniel wirklich ein Experte auf diesem Gebiet zu sein schien, ein Thema, das auch mich fasziniert, auch wenn sich mein Besitz von Halsketten und Ringen eher auf Modeschmuck beschränkt. Aber man kann einen Picasso auch dann bewundern, wenn man keinen in seinem Wohnzimmer hängen hat.

Charles Peltier und Frank saßen mir gegenüber und ich kam nicht umhin, zu bemerken, dass zwischen den beiden eine Art Unbehagen, eine geradezu fühlbare Spannung herrschte. Frank stocherte lustlos auf seinem Teller herum, aber er trank viel und spülte den exquisiten, honigfarbenen Chablis wie Wasser hinunter. Ich kannte das von meinen Schülern, er schmollte genauso wie einer von ihnen. Und dann waren da noch Honey und Darling, auch sie waren mir ein Rätsel. Marge schien so offen und kommunikativ zu sein, aber war das nicht alles zu dick aufgetragen und zu oberflächlich? John verehrte offenbar seine Frau, aber war das echt oder fake, wie man heute sagt? Wenn man an einer Schule unterrichtet, wird man entweder selbst zum Patienten eines Psychiaters oder man wird zum Menschenkenner.

Ich hatte viele Mädchen wie Marge in meinen Klassen gesehen, zerbrechliche Blumen nach außen, ein Kern aus Stahl und Entschlossenheit im Inneren. Marge mochte inzwischen eine verwelkte Blume sein, aber sie schaffte es, diese Aura von Schönheit und Zerbrechlichkeit perfekt aufrecht zu erhalten. Ich hatte auch viele Johns getroffen – nette Jungs, nicht brillant, das perfekte Material für zuverlässige zukünftige Ehemänner. Aber John schien die ganze Zeit auf der Hut zu sein. Vielleicht spielte meine Fantasie verrückt, aber von Zeit zu Zeit schien er Marge einen nachdenklichen, fast besorgen Blick zuzuwerfen – warum? Worüber machte er sich Sorgen?

***

Stunden später, lange nachdem ich den Westminster Grill verlassen hatte, lehnte ich mich in den luxuriös weichen Kissen meines Bettes zurück und konnte dennoch nicht einschlafen. Es war ein erstaunlicher Tag gewesen. Ich konnte immer noch nicht glauben, dass ich wirklich hier auf der Belgravia in diesem prächtigen Bett lag!

Meine Gedanken schweiften zu den Leuten, die heute Abend mit mir am Tisch gesessen hatten. Es war faszinierend gewesen –

und was für ein Unterschied zu einem Bus voller langweiliger Lehrerkolleginnen. Schade, dass sich Susan nicht zu mir gesellt hatte, denn es hätte großen Spaß gemacht, mit ihr jetzt über meine Mitreisenden zu plaudern. Nur hätte mich Daniel dann angesprochen? Susans Bemerkung über Frauen im Doppelpack war leider zutreffend gewesen.

Ich seufzte tief. Daniel, mit seinem attraktiven Lächeln …

»Amanda, hör auf, an Daniel zu denken«, schimpfte ich mit mir selbst.

Ich machte mir keinerlei Illusionen. Spätestens ab London würden Horden von unverheirateten Frauen hier auf dem Schiff hinter ihm her sein. Reiche Witwen oder Geschiedene, auf der Jagd nach dem nächsten Ehemann oder etwas Spaß. Eine Provinzgans wie ich hatte da nicht die geringste Chance.

Vielleicht kannst du ihn beeindrucken, du sprichst immerhin mehrere Sprachen, du kannst witzig und geistreich sein, schlug eine verschwörerische Stimme in mir vor. Ich seufzte. Ich wusste leider, dass ich realistisch gesehen keine Chance hatte, dass ein Mann wie Daniel sich für eine Lehrerin aus Hamburg interessieren könnte.

Du hast schöne grüne Augen, das ist schon etwas Besonderes, ertönte die dumme Stimme wieder, aber tief in meinem Herzen wusste ich, dass die schönsten Augen der Welt auch nicht helfen würden. Besser, ich vergaß Daniel.

Leichter gesagt, als getan, aber endlich gelang es mir, meine Gedanken von Daniel loszureißen, und sie wanderten zu Charles Peltier und seinem Begleiter. Peltier hatte später am Tisch das große Wort geführt, nicht ganz überraschend natürlich – kann es ein faszinierenderes Thema geben als Mode? Mode ist eine Welt, die alle Aspekte von Geld, Macht, Glamour und Drama in sich vereint. Neben ihm saß Frank, der Maskenbildner. Wie sollte ich ihn am besten nennen? War er Peltiers Assistent, Freund, Muse oder Liebhaber? Alles war möglich. Er hatte meistens geschwiegen. Nun, da ich ihn ohne den Stress, auf einer Fernsehbühne auftreten zu müssen, betrachten konnte, war mir aufgefallen, dass er fast klassisch schön war, der skandinavischen Typus des jungen Wikingers. Das gefiel sicher einem Designer wie Charles Peltier. Frank war ein schlanker junger Mann mit breiten Schultern, aber schmalen Hüften, der die Kreationen eines jeden Designers voll zur Geltung bringen würde.

Warum war er aber auf dieser Kreuzfahrt? Meine erste Vermutung, dass Frank als Loverboy mitkam, hatte ich dann doch verworfen, denn ich hatte keinerlei Liebe oder Leidenschaft zwischen den beiden feststellen können. Da hing diese merkwürdige Spannung in der Luft, fast feindselig. Was war also der Grund? Ich würde es herausfinden, da war ich mir sicher. Ich war neugierig geworden.

Doch der Schlaf wollte einfach nicht kommen und meine Gedanken schweiften weiter zu Marge und John oder »Darling« und »Honey«. Auf den ersten Blick ein harmonisches Paar, aber war der Schein nicht zu schön, um wahr zu sein?

Auch hier war ich mir sicher, dass ich unter der Oberfläche verborgene Unterströmungen wahrgenommen hatte. Plötzlich erinnerte ich mich an einen Schulkollegen, er war ein Typus Mann wie John. Ein älterer Lehrer, der seiner Frau treu ergeben war, zudem Herz und Seele seines Fußballvereins. Alles schien in bester Ordnung zu sein bis zu dem Tag, an dem herauskam, dass er eine große Summe aus der Vereinskasse veruntreut hatte.

Er hatte sich damit die Gunst eines Mädchens erkauft, zu allem Überfluss eine Schülerin aus seiner Klasse. Gott sei Dank war sie volljährig und in vielerlei Hinsicht recht reif, wenn man einmal von ihren schulischen Leistungen absah. Malte, unserem Direktor, war es gelungen, den Skandal zu vertuschen. Lehrer und Schülerin wurden schnell und geräuschlos von der Schule entfernt, Ersterer wurde vorzeitig pensioniert und dem Fegefeuer des Ehelebens überlassen, Letztere (wie wir später erfuhren) machte eine blendende Karriere im Escort-Service, die ihren unbestreitbaren Talenten wahrscheinlich besser entsprach als alles, was wir ihr in der Schule hätten beibringen können. Natürlich ist es immer gefährlich, voreilige Schlüsse zu ziehen, aber ich war misstrauisch geworden. Auch hier war meine Neugierde geweckt worden.

Meine Gedanken wanderten zurück zu Daniel, gegen alle guten Vorsätze. Ich hatte keinen Schimmer, was für eine Art Mensch er war. Gutaussehend, unbestreitbar, in mancher Hinsicht ein wenig zu glatt und poliert. Warum war er in seinem Alter noch Junggeselle? Ein Witwer? Nein, schlussfolgerte ich, er hatte nichts Trauriges an sich, wohl eher geschieden. Daniel schien sich für Schmuck zu interessieren, so viel war sicher. Ungewöhnlich für einen Junggesellen – und offensichtlich war es eine große Leidenschaft und nicht Teil seiner Arbeit, das hatte er mir deutlich zu verstehen gegeben.

Plötzlich verspürte ich einen Schauer der Erregung und erinnerte mich an den Film *Über den Dächern von Nizza*. Hatte Carry Grant darin nicht einen Einbrecher gespielt, der sich darauf spezialisiert hatte, den geradezu obszön Reichen an der Cote d'Azur die erlesensten Schmuckstücke zu stehlen … Nun, im Endeffekt war es die falsche Spur gewesen, aber Daniel war ja nicht Cary Grant. Es gab keine bessere Gelegenheit, um teuren Schmuck zu stehlen, als auf einem Kreuzfahrtschiff wie der Belgravia zu fahren – ich hatte heute Abend an jedem Tisch den teuersten Schmuck glitzern sehen. Daniel, ein Gentleman-Einbrecher? Meine wilden Fantasien liefen auf Hochtouren. Irgendwie konnte ich es nicht glauben, aber wie konnte ich mir sicher sein?

Ich zwang mich, das faszinierende, aber beunruhigende Thema Daniel beiseitezulassen und versuchte mir vorzustellen, wie die nächsten Passagiere aussehen würden und wer sie sein könnten. Wäre es nicht schön, wenn ein Filmstar darunter wäre? Oder ein Internet-Mogul im Ruhestand (gingen die heutzutage nicht alle jung in Rente?) – möglichst attraktiv und Single. Aber höchstwahrscheinlich wäre es jemand viel Alltäglicheres.

Nun, zweifellos würde ich es bald herausfinden.

Dann schlief ich endlich ein.

Tag 2 – Southampton und London

Helles Tageslicht sickerte durch die Gardinen in meine Kabine und weckte mich. Das sagte allerdings nicht viel über die Uhrzeit aus, denn bei uns in Nordeuropa geht die Sonne im Sommer früh auf.

Der Steward hatte uns daran erinnert, die Uhren um eine Stunde zurückzustellen, und widerwillig öffnete ich die Augen, um einen Blick auf die Digitaluhr zu werfen, die neben meinem Bett stand. Es war noch recht früh, sieben Uhr englische Zeit – aber obwohl ich versuchte, wieder einzuschlafen, war ich viel zu aufgeregt: Ich befand mich auf einer Kreuzfahrt und das größte Abenteuer meines Lebens hatte begonnen.

Ich beschloss, etwas auszuprobieren, was ich schon seit Ewigkeiten nicht mehr getan hatte: Ich würde im Bett frühstücken. Da ich mich nicht so recht entscheiden konnte, was ich bestellen wollte (mein übliches Dilemma), entschied ich mich für das komplette Frühstück mit allem Drum und Dran.

Nur eine Viertelstunde später klingelte es an der Kabinentür. Selbst die Klingel war nicht etwa aufdringlich, sondern passte mit ihrem sonoren Ton zu dem eleganten Ambiente. Ein livrierter Steward schob einen großen Trolley, voll beladen mit Delikatessen herein. Ich fragte mich unwillkürlich, ob ich nicht unwissentlich jemanden zum Frühstück eingeladen hatte.

»Ach du meine Güte, ich werde niemals auch nur ein Viertel davon essen können!«, rief ich aus.

Der Steward lächelte mich an. Er war ein sympathischer junger Mann mit asiatischen Gesichtszügen. Seine Uniform saß perfekt und er hielt sich aufrecht wie ein Soldat beim Appell. »Guten Morgen, ich bin Kenneth. Ich bin Ihr persönlicher Steward auf dieser Kreuzfahrt. Wenn Madam irgendwelche Wünsche hat, bin ich hier, um Ihren Aufenthalt so angenehm wie möglich zu gestalten.«

»Vielen Dank, Kenneth!« Ich lächelte dankbar zurück.

Was für eine nette Abwechslung zu meinem Leben in der Schule, wo die meisten Leute darauf aus waren, mir das Leben so schwierig wie möglich zu machen. Ich warf einen Blick auf das Essen, das sich auf dem Trolley türmte. »Das sieht zwar wunderschön aus, aber das ist viel zu viel! Wer soll das essen?«

»Unsere amerikanischen und russischen Gäste schätzen ein reichhaltiges Frühstück«, antwortete er und erlaubte sich ein kurzes Zwinkern. »Darf ich Ihnen die Eggs Benedict servieren? Sie schmecken viel besser, wenn sie noch warm sind und die Sauce hollandaise noch frisch und cremig ist.«

Er lüftete die silberne Glocke, die die Köstlichkeit verdeckt hatte, und als der wunderbare Duft von frischer Sauce hollandaise, knusprigem kanadischem Speck und Eiern meine Kabine erfüllte, verspürte ich plötzlich Heißhunger.

Kenneth schenkte mir dazu eine Tasse dampfend heißen Kaffee aus einer silbernen Kanne ein. Ich war glücklich. Danach goss Kenneth frischen Orangensaft ein, arrangierte die Blumen auf dem Servierwagen und servierte den frischen Toast, bevor er sich diskret zurückzog. Ich seufzte. Daran könnte ich mich gewöhnen!

Während ich mich durch die verschiedenen Köstlichkeiten kämpfte, die ich in einem Anfall von Völlerei bestellt hatte, beschloss ich, mir den Tag nicht durch Kalorienzählen zu verderben.

Beflügelt von dieser mutigen Entscheidung aß ich viel zu viel, aber das Essen war leider so gut! Ein letztes Plundergebäck mit dickem Zuckerguss kämpfte um meine Aufmerksamkeit, aber ich musste mich geschlagen geben, nichts ging mehr. Während ich mir eine weitere frische Tasse Kaffee einschenkte, wurde mir bewusst, dass nun eine wichtige Entscheidung auf mich zukam. Die Belgravia würde einen ganzen Tag lang nur unweit von London vor Anker liegen; sollte ich von Bord gehen und die London-Touristin spielen oder sollte ich an Bord bleiben – und einfach einmal nichts tun?

Nichts zu tun klang zwar verlockend, aber ich würde in den nächsten Tagen auf dem Atlantik genug Zeit haben, die Belgravia zu erkunden, denn dann würde es keine Zwischenstopps mehr geben, also war ein Abstecher nach London vermutlich die bessere Wahl. Ausnahmsweise war mir eine Entscheidung leichtgefallen. Vielleicht sollte ich häufiger so gut frühstücken?

Ich zog meine bequemsten Jeans an, dazu ein gestreiftes T-Shirt im Marinestil. Als ich an der Rezeption vorbeiging, begegnete ich Marge und John, die offensichtlich ebenfalls einen Ausflug nach London geplant hatten. Marge trug auch eine Jeans und dazu eine hellrosa Sommerbluse. Ergänzt wurde ihr Outfit durch einen großen rosa Strohhut, der farblich perfekt zu ihrer Bluse passte. Ihre Augen verbarg sie hinter einer Gucci-Sonnenbrille mit Gläsern in der Größe von Untertassen. Wenn John nicht gewesen wäre, hätte ich sie vielleicht gar nicht erkannt. John war jedoch nicht zu übersehen; sein Hawaiihemd stach, gelinde gesagt, aus der Menge heraus.

»Hallo, wer ist denn dort?«, rief Marge gut gelaunt aus. »Amanda, Darling. Auch auf dem Weg nach London, was willst du dir dort anschauen?«

Um ganz ehrlich zu sein: Ich hatte mich noch nicht entschlossen. Sich für einen Ausflug zu entscheiden, ist so schwierig wie die Auswahl aus einer Speisekarte. Ich weiß nie, was ich auswählen soll: Kultur ist schön, aber ein Spaziergang durch den Hyde Park, vielleicht ein kurzer Blick auf den Buckingham Palace wäre auch verlockend, man weiß ja nie, ob nicht vielleicht ein paar Royals die Mall entlangfahren. Susan würde vor Neid sterben, wenn ich ihr erzählen könnte, dass ich zufällig eine der diversen Prinzessinnen oder Herzoginnen mit einem ihrer großen Hüte gesehen habe. Wenn man dann noch die Besichtigung der Kronjuwelen, Flohmärkte, Covent Garden und so weiter hinzufügt, ist die Liste der interessanten Aktivitäten schier endlos. Aber das konnte ich so nicht offen zugeben, ich gab also vor, als ob ich genau wüsste, was ich geplant hätte.

»Ich wollte ins British Museum gehen«, antwortete ich in einem forschen Ton. »Es ist einfach ewig her, dass ich dort war.« *Du bist dumm*, wand sofort meine innere Stimme ein, *ein Einkaufsbummel und ein Mittagessen in Covent Garden machen viel mehr Spaß.*

»Das Britische Museum!«, hauchte Marge mit einer Stimme voller Ehrfurcht.

»Dürfen wir dich begleiten, natürlich nur, wenn es dir nichts ausmacht, meine Liebe? Ich muss gestehen, dass ich nie weiß, was ich in London unternehmen soll, diese Stadt überwältigt mich, ich kann mich einfach nicht entscheiden, was ich auswählen soll. Das ist leider eine meiner Schwächen.«

Sie sah John auffordernd an, der dies zu Recht als seinen Einsatz auffasste. »Keine Schwäche, meine Liebe. London ist wirklich ziemlich verwirrend.«

Marge schenkte ihm ein kurzes, zufriedenes Lächeln und fuhr fort: »Aber das Britische Museum klingt wunderbar, alle reden davon. Seit es von Sir Norman renoviert wurde, muss es spektakulär aussehen.« Ich gab entsprechende zustimmende Laute von mir, obwohl ich in Wirklichkeit keine Ahnung hatte, dass das British Museum in letzter Zeit renoviert worden war. Ich nehme an, sie meinte Sir Norman Foster, den weltweit bekannten und weltweit gefeierten Architekten.

Der luxuriöse Bus, den das Belgravia zur Verfügung gestellt hatte, hielt in der Nähe des Piccadilly Circus. Wir kletterten aus dem Bus und fühlten uns fast wie kundige Einheimische, als wir die Tube nahmen und uns mutig in den Schmutz, Gestank und das Chaos des Londoner Verkehrs stürzten. Wenn ich die Augen schließe, erkenne ich die Tube allein an ihrem durchdringenden Geruch, einer seltsamen Mischung aus Motoröl, Schmutz, Menschen, ehrwürdigem Alter und gewissen, eher unappetitlichen Zutaten.

Seit wir in den Bus eingestiegen waren, hatte Marge nicht eine einzige Minute geschwiegen. Ich konnte John nur bemitleiden. Er musste die Geduld eines Engels haben. Ihre Themen reichten von Mode bis zu Klatsch und Tratsch, und gegen meinen Willen wurde ich ihre Vertraute in Bezug auf diverse Krankheiten, die sie in den letzten Jahren heimgesucht hatten. Marges Gesprächsfluss setzte sich bis in das British Museum hinein ununterbrochen fort.

Ich hatte keine Ahnung, was wir im Museum eigentlich besichtigen wollten, und so steuerten wir eher zufällig die Abteilung in der Nähe des Eingangsfoyers an, gewidmet dem antiken Ägypten.

Diese Abteilung ist allerdings sehr umfangreich. Nach mehr als einer Stunde hatten wir noch nicht einmal die Hälfte davon besichtigt. Als Geschichtslehrerin bin ich selbstverständlich mit den prominenten Pharaonen wie dem großen Ramses, der berüchtigten Hatschepsut und dem ehrgeizigen Reformer Echnaton vertraut – doch die schier endlose Liste der Pharaonen, die das Nildelta über Tausende von Jahren beherrscht haben, würde selbst das Gedächtnis eines Spezialisten überfordern.

Aber allein die Vorstellung, dass diese Hochzivilisation bereits Jahrtausende vor dem Bau der ersten Stadt in Europa existierte, beeindruckt mich immer wieder; für die Ägypter müssen wir Europäer wie bloße Parvenüs wirken.

Sogar Marges ununterbrochener Strom von Geschwätz verstummte, als wir an der endlosen Reihe imposanter Statuen entlangschritten, die hochmütig auf uns herabstarrten. Wir waren nichts weiter als ein Teil der gesichtslosen Masse von Sterblichen, die hier den ewigen Frieden der alten Gottheiten stören wollten und die durch eine Laune der Geschichte zu bloßen Touristenattraktionen degradiert worden waren. Ich hatte etwas Mitleid mit diesen alten Gottheiten; sie hatten etwas Besseres verdient.

John, der bisher nicht viel geredet hatte (nicht, dass er oder ich viel Gelegenheit dazu gehabt hätten), meldete sich plötzlich: »Diese Mumien und Statuen machen mich ganz durstig, Liebling, ich glaube, ich werde draußen schnell ein Bier trinken. Ich habe direkt vor dem Eingang einen Stand gesehen, der Getränke verkauft. Du kannst mich dort finden, sobald du mit Ägypten fertig bist. Ich habe keine Ahnung, was dich hier hält, ich habe noch nie so einen deprimierenden Haufen von Statuen gesehen, wenn ich ehrlich bin.«

Darling öffnete den Mund, so als wolle sie protestieren, aber John hatte sich umgedreht und war schon verschwunden.

»Männer«, seufzte sie, »sind sie nicht furchtbar? Aber es ist so schwer, auf sie zu verzichten!«

»Ich scheine es ohne einen Mann ganz gut zu schaffen«, bemerkte ich trocken.

»Aber du bist anders«, antwortete Marge und sah mich bewundernd an. »Du bist so stark und unabhängig. Ich fürchte, ich brauche eine starke Schulter, an die ich mich anlehnen kann. Ich wünschte, ich könnte eine Lehrerin sein wie du oder etwas anderes, etwas Nützliches. Weißt du, ich hatte nie einen richtigen Job in meinem Leben, erst war ich Tochter – und dann Ehefrau.«

Ich wollte gerade die übliche, unverbindliche Antwort geben, als ich merkte, dass eine Träne ihre Wange herunterrollte.

»Entschuldige«, schluchzte sie. »Ich hatte einmal eine Tochter, aber wir haben sie vor Jahren verloren, und wir haben uns nie von diesem Verlust erholt. Ich erinnere mich noch an diesen schrecklichen Tag. Die Sonne schien, es war ein so schöner Tag, als die Polizei mich anrief. Das werde ich nie vergessen. Manchmal frage ich mich, warum, wie kann das Leben so grausam sein?«

Ich war ratlos, was ich antworten sollte. Die üblichen Plattitüden würden nicht ausreichen. Mein Blick ging hinauf zu den teilnahmslosen Göttern. Ja, Marge hatte recht, sie sahen in ihrer unnahbaren Göttlichkeit auch grausam aus. Vor Tausenden von Jahren müssen sich ihnen schon verzweifelte ägyptische Mütter zu Füßen geworfen haben, um die Kinder oder Ehemänner zu beweinen, die sie verloren hatten. Und ich war mir sicher, dass es auch damals keine schlüssige Antwort gegeben hatte.

»Es tut mir leid, Amanda, ich wollte dir nicht den Tag verderben. Aber seit diesem Tag trinkt John zu viel. Ich wollte dir lieber gleich die Wahrheit sagen, du wirst es sowieso merken, du hast ein scharfes Auge.«

»Ist schon gut, Marge, ich verstehe das. Aber ich weiß nicht, was ich sagen soll, alles, was mir einfällt, klingt so unzureichend. Ich wünschte, ich könnte dich trösten. Manchmal wünsche ich mir auch eigene Kinder. Ich beneide meine Kolleginnen und Kollegen jedes Mal glühend, wenn sie voller Stolz im Lehrerzimmer verkünden, dass sie ein Kind erwarten. Ich habe nichts, nicht einmal einen Ehemann, für den ich sorgen kann. Aber das Leben ist wie unbekanntes Land, man muss es erkunden, hat mein Vater immer gesagt.«

Marge lächelte und murmelte: »Dann sind wir ja fast wie Schwestern, ich bin wirklich froh, dass ich dich getroffen habe. Aber kein Wort zu John, bitte. Du musst es mir versprechen!«

»Versprochen! Aber jetzt lass uns aus dieser deprimierenden Abteilung verschwinden. Ich fürchte, John hatte recht. Lass uns zu etwas Fröhlicherem übergehen. Es gibt Räume, die dem 16. und 17. Jahrhundert gewidmet sind, eigentlich meinem Spezialgebiet. Ich werde versuchen, dich nicht zu sehr zu langweilen, aber ich kann dir viele Geschichten erzählen, einige davon sogar ziemlich pikant … Die Damen sehen auf den Bildern vielleicht prüde und distanziert aus, aber ich kann dir versichern, dass sie alles andere als zahm waren!«

»Du meinst, sie hatten Liebhaber?« Marge kicherte. Die Idee gefiel ihr offensichtlich.

»Jede Menge davon!« Ich zwinkerte ihr zu. »Die Heirat unter den adligen Familien war nichts anderes als eine politische Verbindung oder eine Art Vertrag zur Vermehrung des Reichtums. Das erste Kind musste ehelich geboren werden, aber was die anderen betraf, schien es niemanden sonderlich zu kümmern, solange der Schein gewahrt wurde.«

Wir beschlossen, John in Ruhe sein Bier trinken zu lassen, und verbrachten eine recht amüsante Zeit in dieser Abteilung, nicht mehr unter den kalten Blicken frustrierter Gottheiten, sondern beim Betrachten von Schmuck, Kostümen und Bildern längst verstorbener Herren und ehemaliger Schönheiten der damaligen High Society.

»Wie haben die sich jemals ausziehen können, zum Beispiel nur, um auf die Toilette zu gehen, ihre Kleider müssen Tonnen gewogen haben. Schau, dieses hier war sogar mit Perlen bestickt. Und sieh dir diese kleine spanische Prinzessin an, sie sieht aus wie eine Puppe, ich glaube, die konnte sich in ihrem Kleid kaum bewegen«, rief Marge aufgeregt aus, während sie auf das Bild einer königlichen Infantin von Spanien zeigte, die in ihrer ganzen königlichen Pracht abgebildet war.

»Du hast recht, ihr Kleid war tonnenschwer. Oft mit Gold- und

Silberfäden durchwirkt, denn die Pracht ihres Kleides sollte die Überlegenheit ihres königlichen Blutes unterstreichen. Aber um auf deine Frage zurückzukommen: Sie haben keine Toiletten benutzt, denn es gab keine.«

»Sie haben keine Toilette benutzt?«, quiekte Marge entsetzt.

»Nicht in unserem Sinne. Es gab Toilettenstühle, aber selbst die höchstgeborenen Prinzessinnen trugen keine Unterwäsche. Das Entkleiden und erneute Anziehen wäre einfach zu zeitaufwendig gewesen.«

Marge sah mich ungläubig an. »Du machst Witze!«

»Ich schwöre, Marge, nach allem, was wir wissen, ist das die Wahrheit.«

Marges amerikanisch-puritanische Seele war schockiert – wie konnten sie nur!

Eine Stunde später befanden wir erschöpft, dass wir genug Kultur getankt hatten, und sehnten uns nach einem guten Mittagessen. Wir holten John ab, der draußen auf einer sonnigen Bank mit einer Flasche Bier saß – ich denke nicht, dass er uns vermisst hatte. Gemeinsam beschlossen wir, mit der Tube nach Covent Garden zu fahren, denn drei Stunden im British Museum waren für einen Tag genug – wenn nicht sogar zu viel – an Bildung und Kultur.

In Covent Garden saßen wir draußen auf der Terrasse eines gemütlichen Restaurants mit schönem Blick auf die alten Gebäude und die bunten Geschäfte, während wir den Straßensängern zuhörten, die ihr Bestes versuchten, um auch die neuesten Hits nachzuplärren. Wir ertrugen diese Versuche in versöhnlicher Stimmung, vielleicht weil wir zu unserem späten Mittagessen eine Flasche Rosé bestellt hatten und uns von dem ausgezeichneten Wein etwas müde und beschwipst fühlten. Es war ein herrlicher Sommernachmittag, fast zu heiß, denn London kann im Sommer sehr stickig werden.

»Oh, mein Gott, hast du die Zeit gesehen?«, kreischte Marge plötzlich.

Ich hatte nicht aufgepasst, aber ein Blick auf die Uhr und mir wurde klar, dass es schon längst an der Zeit war, unseren Bus zu besteigen. Schnell bezahlten wir die Rechnung und hasteten zum Piccadilly Circus zurück, wo unser Bus bereits auf uns wartete. Wir waren die letzten Fahrgäste und unser Auftauchen wurde mit lautem Jubel begrüßt.

John ließ sich in die weichen Polster sacken, schloss die Augen und begann zu schnarchen, sobald sich der Bus in Bewegung setzte, was uns zum Lachen brachte, aber auch ich musste sofort eingenickt sein, denn ich öffnete meine Augen erst, als wir in Southampton anhielten, bereit, wieder die Belgravia zu boarden.

Erschöpft, aber auch beschwingt von diesem Ausflug erreichte ich meine Kabine. Schon erschien Kenneth mit dem abendlichen Leckerbissen von Kanapees und Champagner, aber ich hatte keine Lust, etwas zu essen.

»Danke, Kenneth, aber wir hatten ein spätes Mittagessen in der Stadt. London ist einfach genial, was für eine aufregende Stadt!«

»Es ist mein Traum, eines Tages in London zu studieren«, antwortete Kenneth zu meiner Überraschung. »Ich arbeite hier auf der Belgravia, um genug Geld zu sparen, denn ich möchte nicht, dass meine Eltern für mein Studium bezahlen müssen; sie arbeiten so schon hart genug.«

»Das ist großartig, Kenneth, ich wünsche Ihnen alles Gute für das zukünftige Studium. Welches Fach haben Sie denn ausgewählt?«

»Es wird auf jeden Fall etwas mit Wirtschaft zu tun haben, aber ich weiß noch nicht, welche Fachrichtung. In der Schule war ich in

Mathematik der Klassenbeste. Vielleicht werde ich Investmentbanker – damit kann man in kürzester Zeit ein Vermögen machen.« Er lächelte: »Und dann fahre ich wieder auf der Belgravia, aber als Passagier.«

Während er mein Zimmer für die Nacht vorbereitete, sprachen wir weiter über die verschiedenen Universitäten, die London zu bieten hat (es gibt viele davon, aber die meisten sind für Ausländer unverschämt teuer), bis es Zeit für mich war, mich in etwas elegantere Kleidung zu gewanden, denn das Abendessen stand bevor. Ich war immer noch nicht hungrig, aber ich war neugierig auf die neuen Passagiere, die sich uns hier in Southampton anschließen würden.

Bis jetzt hatte ich jede Minute meiner Reise genossen. Susan hatte recht gehabt: Ich bereute keinen Cent von dem Geld, das ich bisher ausgegeben hatte.

***

Als es an der Zeit war, das Restaurant aufzusuchen, lief ich den langen Korridor entlang und war stolz darauf, den Weg zum Lift und dann zum Restaurant mit nur einem kleinen Umweg gefunden zu haben. Warum nur sahen auf diesem Schiff alle Decks fast gleich aus?

So kam ich kurz nach acht an dem Tisch an, an dem Marge und John bereits ihre Plätze von gestern Abend eingenommen hatten. Marge saß vor einem Cocktail mit einer schreiend rosafarbenen Flüssigkeit (genannt *Lychee Dream*), während John einen klassischen trockenen Martini gewählt hatte. Frank saß mir gegenüber und sah nicht mehr so mürrisch aus wie gestern, sondern unterhielt sich angeregt mit einem jungen Mann, den ich noch nie zuvor gesehen hatte; er musste einer der neuen Passagiere sein. Sie waren ein auffällig gut aussehendes Paar, fast hätten sie Brüder sein können. Der junge Mann erhob sich höflich, um mich zu begrüßen. Ich schätzte, dass er nicht viel älter als etwa zwanzig war.

»Darf ich mich vorstellen?«, verbeugte er sich förmlich.

Ich war erfreut; keiner meiner Schüler hatte sich je vor mir verbeugt.

»Ich bin Thomas Olstrom aus Kanada, aber bitte nennen Sie mich Tom!«

»Ich bin Amanda Lipton, aber bitte nennen Sie mich Amanda. Miss Lipton lässt mich so alt klingen.«

Das Praktische an der englischen Sprache ist, dass man sich sofort duzt.

Wir führten den üblichen Small Talk über die Belgravia, das Wetter und so weiter, als sich sein lebhafter Gesichtsausdruck eintrübte, er wirkte fast bockig, so wie Frank am Tag zuvor. Steif fuhr er fort: »Darf ich dir meinen Vater, Walter, und seine Frau Veronique vorstellen?«

Tom deutete auf ein Paar, das sich unserem Tisch näherte. Walter, eigentlich Sir Walter Olstrom, wie ich später erfahren sollte, war Anfang fünfzig, sah aber jünger aus, da er sein volles Haar behalten hatte. Er war blond wie sein Sohn, nur an den Schläfen zeigten sich erste graue Strähnen. Sir Walter war allerdings kräftig gebaut, von ganz anderer Statur als sein schlanker und groß gewachsener Sohn. Er erinnerte mich an einen ehemaligen Rugbyspieler, muskulös und jederzeit kampfbereit, was seiner starken Persönlichkeit entsprach. Seine Frau Veronique war gute zwanzig Jahre jünger; kein Wunder, dass sein Sohn nicht begeistert war – sie hätte seine Schwester sein können.

Veronique war eine umwerfende asiatische Schönheit, schlank und anmutig, ihr langes schwarzes Haar glänzte im Licht der Kerzen. Sie schritt elegant auf Schuhen, von denen ich mir nicht einmal vorstellen konnte, sie auch nur 15 Sekunden lang tragen zu können. Die glänzenden silbernen Absätze waren so hoch und spitz, dass sie vermutlich einen Waffenschein dafür beantragt haben musste. Mit ihrem Aussehen hätte sie sofort einen Model-Vertrag bekommen können, auch wenn sie dafür vielleicht ein bisschen zu klein war.

Ich gebe zu, es ist ein bisschen gemein von mir, aber ich war froh, dass ich wenigstens einen Makel an ihr gefunden hatte! Ich finde es immer deprimierend, mit menschlicher Perfektion konfrontiert zu werden. Ein kurzer Blick auf Daniel verriet mir, dass er keinerlei Probleme damit hatte, menschliche Perfektion vor sich zu sehen – warum stehen Männer immer auf eine schöne Fassade?

Ich spürte einen Anflug von Eifersucht, der meine anfängliche Abneigung gegen Veronique nur noch verstärkte. Später erfuhr ich, dass das Paar sich in Hongkong kennengelernt und dort auch geheiratet hatte; es war eine märchenhafte Geschichte von Liebe auf den ersten Blick – zumindest auf Sir Walters Seite.

Veronique war die Art von Frau, die das Schlimmste in mir weckt, sie war die elegant-raffinierte Designer-Version der nervigen Claudia. Selbstbewusst erwartete sie von ihrem Mann, dass er immer nach ihrer Pfeife tanzte – und bald entdeckte ich, dass sie dasselbe von uns erwartete – wenn sie sich überhaupt herabließ, uns zur Kenntnis zu nehmen.

Was mich an diesem Abend aber am meisten ärgerte, war die Tatsache, dass sie ihren Stiefsohn unablässig drangsalierte und ihn dadurch äußerst unbeholfen erscheinen ließ. Ich hätte Toms Vater gerne eine Standpauke verabreicht, denn er schien völlig blind für das boshafte Spiel seiner Frau zu sein. Wahrscheinlich dachte er, dass Veronique nur im Scherz sprach. *Es gibt keinen größeren Narren als einen alten Narren*, heißt ein englisches Sprichwort. Nichts ist leider näher an der Wahrheit.

Marge zupfte an meinem Ärmel. Wir waren jetzt beste Freundinnen, schloss ich daraus.

»Es sind *die* Olstroms«, flüsterte sie, oder zumindest dachte sie, dass sie flüsterte. Ich war mir sicher, dass man jedes einzelne Wort an unserem Tisch hören konnte.

»Wer sind *die* Olstroms?«, flüsterte ich zurück, wohl wissend, dass mein Flüstern unhöflich war, aber sie hatte meine Neugierde geweckt, und das ist leider nicht gut.

»Sir Walter Olstrom, der kanadische Multimilliardär. Öl, Holz, Schiefergas, das alles gehört ihm. Er hat seine Frau letztes Jahr im Dezember geheiratet, eine Überraschungshochzeit, alle US-Zeitungen berichteten darüber. Sie ist brillant, sie hat sogar einen Doktortitel in Management.«

Zum Glück hatte der Kellner schon angefangen, die Bestellungen aufzunehmen und der Lärm am Nachbartisch übertönte unser Getuschel. Ich bin eigentlich nicht die Art von Person, die von Geld oder Ruhm geblendet wird. Aber wer wäre nicht beeindruckt, mit einer echten Berühmtheit, einem Milliardär, zu speisen? Der einzige Milliardär in meinem Bekanntenkreis war bis dato Dagobert Duck gewesen. Aber auf seine Frau Veronique hätte ich gut verzichten können …

Jetzt erst betrat Charles Peltier den Raum.

»Hi allesamt, entschuldigt die Verspätung, ich habe in der Bar etwas getrunken, denn das ist der einzige Ort, an dem man hier noch rauchen darf. Ich kann leider nicht ohne meine kubanischen Zigarillos leben«, fügte er mit einem entschuldigenden Lächeln hinzu.

Er schenkte den beiden jungen Männern einen nachdenklichen Blick. War das die Reaktion darauf, dass sich Frank und Tom so gut verstanden?

Interessant, dachte ich. *Er ist eifersüchtig* … Da war ich mir sicher. *Frank muss also doch mehr als nur ein Assistent sein.* Charles Peltier hatte sich aber sofort wieder im Griff und begrüßte die neu eingetroffenen Gäste.

Nun war ich allerdings sehr erstaunt über Veroniques Reaktion.

»*Der* Charles Peltier«, rief sie schon fast hysterisch, während sie in ihrer Louis Vuitton-Tasche kramte, bis sie ihr iPhone fand. Sie riss es aus seiner diamantbesetzten Hülle und öffnete hastig einen Ordner mit Fotos. Stolz hielt sie es dem überraschten Modeschöpfer unter die Nase.

»Sehen Sie, ich habe eine Ihrer Kreationen zu meiner Verlobungsfeier im letzten Jahr getragen!«, stammelte sie atemlos und ihr Gesicht errötete vor Stolz.

Ich war baff. Ich hätte nie gedacht, dass eine Frau wie Veronique in der Lage sein könnte, echte Leidenschaft zu zeigen, ich meine damit die Art Leidenschaft, die über die Liebe für das Bankkonto oder das Shopping hinausreicht, aber offenbar war sie ein Modefreak.

Charles Peltier schien sich aufrichtig zu freuen und betrachtete das Foto genauer.

»Oh ja, das war auch eine ganz besondere Création. Sehen Sie die Stickerei auf der linken Schulter? Ich habe sie in Persien in Handarbeit anfertigen lassen, denn nur in Persien ist man noch in der Lage, die komplizierten Muster mit echten Goldfäden zu sticken, die ich nach dem Vorbild alter orientalischer Hofkleidung entworfen hatte. Als es dann fertig war, schienen all meine Bemühungen vergeblich gewesen zu sein. Wir konnten keine Lizenz erhalten, um die wertvolle Ware durch den Zoll zu bekommen. Ich weiß bis heute nicht warum: Ging es um Bestechung, waren den Mullahs die prächtigen Stickereien ein Dorn im Auge? Es blieb mir also nichts anderes übrig, als sie aus dem Land zu schmuggeln. Es hat mich erneut ein Vermögen gekostet, aber ich musste diese besondere Stickerei haben, denn ohne sie wäre das Kleid bedeutungslos und ordinär gewesen, nur eines von vielen. Vermutlich habe ich damit gegen das Gesetz verstoßen, aber wir Künstler sind Perfektionisten und ich konnte mir einfach nicht vorstellen, meine Kollektion mit etwas anderem als dem Besten und Edelsten auf den Laufsteg zu bringen. Sie haben ein ausgezeichnetes Auge, Madame, es ist sicherlich das wertvollste und seltenste Stück der letztjährigen Kollektion.«

Veronique saugte seine Worte auf wie eine verhungernde Biene den Nektar. Ich schloss daraus, dass Charles Peltier ein hervorragender Verkäufer war, der Veronique eingeschätzt hatte und ihr genau die Geschichte erzählte, die sie hatte hören wollen.

»Ich habe einen guten Batzen Geld dafür auf den Tisch gelegt«, warf Sir Walter launig ein.

»Übrigens, schön, dich kennenzulernen Charles, ich bin Walter, Veroniques Ehemann. Sie liebt deine Sachen, ich glaube, wir haben einen ganzen Schrank voll mit Kleidern, Mänteln und Schuhen von Peltier – sie ist ein großer Fan deiner Entwürfe. Ich sage ihr immer, was willst du mit dem Plunder, aber sie kann gar nicht genug davon besitzen.«

Peltier machte eine kleine Verbeugung vor Veronique. »Ich fühle mich geehrt – und lassen Sie mich hinzufügen, dass es der Traum eines jeden Designers ist, für eine Kundin wie Sie zu arbeiten, eine Frau, die weiß, wie man Mode trägt. Wie oft haben wir es mit Kunden zu tun, die eigentlich gar keine Haute Couture tragen sollten … ein Albtraum.«

Veronique saß am Tisch und himmelte Peltier an, so als wäre er ein Popstar, während Peltier ihre Bewunderung sichtlich genoss. Wie jeder Künstler liebte er es, verehrt zu werden. Nun, wer würde das nicht?

Mir war aufgefallen, dass unser Tisch für eine weitere Person gedeckt worden war. Es war unwahrscheinlich, dass dem Kellner ein Fehler unterlaufen war, nicht auf der Belgravia. Ich hatte meinen Gedankengang noch nicht zu Ende gedacht, als der fehlende Passagier auftauchte.

Der Neue sah unsicher aus, war schlank und groß, ein Mann in den Vierzigern. In Wahrheit sah er aus, als sei er von einem anderen Planeten gelandet und versuchte vergeblich herauszufinden, wie und warum er hierher gebeamt worden war. Seine Abendgarderobe wirkte zusammengewürfelt, von unbestimmtem Alter und saß schlecht. Er trug eine große Brille und auf seinem Kopf saß ein Schopf unordentlicher, blonder Haare. Seine blaue gepunktete Fliege saß leicht schief. Alles zusammen sagte aus, dass es sich bei unserem neuen Mitreisenden um einen Kollegen aus der akademischen Welt handeln musste, höchstwahrscheinlich einen Briten. Seine erstaunt aufgerissenen babyblauen Augen musterten uns, so als wüsste er nicht, warum er überhaupt hier stand.

Zum Glück kannte ich diesen Menschentypus gut, denn ich hatte in der Schule und an der Universität schon viele dieser verlorenen wirkenden, meistens sehr intellektuellen Kollegen getroffen.

Da er uns sprachlos musterte, unsicher, was er nun tun sollte, erhob ich mich von meinem Stuhl und begrüßte ihn mit einem freundlichen Lächeln. »Hallo, Sie müssen der fehlende Mann an unserem Tisch heute Abend sein! Darf ich mich vorstellen? Ich bin Amanda, das sind Marge und ihr Mann John, willkommen an unserem Tisch!«

Er lächelte mich an, dankbar, dass ich ihn aus einer peinlichen Situation gerettet hatte. Sein Lächeln veränderte sein Gesicht völlig und ließ ihn jünger, fast knabenhaft und sogar attraktiv aussehen. Ich errötete, als ich sah, wie seine Augen mich freudig und interessiert musterten. Er sah mich an, wie ein Professor eine vielversprechende Studentin angeschaut hätte.

»Darf ich mich vorstellen? Ich bin Neil Hopkins.«

»Sind Sie zufällig Dozent an einer Universität?« Ich konnte mir die Frage nicht verkneifen.

Er lachte. »Nutzlos, es zu leugnen, aber ist es so offensichtlich? Was verrät mich? Die Fliege?«

»Auch …« Ich lächelte zurück. »Ich bin selbst Lehrerin. Ich schätze, ich kann die Aura von Lehrerkollegen über Kilometer entfernt spüren, Mr. Hopkins.«

»Nenn mich bitte Neil, darf ich dich Amanda nennen? Was ist deine Fachrichtung? Lass mich raten: irgendwas mit Kunst oder … Sprachen vielleicht?«

»Englisch und Geschichte. Du hast recht, wie hast du das erraten?«

»Durch die Art, wie du dich anziehst.« Er zwinkerte mir zu. »Ich habe noch nie einen Kollegen oder eine Kollegin aus der wissenschaftlichen Abteilung gesehen, die so elegant gekleidet waren. Sie sind alle zerstreut wie ich. Wir fangen an, uns anzuziehen, und auf halbem Weg fällt uns eine interessante Frage oder ein Problem ein und wir lassen uns ablenken. Ich bin mir sicher, dass ich auch heute Abend wieder etwas vergessen habe …«

Ich lachte. Ich begann, meinen neuen Mitreisenden zu mögen. »Den Kamm?«, schlug ich lächelnd vor.

Seine Hand wanderte zu seinem Kopf, so als ob er zum ersten Mal entdeckte, dass er überhaupt Haare besaß. Dann lächelte er mich reumütig an. »Ein Kamm, du hast recht, ich muss schrecklich aussehen!«

»Etwas zerzaust, aber durchaus interessant«, munterte ich ihn auf.

Neil Hopkins drehte sich zu Daniel um, um sich vorzustellen, aber Daniel sah ihn an und rief sofort begeistert: »Professor Hopkins, das nenne ich eine echte Berühmtheit an unserem Tisch!«

Neil errötete wie ein erwischter Schuljunge. »Ganz und gar nicht, ganz und gar nicht!«

Daniel sah mich an und ignorierte dabei Neils Versuche, ihn zum Schweigen zu bringen. »Professor Hopkins hat letztes Jahr den Nobelpreis für Medizin erhalten. Einer der jüngsten Nobelpreisträger der Geschichte. Man flüstert, dass er bald auch noch für einen Preis der Chemie nominiert wird.«

Jetzt war es für mich an der Zeit, zu erröten. War das nicht einfach typisch für mich? Ich habe einen veritablen Nobelpreisträger vor mir, und was tue ich? Ich sage ihm, dass er vergessen hat, sich zu kämmen! Ich bin vermutlich ein hoffnungsloser Fall.

In der Zwischenzeit hatten auch die anderen Gäste mitbekommen, dass wir einen Prominenten unter uns hatten. Walter Olstrom war besonders fasziniert, seine Frau weniger, denn ich war mir sicher, dass sie nicht gerne in den Schatten gestellt wurde. Offenbar hatte Sir Walter gerade ein Start-up-Unternehmen gekauft, das Professor Hopkins' Forschung zur Optimierung der Ölförderung nutzt. Wie das alles zusammenhängt, war mir allerdings nicht klar.

»Was ist sein Forschungsgebiet?«, fragte ich Daniel, in der Hoffnung, nicht allzu ungebildet zu klingen.

»Sein Spezialgebiet sind seltene Toxine, die im Kampf gegen resistente Bakterien eingesetzt werden könnten, was zu neuen Erkenntnissen über die Strukturen der DNA von Bakterien geführt hat.«

Marge warf plötzlich ein: »Ein faszinierendes Forschungsgebiet. Er ist ein großartiger Mann, ein brillanter Geist!«

Ich war verblüfft. Ich hätte nie gedacht, dass Marge sich für Nobelpreisträger interessiert und sogar über deren Forschungsgebiet Bescheid weiß.

Dieser Abend erwies sich als noch unterhaltsamer als der letzte. Ich badete in der Aufmerksamkeit zweier Männer und sogar John wurde gesprächig, als er entdeckte, dass Neil ein Fan von American Football war (ein echter und nicht ein falscher wie ich). Und doch gab es im Nachhinein betrachtet auch eine Menge von Spannungen am Tisch. Ich hätte also darauf gefasst sein müssen, dass es Ärger geben würde.

Die beiden jungen Männer an unserem Tisch entdeckten bald ihre gemeinsame Begeisterung für obskure Computerspiele.

Ich bin stolz darauf, fließend Englisch zu sprechen, aber ich muss gestehen, dass ich kaum ein Wort ihrer Unterhaltung voller Kürzel und seltsamer Namen verstand. Dennoch verstand ich genug, um zu bemerken, dass ihre »Spiele« in einer Art ausgiebigem – hoffentlich virtuellem – Gemetzel gipfeln mussten, bei dem man die Möglichkeit hatte, Zillionen von Punkten zu sammeln, die in der Spielergemeinschaft offenbar sehr begehrt waren.

Ich bemerkte auch, dass Veronique sich von Zeit zu Zeit einmischte; denn sie hasste es offensichtlich, ignoriert zu werden. Ihre Kommentare sollten lustig und geistreich wirken – und Walter nahm sie wahrscheinlich für bare Münze –, aber sie waren getränkt von subtiler Bösartigkeit, die Frauen als wirksame Waffe einsetzen können. Sie tat alles, um Tom wie einen dummen Jungen aussehen zu lassen, nicht wie den vielversprechenden jungen Mann, als den ich ihn einschätzte.

»Ich wundere mich manchmal«, hörte ich sie sinnieren, »wie ihr bei diesen Spielen Hunderttausende von Punkten erreichen könnt, aber Tom es geschafft hat, das Getriebe meines Porsche zu ruinieren …«

»Tom!«, schrie Walter gequält auf. »Du hast Veroniques Porsche ruiniert? Das ist ein Sammlerstück, ein Unikat. Ich habe ihn für Veronique entwerfen und umbauen lassen – bist du verrückt? Was ist passiert?«

»Reg dich nicht auf, Darling!«, beschwichtigte Veronique, aber ihr aufgesetzt mütterlicher Tonfall musste Tom eine Gänsehaut bescheren. »Er ist doch nur ein Junge und Jungs machen nun mal dumme Fehler. Es ist nichts, ich habe es schon reparieren lassen!«, fügte sie achselzuckend hinzu.

Tom wurde scharlachrot, was seinen gestotterten Beteuerungen, er habe nichts falsch gemacht, sondern den Porsche bereits mit einem kaputten Getriebe vorgefunden, jegliche Glaubwürdigkeit nahm.

In meinem Leben habe ich schon viele Veroniques und Toms getroffen habe – nicht alle so reich natürlich. Ich gebe offen zu, dass ich voreingenommen war, aber ich war geneigt, Tom zu glauben. Ich hätte schwören können, dass seine Stiefmutter ihn reingelegt hatte. Während Sir Walter den armen Tom weiter mit einer Gardinenpredigt bedachte, bemerkte ich, wie ein kurzes, zufriedenes Lächeln über Veroniques Gesicht huschte, während sie wie eine schnurrende Katze zusah.

Den Rest dieser Episode konnte ich allerdings nicht verfolgen, da Daniel meine Gedanken mit einer äußerst wichtigen Frage unterbrach: »Amanda, ich habe keine Ahnung, welches Dessert ich wählen soll, es sieht alles so verlockend aus. Hast du einen Vorschlag?«

Natürlich musste ich seiner Bitte nachkommen und diesem Problem meine volle Aufmerksamkeit widmen. Nach langem Überlegen entschieden wir uns für eine Mousse au Chocolat mit frischen Himbeeren, serviert in einer Tulipe aux Amandes – eine gute Wahl, wie sich herausstellen sollte.

Ich liebe Mousse au Chocolat, aber nur selten gelingt sie den Patissiers richtig; sie geben häufig zu viel Sahne und zu viel Zucker hinzu und verwenden nicht die richtige Schokolade – es muss belgische Schokolade mit ihrem kräftigen Aroma und der ausgeprägten Vanillenote sein, alles andere geht leider gar nicht. Heute Abend war das Dessert perfekt, die cremige Mousse au Chocolat schmolz auf meiner Zunge, das knusprige Mandelgebäck war frisch gebacken und verströmte das intensive Aroma gerösteter Mandeln, während die frischen Himbeeren einen subtilen fruchtigen Kick gaben.

Ich schloss die Augen und fühlte mich wie im Himmel.

Als ich in die Realität zurückkehrte, kam ich nicht umhin, zu bemerken, dass es zwischen Charles Peltier und Frank kriselte. Frank hatte die meiste Zeit nur mit Tom gesprochen und die meisten Versuche von Peltier, mit ihm ins Gespräch zu kommen, beharrlich ignoriert. Doch nun brachte Charles Peltier ein neues Gesprächsthema ins Spiel: die bevorstehende Modenschau in New York.

»Frank, ich suche eine Frisur, die zum Thema meiner neuen Kollektion passt, etwas Frisches und Ungewöhnliches, das aus dem Rahmen fällt. Mir schwebt ein Hauch, aber nur ein Hauch von Gothic vor. Das wäre toll, aber es muss subtil sein, nur eine düstere Note, wenn du verstehst, was ich meine. Marc Antoine hat letzten Herbst ein Vampir-Thema gebracht und es sah einfach furchtbar aus, wie kitschigstes Hollywood«, sagte er schaudernd.

Frank reagierte endlich mit Interesse. Er rief den Kellner, der ihm einen Stift und Papier brachte, und skizzierte einige Ideen. Ich war überrascht, als ich feststellte, wie talentiert Frank war. Es waren nur ein paar Linien und schnelle Striche, aber ich konnte sofort das Wesentliche erkennen. Jetzt dämmerte mir, dass Charles Peltier vielleicht doch nicht nur an Franks jungenhaftem Aussehen interessiert war, der Junge war eine Koryphäe.

»Fantastisch, Frank, brillant!« Peltier überschüttete seinen Protegé mit Lob.

Aber kurz darauf verfiel Frank wieder in seine mürrische Stimmung und schwieg fortan beharrlich. Ich wunderte mich: War es nicht eine fantastische Gelegenheit für einen unbekannten Jungen aus einem Fernsehstudio in der Provinz, als Schützling eines bekannten Couturiers die New Yorker Modenschau zu besuchen? Mit Charles Peltier im Rampenlicht zu stehen – da müsste Frank doch vor Freude aus dem Häuschen sein. Warum war er also so zurückhaltend, so still? Meine Neugierde war geweckt …

Tom stand nun ohne Vorwarnung auf und verließ den Tisch. Er war blass vor Zorn. Veronique hatte ganze Arbeit geleistet. Aber in jeder Familie gibt es von Zeit zu Zeit Dramen, insofern dachte ich mir nichts Besonderes dabei.

Und so lebten sie glücklich bis ans Lebensende ist für Märchen, Groschenromane und die Fernsehwerbung reserviert. Aber nichts von dem, was sich heute am Abend Tisch ereignete, sollte mich auf die Ereignisse vorbereiten, die ich schon bald erleben sollte.

Selbst im Nachhinein kann ich keine Anzeichen dafür erkennen, dass schon bald ein Mord passieren sollte. Man spricht so gerne von Vorahnungen, aber ich hatte keine. Ich genoss einfach mein Abendessen in Gesellschaft von faszinierenden Mitreisenden – und gleich zwei charmanten Nachbarn, die ihr Bestes taten, um mich zu unterhalten.

Frank schloss sich sofort Tom an. Seltsam, wie ähnlich sie sich sahen, fast wie Brüder. Sie waren ein hübsches Paar und verstanden sich ausgezeichnet. Charles Peltier sah nicht besonders erfreut aus, aber er kommentierte Franks plötzlichen Abgang nicht weiter.

Wir gaben alle vor, das Drama des Abgangs nicht bemerkt zu haben, und konzentrierten uns darauf, unsere – ausgezeichneten – Desserts zu genießen, während unser lebhaftes Gespräch ungestört weiterlief.

Neil Hopkins hatte inzwischen seinen akademischen Elfenbeinturm verlassen und wurde im Laufe des Abends immer gesprächiger und fesselte uns mit Horrorgeschichten über seine diversen Expeditionen. Er erzählte, dass er mehrere Monate im Amazonasbecken verbracht hatte, wo er seltene Pflanzen und Insekten aller Art gesammelt hatte und auf der Suche nach unerforschten Toxinen unter anderem seltenen, schreiend bunten Fröschen nachgejagt war. Er zeigte uns dazu die Bilder von geradezu bösartig aussehenden Exemplaren auf seinem Handy und mir lief ein Schauer über den Rücken.

Nun, da Neil seine Schüchternheit überwunden hatte, verwandelte er sich in einen faszinierenden Geschichtenerzähler.

»Eines Nachts wachte ich in Brasilien auf. Schlaftrunken drückte ich den Knopf meiner Nachttischlampe. Hmm, dachte ich noch im Halbschlaf, warum fühlt sich der Schalter plötzlich so seltsam weich und haarig an? Als das Licht anging, entdeckte ich eine Vogelspinne, die ihr Versteck zu einem nächtlichen Beutezug verlassen hatte. Aber vermutlich war das Tier in genauso einer Panik wie ich – und sauste schnell in eine dunkle Ecke. Ich war wohl nicht die beabsichtigte Beute.«

Ich keuchte auf und nahm schnell einen großen Schluck Cognac zu mir. Wenn ich etwas hasse, dann sind das Spinnen jeglicher Art.

Daniel versuchte daraufhin sein Bestes, diese Geschichte zu übertreffen, indem er eine haarsträubende Geschichte über eine seiner Klettertouren in den schottischen Highlands erzählte, aber vergeblich – wir waren uns alle einig, dass er die Geschichte von der Vogelspinne nicht toppen konnte.

Marge schauderte immer noch, als wir den Tisch verließen.

»Ich wäre auf der Stelle vor Angst tot umgefallen. Wie konnte Professor Hopkins danach noch ein Auge zumachen? Ich werde John heute Abend unsere Kabine gründlich durchsuchen lassen, und wenn ich auch nur die kleinste Spinne entdecke, bekomme ich einen Anfall!«

Das Abendessen war beendet und unsere kleine Gruppe teilte sich auf. Daniel, Neil und Charles Peltier äußerten die Absicht, einen Abstecher in die Bar zu machen, wo Charles sich nach dem Essen einen seiner geliebten Zigarillos gönnen wollte. Marge, John und ich beschlossen, unsere Mäntel zu holen und über das Deck zu schlendern, bevor wir uns den Herren in der Bar anschließen würden.

Wir verließen gerade den Westminster Grill, als ich Veronique zischen hörte: »Na, bist du stolz darauf, dass dein kostbarer Sohn mit dieser Schwuchtel abgehauen ist? Es ist doch sonnenklar, warum Peltier diesen Kerl mitschleppt. Peltier mag ein Genie sein, aber er ist schwul – wie die meisten Couturiers. Ich muss mich langsam an den Gedanken gewöhnen, dass Tom ein totaler Versager ist, aber ich dachte immer, dass er wenigstens ein echter Mann sei!«

»Sei still, Veronique«, versuchte Walter seine wütende Frau zu beruhigen. »Alle können dich hören. Tom ist noch sehr jung …«

»Es geht doch nicht um mich. Wenn du nicht aufpasst, kommt dein Sohn in die Klatschpresse: *Liebhaber in flagranti entdeckt mit dem Erben des größten Vermögens in Kanada* – willst du das?«

Ich konnte Sir Walters Antwort darauf nicht hören, da er Veronique schnell weggezerrte, aber ich sah, wie sie zusammen gestikulierend in Richtung der Aufzüge schritten. Veronique schritt indes nicht mehr mit der Eleganz einer zerbrechlichen Laufstegpuppe, sondern ähnelte der chinesischen Volksarmee auf einem Manöver.

***

Sobald ich meinen Mantel aus meiner Kabine geholt hatte, traf ich meine neuen Freunde am Ausgang zum Mitteldeck. Die frische Luft tat mir gut, aber es war kühl. Wir liefen an der Reling entlang und lauschten dem beruhigenden Brummen des Schiffsmotors und dem Glucksen des schäumenden Wassers unter dem Bug der Belgravia.

Beseligt schloss ich die Augen und ließ meine Zunge den Hauch von Salz auf meinen Lippen schmecken, einen Geschmack, der so typisch für den Atlantik ist, ein Meer, das ich schon als Kind geliebt habe. Setz mich auf ein Boot und ich bin glücklich.

Ich wurde von Marge aus meinen Träumereien gerissen: »Oh, sieh mal, Amanda, wie dumm von mir. Ich habe mir ein Loch in die Strumpfhose gerissen. So kann ich mich unmöglich gleich mit euch in die Bar setzen, ich sehe schrecklich aus.«

Ich versuchte, Marge davon zu überzeugen, dass niemand ihr Missgeschick im schummrigen Licht der Bar bemerken würde, aber sie bestand darauf, die Strumpfhose zu wechseln.

Marge eilte also zurück in ihre Kabine, während ich mit John auf sie wartete. Es herrschte einen Moment lang friedliche Stille, eine angenehme Abwechslung nach Marges ständiger Plauderei. Während wir das sternenübersäte Firmament betrachteten, konnte ich den Gedanken nicht unterdrücken, dass dies ein sehr romantisches Rendezvous hätte werden können, wenn doch nur Daniel neben mir gestanden hätte … oder vielleicht sogar Neil mit seinem blonden Schopf …

Minuten später brachen wir das Schweigen und begannen den üblichen Small Talk über die wunderbare Kreuzfahrt, das Wetter und so weiter.

Plötzlich räusperte sich John. »Amanda, darf ich dir eine Frage zu Marge stellen?«

»Warum nicht, sie ist deine Frau, warum solltest du mich nicht etwas über sie fragen dürfen?«

John antwortete nicht direkt. Ich konnte sehen, dass er mit sich kämpfte, und plötzlich sah sein Gesicht fast grimmig aus. »Hat

Marge dir irgendwelche … recht privaten Dinge erzählt?«, fragte er unverblümt.

Ich war sprachlos. Ich hasse solch direkte Fragen.

Ich räusperte mich und stotterte. »Das hat sie … Aber keine Sorge, sie hat mir erklärt, warum, und ich kann dich voll und ganz verstehen. Ähm, unter solchen Umständen, ich meine, es war ein furchtbarer Schlag …« Ich verlor mich in meinen eigenen Worten und hasste mich dafür, dass ich so unbeholfen war.

»Sie hat dir gesagt, dass wir unseren Sohn verloren haben?«, fragte er und schaute mich an, nicht gewillt, um den heißen Brei herumzureden.

»Ja, ich meine nein, sie hat Eure Tochter erwähnt, ein Unfall, ich verstehe …« Ich stotterte immer mehr. Es war so peinlich!

»Aha … also ist es dieses Mal eine Tochter. Weißt du, Amanda, wir haben leider niemals Kinder bekommen können. Marge konnte sich nie damit abfinden. Aber ich mache mir inzwischen wirklich Sorgen, denn es ist nicht das erste Mal, dass sie solch eine Geschichte erfindet. Das macht mir Angst. Ihre Mutter ist friedlich gestorben, aber sie war die letzten Jahre in einer Nervenheilanstalt. Ich weiß nicht, was ich tun soll. Immer wenn ich Marge vorschlage, einen Spezialisten aufzusuchen, wirft sie mir vor, ich wolle sie wegsperren wie ihre Mutter. Deshalb reisen wir so oft, dann ist sie abgelenkt und es geht besser. Es tut mir leid, dass ich meine Probleme mit dir teile. Ich liebe meine Frau, egal was sie sagt, und ich werde immer für sie sorgen. Aber ich dachte, du solltest die Wahrheit kennen. Versprich mir aber, kein Wort zu Marge!«

»Ich verspreche es!«, sagte ich, aber ich muss zugeben, dass ich ziemlich verwirrt war. Marge machte nicht den Eindruck, als sei sie unausgeglichen oder als bräuchte sie einen Psychiater.

Nachdem Marge mir gesteckt hatte, dass John ein Alkoholproblem habe, hatte ich ihn während des Abendessens diskret beobachtet. Obwohl der Kellner unsere Gläser ständig mit den besten Weinen nachgefüllt hatte, hatte John sein Glas nie geleert. Ich bin kein starker Trinker, aber ich hatte wohl mehr getrunken als John. Entweder hatte sich John in der Öffentlichkeit bemerkenswert unter Kontrolle oder Marge hatte sich auch diese Geschichte ausgedacht.

Aber warum? Meine Gedanken rasten. Jetzt, wo John mit mir sprach, schien er vollkommen nüchtern zu sein. Glücklicherweise blieben mir weitere Vertraulichkeiten erspart, denn Marge erschien schon, noch etwas atemlos.

»Na, seid ihr beide dabei, Vertraulichkeiten austauschen?«, scherzte sie.

»Oh ja, aber wir werden dir nicht sagen, welche!«, antwortete ich lächelnd und wechselte das Thema.

Schon bald wurde es recht kühl auf dem Deck und wir beschlossen, uns zu den anderen Passagieren in der Bar zu gesellen.

Dort in der Bar erlebten wir einen ausgelassenen Abend. Zuerst überredete mich Daniel, einen Cocktail namens »Sex on the Beach« zu probieren. Ich trank gleich zwei davon und merkte erst dann, wie mir der Alkohol zu Kopf stieg. Ich war also ein leichtes Opfer, als Daniel mich überredete, mit ihm ein Lied zu singen, eine Art improvisiertes Karaoke.

Ich singe furchtbar schlecht, aber wenigstens verließ niemand die Bar unter Protestgeheul. Es war dann schon weit nach Mitternacht, als wir uns kichernd verabschiedeten, um in unsere Kabinen zurückzukehren.

Ich hatte gerade meine Kabinentür erreicht, als ich feststellte, dass ich wohl einen meiner Ohrringe in der Bar verloren hatte. Es war sicher keine Katastrophe, denn ich trage nur Modeschmuck – und das aus gutem Grund, denn ich scheine immer etwas zu verlieren. Aber es war trotzdem ärgerlich, da die Ohrringe zu meiner Halskette passten, und ich beschloss zurückzukehren, vielleicht hatte ich Glück und der Finder hatte meinen Ohrring dem Barkeeper zur Aufbewahrung gegeben.

Ich lief schnell zurück zur Bar und stellte fest, dass sie jetzt weit weniger gut besucht war. Nur die Stammgäste blieben wohl bis in die frühen Morgenstunden; es gibt sicher Leute, die ihr ganzes Leben auf einem Barhocker verbringen.

Der Barkeeper erkannte mich sofort. »Hallo, darf ich Ihnen noch einen *Sex on the Beach* servieren?«

Ich lachte. »Danke, das war genug Sex für einen Abend!«

»Wir könnten es mit einem *Screaming Orgasm* krönen«, sagte er und zwinkerte mir zu. Er war ein gut aussehender Kerl – und er wusste es.

»Kein Bedarf, aber Danke für die Einladung«, sagte ich forsch. »Eigentlich bin ich nur zurückgekommen, weil ich einen Ohrring verloren habe. Hat ihn zufällig jemand gefunden?«

Er runzelte besorgt die Stirn. »Ich glaube nicht, aber lassen Sie mich mal nachsehen. Ist er sehr wertvoll?« Ich nehme an, die meisten Gäste auf dem Schiff trugen Schmuck im Wert von Tausenden von Dollar.

»Nein, es ist nur Modeschmuck, aber er gefällt mir sehr gut und er passt zu meiner Halskette. Es wäre toll, wenn Sie ihn finden könnten!«

»Natürlich. Ich werde gleich mal nachsehen, Sie können sich mir anschließen, wenn Sie möchten.«

Schnell durchsuchten wir die Ecke, in der wir heute Abend gesessen hatte, aber obwohl wir sogar unter den Tischen und Stühlen suchten, konnten wir nichts finden.

»Was haben Sie heute Abend noch gemacht, haben Sie noch woanders gesessen?«

»Ja, mir fällt ein, ich habe Celine Dions *My Heart Will Go On* massakriert, Sie müssen sich doch an mich erinnern? Ich war einfach schrecklich.«

Er schenkte mir ein kurzes Lächeln und ging zum Podium mit dem Mikrofon, wo er tatsächlich meinen fehlenden Ohrring auf dem Klavier entdeckte. Ich hätte ihn umarmen können, aber stattdessen gab ich ihm ein dickes Trinkgeld. Ich bin mir ziemlich sicher, dass er diese Option bevorzugte.

Glücklich, meinen fehlenden Ohrring gefunden zu haben, lief ich direkt zurück in meine Kabine, mit den besten Vorsätzen, mich auszuziehen und ins Bett zu gehen, wie es sich für ein gutes Mädchen gehört.

Aber meine Müdigkeit war wie weggeblasen. Es war ein faszinierender Tag gewesen, ich hatte die interessantesten Leute kennengelernt – und das Beste war, dass ich keinen einzigen Lehrerkollegen auch nur von Weitem gesehen hatte! Stattdessen hatte ich in der Aufmerksamkeit von zwei charmanten Männern gebadet. Was konnte ich mehr verlangen?

Der Versuchung nachgebend, öffnete ich die Flasche Champagner, die in einem silbernen Eiskübel auf mich wartete. Ich nippte an dem Glas, aber die Müdigkeit wollte sich immer noch nicht einstellen. Ich war in Hochstimmung, bereit, die Welt zu erobern. Dann zappte ich mich durch die Fernsehkanäle, aber es gab nichts, was mich interessiert hätte.

Was blieb mir anderes übrig, als mich aus meiner Kabine zu schleichen und auf der Belgravia herumzuschlendern, bis ich endlich müde würde? Ich nahm einen letzten Schluck von meinem Champagner, genoss die Bläschen, die auf meiner Zunge kitzelten, dann schnappte ich mir meinen Mantel und verließ meine Kabine.

***

Bis in die frühe Nacht hinein waren alle Decks mit grellen Scheinwerfern ausgeleuchtet, denn es waren viele Passagiere unterwegs. Einige spielten bis in die späten Abendstunden Tennis oder Squash oder absolvierten ihr tägliches Jogging. Aber nach Mitternacht wurde die Beleuchtung gedimmt und es gab für meinen Geschmack zu viele dunkle Schatten.

Nicht, dass ich mich unsicher fühlte – wer würde es schon auf den wahrscheinlich ärmsten Passagier an Bord abgesehen haben –, aber ich muss zugeben, dass ich mich nicht ganz wohl fühlte. Ich verließ das dunkle Deck und öffnete eine Tür, die zu einem beleuchteten Korridor führte.

Ich stellte schnell fest, dass ich in dem Teil des Decks gelandet war, in dem sich die teuersten Suiten befanden. Während des Abendessens hatte ich mitbekommen, dass Frank und Charles Peltier in der Princess-Royal-Suite wohnten, während die King's-Suite und die Queen's-Suite von anderen Passagieren gebucht worden waren. Ich vermutete, dass Sir Walter Olstrom und seine Frau sicherlich in einer dieser Suiten untergebracht sein mussten.

Ich fühlte mich hier allerdings wie ein Eindringling. Vorsichtig, fast auf Zehenspitzen, ging ich weiter und kam nicht umhin, wütende Stimmen zu hören, die durch den Korridor hallten. Ich weiß, dass jeder wohlerzogene Mensch sofort hätte kehrtmachen müssen. Aber leider war meine Neugier stärker und ich wurde unwiderstehlich von dem Streit angezogen, der sich ganz in meiner Nähe abspielte.

Ich konnte fast jedes Wort deutlich hören, denn die Tür der Princess-Royal-Suite war nur angelehnt.

»Du bist nichts weiter als ein verzogener Bengel und dazu noch undankbar!«, schrie Charles Peltier aus vollem Hals. Ich konnte fast sein Gesicht vor meinem geistigen Auge sehen – er musste vor Wut geschäumt haben. »Ich biete dir die Welt, ich zahle ein Vermögen, damit du mit mir auf diesem Schiff reisen kannst. Eine Reise im Luxus, von der andere nur träumen können – und was machst du? Du würdigst mich nicht eines Blickes, verlässt das Restaurant zusammen mit diesem Jungen aus Kanada – wahrscheinlich hast du ihn schon in der nächsten Ecke gevögelt!«

»Du bist einfach nur krank!« Franks Stimme brach fast vor Zorn. »Du bist so lächerlich – der große Charles Peltier bietet mir die Kreuzfahrt meines Lebens. Du bist so großzügig, ich bin fassungslos! Ich habe mit Tom auf der Playstation gespielt, du dreckiges Schwein, sonst nichts. Und zwischen dir und mir wird auch nichts laufen, ich werde nicht einer deiner zahlreichen Strichjungen werden, mit denen du dir ein oder zwei Monate die Zeit vertreibst.« Franks Stimme änderte sich, wurde dunkel und gefährlich. »Wir beide, wir kennen die Wahrheit: Du brauchst mich! Du warst verzweifelt, ausgebrannt – der große Charles Peltier hatte keine Ahnung, was er für seine nächste Kollektion präsentieren sollte – egal wie viel Koks er in sich hineinschnupfte. Dann sahst du meine Entwürfe, das Winterthema – Weißtöne, kombiniert mit eingewebten russischen Folkloremotiven. Ich hatte diesem Thema ein neues Leben gegeben: modern, kein Kitsch – und du wusstest sofort, das würde dich retten. Ich habe die Bilder deiner neuen Kollektion gesehen. Du hast ein bisschen Glamour hinzugefügt, Silberstickerei, du hast den Entwürfen mehr Wärme verliehen, aber im Grunde hast du meine Ideen, meine Entwürfe gestohlen – und jetzt werde ich mit einem Happen Luxus abgespeist. Frankie-Boy darf nach New York, um ein bisschen vom Rampenlicht des großen Modedesigners abzubekommen. Aber nicht mit mir, mit mir nicht!«, schrie Frank wütend.

»Du dreckiges Nichts, du Versager! Was für Skizzen? Ich weiß nicht, wovon du redest.«

»Das weißt du ganz genau! Du hast sie fotografiert, aber du hast nicht gemerkt, dass meine Webcam dich dabei aufgezeichnet hat – ich habe den Beweis: Der große Charles Peltier ist nichts als ein Plagiator – bestenfalls eine überschätzte und völlig überteuerte Marketingmaschine.«

Ich hörte Schritte, schweres Atmen, das Geräusch eines Körpers, der auf einen Stuhl oder ein Sofa sackte und nach einer Minute des Schweigens Franks kalte Stimme.

»Hör auf mit diesem Getue, wir sind nicht in einer Seifenoper. Du und ich, wir kennen die Wahrheit. Die Welt braucht das nicht zu erfahren, aber ich habe meine Bedingungen …«

Der Rest verstummte, denn die offene Tür wurde plötzlich geschlossen.

Ich war wütend. Da ich ihren Streit von Anfang an mit angehört hatte, brannte ich vor Neugierde, welche Art von Schweigegeld Frank fordern würde. Das Ganze hatte den üblen Beigeschmack einer Erpressung. Wenn Frank so verärgert war und sich so verletzt fühlte, warum hatte er dann überhaupt zugestimmt, an dieser Kreuzfahrt teilzunehmen?

Es gab nur eine Erklärung, Frank hatte wohl nur auf die richtige Gelegenheit gewartet, um seine Forderungen vorzubringen. Es hatte da einen Jungen in meiner Klasse gegeben, der schon seit Wochen wusste, welcher Mitschüler sein Handy gestohlen hatte. Aber er hatte geduldig gewartet, bevor er es bekannt gab, um sicher zu sein, dass er die Freundin des anderen ausspannen konnte. Wie beleidigt und moralisch integer er gewirkt hatte, wie geschickt er seine Falle vorbereitet hatte …

In Gedanken versunken lief ich weiter und nahm den Aufzug. Ich weiß nicht einmal mehr, welchen Knopf ich gedrückt haben muss, aber irgendwie landete ich – nach einigem Hin und Her – auf einem der oberen Decks, die zu meiner Kabine führten.

Nachdem ich heute Abend genug Drama erlebt hatte, fühlte ich mich plötzlich todmüde. Ich zog mich aus, trank ein Glas Wasser (keinen Champagner mehr, es reichte) und fiel in mein luxuriöses Bett.

Ich begann leider, mich an den Luxus meines herrschaftlichen Bettes zu gewöhnen. Das war heikel, denn später zu Hause würde mich nur ein sehr einfaches Bett von Ikea erwarten, das mit mehr Enthusiasmus als Können zusammengebaut worden war.

Tag 3 – Auf dem Atlantik

Ich hatte göttlich geschlafen und beschloss, mir noch einmal den Luxus zu gönnen, in meiner Kabine zu frühstücken. Es war ein fabelhaftes Vergnügen gewesen und verlangte zweifellos nach einer Wiederholung!

Zwanzig Minuten nachdem ich meine Bestellung aufgegeben hatte, erschien Kenneth mit dem Servierwagen. Heute hatte ich mich für frischgebackene Waffeln und Rührei entschieden, aber fast hätte ich mich zwei Minuten später wieder umentschieden … wann würde es mir jemals gelingen, mich für etwas zu entscheiden und dabei zu bleiben?

Kenneth war bester Laune. Als er das Porzellan mit dem Wappen der Belgravia und das Silberbesteck auf meinem Tisch arrangierte, konnte ich mir eine Frage nicht verkneifen: »Sie sehen sehr zufrieden aus, Kenneth, keine lästigen Gäste heute zu bedienen?«

Er lächelte und schnurrte fast. »Ganz im Gegenteil, ich habe gestern und heute Morgen gute Trinkgelder bekommen, ich kann mich wirklich nicht beklagen. Wenn ich weiterhin so viel Glück habe, kann ich mir schon nach ein oder zwei Jahren Dienst auf der Belgravia mein Studium leisten. Ich hoffe, vielleicht sogar bei der LSE zugelassen zu werden.«

»Das klingt allerdings teuer«, bemerkte ich überrascht. Mir war sofort klar, dass er für ein Studium an der London School of Economics ein dickes Portemonnaie brauchen würde.

»Ist es auch, aber die LSE ist eine der besten Universitäten der Welt«, antwortete Kenneth stolz und fügte nach einer kurzen Pause selbstbewusst hinzu: »Und ich will die beste.«

»Wer waren denn die großzügigen Gäste?« Das war nicht sehr subtil, aber ich konnte mir die Frage nicht verkneifen.

»Gestern Abend habe ich in der Royal Suite ausgeholfen, da der

Senior Steward nicht verfügbar war. Der Gast, der dort übernachtet, ist einer der reichsten Tycoons in Hongkong, vielleicht haben Sie schon von ihm gehört – Richard Wu. Als er erfuhr, dass ich in Hongkong geboren wurde, fanden wir im Gespräch heraus, dass unsere Vorfahren aus demselben Dorf in der Provinz Guangdong stammen, was bedeutet, dass wir nach chinesischer Tradition als Verwandte gelten. Er ermutigte mich sogar, ein Studium an der LSE anzustreben, und gab mir ein sehr großzügiges Trinkgeld.« Kenneths Stimme triefte vor Ehrfurcht.

»Richard Wu, keine Ahnung, sollte ich ihn kennen?«

Kenneth zählte schnell einige bekannte Marken und sogar ein russisches Mineralölunternehmen auf, an denen Wu maßgeblich beteiligt war. Ich war beeindruckt.

»Aber das ist noch nicht alles, vor Kurzem hat er einen großen Anteil an einem kanadischen Gasfeld erworben, Sie wissen schon, die neue Sache – Schiefergas.«

Da kannte ich mich aus, denn Claudia hatte uns gedrängt, eine Petition zu unterschreiben, um die Förderung von Schiefergas zu stoppen, und ausnahmsweise hatte ich gerne unterschrieben. Mir gefiel der Gedanke nicht, Millionen Tonnen von Wasser und Chemikalien in den Boden zu pumpen, um das Gas freizusetzen, irgendwie hörte sich das nicht sehr umweltfreundlich an.

»Und wer war sonst noch so großzügig, wenn ich fragen darf?«

»Heute Morgen gab es ein kleines Drama in der Queen's-Suite. Der kanadische Milliardär Olstrom wohnt dort mit seiner jungen Frau. Sie ist auch Chinesin. Als ich hereinkam, um das Frühstück zu servieren, hörte ich sie schreien, zuerst auf Englisch, dass ihr wertvoller Diamantring verschwunden sei, dann wechselte sie ins Kantonesische und verfluchte ihren Nichtsnutz von Stiefsohn, der ihn ihrer Meinung nach gestohlen haben musste. Sie war völlig aufgelöst. Es gelang mir, sie zu beruhigen, und ich machte mich auf die Suche. Zehn Minuten später fand ich den Ring. Sie hatte ihn am Seifenspender im Bad hängen lassen.«

»Das war sehr clever von Ihnen, Kenneth!« Ich war beeindruckt.

»Das kommt öfter vor, als man denkt. Aber ihr Mann war so erleichtert, dass er mir fünfhundert Pfund in die Hand drückte. Ich war so verblüfft, dass ich fast vergessen hätte, mich bei ihm zu bedanken.«

»Das ist wirklich eine Menge Geld. Ich fürchte, so ein großes Trinkgeld werde ich leider nicht aufbringen können!«

»Oh, das ist in Ordnung für uns, Madam. Wir wissen alle an Bord, dass Sie diese Reise gewonnen haben, in einer Fernsehshow oder so etwas in der Art. Wir erwarten sicher nicht, dass Sie so großzügig sind, keine Sorge.«

Ich bedankte mich bei ihm, als er die Kabine verließ, aber seine letzte Bemerkung hatte den Effekt, dass ich etwas ernüchtert war. Beim Abendessen und beim Feiern mit meinen Mitreisenden hatte ich vergessen, dass ich in Wirklichkeit das Aschenputtel auf diesem Kreuzfahrtschiff war, aber Kenneth hatte mir die Augen dafür geöffnet, dass all die anderen das sicher nicht vergessen würden.

Als ich nun aus dem großen Fenster meiner Kabine schaute, sah ich, dass das Wetter umgeschlagen war und der Himmel sich in betrübtes Grau hüllte. Den Vormittag auf dem Deck im Liegestuhl zu verbringen, erschien mir nicht sehr verlockend.

Ich beschloss daher, die Belgravia zu erkunden. Es gab so viel zu sehen und zu entdecken! Ich durchsuchte meinen Kleiderschrank nach der passenden Kleidung, aber plötzlich hielt ich inne und schaute genauer hin: Meine Kleidung war neu geordnet und akkurat gefaltet worden. Entweder war dies ein spezieller Service der Belgravia – oder mein Steward Kenneth war für meinen Geschmack ein bisschen zu neugierig.

Als Nächstes musste ich mich entscheiden: elegante oder bequeme Schuhe. Ich entschied mich für die bequemen Sneaker; es bestand immerhin die Möglichkeit, dass ich einen Abstecher in den Fitnessraum des Schiffes machen würde. Nach einem ausgiebigen Frühstück wäre ein bisschen Bewegung eigentlich angesagt.

Doch das Fitnessstudio bekam ich nicht zu Gesicht, da ich unglücklicherweise (oder soll ich sagen: glücklicherweise) die Bibliothek der Belgravia entdeckte, meine letzte Station nach einem gut zweistündigen Spaziergang über das Schiff.

Ich hatte zuvor einen großen Teil meiner Zeit in der weitläufigen Mall verbracht, wo ich nur zum Spaß in den diversen Boutiquen gestöbert hatte. Und so war ich, erschöpft vom Stöbern in den Läden, froh, den ruhigen Hafen der Schiffsbibliothek entdeckt zu haben.

Die Bibliothek war ein gemütliches Universum, versteckt in einem abgelegenen Teil des Schiffes. Ich fand eine große Auswahl an neuen, spannenden Bestsellern, aber auch eine solide Auswahl an historischer Belletristik und britischen Krimis, alles Bücher, mit denen ich mir gerne die Zeit vertreibe.

Als ich mich mit einem historischen Roman, der meine Neugierde geweckt hatte, in einen der breiten und bequemen Ledersessel sinken ließ, blieb die Zeit stehen und meine Gedanken reisten weit zurück ins siebzehnte Jahrhundert.

***

Als ich das nächste Mal auf die Uhr schaute, sah ich, dass es bereits halb zwei war, eigentlich Zeit, zum Mittagessen. Aber ich fühlte mich wie eine überfütterte Python nach dem opulenten Frühstück und las weiter. Ich würde mir später eine schöne Tasse Kaffee gönnen, vielleicht auch zwei.

Eine gute Stunde später begann meine Faszination für die Abenteuer meiner Helden zu schwinden und die Gier nach einer dampfenden Tasse Kaffee gewann Oberhand.

Es war früher Nachmittag, eine ruhige Zeit auf einem Kreuzfahrtschiff, wie ich bald feststellen sollte. Das hat eine gewisse Logik, denn die meisten Passagiere ziehen sich nach dem Mittagessen für ein ausgiebiges Nickerchen oder eine Siesta in ihre Kabinen zurück.

Die jungen Paare auf Hochzeitsreise hatten vielleicht andere Prioritäten im Kopf, aber die Mehrzahl der Passagiere war eher der Siesta-Typus.

So ein Kreuzfahrtschiff hat seinen eigenen Rhythmus und man wird schnell von der Routine eingelullt. Es gehört zum größten Reiz einer Kreuzfahrt, dass sich das übliche, hektische Tempo zu verlangsamen scheint und die Zeit sanft dahinfließt, so wie der grenzenlose Ozean, der einen umgibt.

Ich erinnerte mich nun daran, dass ich am Vortag einen idealen Ort für eine gemütliche Kaffeepause entdeckt hatte. Es war ein kleines, entspanntes Lokal, eine Art Café, das sich unter einer riesigen Glasveranda befand, das Café Buckingham. Es erschien mir als der perfekte Ort, um bei einer Tasse Kaffee das Meer und die ewig hungrigen Möwen zu beobachten, ohne von einer kühlen Brise gestört zu werden.

Der einzige Nachteil war, dass sich das Café Buckingham auf der gegenüberliegenden Seite des Kreuzfahrtschiffs befand, mindestens zwanzig Minuten entfernt. Eine gute Minute lang zögerte ich und überlegte, ob ich in meine Kabine zurückkehren und bei Kenneth eine Tasse Kaffee bestellen sollte, aber dann riss ich mich zusammen. Dies war eine gute Gelegenheit, um ein paar Kalorien zu verbrennen, und so entschied ich mich für das Café.

Leider bin ich nicht mit einem ausgeprägten Orientierungssinn ausgestattet und kurz nachdem ich die Bibliothek verlassen hatte, verlor ich mich in den endlosen und verlassenen Gängen.

Die dicken Teppiche schluckten das Geräusch meiner Schritte und es hätte daher eine Szene aus einem alten Stummfilm sein können, verloren in Zeit und Raum. Ich muss gestehen: Ich fühlte mich nicht besonders wohl. Natürlich weiß man, dass auf einem Schiff wie der Belgravia nichts passieren kann, aber andererseits hatte ich doch ein mulmiges Gefühl, als ich allein durch die endlosen, menschenleeren Gänge lief.

Ich hatte das Gefühl, der einzige lebende Mensch auf diesem Schiff zu sein, denn abgesehen von dem beruhigenden Brummen der Motoren herrschte eine geradezu unheimliche Stille.

Endlich erreichte ich einen Gang, der zu einem der Außendecks führte. Ich erspähte erleichtert einen anderen Passagier, aber leider war dieser im Nu wieder durch eine der vielen Türen verschwunden. Für eine flüchtige Sekunde meinte ich, Daniels Gesicht erkannt zu haben. Nur was machte Daniel um diese Uhrzeit hier, in diesem abgelegenen Teil des Schiffes?

Doch nun war ich wieder allein und fand endlich die Tür, die zum Außendeck führte, wo mich eine frische Brise und – zu meiner großen Überraschung – herrlicher Sonnenschein begrüßten. Der düstere, fast drohenden Himmel, der mich an diesem Morgen in die Bibliothek getrieben hatte, war längst der Sonne gewichen.

Eine harmlose Schar verstreuter Wölkchen bevölkerte den blauen Himmel wie eine Herde fauler Schafe und verlieh dem Atlantik eine fast mediterrane Note. Ich war begeistert und seufzte glücklich – genau so sollte eine Kreuzfahrt sein! Natürlich ist es schön, in einer gemütlichen Bibliothek zu sitzen, aber diese wunderbare frische Luft zu atmen und dem einlullenden Rauschen des schäumenden Ozeans unter mir zu lauschen, das war etwas ganz anderes.

Ich schloss kurz meine Augen und genoss einen Moment puren Glücks.

Dann kitzelte die Sonne meine Augen und ich blickte wieder auf das Meer hinaus, das sich endlos bis zum Horizont erstreckte und dort mit ihm verschmolz. Das grelle Sonnenlicht blendete mich etwas, aber ich sah den Ozean mit vereinzelten Schaumkronen, alles in Sonnenschein getaucht, ein blaues Spiegelbild des Himmels.

Vor mir lag eine Welt ohne Grenzen. Die Belgravia pflügte allein und majestätisch durch das schäumende Wasser. Nur die Wolken am Himmel und – gelegentlich – ein neugieriger Vogel waren unsere treuen Begleiter.

Von meinem Platz aus konnte ich nicht nur das Meer beobachten, ich hatte auch einen guten Blick auf die anderen Decks unter mir, die allerdings einsam und verlassen vor mir lagen.

Ich fand ein sonniges Plätzchen, das durch einen großen Windschutz abgeschirmt war und machte es mir in einem Liegestuhl bequem. Dort döste ich ein, bis mich ein kühler Windstoß unsanft weckte und daran erinnerte, dass ich mich mitten auf dem Atlantik befand und nicht auf dem sonnenverwöhnten Mittelmeer.

Unwillig öffnete ich meine Augen, aber das grelle Licht der Sonne blendete mich. Noch blinzelnd erspähte ich die Silhouette von zwei Passagieren. Aber sie liefen, ohne mich zu beachten, an mir vorbei und verschwanden dann in Richtung des Schiffbugs.

Die beiden hätten Tom und Frank sein können, aber ich hätte es nicht beschwören können. Die heutige Mode diktiert, dass die meisten jungen Leute sackartige Sweatshirts mit Kapuze tragen, dazu Jeans, die so löcherig sind, dass man sich fragt, wie sie überhaupt noch halten.

Da ich müßig in meinem Liegestuhl saß, vertrieb ich mir meine Zeit damit, darüber zu sinnieren, ob es wirklich Tom oder Frank –

oder vielleicht sogar beide zusammen – waren, die ich nun in der Ferne am Bug stehen sah.

Eine der Personen sah zu schlank aus, fast zierlich. Aber vielleicht täuschte ich mich und schätzte die Größe aus meiner Perspektive falsch ein. Die beiden Jungen standen nahe einer Reling und ich sah sie gestikulieren. Einer von ihnen, der Zierlichere der beiden, deutete auf einen Punkt am Horizont.

Natürlich versuchte ich sofort herauszufinden, was sein Interesse geweckt haben könnte; vielleicht hatte er ein anderes Schiff oder – besser noch – einen Wal am Horizont gesichtet. Ich konnte leider nichts erspähen, nicht einmal einen kleinen Trawler, aber da ich leicht kurzsichtig bin, lag es vielleicht an mir. Ich war ein wenig enttäuscht, denn ich hätte gerne einen Wal gesichtet.

Der schlanke Junge winkte aufgeregt und zeigte erneut auf einen Punkt am Horizont. Ich stand neugierig auf und spähte dorthin, doch die grelle Sonne blendete mich. Ich schloss kurz die Augen, aber die Neugierde siegte und ich öffnete sie wieder und schaute erneut, aber diesmal beschirmte ich sie vorsichtigerweise mit meiner Hand vor der Sonne.

Was ich nun erlebte, ließ allerdings das Blut in meinen Adern stocken. Ich sah, wie sich einer der Jungen über die Reling lehnte und das Meer absuchte, als plötzlich der andere seine Beine packte und ihn mit einer schnellen Bewegung über die Reling kippte. Es sah spielerisch einfach aus – und nur eine Sekunde später war alles vorbei.

Ich schrie laut: »Um Gottes willen, Stopp!« – Aber es war natürlich zu spät.

***

Es gibt Momente im Leben, die man niemals vergessen kann, egal wie sehr man sich bemüht. Sie bleiben für immer im Gedächtnis haften. Helden wissen in der Regel, was sie in einer Notsituation zu tun und wie sie zu handeln haben, aber ich musste feststellen, dass ich leider nicht als Heldin geboren wurde.

Ich war zu einem Nervenbündel reduziert und fühlte mich wie gelähmt. Hatte ich einen Schrei gehört? Nein, ich glaube nicht. Hatte ich geträumt? Eine Sekunde lang hoffte ich, alles sei nur ein schlechter Traum gewesen. Ich schloss die Augen und wünschte, mich an einem anderen Ort wiederzufinden, wenn ich sie wieder öffnete. Aber das war natürlich kindisch, ich stand nach wie vor auf dem Deck der Belgravia, die Sonne schien, und der einzige Unterschied war, dass das Deck jetzt völlig verlassen war. Auch der zweite Junge war verschwunden.

Es herrschte eine trügerisch friedliche Stille, die nur von den gelegentlichen Schreien der gierigen Möwen unterbrochen wurde, während das Schiff durch den Ozean glitt. Allein der Gedanke, dass ich gerade Zeuge eines schrecklichen Unfalls, geschweige denn eines Mordes geworden sein könnte, erschien auf der Belgravia wie eine Art Majestätsbeleidigung.

Ich musste verrückt geworden sein. Das Deck war leer, alles war ruhig, ich musste geträumt haben. Ich habe davon gehört, dass Menschen fantasieren, anscheinend passiert das jedem. Warum sollte es also nicht auch mir passieren? Das war ein tröstlicher Gedanke, aber tief in meinem Herzen wusste ich, dass ich nicht zum Fantasieren neigte. Ich bin leider viel zu sachlich.

Ich eilte zu genau der Stelle, an der ich die beiden Jungen gesehen hatte. Ich fühlte mich äußerst unwohl, als ich mich über die Reling beugte – ich glaube, ich erwartete, dass jederzeit eine Hand aus dem Nichts auftauchen und mich ebenfalls hinabstoßen würde.

Aber alles, was ich erkennen konnte, waren unschuldige, weiße Schaumkronen auf dem Meer unter mir und der Bug des Schiffes, der das Wasser majestätisch durchschnitt. Ich sah keinen Kopf oder gar Körper, alles schien friedlich.

»Es war bestimmt nur ein Albtraum«, wiederholte ich laut wie ein Mantra, dann schnappte ich mir meinen Mantel und flüchtete vom Deck.

Instinktiv mied ich die langen, menschenleeren Gänge. Ich lief wie ein kopfloses Huhn zur Mall mit den Boutiquen, ich wollte unter Menschen sein. Dort stieß ich mit schimpfenden Passagieren zusammen, die ich anrempelte, und fiel fast über einen kleinen Jungen, der auf der Suche nach seinem Spielzeug war.

»Du elender Feigling«, wütete eine Stimme in mir, »du musst Alarm schlagen, sofort! Der arme Junge kämpft vielleicht um sein Leben, stell dir vor, er ertrinkt in diesem kalten Wasser …«

Mein Herz schlug bis zum Hals. *Stell dir vor, der Kapitän muss das Schiff für dich stoppen*, dachte ich, *das wird ein Vermögen kosten, die anderen Passagiere werden wütend auf dich sein. Du warst noch nicht einmal richtig wach, du könntest nicht einmal guten Gewissens schwören, dass du überhaupt etwas gesehen hast! Hör auf, hysterisch zu sein.*

Ich war hin -und hergerissen und konnte mich einfach nicht entscheiden, was ich tun sollte. Geblendet von meinen Tränen, stieß ich plötzlich mit jemandem zusammen. Meine Nerven waren inzwischen dermaßen angespannt, dass ich laut aufschrie. Noch heute schäme ich mich dafür, ich muss sehr melodramatisch gewirkt haben.

»Hoppla, so begrüßt man doch keinen Freund!«, begrüßte Daniel mich gut gelaunt, »zumindest hatte ich bis jetzt den Eindruck, dass wir befreundet sind.«

Ich war so verblüfft, dass ich nicht wusste, was ich antworten sollte und es entstand eine peinliche Pause. Daniel sah mich an, entdeckte mein tränenüberströmtes Gesicht und ohne ein weiteres Wort zu sagen, griff er energisch meinen Arm und zog mich fest, aber sanft in die Bar, die sich praktischerweise direkt vor uns befand.

Ich war bisher problemlos mit den meisten Dingen zurechtgekommen, die das Leben mir beschert. Aber jetzt war ich dankbar, eine Schulter zum Anlehnen zu haben.

Behutsam brachte Daniel mich zu einem Sessel, bevor er zum Tresen ging, während ich versuchte, meine Fassung wiederzuerlangen. Wenige Minuten später kam er mit einem dampfenden Getränk in der Hand zurück. Es war ein Irish Coffee, das perfekte Gebräu für meine angespannten Nerven.

Ich nippte an dem heißen Kaffee und während sich das Feuer des Whiskys und die Wärme des Kaffees in mir ausbreiteten, eröffnete Daniel das Gespräch:

»Sag mir bitte, wenn ich dir irgendwie helfen kann. Auch wenn es um etwas Persönliches geht, ist es manchmal gut, zu reden, auch wenn wir uns noch nicht so gut kennen. Manchmal finde ich sogar, dass es einfacher ist, mit einem Fremden zu reden als mit der eigenen Familie oder engen Freunden.« Er schaute mich mit seinen dunklen Augen an. Sie wirkten freundlich und verständnisvoll.

Ich musste den dringenden Impuls unterdrücken, mich in seine Arme zu werfen, aber selbst in meinem jetzigen Geisteszustand war ich klar genug, um zu wissen, dass dies keine gute Idee gewesen wäre.

»Ich muss furchtbar aussehen, so als hätte ich nicht alle Tassen im Schrank«, krächzte ich.

Daniel antwortete, indem er ein paar beruhigende Laute von sich gab, obwohl er mir insgeheim wahrscheinlich recht gab.

»Daniel, ich weiß einfach nicht, was ich tun soll! Ich bin mir so gut wie sicher, dass ich vor wenigen Minuten einen Mord gesehen habe, aber ich sage mir immer wieder, dass das einfach unmöglich ist. Ich muss verrückt geworden sein. Ich weiß nicht, was ich tun soll!«

Meine Hände fingen an zu zittern und ich verschüttete Irish Coffee auf dem Tisch.

Daniel sah mich perplex an. Zu seiner Entschuldigung sei gesagt, dass es eher ungewöhnlich ist, dass man auf einer Luxuskreuzfahrt im Plauderton einen Mordfall mit einer Mitreisenden besprechen soll, die aussieht, als stünde sie kurz vor einem Nervenzusammenbruch. In Anbetracht dieser doch recht ungewöhnlichen Umstände meisterte er die Herausforderung mit Bravour.

»Erzähl mir genau, was du gesehen hast, Amanda. Ich denke, ich kenne dich gut genug, um mir sicher zu sein, dass du keinen Hirngespinsten nachjagst oder Dinge erfindest. Wenn es Marge wäre, sähe das schon anders aus …«

Ich war verblüfft. Woher konnte er wissen, dass Marge manchmal den Bezug zur Realität verlor?

Daniel ermunterte mich sanft und ich erzählte ihm jedes Detail. Mein Besuch an Deck, den Liegestuhl und ich erwähnte auch, dass ich kurz eingenickt war. Dann erzählte ich ihm von den beiden Leuten, die an mir vorbeigegangen waren, der Sonne, die mich geblendet hatte – und schließlich die furchtbare Szene, in der einer der beiden jungen Männer über Bord geschubst wurde – und wie ich fast wahnsinnig wurde.

Daniel hörte mir aufmerksam zu, er ließ mich allerdings jedes Detail genau wiederholen. Ich glaube, er wollte sichergehen, dass ich mich nicht in Widersprüche verwickeln würde. Aber ich blieb bei meiner Schilderung, denn diese schreckliche Szene würde mir für immer im Gedächtnis haften.

Schließlich sprang er auf: »Das war kein Traum, Amanda! Das klingt viel zu realistisch, um nur ein Hirngespinst oder die Ausgeburt blühender Fantasie zu sein.« Sofort stand er auf und lief zum Tresen. Er rief dem Barista zu: »Verbinden Sie mich mit dem Ersten Offizier, es eilt!«

Der Barista gehorchte sofort, Daniels Stimme war eindringlich genug. Ich hörte, wie Daniel ein paar Sätze ins Telefon sprach, dann kehrte er zu meinem Platz zurück und zwang mich, vorsichtig noch ein paar Schluck von dem Irish Coffee zu trinken. Ich muss zugeben, das wirkte Wunder auf meine Moral, und das Zittern meiner Hände ließ nach.

Nur wenige Minuten später stürmte schon ein junger Offizier in die Bar, um uns zum Kapitän zu führen.

***

Mein Bild von Schiffen war von romantischen Filmen geprägt, in denen die Offiziere und ihr Kapitän in stets strahlend weißen Uniformen hinter einem Steuerrad aus poliertem Holz stehen, sich nachdenklich über ihre gepflegten Bärte streichen, während sie stirnrunzelnd aufs Meer hinausschauen, um Ausschau nach Walen, Öltankern, wenn nicht sogar einem versprengten Eisberg zu halten. Ansonsten waren sie im Film damit beschäftigt, Seekarten zu studieren, um Kollisionen mit gefährlichen Riffen zu vermeiden.

Aber die Tür zur Kommandobrücke öffnete sich und ich atmete überrascht ein. Wir befanden uns in einer Art Büro mit 360-Grad-Blick auf den Ozean, alle Konsolen gespickt mit Computerbildschirmen und Joysticks. Das Einzige, was mit meiner Vorstellung übereinstimmte, waren die weißen Uniformen.

Daniel begrüßte den Kapitän und erklärte in kurzen Worten die

Situation. Ich war darauf vorbereitet, ins Kreuzverhör genommen zu werden, um meine Geschichte – und meinen Geisteszustand – zu verteidigen – dank des Irish Coffee war ich jetzt dazu in der Lage. Aber ich hatte mich wieder einmal geirrt.

Ich wurde nur befragt, wo genau ich mich befunden hatte. Glücklicherweise konnte ich das Deck und meinen genauen Standort identifizieren, da ich ein Shuffleboard-Feld direkt unter mir gesehen hatte, was dem Kapitän meine Position deutlich genug beschrieb.

Erst jetzt wurde mir klar, dass die Belgravia mit einem Netz von Überwachungskameras ausgestattet war. Daniel erklärte mir flüsternd, dass die kleinen Glaskuppeln, die wir in den Gängen und draußen sehen konnten, in Wirklichkeit Webcams waren.

Es dauerte nur zwei Minuten, und ich sah auf dem Monitor die beiden jungen Männer heraneilen, sie verschwanden schnell, wurden aber sofort von einer zweiten Kamera erfasst. Das Schlimmste für mich war, dass ich die schreckliche Szene jetzt noch einmal miterleben musste: Der Mörder packte die Beine von Frank oder Tom – und wir alle sahen das Opfer im Meer verschwinden.

Ich schrie auf: »Nein! Bitte nicht!«

Als ob ich das Verbrechen hätte ungeschehen machen können! Dann brach ich in Tränen aus, denn der unumstößliche Beweis war auf dem Monitor vor mir eingefroren: Es war keine Einbildung, es war ein Mord gewesen, ohne jeden Zweifel.

Daniel nahm mich in die Arme, um mich zu trösten, und im Schutz seiner Umarmung hörte und sah ich, wie auf der Kommandobrücke die Hölle losbrach. Der Kapitän brüllte Befehle, die Maschinen wurden gestoppt und die Drehung vorbereitet.

Die Mannschaft sandte Notsignale an die Küstenwachen Irlands und Frankreichs – je nachdem, wer näher war – und auch alle Schiffe in der Nähe wurden informiert und aufgefordert, sich an der Rettungsaktion zu beteiligen. Hubschrauber mit Infrarotkameras würden nun aufsteigen und aus der Luft suchen, was vermutlich die einzig realistische Chance war, das Opfer zu finden.

Doch dann wandte sich der Kapitän an mich: »Ich danke Ihnen Frau Lipton, aber ich muss Ihnen leider sagen, dass die Überlebenschancen in diesen kalten Gewässern unendlich gering sind. Nur ein Wunder könnte das Opfer retten.«

Er sah, dass ich nach Fassung rang und fügte tröstend hinzu: »Selbst wenn Sie den Vorfall sofort gemeldet hätten, wäre die Chance, die Person lebend zu finden, praktisch gleich null gewesen. Sie brauchen sich keine Vorwürfe zu machen. Die Belgravia ist einfach zu groß, sie würde jeden kleinen Gegenstand oder eine Person sofort unter die Wasseroberfläche drücken; aber wir müssen trotzdem eine Rettungsaktion starten, das sind wir dem Passagier schuldig. Haben wir überhaupt eine Chance, die Leiche zu bergen? Ich glaube leider nicht daran.«

Er hielt inne, dann fuhr er fort: »Miss Lipton, wir sind Ihnen zu großem Dank verpflichtet. Ohne Ihre Wachsamkeit wäre ein Mord begangen worden, ohne dass es jemand bemerkt hätte. Normalerweise werden unsere Kameraaufzeichnungen nur 24 Stunden lang aufbewahrt, um die Privatsphäre unserer Fahrgäste zu gewährleisten. Es tut mir leid, Sie das fragen zu müssen, aber könnten Sie uns helfen, die Personen zu identifizieren, die Sie auf dem Bildschirm gesehen haben?«

Ich schluckte und nickte zustimmend.

Der erste Offizier machte einige Mausklicks und die unscharfen Bilder auf dem Bildschirm wurde vergrößert. Aber vergeblich, die Personen waren nicht klar zu erkennen.

»Ich bin mir nicht sicher, der Junge auf der rechten Seite sieht aus wie Tom Olstrom oder Frank Mueller, die beiden sehen sich sehr ähnlich, blondes Haar, ziemlich groß und schlank. Die zweite

Person – ich habe keine Ahnung. Ich dachte erst, es seien die beiden, aber die zweite Person kommt mir jetzt doch zierlicher vor. Ich kann leider nur eine Kapuze und ein graues Sweatshirt erkennen.«

»Es könnte sich um Tom Olstrom handeln«, war Daniel zu hören. »Zumindest trug er so ein Sweatshirt, als ich ihn beim Frühstück traf – aber das ist die Mode bei allen jungen Männern, das beweist nichts. Er wohnt bei seinen Eltern an Bord. Frank Mueller wohnt als Gast bei Charles Peltier in dessen Suite.«

Ich bemerkte, dass sich die Augenbrauen des Kapitäns leicht nach oben zogen, aber er enthielt sich jeglichen Kommentars. Dann gab er den Befehl: »Beide suchen, sofort.«

»Was mich zutiefst beunruhigt«, fuhr Daniel fort und wandte sich an den Kapitän, »ist die Tatsache, dass der Mörder die Kameras gemieden und sorgfältig darauf geachtet hat, seine Kapuze aufzubehalten. Wir haben es hier mit einem sorgfältig geplanten Verbrechen zu tun. Ich denke, es ist kein Zufall, dass er dieses Outfit trug. Die Jeans sitzt sehr locker, das Sweatshirt ist viel zu groß, man kann nichts erkennen. Das sieht für meinen Geschmack leider recht professionell aus.«

Ich sah mir die Bildfolge, die sich jetzt auf dem Monitor in Endlosschleife wiederholte, genauer an. Daniel hatte recht, der Mörder hatte darauf geachtet, sein Gesicht nicht zu zeigen, während Tom – oder war es doch Frank – sich einmal umdrehte und lächelte.

Diese Bilder werde ich niemals vergessen können. Wie schrecklich, dem Jungen zuzusehen, wie er in eine tödliche Falle läuft und dabei seinen Mörder auch noch anlächelt.

Wir blickten uns an, aber es bedurfte keiner weiteren Worte. Wir hatten einen kaltblütigen Mörder an Bord.

Inzwischen war mir noch etwas anderes aufgefallen. Ich, Amanda Lipton, war die einzige Zeugin. Ich schluckte. Dieser Gedanke gefiel mir gar nicht. Ich hatte leider zu viele Filme gesehen, in denen der einzige Zeuge zum nächsten Opfer wurde, gejagt von einem skrupellosen Mörder.

Im Film oder im Fernsehen gab es praktischerweise immer einen Helden, meist einen mürrischen Polizisten oder cleveren Detektiv, dem es gelingt das Opfer, in letzter Sekunde zu retten, aber dies war kein Film. Daniel muss meine Gedanken gelesen haben, denn er drückte schnell meine Hand; es war nett und sehr beruhigend. Ich denke, weder er noch ich hatten jetzt Zeit für romantische Gefühle. Meine Gedanken kreisten um ein anderes Thema – wusste der Mörder, dass ich ihn gesehen hatte?

Die Spannung, die nun in der Luft lag, war spürbar, fast unerträglich. Wir wussten alle, dass es keinen Zweifel daran geben konnte, dass ein Passagier kaltblütig ermordet worden war. Die Lautsprecherdurchsagen auf der Belgravia würden nun dringend zwei Passagieren aufrufen, sich zu melden. Nur – einer von ihnen war höchstwahrscheinlich tot.

Dann traf die Nachricht ein, dass Tom Olstrom sich bei der Besatzung gemeldet hatte und obwohl es bisher keinen eindeutigen Beweis gab, machte es die Tatsache, dass Frank Müller nirgends zu finden war, zu einer traurigen Wahrscheinlichkeit, dass es mein ehemaliger Visagist war, der über Bord gestoßen worden war.

»Wir werden das Schiff durchsuchen, wir müssen sichergehen«, beschloss der Kapitän. »Peter, du suchst Mr. Peltier privat in seiner Kabine auf und bereitest ihn schonend auf die Nachricht vor, dass es einen tödlichen Unfall gegeben haben könnte. Erwähne auf keinen Fall das Wort *Mord*! Diese Anweisung gilt übrigens für alle hier!« Der Kapitän warf seiner Mannschaft einen vielsagenden Blick zu: »Ich meine das ernst, wenn ihr nicht das nächste Opfer werden wollt. Es hat keinen Mord gegeben, sondern wir haben es mit dem tragischen Fall eines tödlichen Unfalls zu tun. Ist das klar?«

»Yes, Sir!«, antwortete der Chor der Stimmen.

Unwillkürlich stimmte ich mit ein.

Peter, der Erste Offizier, zog eine Grimasse, verließ aber sofort die Brücke, um Charles Peltier aufzusuchen. Ich war froh, dass nicht ich der Überbringer dieser schrecklichen Nachricht sein musste.

Der Kapitän bedeutete uns, dass wir momentan nicht weiter gebraucht würden.

Daniel führte mich zurück in meine Kabine und schlug vor, abends wieder vorbeizukommen, um mich abzuholen.

Das war sehr nett und liebevoll von ihm, aber ich fühlte mich trotzdem niedergeschlagen. Der erste Adrenalinstoß war verflogen und nun fiel ich in ein tiefes, schwarzes Loch. Ich war die Beute einer seltsamen Mischung von Gefühlen: Traurigkeit, Mitleid, Entsetzen – und, ich gebe es nur ungern zu – auch Enttäuschung, dass mein einzigartiger Urlaub nun verdorben war. Es gab kein Zurück mehr, die Belgravia hatte ihre Unschuld verloren, mein Paradis war geschändet worden, der Urlaub war beendet.

Ich schnappte mir ein Buch, um mich abzulenken, aber es wollte mir nicht gelingen, mich auf die Handlung der Geschichte zu konzentrieren. Ich seufzte und zappte mich durch die Kanäle des Bordfernsehers, aber auch hier konnte nichts meine Aufmerksamkeit fesseln.

Ich sehnte mich danach, Susan anzurufen, aber als ich die Gebührentabelle für Satellitentelefonate studierte, ließ ich das Telefon fallen wie eine heiße Kartoffel – nur ein paar wenige Minuten würden meiner monatlichen Telefonrechnung in Hamburg entsprechen. Ich schätze, Männer wie Sir Walter machen sich keine Gedanken über profane Dinge wie Telefongebühren, aber ich schon. Vor allem, wenn ich mit meiner besten Freundin spreche, da kann eine Stunde wie im Flug vergehen.

***

Ich war gerade eingenickt, als es läutete. Nervös stand ich auf und schlich zur Tür. Mein Herz klopfte mir bis zum Hals und ich näherte mich der Tür, als sei sie elektrisch geladen.

Aber es war nur mein Steward Kenneth, der dort mit seinem Servierwagen stand, wie üblich am späten Nachmittag mit Champagner und Kanapees beladen. Es mag ein Mord geschehen sein oder ein »Unfall«, wie der Kapitän es nennen wollte, aber selbst ein solcher Vorfall unterbrach mitnichten die gut geölte Routine der Belgravia.

Kenneth schob den Wagen hinein und begann mit seiner üblichen Routine, die Kabine für die Nacht vorzubereiten. Er war fleißig und effizient, wie immer, und doch spürte ich, dass er vor Neuigkeiten platzte.

»Haben Sie schon von dem Unfall gehört, Madam?«

»Was ist passiert, Kenneth?«

»Frank Mueller, der Passagier, der mit dem berühmten Modedesigner Charles Peltier reist, ist heute Nachmittag verschwunden, man munkelt, er sei über Bord gegangen. Mr. Peltier hat die Nachricht schwer mitgenommen. Der Bordarzt ist gerade bei ihm – er brauchte dringend ein Beruhigungsmittel!«

Ich schluckte. Peltiers Reaktion schien logisch zu sein, aber während ich hier allein in meiner Kabine gesessen hatte, war mein Verstand fieberhaft alle möglichen Täter durchgegangen.

Ich hatte nur drei mögliche Verdächtige identifizieren können: Zuerst Tom. Motiv Eifersucht, zurückgewiesene Liebe. Dann Veronique: um einen Skandal zu vermeiden. Und zuletzt natürlich Charles Peltier: denn ich wusste, dass er von Frank erpresst worden war. Peltier hatte zudem eine jugendlich schlanke Figur und war etwas kleiner als Frank. Baggy-Jeans und ein Sweatshirt konnte schließlich jeder tragen. Könnte es also sein, dass Charles Peltier ein ausgezeichneter Schauspieler war und nur vorgab, untröstlich zu sein?

Ich bemerkte, dass Kenneth aufmerksam auf meine Reaktion wartete. Ich konnte nicht einfach dastehen und nichts sagen.

»Aber das ist ja schrecklich, Kenneth! Der arme Frank!«, stotterte ich. »Hat man eine Ahnung, was passiert ist?«

»Leider nicht, Madam, es ist alles sehr geheimnisvoll. Vielleicht hat er zu viel getrunken. Natürlich wird das niemals öffentlich erwähnt, aber er wäre nicht der Erste, der nach zu viel Alkohol über Bord geht. Sie können sich nicht vorstellen, wie verrückt manche Passagiere werden, wenn sie zu viel getrunken haben.«

Meine Hand zuckte sofort von dem Glas Champagner zurück, das er mir gerade eingeschenkt hatte. Aber es würde mir guttun, beschloss ich und nahm dann doch einen großen Schluck. Die Perlen prickelten auf meiner Zunge, ein angenehm belebendes Gefühl. Schon fühlte ich mich ein wenig besser.

Plötzlich merkte ich auch, wie hungrig ich war, da ich mittags ja nichts gegessen hatte. Ich konnte nicht widerstehen und ließ dem Champagner ein Kanapee folgen. *Hmm, geräucherte Entenbrust mit frischer Feige, gar nicht schlecht!*

»Kann ich noch etwas für Sie tun?«, fragte mich Kenneth routiniert. Er musste inzwischen überzeugt sein, dass ich ein hart gesottenes Wesen war. Während er von einem tödlichen Unfall sprach, bediente ich mich an Champagner und Kanapees. Ich gebe zu, es war unethisch. Aber ich war total durcheinander, *durch den Wind*, würden meine Schüler sagen.

Ich nahm aber die Konversation wieder auf, um zumindest etwas Empathie zu zeigen: »Gibt es keine weiteren Informationen? Armer Frank, er tut mir so leid … ich muss sagen, er schien nie sehr glücklich zu sein, wenn ich ihn sah.«

Kenneth zuckte mit den Schultern. Ich konnte nicht viel Mitleid in seiner Reaktion mit dem armen Frank entdecken.

»Ja, sehr tragisch, aber, wenn ich ehrlich bin, ich denke, er hätte weniger trinken sollen … Wenn Sie mich fragen, diese Leute aus der Modebranche führen schon ein verrücktes Leben. Vielleicht war es nicht der Alkohol, sondern Drogen? Kokain scheint groß in Mode zu sein, wer weiß? Aber ich darf jetzt nicht weiter spekulieren, ich muss gehen. Mr. Olstroms Frau hat für ihren Nachmittagsimbiss eine Nudelsuppe nach chinesischer Art bestellt und sie wird nicht zufrieden sein, wenn ihre Suppe zu spät oder gar kalt ankommt!«

Mit diesen banalen Worten eilte er aus dem Zimmer.

Kenneth war gegangen und erst jetzt fing ich an, zu zittern, denn das Gespräch hatte die furchtbaren Bilder wieder zum Leben erweckt. Ich leerte mein Glas und war fest davon überzeugt, dass ich nach dieser Tortur kein Abendessen mehr zu mir nehmen konnte.

Aber die menschliche Natur ist zäh und als Daniel an meiner Tür klingelte, um mich zum Westminster Grill zu begleiten, war ich doch hungrig. Vielleicht war das die Wirkung des Champagners – ich hatte ein Glas mehr getrunken als sonst, und das auf nüchternen Magen. Ich war also leicht beschwipst, als Daniel mich abholte und es war mir inzwischen fast egal, ob es der Mörder oder Daniel war, der an der Tür klingelte.

Es war Daniel, zum Glück.

Ich war froh, nicht allein durch die langen, verlassenen Gänge im Schiff laufen zu müssen. Doch plötzlich kam eine Erinnerung zurück – hatte ich Daniel nicht kurz vor dem Mord durch den Gang zum Deck eilen gesehen? Was hatte er dort zu suchen gehabt? *Frag ihn doch*, forderte mich eine innere Stimme auf, aber ich Feigling brachte den Mut dazu nicht auf.

Zum ersten Mal fielen mir nun auch die zahlreichen Kameras auf, die geschickt und unauffällig angebracht worden waren. Irgendjemand an Bord war jetzt sicher dazu verdammt worden, sie rund um die Uhr zu überwachen, denn unser stolzes Schiff hatte seine Unschuld verloren. Ich musste den Impuls unterdrücken, den Kameras zuzuwinken. Das musste die Wirkung des Champagners sein, ich wurde albern.

***

Wir kamen an unseren Tisch im Restaurant und dort herrschte – wenig überraschend – die gedrückte Stimmung einer Beerdigung. Marges Augen waren rot verquollen, Veronique war nicht anwesend, Charles Peltier fehlte ebenso. Walter und sein Sohn Tom Olstrom saßen sich gegenüber und schwiegen sich an. Ich konnte mir denken, dass Sir Walter es vorgezogen hatte, seiner Frau zu entfleuchen, statt sich ihren Tiraden auszuliefern.

Ich war mir allerdings sicher, dass sich Veronique nicht allzu viele Gedanken über die Befindlichkeiten ihres Stiefsohns machen würde. Mir tat Tom hingegen leid, er musste sich furchtbar fühlen. Er saß mir gegenüber und war leichenblass. Ich hatte niemals den Eindruck gehabt, dass Frank etwas anderes als ein guter Freund mit einem gemeinsamen Interesse an Computerspielen gewesen war. Aber einen Freund durch einen Schicksalsschlag zu verlieren, ist schrecklich genug.

Zu Beginn des Abends war jeder sehr zurückhaltend und wir sprachen kaum miteinander. Aber nach den ersten Gläsern Wein lösten sich die Zungen und bald verbreiteten sich wilde Spekulationen wie ein Lauffeuer.

Ich schätze, das ist einfach die menschliche Natur.

»Es müssen Drogen gewesen sein«, flüsterte Marge, aber da sie etwas schwerhörig war, drang ihr Flüstern bis ans andere Ende des Tisches und ich bemerkte, dass Tom ihr einen bitterbösen Blick zuwarf.

»Warum?«, fragte ich sie. »Erscheint dir das nicht ein bisschen weit hergeholt?«

»Künstler sind alle Junkies, so regen sie ihre Kreativität an, das ist doch allgemein bekannt.« Marge versuchte nicht einmal mehr zu flüstern und fuhr aufgeregt fort: »Künstler sind schnell ausgebrannt, aber sie müssen liefern – Kokain ist der Stoff, der sie kreativ bleiben lässt, man liest es immer wieder. Es ist ein offenes Geheimnis, dass halb Hollywood drogensüchtig ist, der Rest hängt an der Flasche. Man sieht ein schönes Gesicht, ein strahlendes Lächeln und ein Jahr später liest man, dass sie in irgendeiner Anstalt zum Ausnüchtern verschwunden sind.«

Ich musste zugeben, dass Marge nicht ganz unrecht hatte. Aber ich wusste es besser, es war weder ein Unfall noch ein Selbstmord gewesen, wie Marge offenbar dachte. Es war ein geplanter, kaltblütiger Mord gewesen. Ich musste ein Zittern unterdrücken.

Daniel, der die Wahrheit ebenfalls kannte, schenkte mir ein beruhigendes Lächeln, gab aber vor, an Marges Theorie zu glauben: »Du bist also überzeugt, dass Frank Drogen genommen hat?«

»Ja, und vermutlich eine Überdosis – oder er konnte nicht genug von diesem schrecklichen Zeug hier an Bord bekommen und wurde depressiv. Der arme Junge, er tut mir so leid.«

Marge zückte ihr Taschentuch, denn plötzlich liefen ihr die Tränen über das Gesicht.

Ich fühlte mich schlecht, denn ich hätte wohl auch weinen sollen, aber irgendwie war mir Frank nicht sehr sympathisch gewesen und ein Teil meines Gehirns weigerte sich, die Realität zu verarbeiten. John tröstete seine Frau ungeschickt und schnell trocknete sie ihre Tränen.

»Bitte entschuldigt mich, ich bin ein bisschen sentimental. Ach Amanda, ich bewundere dich so sehr, du bleibst so wundervoll gelassen.«

Wenn du nur wüsstest, dachte ich unbehaglich.

»Ich glaube nicht, dass es etwas mit Drogen zu tun hat«, mischte sich John ein und fuhr animiert fort: »Als ich meine Jugendmannschaft im Football trainierte, hatte ich leider Jungs, die mit dem Teufelszeug herumexperimentiert haben. Das lässt sich heutzutage nicht vermeiden. Aber ich spürte immer, wenn sie anfingen, dumme Sachen zu tun, und oft genug konnte ich rechtzeitig eingreifen. Die meisten wollen das Zeug eigentlich nicht nehmen; wenn man ihnen früh genug die Augen öffnet, ist es okay, dann haben sie noch eine Chance. Frank sah nicht aus, wie ein Junge, der auf Drogen ist. Aber er war sehr launisch – und schien unter Stress zu stehen. Vielleicht war es aber auch nur Liebeskummer.«

Ich war erstaunt. Ich hatte nicht erwartet, dass John ein so scharfsinniger Beobachter war. Man sollte einen Menschen nie unterschätzen!

Bevor ich etwas sagen konnte, nickte Neil Hopkins ernst und erwiderte: »Du hast völlig recht, John. Ich könnte dir einiges über meine vielversprechendsten Schüler erzählen, bei uns liegen ja Drogen praktisch im Labor herum. Ich stimme dir vollkommen zu, ich habe auch keine Anzeichen von Drogenkonsum erkennen können. Frank schien einfach ein sehr introvertierter Charakter zu sein. Aber …«, er räusperte sich verlegen, »ich kam nicht umhin, eine Verstimmung zwischen Mr. Peltier und seinem Schützling zu bemerken. Es ist doch ungewöhnlich, schmollend am Tisch zu sitzen, wenn man eine Einladung zu einer luxuriösen Kreuzfahrt angenommen hat. Die normale Reaktion wäre doch, der Person dankbar zu sein, die einen eingeladen hat.«

Nun wurde klar, dass auch Neil ein guter Beobachter der menschlichen Spezies war. Ich hatte gedacht, dass sich sein Interesse auf die kleinen Tiere konzentrierte – eher auf alles, was giftig war und herumkrabbelte.

Neil muss meine Gedanken gelesen haben, denn plötzlich zwinkerte er mir zu – was ihn viel jünger und sogar attraktiv aussehen ließ. Er fuhr fort und sah mir tief in die Augen: »Ich weiß, dass die Leute erwarten, dass wir Wissenschaftler unser Leben abgeschottet im Labor verbringen, um die großen Rätsel der Menschheit zu lösen. Aber Tag und Nacht? Das wäre doch recht langweilig. Wir sind auch anderen Reizen gegenüber aufgeschlossen.«

»Kommen dir andere Leute nicht auch manchmal etwas banal vor?«, fragte ich.

»Du sicher nicht!«, antwortete er – und ich war sprachlos.

Am anderen Ende des Tisches hatten Tom und sein Vater scheinbar das Kriegsbeil begraben und besprachen geschäftliche Angelegenheiten im fernen Kanada. Ich hörte Schlagworte wie »Schiefergas«, »Landrechte« und »Umweltgruppen«. Letztere waren wohl Sir Walters Intimfeinde, während Tom offener und realistischer zu sein schien, was den Umgang mit diesen Themen und Gruppierungen anging.

Dann hörte ich ihn sagen: »Ich habe gehört, dass Richard Wu, diese Ratte, auch auf diesem Schiff ist. Wenn er es wagt, sein Gesicht zu zeigen, werde ich ihn erwürgen. Ich bin mir absolut sicher, dass er hinter diesem feindlichen Angebot steckt. Er mag ein Chinese sein, aber ich fresse einen Besen, wenn er nicht mit den Russen unter einer Decke steckt.«

Ich spitzte meine Ohren. Hatte mein Steward Kenneth nicht diesen Namen erwähnt? Richard Wu, der Mann mit dem großen Trinkgeld.

»Sicher tut er das«, Tom lachte abschätzig. »Er hat ein Vermögen in sibirische Ölfelder investiert – er hat keine andere Wahl, als mit diesen russischen Hunden zu bellen, sonst ist er pleite.«

»Stimmt, ich habe auch Gerüchte gehört, dass er dringend Geld braucht«, erklärte Sir Walter.

»Ich bin mir sicher, Dad, das sind nicht nur Gerüchte. Warum sollte er sonst sein afrikanisches Handynetz verkaufen, das wirft doch regelmäßig satte Gewinne ab. Er hat es nicht einmal an die Börse gebracht, sondern letzte Woche unter Wert an eine Private-Equity-Gruppe verkauft. Wenn das nicht zum Himmel stinkt …«

Walter sah seinen Sohn voller Stolz an. »Du hast recht, das war mir entgangen. Aber es macht Sinn. Ich bin erstaunt, dass du unseren Freund so genau verfolgt hast …«

»Leider, denn du bist davon überzeugt, dass ich meine Zeit damit verbringe, Quatsch zu machen wie zum Beispiel Veroniques Autos zu demolieren.« Toms Stimme hatte einen bitteren Ton angenommen und Sir Walter verstummte.

***

Niemand von uns war überrascht, dass Charles Peltier nicht zum Essen auftauchte. Unsere Gruppe löste sich nach dem Essen dann auch schnell auf. Weder ich noch die anderen hatten Lust, noch etwas in der Bar zu trinken oder gar die Show im großen Theatersaal zu besuchen.

Unser seltsam schweigsames Abendessen hatte mir leider keinen weiteren Hinweis auf den Mord oder das Motiv gegeben. Ich war nur überrascht, dass Tom zum Ende des Essens überhaupt nicht mehr bedrückt war, er hatte doch am Anfang einen sehr niedergeschlagenen Eindruck gemacht. Irgendwie passte das nicht zusammen.

Später, in meinem Bett, konnte ich keinen Schlaf finden. Mein hyperaktives Gehirn ließ die Szenen des Nachmittags noch einmal Revue passieren und ich analysierte die Reaktionen meiner Mitreisenden heute Abend. Mein Gefühl sagte mir, dass der Schlüssel zu diesem Mord unter ihnen liegen musste, aber es war ein Schlüssel, der scheinbar gut bewacht und bestens versteckt war!

Dann wanderten meine Gedanken zu Neil, war da nicht eine Einladung zu einem kleinen Flirt gewesen?

Amanda, du bist naiv, es war nur ein harmloses Kompliment!, dämpfte ich gleich meine Hoffnung, denn ich muss gestehen, dass ich angefangen hatte, Neil Hopkins zu mögen.

Und Daniel.

Das Leben ist kompliziert.

Tag 4 – Die Piratenparty

Ich bin dann doch eingeschlafen und ich schäme mich fast, zu gestehen, dass kein böser Traum meinen Schlummer gestört hat. Es war Kenneth, der mich aufweckte. Er hatte sogar schon den Trolley mit dem Frühstück dabei und ich war sprachlos.

»Ich dachte mir, dass Sie nach der gestrigen Tortur müde sein müssen, Madam, und dass ein schönes, warmes Frühstück willkommen wäre. Da ich nicht wusste, ob Sie lieber Eier Benedict oder Rührei mögen, habe ich einfach beides mitgebracht.«

Ich hätte meinen Steward umarmen können. Ich würde von beidem einen Bissen probieren.

»Das ist wirklich sehr aufmerksam von Ihnen, Kenneth, vielen Dank! Sie können scheinbar Gedanken lesen.«

»Es ist mir ein Vergnügen! Übrigens, heute Abend lädt der Kapitän zur traditionellen Piratenparty ein, der absolute Höhepunkt unserer Kreuzfahrt. Da das Wetter gut sein wird, werden wir auch ein Barbecue am Pool veranstalten. Alle Einzelheiten finden Sie hier in den Belgravia News.«

Kenneth reichte mir die Blätter, die etwas hochtrabend *Belgravia News* genannt wurden. Ich würde Kenneth vermissen, sobald ich wieder in die Niederungen meines normalen Lebens hinabsteigen musste. Ich war nicht sehr optimistisch, dass meine Mutter damit einverstanden wäre, mir morgens ein solch opulentes Frühstück zu servieren – und dann noch alles abzuräumen und zu spülen.

»Der Kapitän hat beschlossen, die Feier angesichts des gestrigen Unfalls etwas weniger turbulent zu gestalten, aber wie man so schön sagt: Die Show muss weitergehen. Eigentlich ist es üblich, Passagiere während der Party in den Pool zu werfen, aber das wurde gestrichen. Der Kapitän meint, das wäre grob unpassend.«

Kenneth verließ die Kabine und ich machte es mir in meinem Bett bequem. Genüsslich knabberte ich an einem frisch gebackenen Croissant und studierte dabei die Belgravia News. Sie bestand aus vier Seiten. Natürlich wurden Nachrichten der Welt zusammengefasst, sprich die üblichen Katastrophen und Probleme der Weltwirtschaft, aber viel interessanter und erbaulicher waren die Seiten, die dem gesellschaftlichen Klatsch (Veronique Olstrom war unter die zehn bestgekleideten Frauen des Jahres gewählt worden), dem Wetterbericht (sonnig) und den Ereignissen des Tages gewidmet waren. Nur eine winzige Notiz am unteren Rand wies auf einen möglichen tragischen Unfall hin und dass ein Passagier vermisst wurde. Der Hinweis war geschickt zwischen Werbung für die Mode- und Souvenirläden des Einkaufszentrums versteckt worden. Offensichtlich sollte er übersehen und möglichst schnell wieder vergessen werden.

Sehr viel größer war natürlich die Ankündigung für die Piratenparty platziert. Alle Passagiere wurden eingeladen, sich abends zu verkleiden.

Ich liebe Kostümpartys, schon seit meiner Kindheit. Mord hin, Mord her, ich machte gerade die Reise meines Lebens und das versprach, ein großer Spaß zu werden! In Gedanken ging ich den Inhalt meines Kleiderschranks durch. Ein gestreiftes T-Shirt und ein Paar Jeans würden ausreichen. Dazu noch ein Halstuch und etwas bühnenreifes Make-up und ich sähe aus wie ein Mitglied der Piratencrew, na ja, eher für eine Komödie bei Disney als in echt.

Nach dem üppigen Frühstück wurde ich schläfrig und nickte wieder ein, was bedeutete, dass ich wieder einmal das Mittagessen verpasste.

Da das Wetter prächtig war, beschloss ich, auf den Außendecks spazieren zu gehen und ein wenig Sonne zu tanken. Bei dieser Gelegenheit kam ich an der Stelle vorbei, an der Frank ins Meer gestoßen worden war. Ich bekam sofort eine Gänsehaut und eilte hastig weiter.

Ich war sehr erleichtert, als ich danach den Bereich mit dem Swimmingpool erreichte. Dies war ein beliebter und turbulenter Ort speziell für jüngere Passagiere in Urlaubslaune, die sich gerne an der Poolbar aufhielten und sich dort königlich amüsierten. Ich ließ mich in einem der wenigen leeren Liegestühle nieder, doch nach einer halben Stunde wurde mir die Kombination aus schreienden Kindern, grölenden Erwachsenen und der grellen Sonne zu viel.

Die gemütliche Bibliothek kam mir in den Sinn, eine Oase der Ruhe und auch des Schutzes vor der Sonne, die mich gerade bei lebendigem Leib röstete. Ich schnappte mir mein Buch und floh aus dem Poolbereich, gerade noch rechtzeitig, um einem ausgelassenen Trinkspiel zu entkommen, das eine Gruppe junger Männer zu stimmlichen Höchstleistungen animierte.

Als sich die Türen der Bibliothek hinter mir schlossen, atmete ich tief durch – endlich allein! Aber ich war zu optimistisch gewesen, denn nur Minuten später öffnete sich die Tür und Charles Peltier kam herein, genauer gesagt, er schwankte mehr, als dass er ging.

Er erkannte mich und sah mich erschrocken an, so als wäre ich der letzte Mensch auf Erden, den er hatte treffen wollen. Peltier war schon halb wieder aus der Tür, als er plötzlich seine Meinung änderte. Wie ein leck geschlagenes Schiff schwankte er in meine Richtung und fiel in einen Sessel neben mir. Charles Peltier, der weltberühmte Designer, stank meilenweit nach Wodka. Ich schloss daraus, dass sein Frühstück eher flüssig gewesen sein musste – aber kein Kaffee.

»Frank ist tot«, jammerte er, oder zumindest war es das, was ich aus seiner undeutlichen Aussprache heraushören konnte.

»Ein schrecklicher Verlust!«, antwortete ich lahm. Was sagt man zu einem Mann, dessen Beziehung zu dem Opfer bestenfalls zweideutig ist, ganz zu schweigen davon, dass Charles Peltier zu meinen Hauptverdächtigen gehörte?

»Frank war ein Genie«, fuhr Peltier in einer merkwürdigen Mischung aus Stammeln und Monolog fort. »Er hätte mich übertreffen können, er hatte die …« Er starrte mich trübe an und suchte nach dem passenden Wort. »Frank hatte die … Gabe!«, sprach er, um dann laut zu rülpsen, was mich noch etwas abrücken ließ.

Peltier starrte mich an und ich fühlte mich genötigt, etwas zu sagen: »Ich verstehe das nicht, ich dachte, Frank wäre ein Visagist?«

Peltier grunzte verächtlich ob meiner Unwissenheit. »Frank hatte doch diesen Job nur angenommen, um schnell etwas Geld zu verdienen. Er hatte gerade seinen Abschluss an der Schule für Modedesign in Antwerpen gemacht, es gibt in ganz Europa im Moment keinen besseren Ort für junge Talente.«

»Aber jeder spricht doch über Paris und Mailand?«, wandte ich überrascht ein.

»Das ist die Mode von gestern, Haute Couture für ältere Menschen und Mainstream!« Peltier machte eine Handbewegung, als würde er Mailand und Paris in den Mülleimer der Geschichte werfen. »Frank war die Zukunft, er war ein Genie!«

Jetzt begann Peltier zu weinen und wischte sich mit einer wütenden Geste hilflos seine Tränen weg. Ich fühlte mich extrem unwohl.

Es entstand eine peinliche Pause, denn ich wusste nicht, was ich antworten sollte. Peltier hatte die Augen geschlossen und vermutlich vergessen, dass ich existierte.

Ich öffnete meine Handtasche und nahm ein Paket Taschentücher heraus. Ich bin zwar kein Genie oder Multi-Dollar-Millionärin, aber ich bin praktisch veranlagt. Das ist im Alltag meist von größerem Nutzen. Ich reichte Charles Peltier also meine Taschentücher und er schien sich plötzlich daran zu erinnern, dass es mich auch gab.

»Ich habe Frank umgebracht«, jammerte er und die Tränen liefen ihm über das Gesicht.

Ich war überrascht und erwartete, dass er jeden Moment melodramatisch auf die Knie fiel.

»Ich bin schuldig. Wie soll ich weiterleben mit dem Wissen, dass ich ein großes Talent getötet habe?«

Ich war fassungslos. Ich saß hier mit Franks Mörder – allein … das war allerdings kein angenehmer Gedanke. Als Lehrerin wird man im Leben mit vielen bizarren Situationen konfrontiert, aber wie man ein Interview mit einem Mörder führt, gehörte bisher weder zu meinem Aufgabenbereich noch zu meinen Erfahrungen. Ich musste also improvisieren – und vor allem musste ich Peltier beruhigen.

Ich räusperte mich. »Ich bin etwas verwirrt, Mr. Peltier, ich meine, ist es nicht etwas ungewöhnlich, dass Sie Frank getötet haben sollen? Ich meine, Sie sagten gerade, er sei ein aufsteigender Stern, warum haben Sie ihn dann getötet – und wie haben Sie es getan?«

Einen Moment lang befürchtete ich, dass Charles Peltier auf meine Fragen wütend reagieren könnte, aber ich irrte mich. Charles Peltier wollte gestehen, sogar seine Art zu sprechen wurde flüssiger und verständlicher.

»Ich bewunderte Frank, er war ein junger Mann mit einem außergewöhnlichen Talent. Er sprudelte nur so über vor frischen Ideen, ersann kühne Farbkombinationen; aber er war nicht zu extrem. Es gibt viele begabte Künstler, aber Frank hatte ein Auge für die Art von Design, das später auch für den Massenmarkt geeignet sein könnte. Die Leute denken immer, wir entwerfen für die wenigen Reichen und Schönen. Aber wenn ein Designerlabel Geld verdienen will, müssen wir unsere Entwürfe lizenzieren, dort liegt das wahre Geld heutzutage, die Haute Couture verbrennt nur Geld. Frank war auch gut aussehend, darauf steht die Öffentlichkeit, er hatte das Zeug zu einem echten Star.«

Ich räusperte mich erneut, gab mir einen Ruck und fragte ihn direkt: »Warum haben Sie ihn denn dann umgebracht? Waren Sie neidisch auf seinen Erfolg?«

»Ich habe seine Entwürfe gestohlen. Amanda, ich war verzweifelt!«

Ich war erstaunt, dass Peltier sich sogar meinen Namen gemerkt hatte.

»Meine letzte Kollektion war ein Flop, die Presse fing an, zu schreiben, ich sei der Designer von gestern. Alle umkreisten mich wie hungrige Haie, die Blut wittern: *Der große Charles Peltier – ein Mann von gestern.* Ich, Charles Peltier, sollte nun ein Mann von gestern sein?« Er zitterte, und sein Pferdeschwanz zuckte im Takt. »Ich wusste, dass ich nur noch eine Chance hatte. Noch eine schlechte Show und ich war raus – für immer. Die Haie gierten nach meinem Blut. Unter diesem Stress konnte ich nicht mehr kreativ arbeiten, ich war wie blockiert, mir kamen keine neuen Ideen mehr.«

Tränen des Selbstmitleids stiegen in seine Augen, Peltier sah erbarmungswürdig aus.

»Und dann habe ich Frank getroffen. Um ehrlich zu sein, ich war scharf auf ihn, aber als er mir einige seiner Entwürfe zeigte, wusste ich, dass er ein Genie war. Diese Entwürfe waren fabelhaft, kühn, neu und sensationell. Ich fotografierte seine Entwürfe mit meinem Handy, veränderte sie – ich verbesserte sie, schwächte sie ab, fügte einige gute Ideen hinzu, machte sie kommerzieller. Ich habe diese Gabe, das Auge, das eine Skizze in ein Kleid umsetzen kann. Ich weiß, welche Stoffe ich wählen muss und wie ich die Entwürfe zum Leben erwecken kann. Frank war noch zu jung für so etwas. Als Frank meine Kollektion sah, wusste er sofort, dass ich seine Ideen gestohlen hatte, und nahm Kontakt zu mir auf.«

Peltier seufzte und schwieg. Dann gab er sich einen Ruck und fuhr fort: »Wie gesagt, ich war scharf auf ihn, aber dann begann Frank, mich auf subtile Weise zu erpressen – es bestand kein Zweifel daran, dass die Situation für mich sehr unangenehm werden könnte. Ich dachte allerdings, es ginge nur um Geld …«

Er brach nun zusammen und begann zu schluchzen. Der große Charles Peltier war reduziert zu einem Nervenbündel.

»Und – wie haben Sie Frank getötet?«, fragte ich ihn leise.

»Ich habe Franks Stolz unterschätzt! Ich weigerte mich, ihn als Co-Designer zu benennen, und er hat wegen meiner Eitelkeit Selbstmord begangen. Ja, ich habe mich geweigert, ihn zu meinem Partner im Geschäft zu machen. Es ist offensichtlich, dass er nicht länger mit dem Wissen leben konnte, dass ich seinen Ruhm an mich gerissen hatte. Ich war kalt und egoistisch. Amanda, glauben Sie mir: Es war nie ein Unfall; Frank muss zu viel getrunken haben und in seiner Verzweiflung ins Meer gesprungen sein – und das alles wegen mir, ich bin sein wahrer Mörder!«

Peltier warf sich in die Brust und rief laut: »Ich werde meine Verantwortung übernehmen! Ich werde die Wahrheit verkünden – auch wenn es mein Ende als Designer bedeutet.«

Ich muss wie ein Fisch auf dem Trockenen ausgesehen haben. Ich öffnete und schloss meinen Mund, aber ich brachte kein Wort heraus. Eins war klar: Peltier hatte offensichtlich keine Ahnung, wie Frank zu Tode gekommen war. Er war vielleicht schuldig, Franks Ideen gestohlen zu haben, aber er war eindeutig nicht sein Mörder.

Ich versuchte also, Peltier zu trösten: »Das ist zu hart ausgedrückt, Monsieur Peltier. Sicherlich war das Kopieren von Franks Entwürfen nicht okay, aber Mord ist etwas ganz anderes. Ich denke nicht, dass sich Frank deshalb umgebracht haben könnte. Es muss einen anderen Grund geben, ich bin mir ganz sicher.«

Seltsamerweise gelang es mir, ihn so zu beruhigen.

»Amanda, du bist ein Schatz! Du hast mir gerade das Leben gerettet. Ich war bereit, auch über Bord zu gehen, alles zu beenden. Ich werde meine New Yorker Modenschau Frank widmen, ich glaube, er wäre stolz darauf gewesen!«

Ein erleichterter, fast glücklicher Charles Peltier verließ die Bibliothek, er schwankte sogar kaum noch – aber er ließ mich aufgewühlt zurück. Ich war wieder am Anfang. Meine Gedanken rasten – wer sonst konnte Frank umgebracht haben?

Ich brauchte einen Kaffee, schnell! Ich musste nachdenken, um etwas Ordnung in das Chaos meines Gehirns, meine kleinen grauen Zellen, zu bringen, wie es der berühmte Hercule Poirot ausgedrückt hätte. Schade, dass Poirot nur zwischen Buchdeckeln existierte, er wurde hier dringend benötigt.

***

Ich hatte Glück, das Promenadencafé war fast leer. Ich konnte mich mit einem guten Kaffee in einen der bequemen Korbsessel setzen und in Ruhe nachdenken. Was den Kaffee angeht, so bin ich ein Purist, ich trinke ihn normalerweise ohne Zucker und Milch. Nur ab und zu gebe ich der Versuchung nach, einen Cappuccino oder Irish Coffee zu trinken.

Sobald ich meinen Kaffee genossen hatte, beruhigte sich der Tumult in meinem Kopf. Nur, ich kam zu einer sehr ernüchternden

Schlussfolge: Es gab nicht mehr viele Möglichkeiten, wer der Mörder sein konnte. Wenn man von der wilden Idee absah, dass Frank von der Mafia oder einer anderen finsteren Geheimorganisation verfolgt wurde, gab es nur zwei Erklärungen, die Sinn machten:

Entweder war seine Beziehung zu Tom gar nicht so harmlos oder platonisch gewesen oder Veronique hatte eingegriffen. Vielleicht hatte sie eine potenzielle Bedrohung für den guten Ruf der Olstroms aus dem Weg räumen wollen. Oder – allerdings war das recht spekulativ – vielleicht hatte sie ein Verhältnis mit dem jungen, attraktiven Frank eingehen wollen und er hatte sie zurückgewiesen.

Mord aus Eifersucht – man liest schließlich immer wieder davon. Ich muss gestehen, dass mir diese Version sehr gut gefiel. Als passionierte Krimileserin weiß ich natürlich, dass man bei der Analyse eines Verbrechens alle persönlichen Gefühle ausklammern sollte, aber ich mochte Tom gut leiden – die Vorstellung, dass er der Mörder sein sollte, gefiel mir gar nicht. Ich hatte jedoch keine Probleme damit, mir Veronique als Mörderin vorzustellen. Ich war mir sicher, dass dieser Typ Frau sehr rücksichtslos sein konnte. Und ich war mir auch sicher, dass ihre Beziehung zu Sir Walter auf Geld beruhte – Liebe spielte sicherlich keine Rolle, zumindest auf ihrer Seite.

Veronique könnte des Rätsels Lösung sein, dachte ich erleichtert. Ich würde sie beobachten oder noch besser, mich mit ihr anfreunden.

Plötzlich schoss mir ein anderer, erschreckender Gedanke durch den Kopf: Hatte ich bei all dem Grübeln nicht vergessen, Daniel mit einzubeziehen? Schließlich hatte ich ihn nur wenige Minuten vor dem Mord ganz in der Nähe des Decks gesehen. Ich schluckte schwer. Diese Möglichkeit gefiel mir nicht, ganz und gar nicht!

Ich war noch tief in Gedanken versunken, als ich eine vertraute Stimme hörte, die mich neckend fragte: »Na, ganz in Gedanken versunken … denkst du über das Verbrechen oder, noch schlimmer, über deine Schule nach?«

Erschrocken setzte ich mich auf und blickte in Daniels lächelnde Augen. *Gefährlich*, dachte ich. *Dieser Mann ist nicht gut für mein inneres Gleichgewicht. Ich sollte ihn meiden!*

»Ich bin auf der Suche nach einer Piratenbraut für heute Abend, kann ich auf dich zählen?«, fragte mich Daniel lächelnd.

»Mit Vergnügen!«, hörte ich mich automatisch antworten – so viel zum Thema *Daniel meiden*. Scheinbar gab es da eine Schaltung in meinem Gehirn, die gute Vorsätze nichtig machte – leider ein garantierter Weg, um in Schwierigkeiten zu geraten.

»Prima, dann werde ich heute Abend gegen acht Uhr vorbeikommen, um dich abzuholen. Ich habe gehört, dass sie ein Barbecue und spezielle Piratencocktails am Swimmingpool vorbereiten, denn die Wettervorhersage ist hervorragend – und anscheinend haben die Mitglieder der Besatzung eine Überraschung für uns vorbereitet! Mit einem Cocktail in der Hand können wir zusammen einen herrlichen Sonnenuntergang beobachten. Nicht die schlechteste Art, um den Abend zu beginnen …«

Wieder schaute er mir tief in die Augen. Ich starrte zurück wie ein Kaninchen, fasziniert von einer sehr attraktiven, aber höchst gefährlichen Schlange.

Ich erwachte aus meiner Trance: »Das klingt genial«, und lächelte Daniel an.

»Ich könnte vielleicht noch einmal *Sex on the Beach* bestellen.« Das sollte witzig sein, aber – du meine Güte – es klang so plump, fast wie eine Einladung. Ich versank fast vor Scham.

Er grinste gut gelaunt zurück. »Solange du nicht *Sex in the Pool* bestellst … das könnte zu einigen Komplikationen führen.«

Daniel lief weiter und ich war verwirrt, aber in Hochstimmung. Ich hatte heute Abend eine Verabredung, ein Date, so etwas hatten sonst nur meine Freundinnen stolz zu berichten. *Wenn nur Susan hier wäre*, dachte ich seufzend, wie gerne hätte ich mich ausführlich mit ihr über Daniel unterhalten.

Was weißt du eigentlich über Daniel?, fragte mich plötzlich meine nervige innere Stimme. Ich musste zugeben, dass ich nichts wusste! Gar nichts! Außer der Tatsache, dass er mir geholfen hatte. *Und was hat Daniel gemacht, als du ihn gesehen hast?*, fragte mich die Stimme weiter. *Bist du sicher, dass er eine weiße Weste hat? Er spricht nie über seine Arbeit oder seine Familie – ist das nicht ein bisschen verdächtig, ist er vielleicht verheiratet und hat drei Kinder, die auf ihn warten?*

Ich hasse meine innere Stimme. Sie hat ein besonderes Geschick, mir die schönsten Momente zu verderben.

»Hi, deine Tasse ist ja schon fast leer!«, unterbrach eine fröhliche Stimme plötzlich meine dunklen Gedanken. »Ich hole dir einen frischen Kaffee – du trinkst ihn schwarz, ohne Zucker, ohne Milch, richtig?«

Woher zum Teufel kannte ein Nobelpreisträger meine Kaffeegewohnheiten? Vielleicht ist es die Beachtung winziger Details, die einen guten Wissenschaftler ausmacht. Neil lächelte mich schüchtern an und ich lächelte zurück.

»Du hast ein geniales Gedächtnis, genauso ist es, Neil, kein Zucker, nur schwarz.«

Schon kam Neil mit zwei Tassen zurück, seine eigene schwappte fast über, da er auf die Haube aus Milchschaum noch großzügig Zuckersirup verteilt hatte. »Ich mag es süß«, kommentierte er mit einem Anflug von Schuldgefühl.

Es roch verlockend, fast ein bisschen wie Weihnachten.

Ich nippte an meinem Kaffee und musste blinzeln. Heute trug Neil einen grässlichen feuerroten Pullover, der sich mit seinem leuchtend fliederfarbenen Poloshirt biss. Ich verspürte das dringende Bedürfnis, meine Sonnenbrille aufzusetzen.

»Dein Kaffee riecht gut«, antwortete ich, nachdem ich mich von dem Schock über seine farbenfrohe Erscheinung erholt hatte. »Und das war sehr nett von dir, Neil. Ich mag meinen Kaffee gerne heiß. Apropos heiß … findest du nicht, dass es heute ein bisschen zu warm für einen Wollpullover ist?«

Neil schaute an sich herunter, als würde er seinen Pullover zum ersten Mal bemerken. »Ja, mir war etwas zu warm, aber ich habe nicht weiter darauf geachtet, eigentlich spielt es keine Rolle.« Er rührte weiter energisch in seiner Tasse und wir begannen einen Small Talk nach britischer Art über das Wetter.

Das muss man den Engländern lassen, ein Gespräch über das Wetter ist immer ein guter Einstieg. Während Amerikaner nicht das geringste Problem damit zu haben scheinen, mit einem Fremden ohne Umschweife ein Gespräch über ihre Gehaltsabrechnung, ihre Hypotheken und Zinszahlungen oder über die Diagnose ihres Psychiaters zu beginnen, der ihrer pubertierenden Tochter durch eine schwierige Zeit helfen musste, sind die Briten von Natur aus eher diskret. Nachdem wir uns ausführlich über das Wetter unterhalten hatten, bemerkte ich, dass Neil noch nicht einmal an seinem Milchkaffee genippt hatte, sondern ihn immer noch geistesabwesend umrührte.

»Meinst du wirklich, dass der Kaffee besser wird, wenn du ihn weiter umrührst?«, konnte ich mir nicht verkneifen zu sagen.

Neil schaute auf seine Tasse, als würde er sie gerade entdecken. Er räusperte sich ausgiebig, setze an, schwieg verlegen und stotterte schließlich: »Ja, ähem, also … ich habe mich gefragt, nun … ich frage mich«, er brach ab und räusperte sich.

Dann raffte er sich zusammen. »Also ich wollte fragen, ob du nicht vielleicht Lust hättest, mich heute Abend auf die Piratenparty zu begleiten.« Neil war knallrot geworden und fuhr hastig fort: »Ich meine, ich will mich nicht aufdrängen, ich verstehe vollkommen, wenn du nicht möchtest … oder falls du schon eine andere Verabredung getroffen hast … hast du vermutlich schon, ich meine …«

Neil sah aus, wie ein Schuljunge, der um sein allererstes Date bittet. Wie konnte ich ablehnen, ohne ihn zu verletzen? Ich beschloss, meine Absage in eine Aussage zu verpacken, die ihr eine ausgesprochen positive Note verleihen würde: »Das klingt wunderbar!«, sagte ich, »aber …«

Neil strahlte vor Freude. Er hatte leider die Bedeutung meines »aber« nicht verstanden. Das hätte ich vorher wissen müssen – er war schließlich ein Mann, und wann hören Männer jemals zu?

»Vielen Dank, Amanda, weißt du, ich war so furchtbar nervös, ich fühlte mich wie ein kleiner Junge, der um sein erstes Date bittet.«

Neil strahlte vor Freude – wie sollte ich ihm jetzt noch beichten, dass ich bereits ein Date mit Daniel hatte? Ich konnte es einfach nicht übers Herz bringen.

Neil runzelte die Stirn. »Sollten wir uns nicht sogar verkleiden?«

»Genau, es ist eine Piratenparty, das heißt wohl, dass wir wie Piraten aussehen müssen. Na ja, zumindest wie Piraten im Film.«

»Oh je!«, rief er aus und raufte seine Haare. »Das war mir nicht klar, also zumindest, dass die Gäste sich auch verkleiden sollen. Ich war noch nie auf einer solchen Party. Ich habe keinen blassen Schimmer, was ich anziehen soll.« Seine Stirn legte sich in Falten und er schwieg kurz, gefolgt von einem flehenden Blick. »Bitte hilf mir. Würdest du in meine Kabine kommen? Du findest bestimmt etwas Passendes!«

Dies war keine sehr romantische Form der Einladung, aber mir war klar, dass Männer wie Neil zwar die Welt in eine neue Ära der Wissenschaft führen konnten, aber nicht in der Lage waren, ein passendes Hemd in ihrem eigenen Kleiderschrank zu finden.

Wir tranken unseren Kaffee aus und verließen das Café, in Richtung seiner Kabine, während ich mir verzweifelt den Kopf darüber zerbrach, wie ich zwei Dates unter einen Hut bringen sollte.

Das ist einfach typisch für dich, Amanda. Die hassenswerte innere Stimme meldete sich wieder. *Du hattest die Chance deines Lebens, ein romantisches Date mit einem wundervollen Mann wie Daniel zu haben, und was machst du – du vermasselst es! Toll, wirklich beeindruckend! Wie zum Teufel willst du da wieder rauskommen?*

Ich hatte keine Ahnung. Wie immer hatte meine innere Stimme recht, ich hatte mich in eine unmögliche Situation gebracht. Typisch.

***

Im Vergleich zu mir hatte Neil eine etwas kleinere Kabine gebucht. Offensichtlich hatte er sein Nobelpreisgeld nicht für diese Kreuzfahrt verprassen wollen. Sofort hatte ich ein schlechtes Gewissen, weil ich selbst so verschwenderisch gewesen war.

Ich hatte erwartet, seine Kabine unordentlich vorzufinden, denn meine Erfahrung aus der Schule hatte mich gelehrt, dass Aufräumen und Saubermachen mit dem männlichen Y-Chromosom meistens nicht kompatibel ist. Aber Neils Kabine war peinlich sauber und aufgeräumt, nur sein kleiner Schreibtisch war mit Papierstapeln übersät.

Was ich sicher nicht erwartet hatte, war eine Art großes Terrarium mit massiven Glasfenstern vorzufinden. Eine rote Lampe wärmte das Innere und spiegelte sich im Wasser eines kleinen Beckens. Meine Neugier übermannte mich und ich schaute mir das Terrarium näher an. Dort entdeckte ich mehrere kleine Schlangen, die sich darin zusammengerollt hatten. Offen gesprochen, ich bin keine Schlangenliebhaberin, aber diese Exemplare übten eine seltsame Faszination aus.

»Gut, dass du nicht aufgeschrien hast – oder mir gesagt hast, wie niedlich sie sind.« Neil schaute mich erfreut an. »Denn das ist es, was die Leute normalerweise sagen. Ich weiß, dass die meisten Menschen keine Schlangen mögen – und diese hier sind definitiv nicht niedlich, sie sind äußerst gefährlich. Diese Schlangen …«, Neil nannte einen lateinischen Namen, den ich sofort wieder vergaß, »produzieren in ihren Giftzähnen ein extrem starkes Nervengift. Ich musste Tonnen von Papieren ausfüllen und Sondergenehmigungen einholen, um sie aus Brasilien nach Großbritannien bringen zu dürfen und jetzt an Bord mitzunehmen. Das ist übrigens Panzerglas, bruchfest. Der US-Zoll wird meine Schlangen sicherlich erst einmal konfiszieren. Aber meine Kollegen in Harvard werden sie brauchen, um die von mir begonnenen Tests fortzusetzen – Tests, die wirklich vielversprechend aussehen. Wir sind dem nächsten großen Antibiotikum auf der Spur.«

Eine der Schlangen war nun aufgewacht. Sie warf mir einen bösen Blick zu, vielleicht weil ich ihren Schlummer gestört hatte, bevor sie sich langsam dem warmen Licht näherte. Ich zählte fünf von ihnen.

»Sie brauchen Wärme und Feuchtigkeit«, bemerkte Neil. »In unserem britischen Klima könnten sie nicht überleben.«

»Nun, ehrlich gesagt, erleichtert mich das«, erwiderte ich. »Sie sehen faszinierend aus, aber irgendwie auch unheimlich mit ihren roten und schwarzen Streifen. Haben sie einen Namen, den ich mir auch merken könnte?«

»Man nennt sie auch Korallenschlangen – in Mexiko nennt der Volksmund sie die *Zwanzig-Minuten-Schlange* – das ist genau die Zeit, die dem Opfer bleibt, um das Antiserum injiziert zu bekommen oder zu sterben! Komm ihnen niemals zu nahe. Schau, der Käfig ist verschlossen. Nur ich habe den Schlüssel, ich gehe kein Risiko ein.«

»Besser du berührst sie nicht, wenn du mal wieder nachts dein Licht anmachst«, scherzte ich und dachte an seine Geschichte mit der Tarantel.

»Besser nicht, ich würde nicht lange genug überleben, um die Geschichte überhaupt erzählen zu können!«

»Nun, genug über Schlangen geredet, ich sollte dir doch helfen, eine Verkleidung zu finden!«

»Oh ja, das hatte ich schon wieder vergessen«, antwortete er schuldbewusst, »wenn es dir nichts ausmacht, gehe einfach durch den Inhalt des Schranks dort, mehr habe ich ohnehin nicht mitgebracht.«

Pflichtbewusst begann ich, seinen Kleiderschrank zu durchsuchen. Neil hatte leider recht, es gab nicht viel Auswahl. Schließlich kramte ich eine Jeans, gestreifte marineblaue Socken und ein gestreiftes Schlafanzugoberteil mit, nun ja, recht grellen Farben heraus. Den Rest musste etwas Schminke erledigen.

Neil sah mich skeptisch an. »Du erwartest doch nicht etwa, dass ich im Pyjama auf einer Party herumlaufe, oder?«

»Du hast mir eben noch gesagt, dass es dir eigentlich egal ist, was du trägst«, protestierte ich. »Du musst zugeben, dass es kaum Auswahl gibt. Du kannst wohl kaum in Anzug mit Fliege als Pirat auftauchen.«

Neil seufzte. »Okay, da hast du nicht ganz unrecht. Dann eben der Pyjama, aber sehe ich damit nicht total lächerlich aus?«

»Wir werden alle lächerlich aussehen, das ist ja der Punkt – und der Spaß. Niemand kostümiert sich, um seriös auszusehen. Du musst ein bisschen verrückt aussehen; es ist schließlich keine akademische Konferenz!«

Neil grinste. »Du hast ja keine Ahnung, wie unsere Konferenzen aussehen! Wir sind meistens ein seltsamer Haufen von Leuten. Manchmal denke ich, dass wir aus einer Satireserie stammen könnten. Die Muppets der Wissenschaft.«

Ich brach in Gelächter aus. »Wenn ihr noch mehr solche merkwürdige Vögel braucht, könnte ich anbieten, mit einigen meiner Kollegen auszuhelfen …«

Ich warf einen letzten Blick auf die Schlangen, aber sie gönnten mir keinerlei Aufmerksamkeit. Ich verabschiedete mich und ging zurück zu meiner Kabine, immer noch lächelnd. Es war kein romantisches Date gewesen, aber ich mochte Neils Humor. Und wenn er daran dachte, sich die Haare zu kämmen, sah er gar nicht so schlecht aus …

Als ich durch die langen Gänge schritt, dämpften die dicken Teppiche das Geräusch meiner Schritte. Leider fühlte ich mich in diesen verlassenen Teilen des Schiffes nicht mehr wohl. Die indirekte Beleuchtung mochte elegant wirken, aber sie trug nur zu meinem Unbehagen bei.

Plötzlich nahm ich ein Geräusch wahr. Waren das etwa Schritte hinter mir? Ich lief etwas schneller, aber auch die Schritte hinter mir wurden schneller. Mein Herz begann zu rasen, aber ich wagte nicht, mich umzudrehen.

Dann begann ich zu rennen …

»Amanda, um Himmels Willen, bleib stehen, warum rennst du

denn weg? Ich muss mit dir reden!«, hörte ich die atemlose Stimme von Marge hinter mir rufen.

Ich kam mir plötzlich sehr dumm vor.

»Ich brauchte etwas Bewegung«, antwortete ich lahm, aber selbst mir war klar: Es gab sicherlich bessere Ausreden.

Marge war schon ganz außer Atem, als sie mich erreichte. »Hättest du Lust auf eine improvisierte Get-Ready-Party in unserer Kabine? Wir könnten ein Gläschen Champagner trinken, während du mir mit meinem Make-up und meiner Verkleidung hilfst. Ich bin mir sicher, du hast ein paar tolle Ideen!«

Warum dachte eigentlich jeder, dass ich kreativ wäre, wenn es ums Verkleiden ging? Doch plötzlich schoss mir eine Idee in den Kopf: Marge könnte mich aus meinem Dilemma mit zwei Dates retten – das war meine Rettung!

Ich lächelte Marge daher freudig an. »Marge, Darling, was für eine absolut geniale Idee! Mit größtem Vergnügen, sagen wir halb acht? Aber … wie wär's, sollen wir nicht auch Daniel und Neil einladen, sich uns anzuschließen? John wird sich zu Tode langweilen, während wir uns umziehen und fertigmachen. Er wird sich bestimmt über männliche Gesellschaft freuen.«

»Fabelhafte Idee, Darling, dann schmeißen wir eine richtige Party!« Marge quietschte fast vor Vergnügen und wir trennten uns im besten Einvernehmen.

Circa eine halbe Stunde später rief ich Daniel an, um ihm mitzuteilen, dass ich leider gezwungen war, unsere Pläne zu ändern und Marge zu helfen (weibliche Solidarität und so …), dass ich ihn aber liebend gerne auf einen Drink in Marges Kabine einladen würde, damit er John Gesellschaft leistete, während ich Marge half, das Piraten-Make-up aufzutragen.

Ich meinte, einen Hauch von Enttäuschung in Daniels Stimme

hören zu können, und ich muss zugeben, dass mir das gefiel. Aber als wahrer Gentleman sagte er zu. Danach rief ich Neil an. Er begriff zunächst nicht, wovon ich sprach und mich beschlich der leise Verdacht, dass er nicht nur unsere Verabredung bereits wieder vergessen, sondern auch die Piratenparty geistig verdrängt hatte. Ich stellte mir vor, wie Neil vor seinem Laptop saß, versunken in seiner eigenen Welt, und eventuell dabei seine Schlangen beobachtete, aber ganz sicher nicht an mich dachte.

***

Ich kam etwas vor der verabredeten Zeit bei Marges Kabine an. Sie residierte in einer luxuriösen Suite, die sogar noch größer war als meine. Deutsche Pünktlichkeit ist eine schlechte Angewohnheit, die ich mit den meisten meiner Lehrerkollegen teile, während meine Schüler eher entspannt damit umgehen. Marge war überrascht, mich so früh auf ihrer Türschwelle auftauchen zu sehen.

»Es tut mir leid, Amanda, die Zeit scheint mir nur so davonzulaufen. Könntest du bitte den Steward anrufen und ein paar Getränke und Snacks für unsere Gäste organisieren? Ich nehme an, sie werden auch bald hier sein?«

Marge war schon wieder auf dem Weg in ihr Schlafzimmer und drückte mir schnell das Telefon in die Hand. Eigentlich war ich ja der Gast, aber solche Haarspalterei war vermutlich kleinkariert. Was blieb mir also anderes übrig, als pflichtbewusst den Zimmerservice anzurufen? Da ich wusste, dass Marge und John sich um Kleinigkeiten wie Geld keine Gedanken machen mussten, bestellte ich munter alle Getränke und Speisen, die mir für eine gelungene Party einfielen.

Ich hatte erwartet, Kenneth mit dem Wagen servieren zu sehen, aber nach kurzer Wartezeit klingelten zwei junge, sehr attraktive Stewardessen, die schwere Wagen mit Getränken und allen möglichen Köstlichkeiten vor sich herschoben. Als ich das Ergebnis meiner Bestellorgie vor mir sah, fühlte ich mich doch etwas unwohl, aber Marge – die gerade in diesem Moment aus ihrem Schlafzimmer gekommen war – war hocherfreut.

»Ich wusste, dass du alles richtig machen würdest«, rief sie enthusiastisch aus.

Ich räusperte mich nervös, als das Korkenknallen des pinkfarbenen Champagners durch die Kabine hallte.

»Ich befürchte, ich habe mich hinreißen lassen, der sieht ziemlich teuer aus«, sagte ich skeptisch und betrachtete zweifelnd die Flasche mit dem Jahrgangschampagner.

Der Champagner stand neben frischer Gänsestopfleber, Krabbencocktail mit diversen Soßen, dazu kam ein Gefäß, das verdächtig nach echtem Kaviar aussah, aber Marge schien das nicht zu stören. Immerhin gab es auch ein paar Erdnüsse und einige wenige nicht so abgehobene Snacks.

»Mach dir keine Gedanken über so triviale Dinge wie Geld, Darling«, zwitscherte Marge und prostete mir zu. »Das Leben ist zu kurz! Genieße es!«

Ich dachte an meine letzte Stromrechnung, die mir ganz und gar nicht trivial erschienen war. Aber Marge hatte recht, heute war nicht der Abend, um sich über so dumme Dinge wie Stromrechnungen Gedanken zu machen. Wie alberne Backfische begannen wir zu kichern, als wir miteinander anstießen und den kostbaren Champagner kosteten.

Dann ging es zum Schminken. Ich ließ meiner Fantasie freien Lauf und malte Marge dicke Augenbrauen und ein fettes Muttermal ins Gesicht, dann schnappten wir uns einen sehr widerwilligen John und pflanzten auch ihm ein schwarzes Muttermal und dazu einen riesigen falschen Schnurrbart ins Gesicht. John war allerdings nicht begeistert.

Als Trost für seine Geduld boten wir John ein Glas Champagner an. Er behauptete zwar, dass er ein eiskaltes Budweiser bevorzuge, ließ uns aber gnädigerweise wissen, dass er mit dem rosa Zeug leben könne.

Dann war die Reihe an mir. Marge übersäte meine Nase mit falschen Sommersprossen. Ich schaute in den Spiegel und lachte immer noch, als Daniel an der Tür klingelte. Als er mich erblickte, verlangte er lautstark nach ebenso wundervollen Sommersprossen und als Neil eintraf, war unsere kleine Party schon in vollem Gange.

Marge hatte eine mit schimmernden Pailletten besetzte Bluse ausgesucht. »Irgendwie habe ich nicht in Erinnerung, dass sich eine Piratenbraut in Dior kleiden würde«, bemerkte ich und sah sie zweifelnd an.

»Warum nicht«, mischte sich Neil plötzlich ein. »Ich könnte mir vorstellen, dass ein echter Pirat auf alles steht, was teuer und glitzernd aussieht. Ich meine, deshalb ist er ja schließlich ein Pirat.«

Wir sahen Neil überrascht an; aber irgendwie … hatte er recht.

»Glitzern okay, aber kein Hemd mit Fliege«, konnte ich mir nicht verkneifen, ihn zu necken.

»Gut, da stimmt selbst der hart gesottene Pirat zu«, lächelte er zurück.

Neil sah schon etwas merkwürdig aus mit seinem gestreiften Pyjama-Oberteil, eher wie ein exotischer Papagei als wie ein Pirat. Aber er trug seine seltsame Verkleidung mit stoischem Gleichmut. Als wir die Champagnerflasche geleert hatten, nahmen wir das als Zeichen dafür, dass es an der Zeit war, sich der Piratenparty anzuschließen.

Kenneth hatte mir vorher erklärt, dass sie auf dem gesamten

Schiff stattfinden würde. Und er hatte recht – überall, wo wir hinkamen, herrschte Partystimmung. Als wir den großen Theatersaal des Schiffes durchquerten, bewunderte ich die wundervolle Dekoration. Unser Schiff sah aus wie die Filmkulisse vom »Fluch der Karibik«, es war unglaublich!

Wir liefen durch tanzenden Menschenmassen in ausgelassener Stimmung. Der kleine »Unfall« war längst vergessen. Dann erreichten wir das Deck, wo der Swimmingpool die Hauptattraktion war – und natürlich die dazugehörige Bar.

Kenneth hatte mir gesagt, dass sich am Pool die meisten Aktivitäten abspielen würden. Hier war die Partymeile für die Profis. Mitglieder der Crew hatten eine improvisierte Steelband gegründet und spielten karibische Klänge. An der Bar wartete ein üppiges Buffet auf uns. Die Plastik-Palmen, die den Swimmingpool umgaben, waren mit schwarzen Piratenflaggen und beleuchteten Girlanden geschmückt, die Glühbirnen waren wie kleine Totenköpfe geformt und bemalt, ein bisschen unheimlich – aber genial.

Eine dralle Meerjungfrau, geheimnisvoll glitzernde Fische und sogar ein grimmig dreinblickender Pirat mit einem Haken waren aus massiven Eisblöcken geschnitzt worden und leuchteten in den fantastischsten Farben. Die Menge am Pool tanzte immer wilder zu beliebten Melodien und stimmte von Zeit zu Zeit aus voller Kehle mit ein, wenn ein bekanntes Lied gespielt wurde.

Bevor ich richtig begriffen hatte, was vor sich ging, wurde auch ich in diese fröhliche Menge hineingesogen wie in ein schwarzes Loch und tanzte mit Daniel inmitten der wogenden Menschenmasse. Ich fühlte mich so glücklich und sorglos wie selten zuvor in meinem Leben.

Ich hätte nicht nur die Welt umarmen können, sondern auch gleich die glitzernden Sterne über uns.

Neil war unterdessen von einer recht drallen Piratin auf die

Tanzfläche gezerrt worden. Ich konnte ein Gefühl der Genugtuung nicht unterdrücken, dass er einer Tanzpartnerin zum Opfer gefallen war, die ein gutes Stück älter und nicht besonders attraktiv war. Neil sah auch nicht gerade entzückt aus. Meine Reaktion war ein bisschen gemein, das gebe ich unumwunden zu. Aber dann richtete sich meine Aufmerksamkeit wieder auf Daniel, der – wie konnte es anders sein – ein ausgezeichneter Tänzer war. Als meine Augen seine trafen, fing ich einen vielsagenden Blick auf, der mich erröten ließ.

Ich war mir sicher, dass Daniel nicht nur mit mir tanzen wollte. Aber was wollte ich? Ich wusste es nicht.

Die Tanzfläche war zum sternenübersäten Nachthimmel hin offen, aber gut geschützt vor dem kühlen Atlantik-Wind. Es musste sich herumgesprochen haben, dass hier die beste Stimmung war, denn mit der Zeit wurde die Tanzfläche unglaublich voll. Die Musik, die aus den Lautsprechern dröhnte, war so laut, dass jede Form der Unterhaltung unmöglich war – kein Vergleich zu den zahmen Partys in meiner Schule, bei denen die Teilnahme weniger ein Vergnügen als vielmehr eine Pflicht war.

Ich sah, wie ein Mädchen, mit eng anliegenden Jeans und einer dünnen Bluse, die nichts der Fantasie überließ, begann, Daniel Avancen zu machen.

Ich war nicht amüsiert, doch Daniel gelang es, sich ihren Annäherungsversuchen zu entziehen, und er tanzte näher an mich heran. Er lächelte mich an, da er mein offensichtliches Missfallen bemerkt haben musste. Ich verfluchte mich innerlich.

»Die Leute können in dir lesen wie in einem offenen Buch«, pflegte meine beste Freundin Susan zu sagen, aber dann fügte sie gewöhnlich hinzu: »Das ist einer der Gründe, warum ich dich so mag.«

Schon bald gesellten sich Marge und John zu uns. Es wurde immer chaotischer und plötzlich tanzte ich mit Neil. Es machte mir großen Spaß, ihm ein paar Tanzschritte beizubringen; offenbar gehört das Tanzen zu den Klängen einer karibischen Steelband nicht zu den Fähigkeiten, die verlangt werden, um einen Nobelpreis zu gewinnen.

Dann entdeckte ich Tom in der wogenden Menge. Tom hatte keine Verkleidung gewählt, sondern trug nur einen Schal und ein schwarzes Hemd mit einem aufgedruckten weißen Totenkopf. Das war eine kluge Wahl; denn der nette, harmlose Junge sah plötzlich gewagt und sexy aus.

Tom ignorierte uns allerdings, da er mitten in einem heißen Flirt mit einer Piratenbraut war, sodass meine Theorie einer Beziehung zu Frank – so unwahrscheinlich sie auch von Anfang an schien – wohl kaum noch zu halten war. Toms Augen funkelten und es funkte ganz gewaltig zwischen den beiden.

Aber diese Begegnung ließ mein schlechtes Gewissen aufleben. Ich tanzte und amüsierte mich prächtig – aber erst gestern war Frank kaltblütig von seinem Mörder über Bord gestoßen worden. Vielleicht ist es mein Fluch, Geschichtslehrerin zu sein, aber plötzlich kamen mir Bilder von mittelalterlichen Gemälden in den Sinn: Menschen, die tanzen und feiern, während die dunkle Gestalt mit der Sense durch die Menge eilt und Tod und Verwüstung hinterlässt. Hat der Mensch sich über die Jahrhunderte nicht geändert? Die Welt kann ein schöner, aber auch sehr grausamer Ort sein.

Ich wurde Gott sei Dank von weiteren düsteren Gedanken durch Neil gerettet, der mir auf den Zeh trat.

»Autsch!«, schrie ich auf. Es tat höllisch weh.

Neil war untröstlich. »Amanda, es tut mir so leid, jetzt weißt du, warum ich mich unter normalen Umständen nicht einmal in die Nähe einer Tanzfläche begebe. Ich bin eine Gefahr für die Menschheit, ich sollte nur mit Warnweste tanzen.«

Ich lachte. »Es ist nichts, mach dir keine Sorgen, solche Dinge passieren einfach und eine Warnweste passt nun wirklich nicht zu einem Piraten.«

Doch Neil bemerkte, dass ich immer noch Schmerzen hatte. Fürsorglich ließ er mich Platz nehmen und bot mir an, mir einen Cocktail zu holen, was ich gerne annahm.

»Sex on the Beach?«, neckte er mich.

»Nein, danke. Frag mal, ob sie einen Cocktail namens *Die Rache der Piratenbraut* auf der Karte haben.«

Neil musste kichern und zog los, um meinen Drink zu holen. Als ihm meine Augen folgten, wie er sich den Weg zur Bar erkämpfte, bemerkte ich plötzlich, dass Daniel uns auch beobachtete. Er sah nicht begeistert aus, entdeckte ich da nicht sogar einen Hauch von Eifersucht in seinen Augen?

Mein schmerzender Zeh war sofort vergessen. Ich genoss eine Situation, wie ich sie noch nie erlebt hatte – zwei attraktive Männer, die um meine Aufmerksamkeit kämpften. So musste sich auch die schöne Helena in der griechischen Sage gefühlt haben, als die Rivalen um ihre Gunst buhlten. Leider war ihr späteres Schicksal nicht besonders ermutigend.

Die Steel-Band machte eine Pause, dann wurde mit großer Fanfare ein Limbo-Tanzwettbewerb angekündigt.

»Freiwillige vor, sonst wähle ich aus!«, rief einer der Sänger gut gelaunt ins Mikrofon. Ich erkannte ihn wieder, er war einer der jungen Offiziere von der Brücke.

Neil kämpfte sich noch immer durch die Menschenmenge und versuchte, das versprochene Getränk für mich zu organisieren, als er von dem Mann am Mikrofon entdeckt wurde.

»Los gehts, hiermit laden wir den Piraten mit dem aufregenden orange-blau gestreiften Oberteil ein!«

Der arme Neil wurde von einer charmanten, aber unbarmherzigen jungen Stewardess auf die Bühne gezerrt. Er hatte mein ganzes

Mitleid, als er dort wie ein Häufchen Elend vor der johlenden Menge stand. Eine junge, fast nackte Tänzerin zeigte ihm, wie er sich nach hinten beugen und unter der Stange im Rhythmus tanzen sollte – er hätte kaum lächerlicher aussehen können.

»Gibt es noch mehr Bewerber?«, rief die Stimme. »Kommt schon, seid Piraten, keine verschreckten Hühner! Der Gewinner erhält einen Gutschein – kostenlose Cocktails morgen, den ganzen Tag lang! Da kann man doch nicht Nein sagen.«

Ohne weiter nachzudenken, trat ich vor, meinen schmerzenden Zeh hatte ich inzwischen völlig vergessen. Ich musste Neil einfach vor der jubelnden Menge und vor dieser Demütigung bewahren. Was gab es also Besseres, als die Aufmerksamkeit abzulenken, indem ich mich neben ihm genauso lächerlich machte.

»Ich melde mich freiwillig!«, krächzte ich, als ich nach vorne stolperte.

»Ich auch!« Daniel tauchte plötzlich mit einem breiten Grinsen neben mir auf.

»Hast du das schon mal gemacht?«, flüsterte ich ihm zu. »Ich habe Angst, dass ich mich tödlich blamiere und nicht mal unter der ersten Stange durchkomme!«

»Klar habe ich das, allerdings ist es ein paar Jahre her.« Daniel grinste zurück. »Eigentlich ist es gar nicht so schwer, aber die meisten Leute sind zu starr, das Geheimnis ist, entspannt zu bleiben! Das wird dir helfen!«

Daniel drückte mir schnell einen Cocktail in die Hand. Weiß der Himmel, wie er den so schnell hergezaubert hatte. Ich schnupperte misstrauisch an der Flüssigkeit, aber alles, was ich ausmachen konnte, war eine Wolke von Wodka, die mir entgegen waberte, eine sehr starke sogar. Mein Instinkt warnte mich, aber Daniel bestand darauf.

»Das wird dir helfen, Augen zu und durch.«

Ich befolgte seinen Rat und stürzte das Glas hinunter. Das Zeug war so stark, dass ich husten musste. Minuten später ging ich nicht mehr, sondern schwebte auf meiner eigenen rosa Wolke, bereit, im Rhythmus der Musik in die Knie zu gehen und zu vergessen, wie lächerlich ich wirken musste.

»Ich mache auch mit!«, war Marges atemlose Stimme zu hören.

Dann setzte die Musik ein und der Wettbewerb startete. Die Menge schrie und jubelte. Ich stelle mir vor, dass die Zuschauer im antiken Kolosseum in Rom ähnlich geklungen haben müssen, als ihre Lieblingsgladiatoren in die Arena marschierten, bereit, sich unter den trägen Augen ihres Kaisers zu Tode metzeln zu lassen.

Nun, um es kurz zu sagen, es wurde ein voller Erfolg. Marge überraschte uns jedoch alle und besiegte sogar Daniel, der deutlich geschickter war als Neil oder ich. Um es ganz offen zu sagen: Neil und ich waren totale Versager – aber die Menge war gnädig und klatschte wie wild, als jeder von uns eine Flasche Champagner als Trostpreis erhielt. Erst später, als wir Marge zum Gewinn des Gutscheins gratulierten, gestand sie, dass sie regelmäßig Ballettunterricht nahm.

John platzte vor lauter Stolz. »Mein Mädchen hat es geschafft, war sie nicht großartig? Du warst brillant, Schatz, genau wie früher als Cheerleader«, und er drückte ihr einen dicken Kuss auf die Wange. Marge umarmte ihren Mann und errötete wie ein Schulmädchen.

»Aber Amanda war auch toll!«, lobte Neil mich, nur konnte ich nicht noch mehr erröten, mein Gesicht war immer noch knallrot von dem starken Cocktail und der Tortur des Limbo-Wettbewerbs. »Danke, Amanda, dass du mich gerettet hast!«, flüsterte er. »Du bist bezaubernd, ich hoffe, du weißt das!«

Das hatte mir noch niemals jemand gesagt … und ich war sprachlos.

Tag 5 – Wenn Mord zu Gewohnheit wird …

Heute schlief ich durch bis zum Mittag. Kein Wunder, denn ich war erst um fünf Uhr morgens ins Bett gekrochen. Wann war ich das letzte Mal so lange wach geblieben? Ich konnte mich nicht daran erinnern.

Eigentlich hätte ich hungrig sein müssen, aber alles, wonach mir der Sinn stand, war eine gute Tasse Kaffee. Vielleicht war es immer noch die Hochstimmung nach einer so großartigen Party oder die Tatsache, dass ich zu viel von dem wunderbaren Buffet genascht hatte.

Ich war versucht, Kenneth zu rufen, aber ich änderte meine Meinung, als ich mir vorstellte, wie schön es wäre, an Deck zu gehen, die frische Luft zu atmen und meinen Morgenkaffee zu trinken, während ich auf das Meer hinausblickte.

Ich duschte also schnell, zog mich rasch an und verwendete etwas mehr Zeit und Sorgfalt als sonst auf mein Make-up, erstens, um die letzten Spuren von gestern zu entfernen, und zweitens … na ja, man weiß ja nie …

Das Wetter war angenehm, fast schon heiß, und ich fand einen Liegestuhl mit einem kleinen Beistelltisch, auf dem ich mein Buch, eine Tasse Kaffee und einen Schokoladenmuffin abstellte. Ich war leider schwach geworden, als ich vor der Vitrine in der Kaffeebar stand, die vor Köstlichkeiten fast barst.

Was konnte das Leben mir noch Besseres bieten? Ich lag in meinem Stuhl und atmete tief ein. Die würzige, salzige Luft des Atlantiks füllte meine Lungen und ich fühlte mich wunderbar. Dann vertiefte ich mich in mein Buch und reiste Hunderte von Jahren zurück. In meiner Fantasie sah ich mutige Männer und elegante Hofdamen – und vergaß völlig das Heute und meine Umgebung.

Ich musste sehr in mein Buch vertieft gewesen sein, denn ich hörte die Schritte hinter mir nicht. Plötzlich ergriffen mich zwei Hände von hinten und hielten mir die Augen zu.

Ich schrie auf und zappelte.

»Meine Güte, du bist aber nervös, Darling«, hörte ich Marges fröhliche Stimme. »Hast du etwa nicht gut geschlafen?«

»Ich habe sehr gut geschlafen!«, rief ich entrüstet aus, »aber du hast mich erschreckt durch dein Anschleichen!«

»Ich habe mich nicht angeschlichen«, antwortete Marge empört. »Ich habe dir zugewunken und laut deinen Namen gerufen, aber du warst so sehr in dein Buch vertieft, dass du mich nicht einmal bemerkt hast! Es muss ja echt spannend sein.« Die letzte Bemerkung klang ein wenig neidisch. »Vielleicht könntest du es mir leihen, wenn du damit fertig bist?«

Ich legte mein Buch weg und sah sie ein bisschen schuldbewusst an. Marge hatte recht, immer wenn ich ein gutes Buch lese, hört die Welt um mich herum auf zu existieren. »Sicher, gerne, du kannst es haben, sobald ich es ausgelesen habe. Es ist sehr spannend!«

»Hast du schon zu Mittag gegessen?«, wechselte Marge das Thema. »John schnarcht immer noch fröhlich in unserer Kabine vor sich hin. Ich war eigentlich auf dem Weg ins Restaurant, denn ich habe Hunger. Das kommt vom Limbo-Tanzen.« Sie kicherte.

Ich schaute auf die Reste meines Muffins und kalkulierte schnell, dass diese Kalorien locker das Mittagessen ersetzten. »Ich habe mir einen Schokoladenmuffin gegönnt – und das sollte reichen. Ich werde zu fett.«

»Sei kein Gänschen, Liebling, Kreuzfahrten sind nicht zum Abnehmen gedacht. Lass uns etwas Leichtes essen, zum Beispiel einen Salat. Dein Muffin wird nicht lange reichen.«

Ich war ein leichtes Opfer und ließ mich gerne umstimmen. Wir plauderten angeregt über die gestrige Party und wählten eines der Restaurants auf dem Außendeck, wo wir uns für ein leichtes Mittagessen entschieden. Wir bestellten tapfer einen Salat, ließen uns aber von der Empfehlung des Kellners verführen, dazu eine Minestrone zu nehmen. Als er dann noch einen Brotkorb mit bester französischer Butter brachte, schmolzen meine guten Vorsätze leider wie Eis in der Sonne.

»Daniel war sehr sportlich, sehr gelenkig, er hätte mich fast geschlagen«, eröffnete Marge das Gespräch, sobald wir unsere Bestellung aufgegeben hatten. Sie kicherte: »Unter uns, ich bin mir ziemlich sicher, dass er mich gewinnen ließ.«

Sie seufzte theatralisch: »Attraktiv, ein toller Kerl und wahrer Gentleman. Ich bin mir übrigens sicher, Darling, dass er ein Auge auf dich geworfen hat.«

Ich errötete wie ein Backfisch und protestierte vehement. »Sei nicht albern, Marge! Daniel sieht gut aus, das stimmt, aber was mir noch wichtiger ist, er hat Esprit. Leider hat er auf diesem Schiff mehr Auswahl an alleinstehenden Frauen, als ihm vielleicht guttut. Ich nehme an, er sucht nur meine Gesellschaft, weil es nicht meine Art ist, Männer bei der ersten Gelegenheit ins Bett zu zerren.«

»Kein Grund, rot zu werden, Darling. Obwohl … die Vorstellung, Daniel in meinem Bett, hm, das wäre eine echte Versuchung …«

Marge zwinkerte mir zu und fuhr im Flüsterton fort: »John und ich sind natürlich glücklich verheiratet. Aber seien wir ehrlich, Liebling, die Leidenschaft verblasst, wenn man schon so viele Jahre verheiratet ist wie wir. Manchmal habe ich Angst, dass – wenn er vor die Wahl gestellt wird – sein Lieblingsbier oder mich zu wählen, das Bier gewinnen könnte.«

Ich musste lachen:

»Du bist nicht die Einzige, die das sagt. Das scheint das Ergebnis der Routine einer langen Ehe zu sein. Vielleicht ist das einer der Gründe, warum ich diesen Schritt nie gewagt habe. Es wäre nicht sehr vernünftig, zu erwarten, dass die aufregende Phase des Werbens ewig dauert!«

»Wie wahr, Liebling, sie endet früher, als du dir vorstellen kannst – und als es einem lieb ist.« Marge seufzte erneut. »In den ersten Monaten heißt es *Schatz* hier, *Liebling* da – aber bald ist alles normal, was du für ihn tust – und er wird nur noch meckern oder erstaunt sein, wenn du es mal nicht tust. Aber wechseln wir das Thema, sonst jammere ich noch stundenlang weiter …«

Sie blickte mich an und sagte listig: »Mir ist übrigens aufgefallen, dass auch Professor Hopkins nicht uninteressiert ist – um nicht zu sagen, er zeigt ein besonderes Interesse an dir. Beneidenswert, du hast die Wahl.«

Ich wurde – wenn möglich – noch röter.

»Marge, erzähl keine Märchen. Neil ist ein hoch intelligenter Mann, ich bin nicht dumm, aber ich kann ihm nicht das Wasser reichen. Allerdings teilen wir ein gemeinsames Interesse: französische Geschichte. Du weißt, ich lese gerade einen interessanten historischen Roman und Neil war einfach nur sehr fasziniert, als ich ihm die Handlung schilderte. Das ist alles, wirklich!«

Marge nickte weise und machte einige beruhigende Geräusche. Ich war mir sicher, dass sie kein Wort glaubte. Dann vergewisserte sie sich, dass niemand mithören konnte und flüsterte, allerdings recht laut: »Ist es nicht tragisch, wie er seine Frau verloren hat?«

Ich war völlig verblüfft. Das war das erste Mal, dass ich von einer Ehefrau hörte. »Wie bitte?«, rief ich laut und vergaß völlig, dass sie geflüstert hatte. »Was ist denn passiert, ich habe noch nie von seiner Ehefrau gehört!«

Marge schüttelte ungläubig den Kopf. Ich hätte genauso gut zugeben können, ein völliger Analphabet zu sein, das hätte vermutlich die gleiche Wirkung auf sie gehabt.

»Die Zeitungen waren doch voll von der Geschichte!«, protestierte sie. »Professor Hopkins hat sogar seinen Nobelpreis seiner verstorbenen Frau gewidmet, er hat eine sehr emotionale Rede gehalten.«

»Das habe ich alles nicht mitbekommen, erzähl mir, was ist passiert?«

»Neil lernte seine Frau kennen, als beide noch sehr jung waren. Hopkins war damals ein junger aufstrebender Assistenzprofessor an der Universität Cambridge, während ihr Vater eines der Ehrenmitglieder des Aufsichtsrats war, ein hohes Tier in der Stadt. Er hat sicher eine Menge Geld springen lassen, um diese Position zu bekommen. Neil und seine zukünftige Frau lernten sich kennen und verliebten sich ineinander …«

Marges Augen wurden plötzlich feucht. Sie hatte eine Schwäche für romantische Geschichten.

»Der berühmte *Coup de foudre*«, bemerkte ich weise, auch ich lese Klatschblätter, hin und wieder.

»Was ist das?«, fragte Marge misstrauisch. »Hört sich sehr französisch an!«

»Ist es auch«, ich musste lachen, »die Franzosen sagen, dass die Liebe auf den ersten Blick wie ein Blitzschlag kommt.«

»Gar nicht so dumm, an dem Spruch ist sicher viel Wahres dran. Die Franzosen sind bekanntlich Experten, wenn es um die Liebe geht. Aber ich komme vom Thema ab: Die beiden haben also recht schnell geheiratet und das Geld und der Einfluss ihres Vaters haben Neil Hopkins die Unabhängigkeit verschafft, die er brauchte, um seine Studien zu betreiben, ohne sich um Stipendien bemühen zu müssen. Versteh mich nicht falsch, Professor Hopkins ist absolut brillant, aber ich bezweifle, dass er so schnell zu Ergebnissen gekommen wäre, wenn das Geld seiner Frau nicht seine Expeditionen finanziert hätte. Universitäten sind wie Behörden, man muss Tausende von Formularen ausfüllen, Mitglieder in unzähligen Gremien überzeugen und natürlich ständig gegen neidische Kollegen kämpfen, die alle denken, dass ihre eigenen Projekte wichtiger sind …«

»Du klingst, als hättest du jede Menge Erfahrung damit«, antwortete ich erstaunt. Ich war überzeugt gewesen, dass ihr Leben sich darauf beschränkte, Kreuzfahrten zu buchen oder eine schicke Hermes-Tasche in einer Boutique zu ergattern. Da sieht man mal wieder, wie man Menschen unterschätzen kann.

»Ich habe einen Masterabschluss in Chemie, ob du es glaubst oder nicht.« Marge seufzte unglücklich. »Ich war allerdings so dumm, meine Karriere nach unserer Heirat an den Nagel zu hängen. Manchmal denke ich, das war der größte Fehler meines Lebens. Aber alle haben mir gesagt, dass ich mich mit Vaters Erbe und Johns gutem Job nicht in einem Labor vergraben sollte. Aber ich verstehe immerhin noch genug von der Materie, um zu wissen, dass die Ergebnisse der Forschung von Professor Hopkins revolutionär sind und die Tatsache, dass er so jung eine so einzigartige Auszeichnung erhalten hat, bestätigt dies nur. Aber kommen wir zurück zu seiner Frau. Am Anfang muss ihre Ehe recht glücklich gewesen sein, aber später wurde sie leider depressiv.«

Marge senkte ihre Stimme und schaute misstrauisch nach links und rechts, bevor sie fortfuhr.

»Die Wahrheit ist, zum Schluss hing sie an der Flasche. Ich weiß das, denn ein Bekannter von mir hat für Hopkins gearbeitet, als er für ein oder zwei Jahre nach Yale versetzt wurde. Es kam recht häufig vor, dass sie den Ärmsten anrufen mussten, um seine völlig betrunkene Frau aus einer Bar nach Hause zu schleppen. In der Öffentlichkeit hielten sie den Schein aufrecht, aber es kursierten Gerüchte, dass er die Scheidung einreichen wolle. Nun, in jenem Sommer begleitete sie ihn auf eine Expedition in die Regenwälder, wo sie starb. Ich denke, zum Glück für alle!«

»Wie ist sie denn gestorben?«, fragte ich neugierig.

Marge schaute sich erneut um, ob jemand lauschte, aber das Restaurant war fast leer und die wenigen anderen Gäste schienen mit ihren eigenen Gesprächen beschäftigt zu sein.

»Sie wurde von einer Schlange gebissen, und zwar von einer der Schlangen, die er in seinem Labor hielt. Man fand sie, als sie bereits bewusstlos war, und die Injektion mit dem Gegengift kam zu spät. Es gab eine offizielle Untersuchung, die brasilianischen Bediensteten schworen, niemanden gesehen zu haben, und Neil Hopkins bestand darauf, dass die Schlüssel zum Terrarium an einem sicheren Ort versteckt waren, den nur das geschulte Personal und er selbst kannten – und natürlich seine Frau. Die Polizei kam zu dem Schluss, dass seine Frau unter dem Einfluss von Medikamenten das Terrarium selbst geöffnet haben musste. Nun, vermutlich war sie sturzbesoffen und wusste nicht mehr, was sie tat. Aber es gibt Gerüchte … vielleicht hat Neil ja doch ein bisschen nachgeholfen …«

»Marge!«, rief ich entsetzt aus. »Das ist eine schreckliche Unterstellung. Das klingt wie eine Geschichte aus einem Roman von Agatha Christie: ein Ehemann, der in der Falle sitzt, aber sich nicht scheiden lassen kann und keinen anderen Weg findet, um sich seiner Frau zu entledigen. Neil ist doch viel zu nett, um so etwas Abscheuliches zu tun. Außerdem leben wir in anderen Zeiten, eine Scheidung ist so einfach. Bald wird man sie im Internet bekommen können – wahrscheinlich wird es bald auf jedem Smartphone neben der Dating-App auch eine Scheidungs-App geben. Glaubst du nicht, dass du zu weit gehst?«

»Amanda, du bist so klug und doch so naiv. Vergiss das Geld

nicht. Unter uns, ich bin mir sicher, mein John ist meiner von Zeit zu Zeit auch ein wenig überdrüssig. Das passiert selbst in den besten Ehen. Aber ich habe das Geld. Und ich habe dafür gesorgt, dass er keinen Cent sieht, wenn wir uns jemals scheiden lassen – und John weiß das. Von Zeit zu Zeit erinnere ich ihn subtil daran, nur um sicherzugehen.«

Marge kaute fröhlich auf ihrem Brot, während sie die abscheulichsten Anschuldigungen aussprach – und ich war sprachlos. Ich konnte mir Neil nicht als Mörder vorstellen. Und doch hatte Marge den Samen des Zweifels gepflanzt – die Gelegenheit und ein äußerst starkes Motiv waren da gewesen … wer konnte schon beweisen, was im Dschungel des Amazonas vorgefallen war.

»Wenn du also jemals mit Neil Hopkins allein bist, pass auf, dass keine Schlangen in der Nähe sind!« Marge kicherte – aber ich fand das nicht sehr lustig.

»Lass uns das Thema wechseln«, schlug ich vor. »Eigentlich ist es Daniel, der für mich rätselhaft ist, wenn ich ehrlich bin. Weißt du etwas über ihn? Er redet viel, aber nie über sich selbst.«

»Klar, weiß ich das.« Marge strahlte mich selbstgefällig an. »Wenn du deine Nase nicht in deinen muffigen Geschichtsbüchern vergraben würdest, wüsstest du es auch. Wer hat noch nicht von Daniel Greenfield gehört? Die Boulevardblätter schreiben doch ständig über ihn.«

»Ach, Greenfield heißt er also«, antwortete ich lahm. »Aber ich muss protestieren, Marge, meine Bücher sind alles andere als muffig!«

Marge antwortete mit einer wegwerfenden Geste. »Darling, wer interessiert sich schon für Dinge, die vor Ewigkeiten passiert sind, wenn so viel Aufregendes direkt vor deiner Nase passiert. Daniel ist allerdings etwas Besonderes. Ich weiß nicht genau, woher sein Reichtum kommt, aber es ist altes Geld, seine Familie schwimmt seit eh und je in Geld. In seiner Jugend war er einige Jahre mit der Erbin des Mode- und Schmuckimperiums Bulcatti liiert, dann verliebte er sich in ein Pariser Model. Er war sofort unsterblich verliebt und sie heirateten. Es war eine spektakuläre Hochzeit, wie man sie selbst in seinen Kreisen selten sieht. Sie heirateten auf Bali – es muss traumhaft schön gewesen sein. Die Braut, barfuß im Sand, bildhübsch mit Blumen im Haar, kein Hollywoodfilm hätte es besser in Szene setzen können, Romantik pur.«

Ich fühlte mich, als hätte mir gerade jemand einen Schlag in den Magen versetzt. Einer meiner Verehrer hatte eventuell seine Frau auf dem Gewissen und der andere war ein verheirateter High-Society-Playboy! Schlimmer hätte es kaum kommen können. Ich schnappte mir schnell ein Glas Wasser und stürzte es hinunter, aber ein doppelter Wodka wäre nützlicher gewesen.

»Warum reist Daniel allein, wenn er mit dieser Schönheit verheiratet ist?«, fragte ich krächzend, während ich noch versuchte, das alles zu verdauen.

»Du liest wirklich keine Zeitungen, zumindest nicht den interessanten Teil«, antwortete sie tadelnd. »Er ist auch Witwer. Seine Frau ist bei einem Autounfall ums Leben gekommen, nur zwei Jahre nach ihrer Hochzeit. Aber das ist schon ein paar Jahre her und seitdem ist er nie wieder in Versuchung gekommen, sich neu zu binden. Sehr tragisch, aber die Wahrheit ist, dass die Ehe schon vorher kurz vor der Scheidung stand. Sie war eine Schönheit, hatte aber ein Temperament wie eine Stange Dynamit – verdammt anstrengend und eifersüchtig. Na ja … Daniel muss nur auftauchen und die Frauen bekommen schon weiche Knie, man bekommt solche Männer niemals allein.«

Marge genoss ihre Erzählung nun in vollen Zügen.

»Die Zeitungen waren voll von Szenen ihrer Ehe, es krachte ständig zwischen den beiden. Ich habe ein Foto gesehen, auf dem

Daniel triefend nass war, weil sie ihr Cocktailglas nach ihm geworfen hatte; die Paparazzi fanden das einfach genial. Jede Woche lieferte sie ihnen zuverlässig eine neue Geschichte. Ich frage mich, ob sie manche Vorfälle nicht absichtlich provoziert hat, nur um in aller Munde zu bleiben. Sie hatte ein Temperament wie ein Teufel, russisches Blut, du weißt ja …«

Ich wusste nicht, aber Marge erwartete auch keine Antwort, sondern hielt nur dramatisch inne, sie genoss sichtlich ihre Rolle als Geschichtenerzählerin.

»Daniels Frau starb schlussendlich bei einem illegalen Autorennen. Irgendein hübscher junger Schnösel hatte am Steuer gesessen. Sie starb tragischerweise fast an der gleichen Stelle, an der auch damals Grace Kelly ihr Ende fand; die Bremsen ihres Wagens funktionierten nicht. Ich bin mir nicht sicher, ob ihr Tod eine Katastrophe oder eher eine Erleichterung für Daniel war. Das mit den Bremsen gibt einem schon zu denken.«

»Ach komm schon, Marge!«, protestierte ich, »das ist jetzt doch ein bisschen dick aufgetragen! Erst Neil, jetzt Daniel!«

»Habe ich gerade meinen Namen gehört?«

Ich schaute hoch, direkt in die lächelnden Augen von Daniel, und alle meine Zweifel schmolzen wie der letzte Schnee unter den Strahlen der Frühlingssonne.

»Daniel, wie schön, dich zu sehen!«, quiekte Marge und stand auf, damit er sie auf die Wange küssen konnte. Mir fiel auf, dass sie ein bisschen länger in seinen Armen verweilte als es vielleicht unbedingt nötig war. Ich beschloss, dasselbe zu tun – was Marge konnte, konnte ich schon lange.

»Ich habe Amanda gesucht.« Daniel strahlte mich an: »Würde es dir etwas ausmachen, heute Abend mit mir essen zu gehen? Ich muss allerdings dazusagen, dass ich keine Ausreden akzeptiere … es sei denn, du findest mich abstoßend. Außerdem warne ich dich!

Heute Abend bin ich ganz und gar egoistisch. Ich möchte nur mit dir allein essen, bitte keine privaten Partys oder Tanzwettbewerbe, in denen ich mich lächerlich machen muss, nur um in deiner Nähe sein zu können.« Er warf Marge ein entschuldigendes Lächeln zu, aber seine Augen lachten mich an.

Wie konnte ich da widerstehen, wie sollte ich ablehnen?

»Einverstanden, ganz ehrlich, ich bin auch kein Freund von Tanzwettbewerben.« Ich zwinkerte ihm zu, während ich in Gedanken schon den Inhalt meines Kleiderschranks durchging.

Halt!, dachte ich, *das wird nicht reichen. Du wirst einen Beautyparlour aufsuchen müssen.* Hier auf der Belgravia würde man das nicht einfach einen *Friseursalon* nennen und ich ahnte, dass mich diese Einladung ein Vermögen kosten würde.

»Super. Ich hole dich um acht von deiner Kabine ab!« Ein kurzer Kuss auf die Wange und schon war er verschwunden. Ich konnte immer noch sein Eau de Toilette riechen, frisch und würzig, aber es musste eine besondere Zutat enthalten, denn es verursachte weiche Knie – auch bei mir.

»Oh, Amanda, ich bin neidisch …« Marge seufzte vor Vergnügen. »Versprich mir, dass du mir morgen alles erzählst, jedes winzige Detail!«

»Versprochen!«, antwortete ich. Ich hoffte inständig, dass sie nicht bemerkt hatte, dass ich meine Finger hinter meinem Rücken verschränkt hatte.

***

Nun, da unser Mittagessen beendet war, ging ich mit Marge zurück auf unser Deck und weiter zu meiner Kabine. Mein Gehirn arbeitete auf Hochtouren und eine Blutprobe hätte einen gefährlich hohen Adrenalinspiegel ergeben. Ich brauchte etwas Ruhe und Frieden.

In meiner Kabine studierte ich den unauffälligen Zettel, auf dem erklärt wurde, wie man an Bord ins Internet kommt – und zu welchen Preisen. Ich ließ ihn fallen wie eine heiße Kartoffel; niemand, der bei klarem Verstand war, würde dreißig Dollar für nur eine Stunde Browsen ausgeben. Aber der Mensch ist nicht immer konsequent und nur wenige Minuten später hatte ich mich ins Netz eingeloggt.

Ich kann mich nicht entscheiden, ob das Internet ein Segen oder ein Fluch der Menschheit ist. In kürzester Zeit hatte ich zig Ergebnisse für »Daniel Greenfield« auf dem Bildschirm – als ich zu »Google-Bilder« wechselte, fühlte ich mich, als hätte ich aus Versehen den Society-Teil der Regenbogenpresse aufgeschlagen. Daniel beim Feiern, Daniel mit teuren Sportwagen, Daniel (ein viel jüngerer Daniel) umgeben von schönen Mädchen, Daniel beim Tanzen, Daniel bei der Entgegennahme verschiedener Pokale (Polo, Rugby, Rennen – was auch immer, er musste einfach alles gewonnen haben), Daniels Trauung (seine Frau ein wahr gewordener Traum, täuschend schlicht gekleidet in einem weißen Satintraum von Armani), Daniel und seine Frau auf einer Jacht, ein starr blickender Daniel bei ihrer Beerdigung. Ein Prominentenleben im Zeitraffer, Liebe, Geld, Triumph, Trauer – jedes winzige Detail akribisch aufgezeichnet, das Konzept einer Privatsphäre gehörte der Vergangenheit an.

Als ich den Computer ausschaltete, waren meine Gefühle in Aufruhr. Um nicht um den heißen Brei herumzureden: Ich war eifersüchtig. Daniel war auf fast allen Fotos umgeben von den schönsten Frauen, jede einzelne von ihnen zigmal attraktiver und meistens jünger als ich. Aber es war nicht nur Eifersucht, ich war auch ernüchtert. Die Wahrheit dämmerte mir: Daniel und ich hatten sehr wenig gemeinsam und meine albernen Träume eines romantischen Dates waren nichts weiter als ein dummer Backfischtraum. Daniel gehörte in eine andere Welt.

Ich konnte nur spekulieren, warum er mich heute Abend eingeladen hatte. Vielleicht war ihm langweilig und er wollte ausnahmsweise mal nicht über Saint-Tropez, den letzten Klatsch der High Society oder einen Kurztrip nach Bali reden. Ich war als nette Abwechslung zu seinen üblichen Verabredungen eingeplant.

Ich war mir nicht sicher, ob mir diese Idee gefiel.

Ich stand auf und betrachtete mich kritisch im Spiegel. Sollte ich Daniel anrufen und eine Ausrede erfinden? Eine beginnende Migräne bot sich immer als Grund an. Ich schüttelte den Kopf und mein Spiegelbild schüttelte mit mir. Amanda Lipton würde nicht so leicht aufgeben. Ich würde mir diese Gelegenheit nicht entgehen lassen, denn – leider – mochte ich Daniel inzwischen sehr gut leiden, Playboy hin oder her.

»Komm schon, du hast ein Date mit einem prominenten Playboy – mach das Beste daraus, sei nicht so eine Idiotin«, ermunterte ich mich selbst.

Die Amanda im Spiegel nickte enthusiastisch. Aber ich war zumindest klaren Geistes genug, um zu erkennen, dass diese Amanda im Spiegel zum Friseur musste, und zwar ganz dringend. Susan pflegte zu sagen: »Du hast etwas Besseres verdient, meine Liebe …«, nachdem sie mir einen langen, nachdenklichen Blick zugeworfen hatte. Das war der Moment, in dem ich wusste, dass es an der Zeit war, den Friseurtermin zu buchen.

Ich gehe zu Hause gleich um die Ecke zu meinem Friseur, na ja, er nennt sich jetzt *Hairstylist*. Sie kennen mich dort und versuchen nicht, mir ausgefallene Farben oder exotische Shampoos zu verkaufen, und niemand schlägt mir eine teure Kopf- oder Nackenmassage vor. Die Mädels dort waschen und schneiden mein Haar und trocknen es, Punkt. Ich hasse es, in einen Friseursalon zu gehen, den ich nicht kenne, und das unvermeidliche Szenario, das sich dort abspielt: Ich betrete den Salon, werde dort von herablassenden jungen Frauen begrüßt, die genauso gut meine Schülerinnen sein könnten und denken, dass sie etwas Besonderes sind. Sie haben häufig grell gefärbte Haare und lackierte Fingernägel, die so lang sind, dass man einen Waffenschein dafür braucht.

Dann folgt ein gelangweiltes: »Können wir Ihnen helfen?«, während sie geistig hinzufügen: *Diese Kundin ist ohnehin hoffnungslos, der Schnitt ist langweilig, sie wird ohnehin nichts für Extras bezahlen.*

Aber heute würde ich diese Prozedur über mich ergehen lassen müssen. Ich wollte, nein, ich musste, gut aussehen.

Entschlossen schlenderte ich zum Beauty-Salon der Belgravia und atmete tief durch, um mich für den unausweichlichen Kampf zu wappnen, dann trat ich ein. Dort wurde ich von einer jungen Friseuse begrüßt, aber sie begrüßte mich nicht nur mit einem warmen Lächeln, sondern gab mir das ungewohnte Gefühl, willkommen zu sein. »Haben Sie einen Termin, Madame?«

Ich sah sie niedergeschlagen an. Ich hatte völlig vergessen, dass man nicht einfach in einen exklusiven Salon gehen und erwarten kann, sofort bedient zu werden.

»Nein, tut mir leid. Aber es ist dringend, ich meine, ich habe eine Verabredung – ähm, ich meine, ein Abendessen, noch heute …« Ich stotterte und errötete.

Das Mädchen lächelte mich freundlich an. »Sie brauchen sich nicht zu entschuldigen, Madame, wenn Sie nicht von Monsieur persönlich bedient werden wollen, kann ich Sie gleich bedienen. Wäre das in Ordnung für Sie?«

»Ich brauche *Monsieur* nicht«, sagte ich und lächelte zurück. »Ich bin mir sicher, Sie werden sehr gute Arbeit leisten. Ich möchte nur irgendwie … besser … aussehen.«, beendete ich lahm meine kurze Rede.

»Mein Name ist Oksana, Madame. Lassen Sie mich für Sie sorgen. Es wird mir große Freude bereiten, eine so hübsche Frau zu frisieren.«

Ich schluckte das Kompliment gierig und ließ mich in den gepolsterten Sessel fallen. Schnell stellte ich fest, dass Oksana nicht nur sehr fähig war, sondern auch eine außergewöhnlich geschickte Verkäuferin.

»Haben Sie Erbarmen mit mir, Oksana!«, rief ich aus. Sie hatte mich nicht nur davon überzeugt, dass ich eine Maniküre brauchte, sondern erklärte mir gerade, dass mein Haar goldene Strähnchen brauchte, denn diese seien eine natürliche Ergänzung zum Funkeln meiner wunderschönen Augen …

»Ich kann mir vorstellen, dass hier alles sehr teuer ist, ich bin leider nicht so reich wie die meisten Damen hier an Bord.«

Sie lachte. »Ich werde aufpassen, Madame, ich verspreche es. Es wird nicht billig, aber sie werden zufrieden sein. Sie würden sich ärgern, es nicht gemacht zu haben.«

Ich gab also nach und akzeptierte die Strähnchen – es klang wundervoll glamourös. Dann überzeugte Oksana mich auch noch davon, dass auch mein Make-up ein paar Highlights vertragen könnte. Zu diesem Zeitpunkt war ich bereits Wachs in ihren kleinen, aber zugegebenermaßen äußerst fähigen Händen.

Schließlich hatte Oksana ihr Werk vollendet und ich war sprachlos. Jahrelang hatte ich meinen dichten Haarschopf verflucht, aber Oksanas Haarschnitt ließ mich schick und elegant aussehen – ich war wie verwandelt. Ich weiß nicht, wie sie es geschafft hatte, aber ich sah glamourös aus. Mein Haar hatte einen diskreten goldenen Glanz, meine Augen wirkten größer als sonst, meine Lippen hatten einen neuen, sinnlichen Touch – ich hätte sie umarmen können.

Ich würde nie ein Model werden – aber eine neue Amanda war geboren, und sie gefiel mir – bestens!

Als Oksana mir die Rechnung überreichte, kam ich wieder zurück auf die Erde, Schönheit hatte ihren Preis. Von dem Geld, das ich an diesem Nachmittag auf den Tresen legte, hätte ein afrikanisches Dorf ein ganzes Jahr lang fröhlich feiern können. Trotzdem gab ich ihr ein fettes Trinkgeld; Oksana hatte es verdient.

Ich war zufrieden, denn ich konnte dem Abend mit Daniel entgegensehen, ohne mich wie ein Landei zu fühlen. Ich sah gut aus und – noch wichtiger – ich fühlte mich gut.

Es ist Allgemeinwissen, dass sich die gesamte Körpersprache verändert, wenn man sich glücklich oder schön fühlt. Als ich aus dem Salon ging, hätte nicht einmal Veronique eleganter die Hüften schwingen können.

Ich schwebte immer noch auf meiner kleinen Wolke des Glücks, als eine Stimme hinter mir rief: »Amanda! Was für ein Glück, dass ich dich hier treffe, ich habe dich seit dem Mittagessen gesucht!«

Natürlich erkannte ich Neils Stimme sofort.

»Hey, hast du den Limbo-Tanz ohne Komplikationen überlebt oder hat sich dein Ischias bemerkbar gemacht?«, scherzte ich und sah ihn liebevoll an. Heute trug Neil ein hellblaues Poloshirt, das für diesen Anlass fast perfekt war. Nur vielleicht hätte er daran denken sollen, das rote Etikett der Reinigung zu entfernen, bevor er es anzog.

Neil sah mich mit großen Augen an. »Du siehst toll aus!«

Ich gratulierte mir selbst. Wenn selbst ein Mann der Wissenschaft wie Neil meine neue Frisur bemerkte, musste Oksana ein wahres Wunder vollbracht haben. Normalerweise musste man knallbunt und giftig sein, um von Neil bemerkt zu werden.

»Ich glaube, es ist deine Bluse, das erste Mal, dass ich dich in Rosa sehe, schöne Farbe!«, sagte er zufrieden, nachdem er mich noch einmal von Kopf bis Fuß gemustert hatte.

Ich lächelte ihn an, denn es machte keinen Sinn zu erwähnen, dass ich vor zwei Tagen eine ähnliche Bluse getragen hatte.

Dann stellte Neil die befürchtete Frage: »Hast du heute Abend Zeit?«

»Leider nein, ich bin schon verplant. Daniel hat mich zum Essen eingeladen und ich habe schon zugesagt!« Ich versuchte, dabei etwas Enttäuschung in meiner Stimme klingen zu lassen, aber ich bin mir nicht sicher, ob ich sehr überzeugend war. Ich hatte mir innerlich geschworen, diesmal mit Daniel allein auszugehen und nicht einmal eine Kollision mit einem Eisberg würde mich davon abhalten.

»Oh!« Neil sah verwirrt aus, mit dieser Antwort hatte er scheinbar nicht gerechnet. Er räusperte sich. »Eigentlich war ich gekommen, um dich einzuladen, um mich für gestern zu bedanken. Du hast mich gerettet.«

»Wie kommst du darauf, dass ich dich gerettet habe?« Ich spielte die Unschuldige.

»Dieser lächerliche Limbo-Wettbewerb – die wollten mich vorführen wie einen Tanzbären. Ich war so dankbar, dass du dich geopfert hast …«

»Ach, vergiss es«, ich strahlte ihn an. »Dafür sind Freunde doch da. Am Ende hatten wir jede Menge Spaß. Ich war erstaunt, wie beweglich Marge ist, sie hat mich um Längen geschlagen! Ich muss total steif neben ihr ausgesehen haben.«

Neil lächelte mich liebevoll an. »Du warst großartig, ich bin dir ewig dankbar. Da du heute Abend keine Zeit hast, könntest du gleich zu mir in die Kabine kommen?«

Ich schluckte. Das war keine sehr subtile Form der Einladung. Er bemerkte mein Zögern und lächelte. »Keine Sorge, das ist keine plumpe Anmache, aber ich habe eine Überraschung für dich!«

Das war clever von ihm, wie konnte ich ablehnen? Nicht, dass ich von Natur aus neugierig wäre – aber ich liebe Überraschungen, vor allem schöne.

Also machten wir uns auf den Weg und unterhielten uns dabei angeregt über das Buch, das ich gerade las, und liefen über das Deck in Richtung der Passagierkabinen. Ich erklärte ihm die Handlung der Geschichte und sofort wollte Neil, dass ich ihm erzählte, wie es dem Fiesling von Cousin gelungen war, aus England zu entkommen.

»Neil! Ich darf dir das Ende doch nicht verraten! Du musst das Buch selbst lesen, es lohnt sich.«

»Ich höre die Geschichte aber lieber von dir, das macht noch mehr Spaß«, beharrte er. »Du erzählst nicht einfach eine Geschichte, du lebst sie.«

Ich seufzte verzückt.

»Das stimmt. Manchmal wünschte ich, ich hätte einen Zauberstab, der mich ins siebzehnte Jahrhundert zurückversetzen kann. Stell dir vor, man könnte Kardinal Richelieu oder König Karl von England treffen …«

»Vor oder nach seiner Hinrichtung?«, scherzte Neil.

»Du bist furchtbar!«, rief ich entsetzt aus. »Armer König Karl – und du reißt auch noch Witze über ihn …«

»Du verschwendest dein Mitleid. Der König hat eine Menge dummer Fehler gemacht und musste dafür bezahlen. Er hatte allerdings keinen gerissenen Kardinal Richelieu, der ihn vor seinen Gegnern schützen konnte – und sein Verhältnis zum Herzog von Buckingham … na ja …«

Ich war überrascht, die meisten Leute denken leider, dass Richelieu eine Käsesorte ist.

»Was hältst du übrigens von Richelieu?«, fragte er mich.

»Er war ein Genie, aber ein abscheulicher Intrigant. Man hatte ihn besser nicht als Feind.«

Wir waren so sehr in unser Gespräch vertieft, dass wir ganz überrascht waren, dass wir bereits Neils Kabine erreicht hatten. Neil bestand darauf, dass ich nun die Augen schließen musste, bevor ich eintrat. Ich brannte inzwischen vor Neugierde!

In der Kabine drückte er mir einen Blumenstrauß und einen Umschlag in die Hand. Der Strauß war wunderschön, Rosen in verschiedenen, aber harmonischen Rot- und Rosatönen. Dann öffnete ich den Umschlag. Er enthielt eine Karte, auf der einfach stand:

Danke, ich bin froh, dass ich das Glück hatte, dich zu treffen. Dein Freund für immer, Neil.

Tränen kullerten mir über die Wangen und ich schaffte es gerade noch, zu flüstern:

»Danke, Neil, das ist wunderschön! Ich bin auch froh, dass ich dich getroffen habe!«

Neil errötete wie ein kleiner Junge. Schnell wandte ich mich dem Vivarium zu, in dem seine Schlangen untergebracht waren, denn nun wurde es gefährlich. Ich konnte unmöglich Neil umarmen und mit Daniel ausgehen. Auch wenn Neil etwas in mir zum Schwingen brachte …

Eine von Neils Giftschlangen bewegte sich träge. Sie schien mich zu verhöhnen und ihre arroganten Augen starrten direkt in meine. Ich bin froh, dass Schlangen nicht sprechen können. Ich brauche keine Schlange, die mir sagt, dass ich töricht und inkonsequent bin. Um mich wieder zu beruhigen, begann ich, die Schlangen zu zählen: eins, zwei, drei, vier … eins, zwei, drei, vier … Mein Herz schlug schneller. Es hätten fünf sein müssen.

»Neil …«, sagte ich mit zittriger Stimme. »Ist es möglich, dass eine deiner Schlangen fehlt? Letztes Mal habe ich fünf gezählt, jetzt sehe ich nur noch vier.«

»Oh, mach dir keine Sorgen, Amanda. Sie verstecken sich gerne oder verknäueln sich, sodass man nicht weiß, ob es eine oder zwei sind. Als ich sie heute Morgen gefüttert habe, waren es fünf.«

Ich zählte noch einmal. Ich konnte aber nur vier Schlangen ausmachen. Aber Neil war sich so sicher, dass ich nicht länger auf dem Thema herumreiten wollte. Aber allein die Vorstellung, dass eine Schlange entkommen sein könnte, bereitete mir eine Gänsehaut. Dann fiel mir Marges haarsträubende Erzählung über Neils unglückliche verstorbene Frau ein. Ich schauderte.

»Nochmals vielen Dank, Neil, das war eine wundervolle Idee. Ich werde jetzt schnell zu meiner Kabine zurückkehren, die Blumen brauchen Wasser.«

Ich atmete den Duft der Blumen ein. »Sie duften herrlich!« Ich drückte Neil einen kurzen, eher freundschaftlich Kuss auf die Wange und zog die Tür schnell hinter mir zu.

Hatte ich Angst vor den Schlangen oder davor, Neil mehr zu mögen, als es für mein seelisches Gleichgewicht gut war?

***

Zurück in meiner Kabine vergrub ich mich in mein Buch. Ich wollte weder an Neil denken noch an Daniel noch an den Mord, dessen Zeuge ich gewesen war. Der Trick funktionierte besser als beabsichtigt. Ich kam erst wieder in die Realität zurück, als Kenneth vor der Tür stand.

»Ach du meine Güte, es ist ja schon sieben!«, quiekte ich.

»Viertel nach sieben«, korrigierte mich Kenneth. »Gibt es ein Problem, Madam?«

»Allerdings, ich muss in einer halben Stunde fertig angezogen und geschminkt sein, und das ist für jede Frau eine Herausforderung«, rief ich ihm zu, während ich ins Bad hastete.

Aber als ich mein Gesicht im Spiegel betrachtete, sah ich erleichtert, dass Oksanas Kunstwerk (zumindest in meinen Augen) immer noch perfekt war und ich es nur verschlechtern konnte.

Ich duschte vorsichtig – lauwarm, damit der Dampf meine teure Frisur nicht ruinierte – aber dann kam der komplizierteste Teil: Was sollte ich heute Abend anziehen? Die Bilder von Daniel, umgeben von ätherischen Models, gebräunt mit perfektem Haar, langen Beinen, und umwerfendem Lächeln wollten nicht aus meinem Kopf weichen.

Schwarz und schlicht schien in der High Society die Farbe der Eleganz und des Understatements zu sein. Automatisch wanderten meine Hände in den Schrank, um das einzige schwarze Kleid, das ich für diese Reise erworben hatte, herauszuziehen.

Amanda!, schimpfte ich mit mir selbst. *Hör auf zu versuchen, jemand anderes zu sein, du wirst nie ein Model sein, sei einfach du selbst.*

Als Nächstes zog ich ein Kleid vor, das schon seit Jahren eines meiner Lieblingsstücke war. Ich hatte leider kaum jemals Gelegenheit gehabt, es auszuführen. Elegant geschnitten aus thailändischer Seide, wechselte die Farbe von sattem Pflaumenblau zu einem helleren Türkis, je nachdem wie das Licht darauf fiel.

Nur Sekunden später war ich schon hineingeschlüpft, dann ergänzte ich mein Outfit mit Ohrringen und einer schlichten Halskette. Ein letzter Blick in den Spiegel bestätigte, dass meine Wahl richtig gewesen war. Die Seide schimmerte im gedämpften Kabinenlicht und passte wunderbar zum neuen, goldenen Schimmer meiner Haare.

Meine grünen Augen funkelten im Spiegel in freudiger Erwartung – es gab sicher keine gelangweilte Raffinesse von meiner Seite!

»Daniel, ich komme«, sagte ich laut und zwinkerte meinem Spiegelbild zu.

***

Pünktlich um acht Uhr läutete es und Daniel stand vor meiner Tür.

Warum sehen Männer in formeller Kleidung so viel besser aus? Um ehrlich zu sein, Daniel sah auch in Freizeitkleidung immer gut aus, aber in seinem Anzug sah er einfach umwerfend aus. Er grinste mich an. Ich glaube, mein Gesicht hatte mich verraten.

Er betrat meine Kabine und warf mir einen bewundernden Blick zu.

»Wow, du siehst fantastisch aus, Amanda. Was für ein wunderbares Kleid, thailändische Seide, eine Rarität! Du wirst vermutlich niemandem verraten, wo du so etwas gefunden hast.«

Er blieb vor mir stehen, musterte mich und lächelte.

»Darf ich dir zu deiner neuen Frisur gratulieren? Du siehst umwerfend aus!«

Ich errötete vor Freude.

»Der Anzug steht dir auch gut, ich denke, wir beide machen eine passable Figur«, sagte ich gut gelaunt und hakte mich bei ihm unter.

Daniel hatte für heute Abend einen Tisch nur für uns beide reserviert. Weiter hinten konnte ich Marge und John an unserem üblichen Tisch sitzen sehen. Marge winkte mir zu und warf mir eine Kusshand zu und sofort drehte sich das halbe Restaurant um und nahm Daniel und mich in Augenschein.

Ich wurde knallrot.

Der Oberkellner begrüßte uns persönlich, Daniel schien nicht einmal zu bemerken, dass ihm hier eine Sonderbehandlung zugestanden wurde, er hielt es vermutlich für selbstverständlich. Aber heute Abend fühlte auch ich mich wie eine Berühmtheit und genoss jede Sekunde.

Zunächst bestellten wir einen Aperitif. Ich nahm einen Kir royal, damit kann man eigentlich nie etwas falsch machen, es sei denn, der Barmann gibt zu viel Cassis dazu. Aber – wie hätte es anders sein können – der Drink war perfekt und die gefrosteten Johannisbeeren im Glas gaben ihm einen dekorativen Touch und eine leicht saure Note.

Dann kam der große Moment: Die Speisekarte wurde uns präsentiert. Sie war in Leder gebunden und riesig – dazu präsentierte der Kellner mindestens ein Dutzend besonderer Empfehlungen, die auf einer Tafel prangten, die er stolz in unserer Nähe aufstellte.

Mein Kopf schwirrte. Wie sollte ich mich um Himmelswillen bei so viel Auswahl entscheiden? Sollte ich etwas Leichtes oder als Gourmet ein anspruchsvolles Gericht wählen? Dummerweise wird gerade vom weiblichen Geschlecht erwartet, dass man eher »leichte« oder gesunde Gerichte bestellen soll. Das Leben ist ungerecht.

Auf der gedruckten Karte prangte das Wort »Cordon bleu« – seit meiner Kindheit eines meiner absoluten Lieblingsgerichte. Aber halt, ich konnte doch nicht einfach ein Cordon bleu bestellen! Als Daniels Gast sollte ich etwas Anspruchsvolleres, zum Beispiel den Loup de Mer au gratin de betraves avec sa garniture de perles de caviar bestellen.

Der Kellner wartete geduldig auf meine Bestellung, aber ich konnte mich nicht entscheiden.

»Daniel, fang doch bitte an, ich brauche immer ein bisschen Zeit und würde gerne zuerst deine Wahl kennen!«

Daniel zwinkerte mir zu, scheinbar war meine Reaktion nicht so ungewöhnlich. Er bestellte zuerst Jakobsmuscheln und dann den Loup de Mer. Mir war bewusst, dass ich seinem Beispiel folgen sollte – heute Abend war ich schließlich ein mondänes Mitglied der High Society. Als der Kellner mich erwartungsvoll ansah, begann ich mit einer Pastete und dann – und ich schwöre, ich hatte die besten Absichten – formte mein Mund doch die Worte »Cordon bleu«.

»Kann ich die Beilage ändern? Ich hätte gerne ein Kartoffelgratin dazu.«

Nun war die Katze aus dem Sack, ich hatte meinen unkultivierten Geschmack verraten.

Daniel sah mich verblüfft an.

»Hey, das ist eine tolle Idee, ich habe schon seit Jahren kein Cordon bleu mehr gegessen. Aber es ist eine Delikatesse, wenn es von einem guten Koch zubereitet wird. Herr Ober, ich ändere: Bitte das Cordon bleu für uns beide – aber richten Sie bitte dem Koch aus, er soll es ganz dünn klopfen und die Kruste muss knusprig und golden sein!«

»Und für die Pastete bitte nicht die übliche Brioche reichen, sondern Toast – und statt des Gelees lieber etwas Sel de Guerande«, fügte ich mutig hinzu.

»Ich hätte keine Pastete und Cordon bleu bestellen sollen«, sagte ich betreten, als der Kellner gegangen war. »Das sind sicher Millionen von Kalorien und der Kellner wird denken, dass ich mich mästen will …«

»Hm, ich kann mich nicht erinnern, wann ich mir das letzte Mal Gedanken darüber gemacht habe, was ein Kellner über mich denken könnte.« Daniel zuckte mit den Schultern.

»Ist das nicht etwas arrogant?« Diese Bemerkung konnte ich mir nicht verkneifen.

Er stutzte. »Hm, da hast du vermutlich recht. Kritik angenommen. Aber lass uns das Thema wechseln – ich muss sagen, es macht Spaß, mit jemandem in ein Restaurant zu gehen, der es genießt und nicht den ganzen Abend nur an einem Salatblatt knabbert. Ich mag es, wenn Leute gutes Essen zu würdigen wissen!«

Ich lachte: »Ich genieße es in vollen Zügen. Salat gibt es zu Hause. Ich befürchte, nach dieser Reise bin ich dazu verdammt, zwei Monate lang nichts anderes als Salatblätter zu essen. Aber das ist es mir wert!«, fügte ich mit fröhlicher Stimme hinzu. Ich hatte gerade den Brotkorb entdeckt und knabberte an einem Brötchen.

Der Sommelier erschien, der silberne Becher, das Abzeichen seines Berufs, baumelte an seiner Schürze.

»Welchen Wein hat Monsieur ins Auge gefasst, wir hätten da einen Château Petrus …«

Daniel zeigte nonchalant auf mich. »Madame wird heute Abend auswählen, ich bin sicher, dass sie mich wieder einmal überraschen wird.«

»Je préfère und vin rouge de Graves«, antwortete ich automatisch auf Französisch. Mir war aufgefallen, dass der Sommelier mit einem starken französischen Akzent sprach.

»Oh, Madame, vous parlez français!«

Schon waren wir in eine angeregte Diskussion über die Vor- und Nachteile der verschiedenen Regionen von Bordeaux verstrickt, bevor er mir einen Wein von einem kleinen Château in der Region empfahl.

»Et und verre de Sauternes pour accompagner les entrées«, fügte Daniel hinzu. Ich schätze, er musste mir einfach beweisen, dass er auch Französisch sprach.

»Ausgezeichnet, das passt gut«, kommentierte ich zufrieden.

»Wie kommt es, dass du fließend Französisch sprichst?«, fragte Daniel neugierig, sobald wir wieder allein waren.

»Das könnte ich dich auch fragen«, antwortete ich. »Aber lass mich zuerst deine Frage beantworten. Fast hätte ich Französisch als Lehrfach gewählt, aber meine Liebe zu Geschichte war stärker. Da ich dank meines Vaters nicht viel für Englisch tun musste, habe ich viele Universitätskurse in Französisch besucht. Es ist leider ein bisschen eingerostet, ich habe nicht viel Gelegenheit, Französisch zu sprechen. Und jetzt du!«

»Ich wurde in den USA geboren, später zogen meine Eltern nach England, als ich etwa zwölf Jahre alt war. Nach der Schule habe ich in Oxford Wirtschaft studiert und während meines Masterstudiums ein Jahr in Lausanne verbracht, wo ich Französisch gelernt habe. Ich liebe es, ich glaube nicht, dass es eine elegantere Sprache gibt.«

Wir sprachen angeregt über die verschiedenen Städte in Frankreich, die wir besucht hatten. Von Frankreich aus ging es weiter in die USA, dann nach Deutschland und schon bald fanden wir uns in tiefgründigen – und oft kontroversen – Diskussionen über die Weltpolitik wieder. Selten habe ich einen so faszinierenderen Abend verbracht. Erst als die Reste unserer Desserts vom Tisch abgeräumt wurden und Daniel seinen Cognac trank, wurde mir plötzlich bewusst, dass es auf Mitternacht zuging. Der Westminster Grill war schon fast leer.

Zärtlich nahm Daniel meine Hände in seine. Ich kämpfte hart mit mir, aber es gelang mir, meine Hände zurückzuziehen. Mit leiser Stimme hörte ich mich sagen:

»Ich fürchte, wir müssen hier aufhören, Daniel. Es war ein wunderbarer Abend.« Ich holte tief Luft. »Aber die Wahrheit ist, dass du und ich in verschiedenen Welten leben. Ich gehöre nicht zu deiner Welt. Ich danke dir für diesen wunderschönen Abend, ich werde ihn nie vergessen, aber es ist besser, wenn wir hier aufhören.«

Daniel sah mich überrascht an. Konnte es sein, dass ich die erste Frau war, die ihm einen Korb gab? Er lächelte mich schief an.

»Du bist bezaubernd, du redest keinen Unsinn. Magst du mich nicht, ich meine, nur ein kleines bisschen?«

Ich seufzte. Prinz Charming war in Hochform und leider war ich sein williges Opfer.

»Natürlich mag ich dich, Daniel, aber das ist genau mein Problem. Ich mag dich zu sehr. Jetzt lass uns vernünftig sein und gute Nacht sagen!«

Ich wurde unterbrochen, da plötzlich die Lautsprecher durch das leere Restaurant schallten:

»Paging for Professor Hopkins, paging for Professor Hopkins! Professor Hopkins wird dringend gebeten, in die Queen's-Suite zu kommen. Ich wiederhole, Professor Hopkins, bitte kommen Sie dringend in die Queen's-Suite und bringen Sie bitte ihren Arztkoffer mit!«

Die Stimme aus dem Lautsprecher versuchte, sachlich zu klingen, hatte aber Mühe, ihre aufkommende Panik zu unterdrücken.

»Bitte nicht!«, rief ich entsetzt aus.

»Was ist los?«, fragte Daniel überrascht. »Ich meine, das hört sich sicherlich nicht gut an, aber du klingst sehr besorgt – stimmt etwas nicht?«

»Es könnte die Schlange sein«, rief ich in Panik.

»Die Schlange?«

»Professor Hopkins bringt hochgiftige Korallenschlangen aus dem Amazonas nach Amerika, um seine Studien dort zusammen mit seinen Kollegen fortzusetzen. Gestern habe ich noch fünf Schlangen gezählt, aber heute Nachmittag konnte ich nur vier von ihnen entdecken. Neil war nicht beunruhigt, er sagte nur, dass sie gerne Verstecken spielen. Aber was wäre, wenn ich doch recht gehabt habe … Diese Schlangen sind furchtbar gefährlich. Wenn sie zubeißen, ist das Opfer innerhalb von zwanzig Minuten tot, es sei denn, das Antiserum wird sofort injiziert. Das hat er mir alles erklärt.«

Daniel warf mir einen langen, sehr nachdenklichen Blick zu.

»Ich befürchte sehr, Professor Hopkins hätte ein bisschen mehr auf deine Zählkünste achten sollen«, sagte er trocken. »Eine Schlange mehr oder weniger macht nun einmal einen großen Unterschied. Ich bringe dich jetzt zurück in deine Kabine. Ich fühle mich nicht mehr sehr romantisch und ich muss kein Hellseher sein, um sehen zu können, dass es dir genauso geht.«

Ich nickte dankbar. Es war wirklich keine Zeit für Liebe oder Romantik.

Daniel stand zu seinem Wort und brachte mich nicht nur zurück in meine Kabine, sondern er bestand auch darauf, sich gründlich zu vergewissern, dass sich keine Schlange in den Falten meines Bettzeugs versteckt hatte. Er gab mir einen kurzen, freundschaftlichen Kuss und verließ die Kabine, in der ich zurückblieb – allein.

Meine Hände zitterten, ich war reduziert zu einem Nervenbündel.

Langsam zog ich mich aus und begann, mich abzuschminken. Damit zerstörte ich Oksanas Kunstwerk, aber das war mir inzwischen gleichgültig. Ich musste ständig an die dramatische Szene denken, die sich vermutlich in diesem Moment in der Queen's-Suite abspielte – wenn meine Vermutung richtig war. Ich konnte nur beten, dass Neil rechtzeitig eintraf, um das Gegengift zu injizieren. War das nicht die einzige logische Erklärung für die dringende Aufforderung, sich mit seiner Arzttasche einzufinden? Aber wie konnte eine Schlange in die Queen's-Suite gelangen, die sich auf einem anderen Deck befand und Hunderte von Metern von Neils Kabine entfernt war?

Ein weiterer »Unfall«?

Ich hatte Angst, ins Bett zu gehen, auch wenn die Stimme der Logik und der Vernunft mir sagte, dass dort sicherlich keine Schlange auf mich warten würde. Ich ließ mich also in meinem bequemen Sessel nieder, schüttelte die Decke aus und kuschelte mich in die weichen Daunen. Aber immer wieder schossen wilde Bilder durch meinen Kopf: Bilder von Schlangen und vermummten Mördern, Veronique, vielleicht Tom oder sein Vater, die sich krümmten, während Neil verzweifelt versuchte, das Gegengift zu injizieren.

Ich fand keine Ruhe. Um mich abzulenken, griff ich nach meinem historischen Roman, aber heute Abend konnte mich die Geschichte nicht fesseln und ich blätterte nur ziellos durch das Buch. Die Geschichte kam mir plötzlich so albern und sinnlos vor.

Nach unzähligen Minuten dieser Tortur klingelte plötzlich das Telefon. Ich rutschte fast aus, als ich zu dem kleinen Tisch neben meinem Bett hechtete, wo das Telefon stand.

»Hallo«, hauchte ich atemlos.

»Hi, Amanda, hier ist Daniel. Ich dachte mir, dass es dir wahrscheinlich nichts ausmacht, wenn ich anrufe. Ich nehme an, du kannst sowieso nicht schlafen.«

Dieser Mann sollte seine Zeit nicht als Playboy verschwenden; er sollte besser als Psychotherapeut arbeiten.

»Genau, ich kann kein Auge schließen, ich bin ganz verrückt vor Sorgen «, erwiderte ich, während mir eine Träne über das Gesicht kullerte. Ich war ein nervliches Wrack.

»Deshalb rufe ich an. Ich wollte dir nur sagen, dass die vermisste Schlange gefunden worden ist. Alles ist jetzt wieder unter Kontrolle.«

Ich fühlte mich seltsam erleichtert. Ich hatte jederzeit damit gerechnet, auch bei mir eine Schlange aus irgendeiner Ecke kriechen zu sehen.

Ich raffte meinen ganzen Mut zusammen und fragte zittrig:

»Und – hat die Schlange jemanden gebissen?« Der oder diejenige, der die Schlange in die Queen's-Suite geschmuggelt hatte, hatte dies sicher nicht in der Absicht getan, um sein Opfer damit zu erfreuen.

»Ja, leider.«

Daniel machte eine kurze Pause, die mich fast in den Wahnsinn trieb.

»Eine böse Geschichte. Die Schlange hat Veronique gebissen und Professor Hopkins konnte nichts tun, da sein Gegengift ebenfalls entwendet worden war. Der Mörder hatte alles genau geplant.«

Ich schluckte schwer. »Du meinst, Veronique ist …«

»Ja, Amanda, sie ist tot; ein weiterer *Unfall*. Du weißt natürlich, was das bedeutet: Wir haben einen skrupellosen Mörder an Bord. Wir müssen uns morgen treffen und alles besprechen, es muss etwas geschehen.«

Daniel räusperte sich: »Ich hätte da eine Bitte: Würdest du dich bitte um Professor Hopkins kümmern? Um ehrlich zu sein, fällt es mir nicht leicht, dich zu bitten, denn ich habe mitbekommen …« Eine kurze Pause und weiteres Räuspern folgten. »Nun es ist mir aufgefallen, dass Neil dich auch mag. Aber nach dieser Geschichte ist er am Boden zerstört. Der Arzt der Belgravia hat ihm eine Beruhigungsspritze geben müssen. Aber jemand muss sich um ihn kümmern. Veronique ist qualvoll vor seinen Augen gestorben, genau wie seine Frau damals.«

Ich schwieg, denn ich war wie vor den Kopf geschlagen. Ich war das Opfer verschiedener Gefühle. Da war die Erleichterung, dass die Schlange gefunden worden war und, ich gebe es zu, ich war insgeheim auch erleichtert, dass Veronique das Opfer geworden war und nicht Tom oder Sir Walter. Man soll angeblich nicht schlecht über Tote reden, aber ich hatte Veronique aus tiefstem Herzen verabscheut.

Aber der erste Mord war für meinen Geschmack schon einer zu viel gewesen und ein zweiter Fall machte die Sache noch schlimmer. Die Vorstellung, dass hier auf der Belgravia ein kaltblütiger Mörder sein Unwesen trieb, trug nicht zur Beruhigung meiner Nerven bei.

Endlich raffte ich mich zu einer Antwort auf: »Wird jetzt die Polizei gerufen? Vielleicht können die Beamten mit dem Hubschrauber aus New York kommen?«, fragte ich hoffnungsvoll. Der Gedanke, dass eine Gruppe von Polizisten auf unserem Schiff landen würde, hatte etwas Beruhigendes.

»Leider nicht. Ist dir nichts aufgefallen? Die Schiffsmotoren drehen nur noch auf minimaler Kraft. Der Hurrikan, der eigentlich Virginia treffen sollte, ist nach Norden abgedriftet. New York ist ab morgen geschlossen und wir werden uns mindestens zwei Tage lang verspäten – und in der Zwischenzeit ist es unmöglich, Hilfe von außen zu bekommen.«

Erst jetzt bemerkte ich, dass das Brummen der Motoren fast verstummt war.

»Das gefällt mir überhaupt nicht«, kommentierte ich und versuchte, nicht allzu verzweifelt zu klingen.

»Wem würde das schon gefallen, außer dem Mörder?«, antwortete Daniel lakonisch.

Leider hatte Daniel nicht ganz unrecht. Nur einer der Passagiere an Bord war sicher glücklich darüber, dass keine Polizei an Bord des Schiffes kommen konnte.

Der Mörder.

Tag 6 – Ein Drohbrief

Kenneth brachte mir wie inzwischen üblich mein Frühstück, aber er war an diesem Morgen seltsam wortkarg, obwohl ich überzeugt gewesen war, dass er darauf brennen würde, über die grauenhaften Neuigkeiten zu klatschen.

Also eröffnete ich das Gespräch und fragte vorsichtig: »Kenneth, ich habe gehört, dass in der Queen's-Suite gestern Nacht etwas Schreckliches passiert sein soll.«

»Wer hat Ihnen das erzählt, Madam?«, antwortete er, unangenehm überrascht.

»Ich aß gestern Abend im Westminster Grill, als Professor Hopkins ausgerufen wurde, er sollte dringend in die Queen's-Suite kommen – mit seiner Arzttasche.«

»Ja, es hat einen Unfall gegeben«, gab Kenneth widerwillig zu, »aber wir haben strikte Anweisungen vom Kapitän erhalten, wir dürfen nicht darüber sprechen.«

Sofort schwieg er wieder und servierte das Frühstück besonders schnell, bevor er aus meiner Kabine floh. Der Kapitän musste den Stewards mit Tod und Vernichtung gedroht haben, wenn sie etwas ausplauderten.

Ich nippte an meinem Kaffee und knabberte abwechselnd an meinem Croissant. Eigentlich war ich überrascht, überhaupt Appetit zu verspüren. Man hätte eigentlich davon ausgehen müssen, dass ich spätestens nach der Nachricht von einem zweiten Mord nie wieder einen Bissen Essen anrühren könnte. Ich stellte aber fest, dass ich nicht zu diesen zartbesaiteten Naturen gehörte, und offenbar ist die menschliche Natur widerstandsfähiger gegen Katastrophen, als man denkt. In kürzester Zeit hatte ich die Hälfte des Frühstückstabletts vertilgt.

Jetzt fühlte ich mich gestärkt und bereit, der mörderischen Welt ins Auge zu sehen.

Mein Lateinlehrer hatte uns regelmäßig mit dem Sprichwort »mens sana in corpore sano« – traktiert. Angewandt auf meine Situation bedeutete das, dass es Zeit war, mich endlich einmal ins bordeigene Fitnessstudio zu begeben. Dieser Gedankengang wurde bestätigt, als ich meine Jeans schloss. Sie saß inzwischen sehr, sehr eng. Vielleicht ist das sexy, aber leider nicht bequem.

Die Schiffsdecks waren so gut wie leer gefegt. Unser Schiff pflügte durch eine raue See und vom mediterranen Flair, das mich nur zwei Tage zuvor bezaubert hatte, war nichts mehr zu spüren. Starke Windböen zerrten am Schiff und erinnerten mich daran, dass an der amerikanischen Küste ein Hurrikan wütete – zum Glück mehr als tausend Meilen von uns entfernt. Wie Daniel schon vorausgesagt hatte, hatte die Belgravia News heute Morgen verkündet, dass der Kapitän beschlossen hatte, die Maschinen zu drosseln, um den Auswirkungen des Hurrikans zu entgehen, der sich langsam von Virginia nach Norden in Richtung New Jersey und New York bewegte. Das wiederum bedeutete, dass wir mindestens drei weitere Tage auf dem Meer unterwegs sein würden.

Dann folgte der Satz, der jeder solchen offiziellen Kommunikation unweigerlich folgt: »Wir entschuldigen uns für die entstandenen Unannehmlichkeiten«. Diese Phrase wird zu jeder passenden und unpassenden Gelegenheit gebetsmühlenartig wiederholt. Nur – was blieb dem Kapitän denn auch anderes übrig, sollte er etwa direkt in den Orkan segeln?

Das Fitnessstudio war gut besucht und wie immer bei solchen Gelegenheiten fühlte ich mich fehl am Platz. Das fängt damit an, dass die meisten Leute dort fabelhaft aussehen. Sie gehen nur ins Fitnessstudio, um ihre perfekt gestylten Körper in hochmodischen und eng anliegenden Lycra-Klamotten zur Schau zu stellen.

Während ich schwitze, keuche und schnaufe wie eine alte Dampflok, unterhalten sich diese Menschen locker, atmen dabei gleichmäßig, und selbst wenn sie schwitzen, sieht das irgendwie anders aus. Es ist der stolze Schweiß des erfolgreichen Sportlers, nicht der dampfende Schweiß eines Losers wie bei mir.

Ich versuchte also tapfer, meine Minderwertigkeitskomplexe zu unterdrücken. Zähneknirschend nahm ich das Laufband in Angriff. Ich ignorierte allerdings das halsbrecherische Tempo meines Nachbarn und wählte eine Geschwindigkeitseinstellung und eine Steigung, die zu meinen eher begrenzten Fähigkeiten passen sollte.

Bewegung hat aber etwas an sich, sie lässt das Gehirn schneller arbeiten. Also drehten meine Gedanken auf Hochtouren, während ich immer schneller lief.

Wer würde Veronique töten wollen?, grübelte ich, und wo war die Verbindung zwischen Veronique und Frank? Warum hatte der Mörder sich gerade diese beiden Opfer ausgesucht?

Mein Gehirn musste sicher auch schon Dampfwolken von sich geben – aber ich muss zugeben, es war nutzlos, meine Gedanken liefen ins Leere. Die einzige Verbindung, die ich erkennen konnte, war natürlich Tom, aber warum zum Teufel sollte Tom erst einen Bekannten, den er nur kurz kennengelernt hatte, und dann noch seine Stiefmutter umbringen? War er eifersüchtig, wollte er seinen Vater rächen? Waren Veronique und Frank verbandelt? Ich schüttelte den Kopf. Das war totaler Blödsinn. Veronique hatte Frank kaum gegrüßt. Andererseits können gerade Frauen gut darin sein, anderen Sand in die Augen zu streuen. In meiner Schule hatte ich genug Beispiele dafür gesehen. Ich hätte vor Frust laut schreien können!

Nach dem Laufen war ich mutig genug, ein paar Runden Spinning zu versuchen. Es war ein Hightech-Fahrrad mit Tausenden von

Einstellungen, die man wählen konnte. Motiviert durch mein Laufen entschied ich mich für eine Bergstrecke. Es dauerte nur fünf Minuten, um mich davon zu überzeugen, dass ich nicht der Typ bin, um in den Bergen Fahrrad zu fahren. Ich keuchte nicht nur, ich war dem Tod nahe.

»Übertreibst du nicht ein bisschen, Darling?«, konnte ich die fröhliche Stimme von Marge neben mir hören.

»Wie schaffst du das nur? Du bist ja noch nicht einmal außer Atem!«, keuchte ich mit letzter Kraft und versuchte verzweifelt, meine Lungen mit kostbarem Sauerstoff zu füllen, um zu überleben.

»Oh, das ist ganz einfach, Darling. Ich wähle immer die niedrigste Einstellung, schließlich soll es ja Spaß machen – und ich will gut aussehen, wenn Männer in der Nähe sind, nicht wie ein komplettes Wrack. Und du musst zugeben, hier gibt es doch wirklich eine nette Auswahl …«

Sie schaute sich zufrieden um und begutachtete die Gruppe von gut gebauten Männern um uns herum, auch wenn die meisten von ihnen jung genug waren, um ihre Söhne sein zu können.

Ich schluckte. Es brauchte nicht viel Fantasie, um zu erkennen, wer hier wie ein Wrack aussah. Ein kurzer Blick in den Spiegel vor mir bestätigte die deprimierende Wahrheit von Marges Aussage.

»Ich beende meine Trainingseinheiten immer mit einem kurzen Sprint am Ende«, log ich schnell, »Ich werde dann duschen, zurück in meine Kabine gehen und mich ausruhen.«

»Geh du nur ruhig duschen, Darling. Aber danach gönnen wir uns einen Smoothie und einen Schokokeks. Das haben wir uns verdient, schließlich waren wir beide heute sehr sportlich.«

Ich überlegte nur kurz und gab der Versuchung nach. »Das klingt gut. Ich bin dabei. Ich höre aus deinen Worten, dass du nicht seekrank wirst?«

Der nahende Sturm war immer deutlicher zu spüren und das Schiff rollte wie eine Schaukel.

»Nein, überhaupt nicht! Aber du solltest John sehen, er denkt, dass er bald sterben wird«, kicherte sie. »Es mag gemein klingen, aber ehrlich gesagt ist es nicht schlecht, wenn er von Zeit zu Zeit in der Kabine bleiben muss. John hat die schlechte Angewohnheit, mir überallhin zu folgen, wie ein Hündchen. Niedlich, aber sehr lästig.«

Sie senkte ihre Stimme verschwörerisch: »Ich habe die Cosmopolitan gelesen und das erotische Horoskop hat mir für diese Woche eine interessante Begegnung versprochen. Wie soll ich dazu eine Chance haben, wenn John mir die ganze Zeit hinterherläuft? «

Es dauerte eine gute Weile, bis mein Puls sich wieder normalisiert hatte. Marge hingegen trat weiterhin ruhig und langsam in die Pedale ihres Fahrrads. Dabei sah sie blühend aus, kein einziges Härchen saß fehl am Platz und keine Schweißperle störte ihren Auftritt.

Nach dieser sportlichen Betätigung beschlossen wir, in mein Lieblingscafé zu gehen. Der Himmel war heute grau und drohend. Dichte Regenschleier fegten über das Schiff und hämmerten unablässig auf die Scheiben. Es tat aber doch gut, zumindest im Tageslicht zu sitzen.

Im Café hatten wir freie Auswahl an Plätzen. Nun, das war keine Überraschung, denn die meisten Passagiere hatten sich in ihren Kabinen vergraben.

»Du siehst nicht sehr erholt aus, Darling, wenn ich das so bemerken darf«, eröffnete Marge das Gespräch und nahm dabei kein Blatt vor den Mund. »War das der Sport oder hat Daniel dich so erschöpft?«, fügte sie zwinkernd hinzu.

»Weder noch … Zwei Morde sind mehr, als man verkraften

kann, das hat mich die ganze Nacht wach gehalten!«, antwortete ich, ohne nachzudenken. Dann erst fiel mir auf, was ich gesagt hatte, und mir wurde heiß und kalt.

Marges Augen wurden so groß wie Untertassen. Mir fiel siedend heiß ein, dass sie unmöglich von den Morden wissen konnte, da Franks Verschwinden allen anderen Passagieren bisher als Unfall erklärt worden war.

»Mord?«, flüsterte sie und schaute sich panisch um, als ob sich eine Horde von Serienmördern hier im Café versteckt haben könnte.

»Kannst du ein Geheimnis bewahren?«

»Sicher, Darling, du kannst mir vertrauen. Kein Wort wird jemals über diese Lippen kommen, sie sind versiegelt!«

Im Nachhinein weiß ich immer noch nicht, warum ich Marge die Wahrheit erzählt habe. Ich stand wohl noch unter Schock und ich hatte kaum geschlafen. Diese Kombination und das anstrengende Sporttraining mussten meinen Verstand angegriffen haben.

Ich erzählte Marge also, dass ich gesehen hatte, wie Frank über Bord geworfen wurde, und dass ich von Daniel wusste, dass Veronique einer Giftschlange zum Opfer gefallen war – ein unwahrscheinlicher Zufall, wenn man bedenkt, dass ihre Kabine Hunderte von Metern und mehrere Decks vom Terrarium der Schlangen entfernt lag.

Marge hing an meinen Lippen und saugte jedes Wort in sich auf. »Wer ist der Mörder?«, fragte sie mich atemlos. Ich konnte mich des Eindrucks nicht erwehren, dass sie die Situation auch etwas genoss.

»Woher soll ich das wissen? Ich bin Lehrerin und keine Detektivin!«

Marge tat diese Bemerkung als irrelevant mit einer Handbewegung ab. »Liebling, du kannst nicht einfach einen Mörder auf diesem Schiff frei herumlaufen lassen, du musst etwas tun! Ich meine, die beiden Opfer passen in kein Schema, also ist es ziemlich einfach …«

Ich schaute Marge fasziniert an. »Es ist einfach? Sag du mir dann bitte, wer war es?«

»Nun, entweder war es Neil Hopkins oder ein Außenstehender – vermutlich jemand, der aus der Klapsmühle ausgebrochen ist oder wie auch immer man das heutzutage nennt, eine Anstalt für psychisch gestörte Patienten. Es ist doch klar, dass eine Person, die herumläuft und andere Menschen tötet, verrückt sein muss. Man muss ihn oder sie nur identifizieren und schon ist der Fall gelöst!« Marge sah mich triumphierend an. Das klang einfach genug.

»Wie, bitte, identifiziert man eine solche Person?« Jetzt war ich neugierig. Vielleicht hatte Marge auch für dieses Problem eine Lösung.

»Schau dem Verdächtigen in die Augen! Sie können dich nicht ruhig ansehen!«

Marge rollte mit den Augen wie ein schlechter Schauspieler aus einer Schmierenkomödie. Ich musste an mich halten, um nicht laut zu lachen.

»Du lächelst, weil du denkst, dass es lustig ist, aber das ist es ganz und gar nicht.« Marge war beleidigt.

»Oh nein! Versteh mich nicht falsch, Marge! Aber stell dir bitte vor, mehr als zweitausend Passagieren in die Augen schauen zu müssen – ist das nicht ein bisschen viel verlangt?«

Marge war besänftigt. »Da hast du leider recht, daran habe ich nicht gedacht. Wenn man in der ersten Klasse reist, vergisst man die anderen Passagiere leicht. Ich werde darüber nachdenken, vielleicht fällt mir eine bessere Lösung ein. Aber lass uns auf gar keinen Fall Professor Hopkins vergessen, immerhin ist er hier an Bord derjenige, der sich am besten mit Gift auskennt. «

Siedend heiß viel mir jetzt ein, dass ich Daniel versprochen hatte, mich um Neil zu kümmern, aber das konnte ich Marge jetzt nicht erzählen.

»Ich muss gestehen, dass mich das etwas beunruhigt. Er hatte die Möglichkeit – wäre das nicht schrecklich? Aber mir fällt kein Motiv ein – warum sollte Neil herumlaufen und Mitreisende umbringen, die er kaum kennt, das ergibt keinen Sinn. Außerdem: Wie dumm, die Schlange zu nehmen, wenn jeder weiß, dass er den Schlüssel zum Terrarium aufbewahrt.«

Marge überlegte und schüttelte den Kopf. »Das stimmt, es macht keinen Sinn. Aber man weiß ja nie, oder, ich meine, nicht jeder Mord macht Sinn.«

Wir bestellten Smoothies (Erdbeere für mich, Mango und Banane für Marge) und einen großen Keks (Schokolade-Walnuss). Schwesterlich teilten wir uns den Cookie und schon bald darauf brachen wir auf.

»Sei vorsichtig«, warnte ich sie. »Wenn in deinem erotischen Horoskop eine Begegnung erwähnt wird, lass es besser nicht den Mörder sein!«

»Du solltest besser aufpassen!«, erwiderte Marge selbstgefällig. »Du bist schließlich die einzige Zeugin, das hast du mir gerade gesagt. Ich jedenfalls möchte nicht in deiner Haut stecken …«

Ich hatte es als Scherz gemeint, aber Marges Antwort war leider die ganze Wahrheit.

***

Zurück in meiner Kabine, versuchte ich zunächst, mich in mein Buch zu vertiefen. Der Regen hämmerte gegen das große Kabinenfenster und die See war noch ruppiger geworden. Dunkle Wolken ballten sich am Himmel und die wütend schäumende See ließ mich erschauern. Alles war grau, fast schwarz und der Regen ergoss sich wie ein Wasserfall über die Scheiben.

Das war sicher nicht meine Vorstellung von einer Kreuzfahrt gewesen, als ich sie gebucht hatte. Nun ja, als Susan sie gebucht hatte. Sie wollte Abwechslung für mich, und ich muss sagen, sie hatte vollen Erfolg damit gehabt. Abwechslung hatte ich bis jetzt genug erlebt.

Zum Glück werde ich nicht seekrank. Ich versuche, mir einfach vorzustellen, dass ich ein Kind bin, das auf einer Wippe sitzt und sich dabei köstlich amüsiert. Heute war allerdings sehr viel Wippe angesagt, denn die Belgravia schaukelte pausenlos auf riesigen Wellen – und es war kein Ende in Sicht.

Zum Glück schaffte es mein Buch, mich wieder zu fesseln. Die Zeit verflog und am frühen Nachmittag hatte ich es beendet. Jetzt musste ich nur noch wissen, ob der Fiesling von Cousin die letzte Begegnung überleben würde – aber das bedeutete, dass ich zurück in die Bibliothek gehen musste, in der Hoffnung, dass die Fortsetzung auch verfügbar war.

Plötzlich meldete sich mein schlechtes Gewissen. Vertieft in mein Buch, hatte ich Neil völlig vergessen. Er musste verzweifelt sein – zumindest hatte Daniel mir das gesagt. Mein Gespräch mit Marge kam mir in den Sinn und ihre Warnung, aber ich hielt es für undenkbar, dass Neil der Mörder sein konnte.

Im Gegenteil, Neil brauchte meine Hilfe!

Ich schnappte mir meinen Mantel und meine Handtasche und eilte zum Einkaufszentrum. Ich brauchte zumindest ein kleines Geschenk für Neil. Da das Schiff immer noch rollte und schaukelte, hatte ich erwartet, das Einkaufszentrum menschenleer zu finden, aber nein, das Einkaufszentrum war überfüllt mit Schaulustigen.

Es herrschte eine seltsame Atmosphäre – ein bisschen wie auf einer Party, mit dieser typisch britisch-stoischen Einstellung, trotz eines drohenden Untergangs stur weiterzumachen. Meine deutschen Landsleute hingegen saßen höchstwahrscheinlich in ihren Kabinen und studierten mit klammen Händen die Notfallmaßnahmen.

Beim Durchstöbern eines Souvenirladens fand ich genau das, was ich brauchte: einen süßen Teddybären mit der Aufschrift »Friends Forever.« Das würde Neil aufmuntern, da war ich mir sicher. Dann machte ich noch einen kurzen Halt beim Blumenladen, wo ich einen Strauß Blumen in allen möglichen bunten Farben kaufte. Ich wollte etwas Fröhliches, nicht unbedingt etwas Schickes.

Mit meinem Strauß und meinem Geschenk bewaffnet, klopfte ich an Neils Kabinentür und atmete tief durch. Ich war nervös, denn ich hatte keine Ahnung, in welchem Geisteszustand ich Neil nach dieser Tortur vorfinden würde – und ich wollte auf keinen Fall, dass er dachte, ich hätte beschlossen, mich in seine Arme zu stürzen. Es würde eine ziemliche Herausforderung sein, die richtige Balance zu finden …

Neil öffnete die Tür und ich hätte fast aufgeschrien. Er sah um Jahre gealtert aus. Neil hatte vermutlich seit gestern nicht geschlafen, denn seine Augen waren blutunterlaufen und er ging, als hätte er zu viel getrunken. Mir fiel ein, dass er vielleicht noch unter dem Einfluss der Beruhigungsmittel stand, die ihm der Schiffsarzt laut Daniel verabreicht hatte. Seine Haare sahen noch struppiger aus als sonst und sein Hemd war aufgeknöpft. Er war nur noch ein Schatten seiner selbst.

Ich hatte eine kleine Rede einstudiert, aber als ich Neil vor mir stehen sah, ließ ich meine Geschenke einfach auf seinen Tisch fallen und umarmte ihn.

»Lass mich los, Amanda!«, sagte er sanft. »Du wirst bald die Wahrheit erfahren, du umarmst einen Mörder.«

Etwas ähnlich Dramatisches hatte ich schon einmal von Charles Peltier gehört. Ich würde daher nicht noch einmal in diese Falle tappen.

»Daniel hat mir alles über die Schlange und Veroniques Tod erzählt, aber warum macht dich das zu einem Mörder?«

»Weil ich nicht auf dich gehört habe, als du mir gesagt hast, dass eine Schlange fehlte … und weil ich nicht überprüft habe, ob das Gegengift zur Hand war. Ich konnte Veronique nicht retten, sie ist vor meinen Augen erstickt, genau wie …« Er begann zu schluchzen.

»Genau wie deine Frau?«, fragte ich sanft.

Neil nickte nur, er konnte nicht antworten.

»Neil, schwelge bitte nicht in Selbstmitleid. Mein Vater sagt immer, dass Selbstmitleid genauso verachtenswert ist wie Arroganz, und mein Vater ist ein weiser Mann!«

Während ich noch redete, entdeckte ich einen Glaskrug, den ich als Vase für meine Blumen zweckentfremden konnte. Der Krug war etwas zu klein, aber da der Zweck die Mittel heiligt, stopfte ich die Blumen einfach hinein. Sie sahen zwar etwas seltsam aus, so wie Soldaten, die stramm stehen, aber sie gaben der Kabine einen freundlichen, bunten Touch. Ich war mit meiner Wahl zufrieden.

Als ich mich umsah, blieb ich erschrocken stehen. Dort, wo das Terrarium vorher gestanden hatte, war nun eine Lücke.

Neil folgte meinem Blick. »Ich habe darauf bestanden, dass sie weggebracht werden, sie werden von nun an Tag und Nacht bewacht.«

Dann schien er erst zu bemerken, dass ich ihm einen Strauß Blumen mitgebracht hatte, und mit einem Anflug von Lächeln fuhr er fort: »Danke, diese Blumen sind wunderschön. Eine davon ist sogar leicht giftig …«

»Das macht nichts, solange du versprichst, sie nicht zu verspeisen.«

»Ich verspreche es«, antwortete er kleinlaut. »Also … du denkst nicht, dass ich schuldig bin?«

»Neil, sei nicht dumm! Ich bin mir sicher, dass du von einem skrupellosen Mörder benutzt wurdest. Ich bin mir auch sicher, dass die Morde an Frank und Veronique zusammenhängen!«

»Franks Tod war ein Mord?«, rief er aus und wurde aus seinem Kummer gerissen. »Du meinst also, Franks Tod war gar kein Unfall? Ich hatte gehört, dass Frank zu viel getrunken hatte, das Gleichgewicht verlor und über Bord fiel. Das klang ein bisschen verdächtig, denn ich habe ihn nie stark trinken sehen; Peltier trinkt allerdings viel zu viel.«

»Es war genauso ein *Unfall* wie Veroniques Tod. Ich bin überzeugt, dass alles geplant war. Veroniques Mörder wusste genau, wie gefährlich diese Schlangen sind, und er wusste offenbar auch, dass nur du in der Lage sein würdest, sie zu retten! Er hat nichts dem Zufall überlassen, denn das Gegengift wurde ebenfalls gestohlen. Nun, ich sage er, aber vielleicht war es eine Frau, ich weiß es nicht, tappe völlig im Dunklen, ich habe keine Ahnung, wer hinter all dem steckt.«

Neil schaute mich überrascht und nachdenklich an. Ich konnte sehen, dass er erleichtert war, dass auch er eventuell nur ein Opfer des Mörders war.

»Neil, ich flehe dich aber an, all diese Information geheim zu halten. Wir warten auf die Polizei, um dieses Rätsel zu lösen. Offiziell haben wir es immer noch mit zwei Unfällen zu tun. Nur Daniel kennt bisher alle Details.«

Ich machte eine kurze Pause und fügte hinzu: »… und Marge weiß es zufällig, leider, weil ich dumm genug war, es in dem ganzen Stress auszuplaudern.«

Neil nickte verständnisvoll und erst, als er sich setzte, entdeckte er den Teddybären neben den Blumen. Er nahm den Bären und lächelte mich an.

»Ich glaube, das ist das schönste Geschenk, das ich seit der Verleihung des Nobelpreises bekommen habe. Vielleicht sogar das schönste.«

Das war mir peinlich. Ich wusste nicht, was ich antworten sollte!

»Aber die Polizei kannst du leider vergessen«, fuhr Neil fort, langsam wurde er wieder der analytische Denker, den ich so schätzte. »Solange wir uns mitten in einem tropischen Sturm befinden, kann niemand an Bord kommen. Wir müssen uns selbst den Kopf zerbrechen, wer ein Motiv haben könnte, Frank und Veronique loszuwerden. Ich sehe da keinen Zusammenhang. Was könnte der gemeinsame Nenner sein?« Er sah verwirrt aus.

Wir saßen einen Moment da und schwiegen uns an, doch plötzlich schien Neil aus seinen Gedanken aufzuwachen.

»Mein Gott, Amanda, ich muss furchtbar aussehen. Lass mich duschen, damit ich mich wieder wie ein Mensch fühlen kann. Gott sei Dank, dass du gekommen bist. Letzte Nacht kamen all die schrecklichen Erinnerungen zurück – ich habe meine Frau auf die gleiche Weise sterben sehen. Ich verrate kein Geheimnis, wenn ich dir sage, dass Beth und ich zerstritten waren. In letzter Zeit hatte ich sie sogar gehasst. Aber all das war in dem Moment vergessen, als sie hilflos vor mir lag und nach Atem rang. Ich versuchte mein Bestes, aber die Injektion kam zu spät. Die Panik in ihren Augen zu sehen …«

Er hielt inne und holte tief Luft. »Beth musste erkannt haben, dass ich sie nicht mehr retten konnte …« Seine Stimme brach. »Es war einfach furchtbar, ich wollte nur mit ihr sterben.«

Neil rieb sich die Augen, räusperte sich, zwang sich aber, fortzufahren.

»Ich war naiv, ich dachte, die Menschen würden mir helfen, mitfühlend sein. Aber mir wurden die Augen geöffnet. Ich musste erkennen, dass ich in Wahrheit nicht einen einzigen Freund unter meinen Kollegen hatte. Vielleicht ist das normal, vielleicht habe ich zu viel erwartet. An der Universität sind wir alle Konkurrenten, die um Gelder kämpfen wie Hunde um die besten Knochen. Die Gerüchte liefen: *Erst hat er sie wegen ihres Geldes geheiratet, jetzt hat er sie umgebracht.* Ich tat so, als würde ich es nicht bemerken, aber es begann mich zu zermürben, und schließlich war ich verzweifelt. Deshalb habe ich vor, England zu verlassen und in Brasilien zu leben. Ich bringe die Schlangen nur in die USA, um meinen Kollegen in Yale die Möglichkeit zu geben, meine Forschung zu beenden.«

»Es muss eine sehr schwierige Zeit für dich gewesen sein«, sagte ich leise. »Menschen können niederträchtig sein, das habe ich selbst erlebt, nachdem ich in der Fernsehshow viel Geld gewonnen hatte. Meine Kollegen waren furchtbar gemein zu mir.«

Neil zuckte mit den Schultern. »Menschen sind halt Menschen, aber ich bin froh, dass ich dich getroffen habe.«

Neil nahm den Teddybären in die Hand und betrachtete ihn liebevoll. »Freunde für immer! Ich danke dir, Amanda!«

Und was hat die dumme Amanda dann gemacht? Mir schossen die Tränen in die Augen und ich umarmte Neil. So viel dazu, dass ich Abstand halten wollte. Ich bin leider hoffnungslos inkonsequent.

Als ich meine Kabinentür hinter mir schloss, kam ich wieder auf den Boden der Tatsachen zurück. Ich konnte nur beten, dass Neil mir die Wahrheit gesagt hatte – dass er unschuldig war. Warum? Ich wollte, dass er unschuldig war. Die warnenden Worte von Marge gingen mir noch immer nicht aus dem Kopf. Wem sollte ich glauben?

Aber ich erinnerte mich an Neils Reaktion, als er von Franks Mord erfuhr. Die war eindeutig, also musste er unschuldig sein.

Oder er war ein fantastischer Schauspieler.

***

Wir trafen uns beim Abendessen wieder, aber wie zu erwarten war, war die allgemeine Stimmung melancholisch – und das ist noch eine Untertreibung. Alle schienen eher zu flüstern, als zu reden. John hatte es vorgezogen, in seiner Kabine zu bleiben, da er immer noch seekrank war. Tom und sein Vater waren abwesend, aber Charles Peltier hatte sich heute entschlossen, zu erscheinen. Er aß kaum einen Bissen des köstlichen Essens, stattdessen trank er kräftig. Ich glaube, er muss fast zwei Flaschen Dom Pérignon geleert haben, bevor er unseren Tisch verließ.

Daniel flüsterte mir ins Ohr: »Ich sehe, dass du Professor Hopkins auf wunderbare Weise wiederbelebt hast. Ich hoffe mal, das war nur ein Akt reiner Nächstenliebe …«

Ich wurde feuerrot. Daniel lachte, aber sein Lachen klang ein wenig gezwungen – und entdeckte ich nicht sogar einen Hauch von Eifersucht in seinen Augen?

Doch schnell fuhr Daniel in gewohnt selbstsicherer Manier fort: »Ich muss mit dir reden, Amanda. Ich habe mit dem Kapitän gesprochen und wir haben ein Problem. Es wird keine Polizei zur Verfügung stehen, bevor der Hurrikan nicht über New York hinweggezogen ist – aber wir können nicht einfach herumsitzen und nichts tun!«

Ich dachte an Marges Idee, nach verrückten Passagieren mit rollenden Augen zu suchen. Ich konnte nur hoffen, dass Daniel eine bessere Idee hatte. Nein, ich war mir sicher, dass er eine bessere Idee haben würde.

Auch der letzte Gang wurde in bleierner Stille am Tisch verspeist und so beschlossen Daniel und ich, das Weite zu suchen und uns auf einen Drink in der Kensington-Bar zu treffen. Daniel musste noch ein paar dringende E-Mails erledigen, er wollte daher nachkommen. Mir gefiel der Gedanke ganz und gar nicht, ohne Begleitung durch die schwach beleuchteten Gänge zurück in meine Kabine zu laufen, der direkte Weg zur Bar schien mir die bessere Option zu sein.

Die Kensington Bar war gut besucht, aber nicht so voll wie sonst nach dem Abendessen. Ich vermutete, dass die raue See viele – außer den eifrigsten Stammgästen – davon abgehalten hatte, sich hier zu versammeln.

Als ich mich umschaute, war ich überrascht, Tom Olstrom zu erblicken. Ich hatte erwartet, dass er seinem Vater Gesellschaft leisten würde, zumindest um den Schein der Trauer zu wahren. Sir Walter war am Boden zerstört, das hatte Daniel mir gesagt, und seine Reaktion schien mir nur natürlich.

Toms Gesicht war gerötet und seine Augen funkelten merkwürdig, er hatte wohl nicht nur einen Cocktail getrunken. Das war also eine gute Gelegenheit, um ihm ein wenig auf den Zahn zu fühlen. Schließlich war Tom leider inzwischen mein Hauptverdächtiger, da seine Stiefmutter von meiner Liste der Verdächtigen gestrichen worden war – oder sollte ich eher sagen: vom Schicksal gestrichen …

Aber ich durfte keinen Verdacht erregen, ich musste locker erscheinen. Das war der schwierige Teil – schließlich konnte ich nicht einfach an den Tresen gehen und sagen: *Hallo Tom, hast du übrigens kürzlich deine Stiefmutter umgebracht? Wenn ja, herzlichen Glückwunsch, ich konnte sie nie leiden ...*

Ich überlegte noch, wie ich das Gespräch eröffnen sollte, als sich der Barkeeper näherte und sich leicht über den Tresen lehnte. »Hätten Sie vielleicht heute Lust auf *Sex on the Beach*, Madam?« Er zwinkerte mir zu. Er war einer der Männer, denen Mutter Natur einfach zu viel Charme spendiert hatte.

»Trink das Zeug bloß nicht, Amanda!«, warf Tom plötzlich ein. »Davon bekommst du morgen einen schrecklichen Kater. Nimm lieber einen guten Scotch.«

»Danke, Tom, das ist ein guter Ratschlag.«

Ich lächelte ihn an. Tom gefiel mir immer noch. Er war nicht nur ein hübscher Junge, sondern war auch sehr aufmerksam. Warum zum Teufel sollte er sich entschieden haben, eine Karriere als Massenmörder einzuschlagen? Das wäre pure Verschwendung in meinen Augen.

Ich räusperte mich und sprach Tom an:

»Ich möchte dir mein aufrichtiges Beileid aussprechen. Ich habe die schreckliche Nachricht heute Morgen von Daniel gehört; es muss ein furchtbarer Schock für dich und deinen Vater gewesen sein.«

Tom sah mich überrascht an. Dann gab er sich einen Ruck. »Erspar mir dieses gefühlsduselige Gefasel, Amanda. Es war ein Schock, aber mein Gott, was bin ich froh, dass dieses männermordende Miststück für immer und ewig aus dem Weg ist!«

Er hob sein Glas, grüßte zur Decke und sprach: »Prost, allerliebste Veronique. Manchmal hält das Leben selbst für diejenigen, die glauben, immer auf der Gewinnerseite zu stehen, unangenehme Überraschungen bereit.«

Ich war sprachlos. Ich hatte erwartet, dass Tom zumindest die üblichen Konventionen einhalten würde.

»Sieh mich nicht so überrascht an, Amanda! Veronique war ein berechnender kleiner, dreckiger Golddigger. Vater ließ Mutter wie eine heiße Kartoffel fallen, sobald die süße Veronique ihren knackigen Hintern in Sichtweite bewegt hatte. Seit der Hochzeit hat sie alles getan, um auch mich loszuwerden. Da der gewünschte neue Erbe einfach nicht kommen wollte, war jetzt eine künstliche Befruchtung geplant. Schade, dass man heute mit DNA alles prüfen kann, sonst wäre sie vermutlich schon mit dem da«, er wies auf den Barkeeper, der uns nichts ahnend anlächelte, »in die Falle gehüpft. Angebaggert hat sie ihn zumindest.«

Tom schäumte vor Wut.

Oh, Tom, dachte ich, *du bist hoffnungslos, du schaufelst dir gerade dein eigenes Grab. Ein besseres Motiv gibt es nicht.*

Hier saß Veroniques Mörder, es konnte gar nicht anders sein. Schade, er war so ein netter Junge!

»Das ist bereits die zweite Tragödie auf dieser Reise«, fuhr ich schließlich fort und versuchte krampfhaft, das Gespräch am Laufen zu halten.

Tom sah mich traurig an. »Da hast du leider recht.«

Er hielt einen Moment lang inne, dann blickte er mir in die Augen. »Du scheinst sehr neugierig zu sein, Amanda!«

Plötzlich musste ihm klar geworden sein, dass diese Bemerkung nicht sehr höflich war, und er wurde rot.

»Sorry, was ich meine, nun, was ich sagen wollte … es fällt dir scheinbar leicht, mit deinen Mitreisenden ins Gespräch zu kommen. Ich habe damit immer Probleme. Vielleicht kommt es daher, dass meine Familie so reich ist. Die meisten Leute, die ich treffe, sind nie an mir als Person interessiert, sie sind nur hinter meinem Geld her.«

Er nahm einen tiefen Schluck von seinem Scotch, dann sprach er fast zu sich selbst: »Dreiste Schmarotzer und widerliche Kletten, das sind die meisten Leuten. Ich hasse sie alle.«

Dann verlor er den Faden, er hatte wohl schon ein paar Scotch zu viel getrunken. Er schwieg, bis er sich wohl daran erinnerte, dass wir eigentlich über Frank sprachen.

»Hast du etwas gehört oder eine Ahnung, warum Frank sich ins Meer geworfen hat? Er war ein netter Kumpel, ein bisschen seltsam, aber okay. Ich glaube nicht, dass er auf Drogen stand. Vielleicht ein bisschen Koks von Zeit zu Zeit, aber das ist in der Modewelt wohl so angesagt.«

Ich war immer noch etwas pikiert, weil Tom mich als »neugierig« bezeichnet hatte. Nun, ich bin es, das gebe ich zu, aber ich mag es sicher nicht, wenn man es laut ausspricht. Tom wartete scheinbar auf eine Antwort, aber spielte er vielleicht nur den Naiven? Er hätte doch am besten wissen müssen, dass Franks Tod kein Unfall gewesen war.

»Ich habe keine Ahnung, Tom. Ich habe allerdings mit Charles Peltier gesprochen, aber er schien auch keine Erklärung zu haben.«

»Peltier hat mich angegiftet, er war total eifersüchtig!« Tom grinste, die Augen voller Schalk: »Diese alte Schwuchtel dachte wahrscheinlich, ich würde Frank heimlich vögeln. Du hättest seinen Gesichtsausdruck sehen sollen, als ich mit Frank den Tisch verließ, mörderisch! Da lief natürlich nichts zwischen uns beiden. Frank wollte nur Peltier für ein paar Stunden loswerden. Peltier verlangte wohl ständig nach Aufmerksamkeit und Bewunderung, eine anstrengende Persönlichkeit, ein bisschen wie mein Vater.«

Ich wusste nicht so recht, was ich drauf antworten sollte, also wechselte ich das Thema. »Ich sehe, du liest den Economist?«

Es war keine sonderlich intelligente Bemerkung, denn die aufgeschlagene Zeitschrift lag neben Tom auf dem Tresen.

»Ja, eine der besten Zeitschriften auf diesem Gebiet, wenn du mich fragst. Dieser Artikel ist ausgezeichnet, die Recherche ist klasse. Normalerweise lese ich alles auf meinem Tablet oder Handy, aber ab und zu ist es eine schöne Abwechslung, etwas in gedruckter Form zu lesen. Herrlich Retro.«

Ich beugte mich vor, um mir den Artikel anzuschauen. Die fett gedruckte Schlagzeile lautete: *Richard Wu – vom russischen Traum zum Albtraum.*

Halt – diesen Namen hatte ich schon einmal gehört. Dann erinnerte ich mich daran, dass Kenneth den Namen schon einmal erwähnt hatte. Hatte Tom nicht auch mit seinem Vater über Richard Wu gesprochen? Wu musste mit uns auf dem Schiff reisen, denn er hatte Kenneth ein fettes Trinkgeld spendiert.

»Hast du diesen Richard Wu jemals getroffen? Wie ist er so und was steht in diesem Artikel? Er muss ein echter Tycoon aus Hongkong sein und in Geld schwimmen.«

»Woher kennst du Richard Wu?« Tom sah mich verblüfft an.

»Mein Kabinensteward hat erwähnt, dass er an Bord ist – und du hast mit deinem Vater über Mr. Wu gesprochen, als ihr an unserem Tisch saßt.«

Tom sah mich überrascht an.

»Respekt, dir entgeht nicht viel, das steht fest. Richard Wu ist zurzeit unser gefährlichster Konkurrent. Er ist Anfang sechzig, ziemlich fett, was für einen Chinesen eher eine Ausnahme ist. Wu ist nicht nur ein Konkurrent, er ist unser größter Feind, um es ganz offen zu sagen. Wenn es dich wirklich interessiert, lies den Artikel durch. Ich wollte jetzt ohnehin gehen. Der Artikel hat mir die Augen geöffnet. Ich weiß jetzt, dass wir noch viel aufmerksamer sein müssen, als ich dachte. Prost.«

Tom verlangte dann nach der Rechnung und ich war überrascht von dieser normalen Geste. Ich hatte angenommen, dass er sich als

Sohn eines Milliardärs nicht einmal die Mühe machen würde, nach der Rechnung zu schauen. Ich war einfach davon ausgegangen, dass sich ein Privatsekretär um solch triviale Dinge kümmern musste. Aber Tom prüfte seine Rechnung gründlich, bevor er sie unterschrieb, und gab nur ein mäßiges Trinkgeld – die Milliarden waren bei ihm scheinbar in guten Händen.

»Was darf ich Ihnen bringen, Madam?«, fragte mich der Barkeeper höflich.

Ich ignorierte Toms Rat, beim Whisky zu bleiben, wählte einen möglichst exotischen Cocktail und ließ mich in der Ecke der Bar in einen der weichen Ledersessel sinken.

Gewappnet mit einem Drink und gesalzenen Mandeln, war ich gestärkt genug, um mich mit dem Economist befassen zu können. Der Artikel war Gott sei Dank nicht zu lang und selbst für einen Laien wie mich interessant.

Richard Wu hatte sich mit fünfzig Prozent an einer russischen Ölgesellschaft beteiligt und die Zeitung stufte dies als zunehmend riskante Investition ein. Es war in den letzten Montan offensichtlich geworden, dass die russischen Aktionäre beinhart ihre eigenen (und sicher nicht immer sehr ethischen) Ziele verfolgten. Der Artikel kam daher zu dem Schluss, dass das Wu-Imperium dringend frisches Geld benötigte.

Die russischen Dividenden waren auf einem Sperrkonto in Moskau eingefroren worden und Wu hatte keinen Zugriff. Er besaß zwar unzählige Unternehmen, aber was auf den ersten Blick beeindruckend aussah, war bei näherem Hinsehen größtenteils schon verpfändet.

Es gab allerdings einen wertvollen freien Vermögenswert, sein letzter Trumpf. Die Wu-Holding besaß große Landstriche in Kanada, wo Schiefergas gefördert werden konnte, das in naher Zukunft

Milliarden von Dollar abwerfen könnte. Doch da die kanadische Regierung sich geweigert hatte, eine Baugenehmigung für Pipelines zu erteilen, die für den Transport des kostbaren Gases durch die angrenzenden Nationalparks hätte gebaut werden müssen, führte der einzige verfügbare Zugang über Land, das der konkurrierenden Canadian Imperial Petrol & Gas PLC gehörte.

Wu hatte laut Economist keine Wahl, er würde sich mit seinem Feind einigen müssen, um zu überleben – und zwar schnell.

Ich war noch ganz in den Artikel vertieft, als mich eine Hand von hinten berührte. Ich ließ meine Zeitschrift fallen wie eine heiße Kartoffel. Als ich mich umdrehte, um zu sehen, zu wem die Hand gehörte, sah ich einen grinsenden Daniel.

»Du verblüffst mich immer wieder. Du planst also, deine Millionen zu investieren – vielleicht könntest du mich sogar beraten?«, spottete er.

»Daniel Greenfield!« Ich benutzte meine allerstrengste Lehrerinnenstimme. »Hör auf, dich über mich lustig zu machen. Du hast mir gestern erst erzählt, dass du einen Master in Wirtschaftswissenschaften hast.«

Er seufzte. »Das Problem mit dir, Amanda, ist, dass du nie etwas zu vergessen scheinst. Das ist sehr ärgerlich, ich muss aufpassen, was ich dir sage. Wo ich doch so gerne flunkere.«

»Nun, du solltest besser aufpassen. Ich verbringe mein halbes Leben damit, Schüler vom Flunkern abzubringen.«

Aber Daniel hörte mir nicht weiter zu. Er nahm den Artikel in die Hand und begann ihn schnell, aber äußerst aufmerksam zu lesen. Ich befürchte, dass der Mörder mich direkt neben ihm hätte entführen können und er hätte es nicht einmal bemerkt. Erst als er den Artikel zu Ende gelesen hatte, ließ er die Zeitschrift auf den Tisch fallen.

»Sehr interessant, man lernt immer dazu«, sagte er in einem

seltsamen Ton. »Ich fürchte, ich muss da einige meiner Ideen ändern.«

»Du meinst sicher, dass du in Wus Firma investiert hast – oder wolltest?«

»Genau, das hatte ich vor; er hat mich kürzlich kontaktiert und einen Deal vorgeschlagen. Aber wie du sicher gelesen hast, scheint sein Unternehmen derzeit auf ziemlich wackeligen Füssen zu stehen. Es ist klar, unser Freund Wu muss dringend Geld auftreiben … Das klingt alles ein bisschen verzweifelt.«

Daniel bestellte sich eine Bloody Mary und wir gingen zu Small Talk über, denn eine lärmende Gruppe amerikanischer Jugendlicher hatte den Tisch neben uns besetzt, sodass es unmöglich war, ernsthaft zu sprechen.

Daniel schlug daher vor, in seine Kabine zu gehen, um die Dinge weiter in Ruhe zu besprechen.

Ich schaute ihn misstrauisch an. »Daniel, wir haben gestern vereinbart, nur gute Freunde zu sein. Bist du sicher, dass es nur darum geht, alles zu besprechen?«

»Ich schwöre, Amanda, ich habe nur die allerreinsten Absichten!«

Ohne meine Zustimmung abzuwarten, beglich Daniel unsere Rechnung und wir liefen – oder sollte ich besser sagen, schwankten – in Richtung seiner Kabine. Der hohe Seegang ließ die Belgravia immer noch heftig rollen, aber ich tröstete mich mit dem Gedanken, dass es zumindest unwahrscheinlich war, dass wir das Schicksal der Titanic teilen würden und in diesen Breitengraden auf einen Eisberg stoßen könnten.

Daniels Kabine stellte sich als eine noch großzügigere Version von meiner dar. Es war eine Suite mit separatem Schlafzimmer. Der Gedanke, dass das Bett in einem anderen Raum stand, war irgendwie beruhigend.

Ich ließ mich auf der Couch nieder und Daniel spielte den besorgten Gastgeber. Er öffnete die Minibar: »Was darf ich dir anbieten?«

»Ein Mineralwasser, bitte.«

»Hm, Mineralwasser … das klingt extrem teuer und extravagant. Ich hoffe, ich kann mir solche Marotten leisten. Hast du etwa auch noch Wünsche für einen bestimmten Jahrgang?«

Ich lächelte ihn an. »Ich war schon immer anspruchsvoll. Aber vielleicht lasse ich ein Trinkgeld springen, um einen besonders zuvorkommenden Service zu belohnen.«

Daniel lachte. »Sie scheinen erfahren darin zu sein, Madame, Leute zu motivieren … aber ich denke, ich kann Ihnen meine Dienste auch ohne Trinkgeld anbieten.«

Er füllte zwei Gläser und schwankte zurück zur Couch, wobei er die Gläser balancierte. Die Belgravia wählte aber genau diesen Moment, um Achterbahn zu spielen und tief in ein Wassertal einzutauchen. Daniel verlor das Gleichgewicht und landete auf meinem Schoß – mit zwei leeren Gläsern, dafür waren wir beide tropfnass. Wir mussten laut lachen, die Situation hätte aus einem alten Slapstick Film stammen können.

Die Gläser noch in den Händen balancierend, küsste Daniel mich, bevor er wieder auf die Füße stolperte.

»Daniel, du hast geschworen, dass wir nur reden wollen!«, rief ich, immer noch ein wenig außer Atem, aber selbst in meinen Ohren klang meine Empörung nicht echt. Insgeheim wollte ich, dass er weitermachte.

»Habe ich nicht!«, protestierte Daniel. »Ich habe nur gesagt, dass meine Absichten rein sind, aber Absichten sind nun einmal Absichten und dies hier war höhere Gewalt.«

»Bist du zufällig auch ein Anwalt?«, fragte ich misstrauisch.

»Ich habe vielleicht vergessen, zu erwähnen, dass ich sowohl

Jura als auch Wirtschaft studiert habe. Normalerweise erwähne ich das nicht, weil es die Leute eher verwirrt.«

Ich verdaute diese Information noch, als Daniel schon im Bad verschwand. Minuten später kam er nur mit einem Bademantel bekleidet zurück und reichte mir ein paar flauschige Handtücher.

»Trockne dich ab, sonst erkältest du dich!«, riet er mir. Ich folgte seinem Vorschlag sofort, ignorierte aber den zweiten Bademantel, den er mitgebracht hatte. Es war schon gefährlich genug, Daniel mit nackten Beinen und gebräunter Brust vor mir sitzen zu sehen.

»Wir wollten über ernste Dinge reden – du erinnerst dich ... die Morde?«, mahnte ich ihn und setzte meine Mary-Poppins-Stimme auf.

»Oh, ja. Die Morde. Ich hatte sie völlig vergessen.« Er warf mir einen langen, auffordernden Blick zu, den ich lieber ignorierte.

»Daniel, bleib bitte ernst. Ich habe mit Tom gesprochen, bevor du gekommen bist. Ich mag den Jungen wirklich, aber er hat zugegeben, dass er Veronique aus tiefstem Herzen hasst – somit hat er ein starkes Motiv!«

Daniels Haltung änderte sich sofort, der Flirtversuch war abgeblasen, er sah mich aufmerksam an.

»Überraschend ist das nicht«, kommentierte er, »jeder am Tisch konnte sehen, dass Tom Veronique verabscheute. Aber solltest du ein echtes Motiv gefunden haben, ist das höchst interessant! Was genau hat er denn gesagt?«

Ich badete in dem Triumph, dass meine Amateurdetektivarbeit zu einem Ergebnis geführt hatte, und wiederholte das Gespräch, das ich mit Tom geführt hatte: »... und dann erzählte er mir, dass Veronique und sein Vater eine In-vitro-Befruchtung planten. Dieses Kind wäre ein neuer Erbe geworden – und Veronique hätte alles in Bewegung gesetzt, um Tom um sein Erbe zu bringen.«

Daniel pfiff anerkennend. »Das ist in der Tat ein starkes Motiv, das Olstrom-Vermögen muss Milliarden wert sein. Aber ich habe auch Probleme damit, Tom als Täter zu sehen – und was ist mit Frank, warum sollte Tom Frank getötet haben? Wenn es nur ums Erbe ginge, machte Franks Tod keinen Sinn.«

Da hatte Daniel leider recht.

»Hm, ich habe keine Ahnung«, antwortete ich nach kurzer Pause, in der ich versuchte, mir eine sinnvolle Antwort auszudenken. Dann antwortete ich: »Und ich muss zugeben, dass ich Tom trotz meines Verdachts immer noch mag. Aber es wurden schon Leute für weit weniger Geld umgebracht und er hat Veronique vielleicht dermaßen gehasst, dass er keine andere Lösung mehr sah. Hinter der Fassade des netten Jungen verbirgt sich eventuell in Wahrheit ein kühl berechnender Charakter.«

Daniel grinste mich an: »Das Leben in einer Schule hat dich misstrauisch gemacht, das zumindest ist eindeutig. Hast du die Möglichkeit in Betracht gezogen, dass der Mörder vielleicht einen Fehler gemacht hat und die Schlange in die falsche Kabine geschmuggelt haben könnte?«

Ich schaute ihn überrascht an. »Wir verlangen von unseren Schülern immer, einen Schritt weiter zu denken. Vielleicht sollte ich mir das auch zu Herzen nehmen. Das ist eine interessante Überlegung«, gab ich zu.

»Kannst du herausfinden, wer nebenan wohnt?«, fragte ich Daniel.

»Ich kenne die Antwort schon. Charles Peltier residiert dort in königlicher Pracht.«

»Vielleicht macht das Sinn.«, rief ich aufgeregt. Ich war jetzt überzeugt, wir hatten eine frische Spur. »Erst war Frank an der Reihe und jetzt will der Mörder Peltier loswerden. Vielleicht ist Peltier das echte Ziel, er ist ein bekannter Kunstsammler, vielleicht besitzt er ein wertvolles Gemälde und will es nicht verkaufen …«

Daniel sah mich belustigt an.

»Sieh mich bitte nicht so herablassend an. Hast du eine bessere Idee?«, fragte ich eingeschnappt.

»Oh, entschuldige, ich war nur erstaunt, was für eine fruchtbare Fantasie du hast. Man darf Lehrer scheinbar nie unterschätzen. Ich habe natürlich noch einige Ideen, aber wenn ich mich irre und jemanden fälschlicherweise beschuldige, würde das einen riesigen Skandal auslösen. Ich muss also noch ein wenig warten, bevor ich es dir sagen darf.«

Wenn ich etwas hasse, dann sind es Leute, die etwas andeuten, das mich neugierig macht, aber in dem Moment, in dem es richtig interessant wird, verschlossen wie eine Auster sind.

Beleidigt stand ich auf und sah zu Daniel auf der Couch hinunter. »Wenn du mir nicht vertraust und es mir nicht sagen willst, ist das in Ordnung. Ich wollte sowieso gerade gehen.«

Ich gönnte Daniel einen letzten, verächtlichen Blick und verabschiedete mich. Dabei kam ich nicht umhin, zu bemerken, dass sich der Verschluss seines Bademantels weit geöffnet hatte und er fast nackt vor mir saß.

Diesen billigen Trick kannst du dir für deine Playmates aufheben, dachte ich sauer.

Aber Daniel schien gegen meinen Anfall von schlechter Laune immun zu sein. Er stand auf, gönnte mir dabei einen guten Blick auf seine behaarte Brust, dann küsste er mich auf die Wange wie ein alter Freund und wünschte mir eine gute Nacht.

»Wie wäre es, sollen wir uns morgen früh beim Frühstück treffen?«

»Vielleicht, kommt ganz darauf an, ob ich nicht lieber ausschlafen will«, antwortete ich immer noch verärgert und schloss die Tür hinter mir. Ich schäumte innerlich. Diese Begegnung war ein Kampf der Egos gewesen – und ich befürchtete, dass Daniel ihn gewonnen hatte.

Verdammt, Amanda, der Kerl hat in seinem Bademantel wirk-

lich sexy ausgesehen, verspottete mich meine innere Stimme. Dann wurde sie nörglerisch: *Hör auf, dich mit Playboys einzulassen. Daniel ist reich und sieht zudem fabelhaft aus, er spielt nur seine Spielchen mit dir, wach auf oder du wirst es bitter bereuen.*

Wie immer hatte meine innere Stimme recht und doch …

Tief in Gedanken versunken, lief ich zurück in den sicheren Hafen meiner Kabine und öffnete die Tür. Ich war immer noch wütend über Daniels Arroganz, als ich mich auszog und wusch.

Dieser Mann braucht dringend eine Lektion in anständigem Benehmen, Achtung vor Mitmenschen und Bescheidenheit, schäumte ich und ging in Gedanken verschiedene Möglichkeiten durch, wie ich Daniel bestrafen könnte, eine Tätigkeit, die mich sehr befriedigte. Dann ließ ich mich auf mein einladendes Bett fallen und kuschelte mich in die weiche Daunendecke.

Erst in diesem Moment bemerkte ich ein unschuldig aussehendes Blatt Papier, das auf dem Boden lag, direkt vor der Tür. Schläfrig fragte ich mich, wer es unter der Tür durchgeschoben hatte – vielleicht war es eine Notiz vom Kapitän im Zusammenhang mit dem Tropensturm? Die Neugier übermannte mich. Fluchend wickelte ich mich aus der Decke und hob den Zettel auf.

Aber ich hatte mich geirrt. Es war keine Nachricht vom Kapitän oder gar eine Sonderausgabe der Belgravia News.

Ich las die Nachricht und das Blut gefror mir in den Adern. Ich las den Text mehrmals, immer in der idiotischen Hoffnung, dass ich die Botschaft falsch gelesen hätte – oder dass ich nur in einem dummen Albtraum gefangen war. Aber ich brauchte mich nicht zu kneifen, um der Wahrheit ins Auge zu sehen. Egal, wie oft ich die Nachricht las, der Text änderte sich nicht. In fett gedruckter Schrift standen dort die folgenden Worte:

Amanda, hör auf, dich einzumischen, oder der nächste »Unfall« wird deiner sein.

Tag 7 – Ein Dinner mit Folgen

Ich weiß nicht mehr, wie ich es überhaupt schaffen konnte, in dieser Nacht Schlaf zu finden. Meine instinktive Reaktion war, zum Telefon zu eilen und sofort Daniel anzurufen. Aber ich konnte unmöglich eine solche Schwäche zeigen, nachdem ich wütend aus seiner Kabine gestürmt war. Das wäre Wasser auf seine Macho-Mühlen gewesen.

Ich sicherte also meine Kabinentür mit zitternden Händen mit der Metallkette und schloss sie dann zusätzlich noch einmal von innen ab – so fühlte ich mich schon etwas besser.

Was ich jetzt brauchte, war Zeit zum Nachdenken.

Am nächsten Morgen begrüßte mich eine müde und besorgt aussehende Frau im Spiegel. Dieses neue Ich gefiel mir gar nicht und es würde mehr als ein bisschen Lippenstift erfordern, um mich halbwegs präsentabel aussehen zu lassen.

Ich griff also seufzend zum Schminktäschchen und gute zwanzig Minuten später sah Amanda besser aus. Mir war sicherlich kein Kunstwerk gelungen, so wie es Oksana erschaffen hatte, aber zumindest waren die Schatten einer schlaflosen Nacht unter einer dicken Schicht Make-up verborgen.

Heute Morgen würde es auch kein gemütliches Frühstück in meiner Kabine geben. Ich musste mit Daniel sprechen. Inzwischen war mir meine heftige Reaktion von gestern sogar etwas peinlich. Daniel musste mich für launisch halten. Nun, vielleicht stimmt das – allerdings nur ein wenig.

Ich stopfte den Zettel mit der Nachricht ärgerlich in meine Handtasche und machte mich auf den Weg zum Westminster Grill, wo das Frühstücksbuffet serviert wurde. Glücklicherweise hatte sich die See in der Nacht beruhigt und ich konnte gehen, ohne Gefahr zu laufen, ständig Mitreisende anzurempeln.

Der wunderbare Duft von frisch gebrühtem Kaffee begrüßte mich schon von Weitem und als ich mich dem Restaurant näherte, duftete es auch nach Eiern und Speck. Das heiterte mich erheblich auf. Meine Diät wurde kurz entschlossen abgesagt, ich hatte Grund genug, um mich zu stärken.

Daniel saß schon an unserem üblichen Tisch und ich nahm dies als ein gutes Omen. Im Gegensatz zu mir sah er entspannt und fröhlich aus – ein klarer Mangel an Empathie!

»Was ist los, Amanda? Du siehst aus, als ob du kein Auge zugetan hättest! Hat dir die raue See zu schaffen gemacht?«

Ich schluckte, meine Schminkkünste waren offensichtlich nicht sehr überzeugend. Glücklicherweise füllte der Kellner in diesem Moment meine Tasse mit Kaffee und bot mir frisch gepressten Saft zu meinen Croissants an, sodass mir eine sofortige Antwort erspart blieb. Gerade, als ich das Gespräch eröffnen wollte, kam auch Neil an unseren Tisch. Sein Teller war überfüllt mit Toast, Spiegeleiern, Speck und gebackenen Bohnen, den Grundnahrungsmitteln, die Großbritannien geholfen hatten, das Empire zu errichten.

»Guten Morgen, Amanda!«, begrüßte er mich: »Du siehst prächtig aus! Wie machst du das nur? Ich hatte eine schwierige Nacht, ich habe mich im Bett ständig von links nach rechts gewälzt, verdammter Wirbelsturm.«

Ich lächelte Neil begeistert an, lud ihn ein, neben mir Platz zu nehmen, und ignorierte Daniels freches Grinsen. Zumindest Neil wusste, wie man eine Dame korrekt zu begrüßen hatte.

Es ist immer delikat, sich Hals über Kopf in ein etwas heikles Gespräch zu stürzen. Aber die meisten der umliegenden Tische waren nicht besetzt und die wenigen Passagiere, die in der Nähe saßen, schienen beschäftigt zu sein, also beschloss ich das heiße Eisen anzupacken.

»Ich habe eine schreckliche Nacht verbracht!«, begann ich dramatisch, in der Hoffnung, dass dieser Satz entsprechende Aufmerksamkeit erregen würde. Jede weibliche Zuhörerin hätte sofort verstanden, dass dieser Satz nur eine Einladung war, mich zu fragen, warum ich eine so schlechte Nacht verbracht hatte. Aber ich war von Männern umgeben. Subtilität war verschwendet.

Neil lächelte nur kurz mitfühlend, dann schaufelte er sich weiter das Essen in den Mund. Daniel hingegen wirkte völlig geistesabwesend. Zugegebenermaßen ist das Frühstück nicht der beste Zeitpunkt, um eine ernsthafte Diskussion zu beginnen.

Ich versuchte es also noch einmal – es ist eine allgemeine Regel, dass man geduldig sein muss, wenn es darum geht, männliche Sympathien zu wecken. Ich räusperte mich also und wiederholte mit etwas mehr Nachdruck: »Ich hatte eine *wirklich* schreckliche Nacht!«

Endlich drang die Bedeutung meiner Aussage auch in die männlichen Hirne und beide riefen fast gleichzeitig aus:

»Das tut mir leid! Ist irgendetwas nicht in Ordnung?«

»Seht euch das an!«

Mit einer dramatischen Bewegung öffnete ich meine Handtasche und präsentierte den Zettel. Zumindest hatte ich das so geplant.

Doch leider verlor meine dramatische Geste jegliche Wirkung. Ich öffnete meine Handtasche mit zu viel Schwung und ein Lippenstift, Schlüssel und eine Puderdose fielen heraus und kugelten unter den Tisch. Meine wertvollen Besitztümer waren zwar schnell wiedergefunden, aber der dramatische Moment war verflogen.

Ich seufzte und setzte erneut an: »Nun, wie ich gerade erklären wollte, habe ich diesen Zettel gefunden, der gestern Nacht unter meiner Kabinentür hindurchgeschoben wurde.«

Durch die Eskapade mit meiner Handtasche war jedoch die Dramatik gewichen und ich konnte ganz normal, fast schon distanziert, darüber berichten. Hier, am hellichten Tag im Westminster Grill sitzend, schien es sogar unwirklich, dass ich das nächste Ziel dieses wahnsinnigen Mörders sein könnte – und doch lag das bedrohliche Stück Papier auf dem Tisch, direkt vor mir.

Daniel pfiff leise, als er die Botschaft las, dann reichte er das Blatt Papier an Neil weiter, der automatisch seine Lesebrille zückte, obwohl die Buchstaben so groß waren, dass selbst ein Maulwurf sie hätte lesen können.

»Nun, jetzt bist du sicher sprachlos!«, sagte ich zu Daniel.

»Das bin ich tatsächlich. Das wirft alle meine Theorien über die Morde über den Haufen!«

Daniel sah mich besorgt an, was mein Herz aus unerfindlichen Gründen ein wenig schneller schlagen ließ.

»Es kann nur ein Psychopath dahinterstecken«, sprach ich das Offensichtliche aus, »und diese Idee gefällt mir überhaupt nicht«, fügte ich mit leiser Stimme hinzu.

»Das könnte zumindest erklären, warum wir keinen Zusammenhang zwischen den bisherigen Morden erkennen konnten«, mischte sich Neil ein. »Ich habe mir den Kopf zerbrochen, um ein Motiv zu finden, seit Amanda mir gestern gesagt hat, dass Franks Verschwinden doch kein Unfall war – aber ich bin zu keinem Ergebnis gekommen, nichts passt zusammen!«

»Mir gefällt das ganz und gar nicht«, antwortete Daniel knapp und runzelte die Stirn, »ich werde versuchen, schnellstens ein Treffen mit dem Kapitän zu vereinbaren – wir müssen etwas tun und wir können sicher nicht warten, bis die Polizei in drei oder vier Tagen auftaucht. Die Situation gerät außer Kontrolle. Das ist sehr gefährlich!«

»Du meinst also, diese Notiz sei ernst gemeint?« Das mulmige Gefühl in meinem Magen meldete sich zurück. »Nicht nur ein geschmackloser Scherz?«

»Ein Scherz?«, rief Neil entsetzt aus. »Niemand würde seine Scherze mit so etwas treiben, zumindest niemand, der noch alle Tassen im Schrank hat.«

»Nun, bei manchen Leuten ist das leider der Fall«, antwortete Daniel und nahm das Stück Papier in die Hand, so als ob es zu ihm sprechen oder weitere Hinweise liefern könnte. »Fakt ist nämlich, dass nur sehr wenige Leute an Bord wissen, dass Amanda den Mörder gesehen hat. Woher weiß der unbekannte Schreiber das?«

Daniel sah uns nachdenklich an: »Amanda war sich sicher, dass keiner der beiden Jungen sie gesehen hat. Folglich konnte Franks Mörder sie nicht gesehen haben. Nichts passt hier zusammen! Lasst mich ein Treffen mit dem Kapitän arrangieren – und in der Zwischenzeit verhalte dich bitte ganz normal. Sei entspannt, es ist ja nur eine Warnung.«

»Vielen Dank für diesen wertvollen Rat, ich fühle mich jetzt schon viel besser«, antwortete ich pikiert. »*Sei entspannt*, das wird sich wunderbar als Inschrift auf meinem Grabstein eignen.«

Aber mein Gefühlsausbruch war verschwendet. Daniel grinste mich nur an.

»Ich werde die Mannschaft bitten, sich um dich zu kümmern. Vergiss also bitte nicht, ihnen zuzuwinken, wenn du eine Kamera siehst!«

Er stand auf, hauchte mir einen brüderlichen Kuss auf die Wange und ließ mich mit Neil allein.

Neil schaute ihm hinterher. »Sehr dynamisch, der Herr, aber hat er verstanden, dass ein Verrückter hinter dir her ist?«

Ich seufzte nur. »Ich glaube nicht, er scheint das Ganze nicht sehr ernst zu nehmen. Aber ich kann ihm das noch nicht einmal übel nehmen. Wenn ich hier sitze, fange ich selbst an, zu glauben, dass es nur ein Hirngespinst war. So eine Art Hitchcock-Film – vielleicht treffe ich ja gleich Cary Grant.«

»Unwahrscheinlich, Amanda, er ist schon seit langer Zeit tot.«

»Stimmt, war ja nur so dahingesagt.«

Ich machte eine kurze Pause und fuhrt fort: »Ich komme zu dem Schluss, dass ich mich noch einmal an das Buffet wagen werde. Es macht keinen Sinn, hier rumzusitzen und sich Sorgen zu machen. Wechseln wir das Thema; die Waffeln dahinten lachen mich an, hoffentlich schmecken sie so gut, wie sie aussehen.«

Das taten wir und Neil gelang es schon nach kurzer Zeit, mich erheblich aufzumuntern. Aber auch das schönste und üppigste Frühstück muss irgendwann enden und schließlich war es an der Zeit, den Westminster Grill zu verlassen.

»Ich begleite dich zu deiner Kabine«, bot Neil mir an, wie ein echter Gentleman.

»Neil, das ist nett, aber ich komme gut zurecht. Ich kann allein zurückgehen.«

»Blödsinn, Amanda, ich komme mit. Darf ich dir ein Geheimnis verraten?«

»Immer, ich liebe Geheimnisse.«

»Du bist die erste weibliche Bekanntschaft, die ich in den letzten zwei Jahren gemacht habe, die weder sofort bis in kleinste Detail wissen wollte, wie die schwedische Königin für das Nobelpreisdinner gekleidet war, noch hast du mich mit deinen gesundheitlichen Problemen – oder schlimmer noch – denen deiner Haustiere gelöchert.«

Ich musste lachen.

»Ich besitze keine Haustiere – schade, denn ich hätte gerne einen Hund. Ansonsten sehe ich meinen Arzt einmal im Jahr, das reicht uns beiden.«

Ich machte eine Pause und zwinkerte ihm zu: »Aber … was die schwedische Königin angeht, so habe ich nur auf die richtige Gelegenheit gewartet … Was für ein Diadem trug sie, waren es Diamanten oder Saphire?«, neckte ich ihn.

Er stöhnte auf; denn natürlich erinnerte er sich nicht.

»Keine Ahnung, ich war froh, als alles vorbei war. Ich hasse die Aufmerksamkeit und die Kameras. Ich habe allerdings lange mit der Königin über meine Forschung am Amazonas gesprochen. Sie ist charmant und sehr klug, Schweden kann stolz auf sie sein«, schloss er.

Das war ein beeindruckendes Kompliment von einem Nobelpreisträger und ich war fast ein bisschen neidisch.

Neil begleitete mich wie versprochen zurück in meine Kabine, wo ich anschließend eine gute Stunde herumsaß und wahllos in meinen Zeitschriften blätterte. Ich war versucht, Susan anzurufen, aber ich verwarf diese Idee und schlug stattdessen ein paar Bücher auf. Lustlos blätterte ich sie durch, um sie sofort ungeduldig wieder zu schließen, denn es fiel mir schwer, mich zu konzentrieren.

Ich schaute mich in meinem vergoldeten Gefängnis um und wurde plötzlich wütend, und zwar richtig wütend.

Dies hatte die Reise meines Lebens werden sollen, eine Reise, an die ich mich noch erinnern wollte, wenn ich so alt war, dass ich vermutlich alles andere vergessen haben würde.

Ich bleibe nicht hier, eingesperrt, wie ein Kaninchen, dachte ich wütend, *nur weil ich einen dummen Brief erhalten habe. Ich werde etwas unternehmen.*

Allein diese Entscheidung zu treffen, fühlte sich schon gut an!

Alles, was du brauchst, ist ein bisschen Bewegung, ein bisschen Sport, um deinen Geist auf andere Gedanken zu bringen und dich positiv zu fühlen, sagte mir meine innere Stimme.

Jeder weiß, dass Bewegung den Körper dazu anregt, Glückshormone zu produzieren. Neil würde natürlich wissen, wie das funktioniert und die passenden endokrinen Prozesse herunterrasseln, aber wen interessiert das schon. Klar war jedoch: Sport war jetzt genau das, was ich brauchte.

Ich schlüpfte in meine schwarzen Leggings und peppte sie mit einem türkisfarbenen T-Shirt auf. Ein Blick in den Spiegel sagte mir, dass ich mich diesmal nicht hinter den anderen Gästen des Fitnessstudios verstecken musste.

Ich zog noch schnell ein weiches Sweatshirt über. Es musste als Schutz gegen die kühlen Windböen ausreichen, die ein Überbleibsel des Hurrikans waren, der sich heute vermutlich über New Jersey austobte. Ich zwinkerte schnell noch meinem Ebenbild im Spiegel zu, um mich aufzumuntern, und schon war ich weg.

***

Nichts Spektakuläres passierte auf dem Weg von meiner Kabine zu meinem Ziel, alles war still auf dem Schiff. Ich erreichte also wohlbehalten das Fitnessstudio und der einzige Zwischenfall auf dem Weg dorthin war eine Begegnung mit einer Gruppe von französischen Teenagern, die Art von kleinen Monstern, mit denen ich in der Schule täglich zu tun hatte.

Sie tauschten sich laut auf Französisch über meinen Körperbau aus. Insbesondere die Größe meiner Brüste wurde ausgiebig kommentiert und die Jungs fanden das furchtbar lustig. Ich antwortete Ihnen allerdings in gleicher Münze, indem ich einen sensiblen Teil ihres Körper mit der Größe von Erdnüssen verglich. Sie trotteten mit roten Gesichtern davon, denn sie hatten natürlich nicht erwartet, verstanden zu werden, und meine Antwort hatte gesessen.

Ich musste grinsen und war bester Laune.

Im Fitnessstudio traf ich auf Marge. Wie schon beim letzten

Mal saß sie lässig auf einem Fahrrad und trat in ihrem bedächtigen Tempo in die Pedale, als sie mich entdeckte.

»Amanda, Liebling, wie schön, dich zu sehen! Lass uns zusammen einen Kaffee trinken gehen, ich habe etwas, was ich dir zeigen möchte«, rief sie laut durch die Halle, was natürlich zur Folge hatte, dass alle ihre Hälse reckten, um zu sehen, wer angekommen war.

Auf diese Art von Aufmerksamkeit hätte ich gut verzichten können.

»Marge, ich bin gerade erst angekommen und es bleibt nie bei einem einfachen Kaffee. Du nimmst bestimmt einen dieser köstlichen Schokokekse dazu. Ich muss also vorher meine Kalorien abstrampeln, lass mich bitte erst meine Übungen machen«, rief ich.

Marge sah enttäuscht aus und versuchte, mich zu überreden, doch früher zu gehen: »Ich habe dir etwas Wichtiges zu zeigen.«

Aber ich blieb entschlossen und nahm mein Laufprogramm in Angriff. Diesmal befolgte ich allerdings Marges Rat, es nicht zu übertreiben. Nicht, dass ich darauf hoffte, aber vielleicht würde Daniel ja genau diesen Moment wählen, um auch Sport zu treiben …

So absolvierte ich meine Übungen in wesentlich besserer Verfassung als beim letzten Mal.

Marge versuchte hartnäckig, ein Gespräch zu beginnen. Aber ich konnte nicht gleichzeitig laufen und plaudern, so suchte sie sich nach einigen Minuten ein neues Opfer und ich konnte in Ruhe über den Brief nachdenken. Die Gedanken daran wühlten mich immer noch auf, aber meine Füße bewegten sich, so als hätten sie ein Eigenleben, ich lief sozusagen auf Autopilot.

Als meine Augen das nächste Mal in Marges Richtung blickte, sah ich fasziniert, dass es Marge gelungen war, den Mann neben ihr zum Plaudern zu bringen. Er war ein ganzes Stück jünger als sie, aber wie eine geschickte Spinne wickelte sie ihr hilfloses Opfer in ihr Netz aus Fragen ein.

Ich war beeindruckt, denn Marges Verhörtechniken waren denen eines skrupellosen Geheimagenten würdig. Während ich weiter meinen Sport machte, entlockte sie dem hilflosen Mann alle möglichen Informationen – ich war überrascht, dass er ihr am Ende nicht gleich noch sein Passwort für die Bank nannte. Dieses kleine Intermezzo hatte zur Folge, dass Marge wieder bester Laune war, als wir duschten und uns für unsere Kaffeepause umzogen.

Auch ich fühlte mich jetzt sehr viel besser und durchaus in der Lage, mit jedem Verrückten hier auf dem Schiff fertig zu werden. Wie schon vermutet, blieb es nicht bei einem Kaffee, sondern Marge bestellte gleich einen großen Cookie dazu.

»Du hattest mich auf etwas ansprechen wollen«, erinnerte ich sie.

Marges lebhafte Miene verfinsterte sich, so als hätte sie einen Schalter umgelegt.

»Es ist eine schreckliche Sache, Darling, ich habe noch nicht einmal den Mut gefunden, mit John darüber zu sprechen!«

Ihre Augen färbten sich verräterisch rot und plötzlich lief ihr eine einzelne Träne über die Wange. Ich schaute sie entsetzt an, nichts in Marges Verhalten hatte mich auf ein neues Drama vorbereitet.

»Was ist passiert, kann ich dir helfen?«

Marge antwortete nicht sofort, sondern griff nach ihrer großen Sporttasche und kramte in dem Chaos aus Turnschuhen, Handtüchern, T-Shirts und einer beeindruckenden Auswahl an teuren Kosmetika. Schließlich fand sie, was sie gesucht hatte, und legte mit zitternder Hand ein zerknittertes Blatt Papier auf den Tisch.

Der Text kam mir seltsam bekannt vor:

Hör auf, dich einzumischen, du alte Hexe – oder der nächste Unfall wird deiner sein.

Ich unterdrückte ein Stöhnen, ich war also nicht das einzige Opfer des Verrückten.

»Wie schrecklich. Kein Wunder, dass du dich furchtbar fühlen musst!«

Marge nickte traurig. »Ich habe die ganze Nacht kein Auge zugetan. Ich habe diesen schrecklichen Zettel erst spät abends gefunden. Zuerst wollte ich den Zettel John zeigen, aber er ist so lieb und will mich immer beschützen. Er würde sich mehr Sorgen machen, als ich es schon selbst tue. Aber, Amanda, ich musste mit jemandem reden, deshalb habe ich sofort an dich gedacht.«

Marge saß vor mir, zerbrechlich wie eine der zarten Meißner Porzellanfiguren meiner Mutter. Aber warum nur dachten alle Menschen, dass ich ihre Seelenqualen lindern konnte?

»Nun, wenn es dich tröstet … ich habe gestern Abend eine ähnliche Nachricht erhalten. Ich verstehe nur zu gut, wie du dich fühlst. Du hattest recht, es muss ein Verrückter auf dem Schiff sein, anders ist es nicht zu erklären!«

»Genau das, was ich gestern gesagt habe«, antwortete Marge, um im beleidigten Ton hinzuzufügen: »Aber du hast mich ausgelacht, das nächste Mal solltest du vielleicht besser auf mich hören!«, schloss sie mit einem anklagenden Blick.

»Ich habe nicht gelacht! Ich habe dir nur gesagt, dass es schwierig sein könnte, zweitausend Mitreisenden ins Gesicht zu schauen – und dazu stehe ich immer noch«, protestierte ich heftig.

»Nun, da hast du leider recht«, gab Marge zu, um großmütig hinzuzufügen: »Ich verzeihe dir.«

Dann senkte sie ihre Stimme zu einem Flüstern: »Heute Morgen ist mir ein junger Mann bis zum Frühstück gefolgt. Und selbst am Frühstücksbuffet saß er mir fast im Nacken«, sagte sie schaudernd.

Das klang sehr nach Melodrama, aber ich hatte meine Lektion gelernt und schluckte meinen Kommentar hinunter.

»Kannst du ihn beschreiben?«

»Er war jung …« Marge runzelte die Stirn und schloss die Augen, um sich zu konzentrieren. »Mittelgroß, recht attraktiv, fast schon groß, braunes Haar, vielleicht eher hellhäutig, ich meine, ich bin mir nicht so sicher … und er trug einen roten Lacoste-Pulli!« Letzteres kam triumphierend. »Damit sollte er leicht zu erkennen sein!«

Ich seufzte nur. Es musste gut hundert junge Männer auf diesem Schiff geben, auf die ihre Beschreibung passen könnte. Die Belgravia war unter anderem für Flitterwochen-Kreuzfahrten recht beliebt, hatte ich herausgefunden.

»Es ist gut, dass du aufpasst, Marge, man kann gar nicht vorsichtig genug sein. Ich habe übrigens Daniel heute Morgen von meinem Schreiben erzählt und er hat vor, mit dem Kapitän zu sprechen, um zu sehen, was wir tun können.«

Marge schaute mich skeptisch an. »Es ist ja ganz nett, dass du an die überlegene Weisheit unseres Kapitäns glaubst, aber was kann er schon machen, er ist doch nicht die Polizei? Erwartest du etwa, dass er jede einzelne Kabine durchsuchen lässt? Ich befürchte, wir müssen die Sache selbst in die Hand nehmen.«

Ich gab es nur ungern zu, aber tief in meinem Inneren wusste ich, dass Marge recht hatte.

Marge und ich diskutierten noch einige wilde Ideen, aber außer dem Beschluss, mehr Zeit miteinander zu verbringen und aufeinander aufzupassen, brachte unsere Kaffeepause keinerlei greifbaren Ergebnisse.

Marge schwelgte danach ausgiebig in Erinnerungen an ihre Jugend, aber ich fühlte mich plötzlich todmüde. Die schlaflose Nacht forderte ihren Tribut und ich musste ein Gähnen unterdrücken, denn ich wünschte mir nichts sehnlicher, als mich in meine Kabine schleichen zu können und dort ein Nickerchen zu machen.

Plötzlich hörte ich eine vertraute Stimme hinter mir. »Meine innere Stimme sagte mir: *Wenn du Amanda finden willst, geh in die Bibliothek oder ins Café.*«

»Daniel!«, rief ich aus, sofort wieder hellwach. »Stell dir vor, Marge hat die gleiche Art von Drohbrief erhalten wie ich!«

Daniel schaute uns verblüfft an.

»Damit hast du sicher nicht gerechnet?«, fragte ich und war insgeheim zufrieden, dass Herr Neunmalklug offensichtlich verwirrt war.

Daniel stutzte, dann antwortete er langsam: »Nein, zumindest … nicht so schnell.« Er runzelte die Stirn, dann wandte er sich Marge zu und setzte sein Prince-Charming-Lächeln auf. »Ich hoffe, das hat dich nicht zu sehr aufgeregt, Marge. Wie und wann hast du deine Nachricht erhalten?«

Marge schmolz unter diesem Lächeln und schnurrte vor Zufriedenheit. Ich hatte schon immer vermutet, dass sie ein Faible für Daniel hatte.

»Die Nachricht muss nachts unter meiner Tür durchgeschoben worden sein. Ich habe es erst heute Morgen bemerkt.«

Ich schaute sie verblüfft an: »Aber Marge, du hast mir doch gerade erzählt, dass du die ganze Nacht nicht schlafen konntest, weil du den Brief bekommen hattest«, platzte ich heraus.

Marge wurde feuerrot. »Wie dumm von mir, diese schreckliche Geschichte hat mich so aufgeregt, dass ich alles durcheinander schmeiße. Du hast recht, aber es war noch sehr früh und noch dunkel, als ich aufstehen musste, um … du weißt schon, was ich meine.«

Zum Glück ersparte sie uns weitere Details.

»Und danach konnte ich nicht einschlafen, ich lag in meinem Bett und wälzte mich hin und her.«

Daniel tätschelte beruhigend ihre Hand. »Das tut mir sehr leid, Marge. Ich war eigentlich auf der Suche nach Amanda, da der Kapitän sie sprechen will. Ich werde ihm natürlich auch von deinem Brief berichten. Versprich mir, dass du dir nicht zu viele Sorgen machst, wir bekommen das bald in den Griff! Tut mir leid, dass ich eure gemütliche Kaffeepause unterbrechen muss.«

Schon wurde ich von Daniel entführt, aber das war gut so. Mein Gespräch mit Marge hatte uns nicht weitergebracht. Das Ganze war furchtbar verwirrend. Die Geschichte mit dem jungen Mann im roten Pullover war meiner Meinung nach Marges blühender Fantasie entsprungen und keinesfalls eine heiße Spur.

***

Der Kapitän wartete bereits auf uns. Ich hatte erwartet, auf die Kommandobrücke zurückzukehren, aber diesmal fand das Treffen in einem schlichten Büro statt – es hatte die gemütlich aseptische Atmosphäre eines Wartezimmers in einem Krankenhaus. Nicht einmal eine Tasse Tee oder Kaffee erwartete uns.

Das Gespräch verlief zügig und effizient. Ich erzählte meine kleine Geschichte und legte Marges Brief auf den Tisch. Vorsichtigerweise hielt ich ihn mit einem sauberen Taschentuch, denn als eifrige Krimileserin wusste ich, dass man keine Spuren verwischen durfte.

Ich konnte allerdings sehen, wie Daniel sich mühsam, leider nicht sehr erfolgreich, ein Grinsen verkniff.

»Warum grinst du?«, fragte ich säuerlich, »Ich will nur sicherstellen, dass die Polizei die Fingerabdrücke identifizieren kann!«, bemerkte ich kühl.

»Das ist sehr umsichtig. Die Polizei wird Ihre Vorsichtsmaßnahme später sehr zu schätzen wissen«, antwortete der Kapitän stattdessen. Ich dankte es ihm mit meinem strahlendsten Lächeln.

»Ich möchte wetten, dass die Polizei nur zwei Fingerabdrücke auf den Zetteln finden wird – die von Marge und die von dir«, murmelte Daniel.

»Wir schließen hier keine Wetten ab, Mr Greenfield. Ich halte das Vorgehen von Miss Lipton für sehr klug und hoffe, die andere Passagierin verhält sich auch so umsichtig«, sagte der Kapitän und verstaute das Papier sorgfältig in einer Plastikhülle.

Daniel schmunzelte nur kurz, dann sagte er: »Es bleibt leider die Frage, wie wir den Verfasser dieser Briefe identifizieren können und wie sie mit den beiden Morden in Verbindung stehen könnten.«

Aber wie Marge vorausgesagt hatte, brachte uns unsere Diskussion nicht weiter. Der Kapitän versicherte mir, dass er besondere Wachsamkeit für Marge und mich angeordnet habe. Niemand an Bord würde sich mir oder meiner Kabine unbemerkt nähern können.

Die Vorstellung, unter ständiger Aufsicht zu stehen, war mir sehr unangenehm, aber ich dankte dem Kapitän, wie es sich gehörte. Meine Vorstellung von Urlaub war eine andere – auf jeden Fall etwas entspannter.

Als wir das Büro des Kapitäns verlassen hatten, sagte ich unglücklich: »Wir drehen uns im Kreis, Daniel. Wir können nicht zwei Mordfälle aufklären und einen Verrückten aufhalten, indem wir nichts tun. Aber zumindest Marge wird erleichtert sein, wenn ich ihr sage, dass sie ab sofort unter besonderem Schutz steht.«

»Darf ich dich um einen Gefallen bitten, Amanda?«

»Natürlich darfst du das! Es sei denn, du willst, dass ich als Köder für den Mörder fungiere, in diesem Fall zähle bitte nicht auf mich.« Ich hoffte, dass das witzig klang.

Daniel musste lachen.

»Glaubst du wirklich, dass ich dich als Köder für den Mörder benutzen würde? Ich muss wohl einen bemerkenswerten Eindruck bei dir hinterlassen haben. Ich wundere mich fast, dass du immer noch mit mir redest. Nein, keine Sorge. Ich wollte dich nur bitten, Marge nicht zu sagen, dass sie ab jetzt unter besonderen Schutz gestellt wurde.«

»Warum? Die Ärmste hat große Angst und rechnet mit dem Schlimmsten. Sie würde so erleichtert sein, wenn sie das erfährt. Ich finde, wir sollten es ihr sagen!«

Er zögert etwas, »Du kennst doch Marge, sie ist so melodramatisch! Sobald sie weiß, dass sie unter besonderer Beobachtung steht, wird sie durch die Gänge schleichen, den Kameras zuwinken und allen auf dem Schiff erzählen, dass sie verfolgt wird. Es wird unmöglich sein, den Briefschreiber festzunageln, wenn sie herumerzählt, dass sie unter besonderem Schutz steht. Wir müssen alles so unauffällig wie möglich halten und hoffen, dass neue Briefe auftauchen und wir ihn dingfest machen können. Das ist zumindest die Vorgehensweise, die ich mit dem Kapitän besprochen habe!«

»Daniel, du bist ungeheuerlich«, blaffte ich ihn an. »Erst erzählst du mir mit treuem Dackelblick, dass du mich nicht im Traum als Köder einsetzen würdest. Aber im nächsten Atemzug erwähnst du, dass ich das naive Opfer spielen soll, bis dieser Verrückte die erste Gelegenheit nutzt, um mir entweder einen neuen Zettel unter der Tür durchzuschieben oder mich zu erwürgen, falls er mal Lust auf ein bisschen Abwechslung hat.«

Ich holte tief Luft. »Aber wenn es das ist, was du und der Kapitän von mir erwartet, dann soll es so sein. Mein letzter Dienst an der Menschheit, sozusagen. Ich hoffe, du fühlst dich wohl dabei.«

Die Antwort warf mich allerdings aus den Schuhen. Daniel zog mich ohne Vorwarnung in seine Arme und küsste mich. Aber schnell, viel zu schnell, ließ er mich wieder los.

»Amanda, du bist genauso melodramatisch wie Marge«, sagte er etwas atemlos. »Du hast nichts zu befürchten, vertraue mir. Sag es nur nicht Marge.«

Ich war sprachlos, die Beute unterschiedlichster Gefühle. Mein Herz klopfte verräterisch schnell und gleichzeitig hasste ich ihn für seine Arroganz.

»Komm, lass mich dich zur Bibliothek begleiten. Wie ich dich kenne, war das dein nächstes Ziel.«

Ich sah ihn misstrauisch an: »Hast du einen Kurs im Gedankenlesen belegt?«

»Nein«, lachte er, »aber nach Sport und Kaffee schien mir dies die logische Schlussfolgerung zu sein.«

Er machte eine kurze Pause: »Wenn du möchtest, komme ich heute Abend um halb acht zu deiner Kabine und hole dich zum Abendessen ab.«

Jetzt war es endgültig an der Zeit, ihm eine Abfuhr zu erteilen.

»Wenn dies eine Einladung zu einem weiteren romantischen Abend sein sollte, dann glaube ich nicht, dass ich dafür in der Stimmung bin.«

Prince Charming grinste nur lässig. Wahrscheinlich wird man gegen gehässige Bemerkungen immun, wenn man sich im Leben schon mit Dutzenden von Frauen verabredet hat.

»Tut mir leid, dass ich dich enttäuschen muss, Amanda. Ich habe für heute Abend nichts Besonderes geplant, weder Rosenblätter noch Streichorchester. Nur das übliche Abendessen mit unseren Mitreisenden – es sei denn … Nun, wir werden sehen. Also bis dann!«

Mit diesen obskuren Worten ließ er mich stehen und ich hatte reichlich Zeit, ihn zu hassen. Was hatte er mit seiner letzten Bemerkung gemeint? Der Kerl war unmöglich!

Aber das Stöbern in den Bücherregalen belohnte mich mit der

Entdeckung eines neuen Buches und ich sank in einen der bequemen Sessel und vergaß Daniel, Marge und alle Verrückten dieser Welt.

Erst viel später wurde mir bewusst, dass ich Daniels Andeutungen mehr Aufmerksamkeit hätte schenken sollen.

***

Daniel klingelte pünktlich an der Tür, na ja, leider überpünktlich. Er kam fünf Minuten zu früh, ein unverzeihliches Verbrechen, wenn es um eine Verabredung mit einer Dame geht – was noch dadurch verschlimmert wurde, dass ich ein bisschen zu spät dran war. Ich war in mein neues Buch vertieft gewesen und hatte die Welt um mich herum vollkommen vergessen.

So war ich nur mit meinem Bademantel bekleidet, als ich die Tür öffnete und Daniel atemlos bat, Platz zu nehmen.

»Daniel, es tut mir so leid, ich muss wie eine Schreckschraube aussehen. Ich dachte, es wäre der Zimmerservice mit frischen Handtüchern. Ich bitte tausendmal um Verzeihung, aber ich habe ein neues Buch gelesen und die Zeit total vergessen! Darf ich dir in der Zwischenzeit ein Glas Champagner und Kanapees anbieten?«

»Danke, da sage ich nicht nein. Aber du hast mich gerade seelisch vernichtet – wie soll mein Ego den Gedanken überleben, dass du mich vergessen hast – und das nur wegen eines dummen Buches!«

Ich beugte mich hinunter, füllte sein Glas und musste dabei lachen.

»Erstens, mein Freund, ist mein Buch nicht dumm, es ist historisch und sehr spannend. Zweitens denke ich, dass das genau die Art von Behandlung ist, die dein Ego von Zeit zu Zeit braucht. Ich schätze, deine Mutter hat dich zu sehr verwöhnt. Dein Ego ist definitiv überentwickelt.«

Ich versuchte, meine Autorität zu betonen, und hatte den letzten Satz zur Abwechslung in meinem strengen Lehrerinnenton gesprochen.

»Das ist schon in Ordnung, Amanda, solange du versprichst, deine Moralpredigten auch weiterhin mit einer so aufregenden Aussicht zu kompensieren, um mich aufzuheitern. Netter BH übrigens, Victoria's Secret?« Er grinste anzüglich.

Ich schrie erschrocken auf, als ich seinem Blick folgte und sah, dass sich mein Bademantel geöffnet hatte und mehr enthüllte, als ich jemals beabsichtigt hatte.

In meiner Verwirrung floh ich zurück in den sicheren Hafen meines Badezimmers.

Es dauerte mehr als zwanzig Minuten, bis ich wieder auftauchte. Sich anzuziehen und sich zu schminken schien an diesem Abend eine besonders schwierige Aufgabe zu sein. Daniel hatte die unvergleichliche Gabe, mich in Aufruhr zu bringen.

Endlich verließ ich das Bad, in der Hoffnung, cool und gelassen auszusehen.

»Du siehst ein wenig erhitzt aus, Amanda. Lass mich dir ein Glas Champagner einschenken.«

Fast hätte ich ihm die kostbare Flüssigkeit ins Gesicht geschleudert, aber die Wahrheit war, ein wenig Champagner würde mir guttun. Ich nahm das Glas in die Hand und trank es in einem Zug aus.

»Lass uns gehen, Daniel, entschuldige noch einmal, dass ich dich warten ließ!«

Ich war zufrieden mit mir, so gelassen antwortete eine Dame von Welt!

Galant öffnete er die Tür. »Es war mir ein Vergnügen, Amanda. Es ist immer sehr erbaulich, wenn Menschen einem einen intimen Einblick, äh, ich meine natürlich in ihre Gedanken gewähren«, sagte er lächelnd.

Ich schluckte meine Antwort hinunter, aber es war die falsche Entscheidung gewesen, den Champagner zu trinken – ich hätte ihm das Zeug direkt in sein widerlich selbstgefälliges Gesicht schütten sollen!

Wir erreichten den Westminster Grill, wo wir sofort vom Oberkellner begrüßt und zu unserem üblichen Tisch geführt wurden. Dies war auch eines der Dinge, die mich ärgerten. Sobald Daniel irgendwo auf diesem Schiff auftauchte, schienen die Leute nur so aus dem Boden zu schießen, bereit und sogar begierig, ihm zu Diensten zu sein. Ich glaube nicht, dass der Oberkellner sich jemals die Mühe gemacht hatte, mir mehr als ein höfliches Nicken zu schenken, wenn ich das Restaurant allein betrat. Aber heute Abend eilte er sofort zu uns, bereit, den Boden zu küssen, auf dem Daniel wandelte. Kein Wunder, dass Daniel dachte, er sei etwas Besonderes. Es war höchste Zeit, ihm eine Lektion zu erteilen!

Ich war in Gedanken noch damit beschäftigt, mir geeignete Strafen für Daniel auszumalen, als Marge aufblickte.

»Hi, Darling, wie ich sehe, lebst du noch! Kein Wunder, bei so einem wunderbaren und fürsorglichen Schutz …« Sie zwinkerte mir auf eine Art zu, von der sie wahrscheinlich annahm, dass sie diskret sei, die aber furchtbar peinlich war.

Daniel musterte mich und flüsterte: »Habe ich etwas verpasst, sollte ich irgendetwas wissen?«

»Nichts, das kann ich dir versichern, notfalls unter Eid«, antwortete ich mit zusammengebissenen Zähnen und unterdrückte den Drang, erst Marge und dann Daniel zu erwürgen. Wenn es mein Schicksal war, mein Leben im Gefängnis zu beenden, kam es auf einen Mord mehr oder weniger auch nicht mehr an.

Daniel antwortete nicht, sondern lächelte nur mokant. Das machte mich noch wütender. Wahrscheinlich war Daniel nicht klar, dass sein Schicksal an einem seidenen Faden hing.

Ich war immer noch aufgewühlt als ich bemerkte, dass unser Tisch für sieben Personen gedeckt war – hier stimmte etwas nicht!

»Meinst du nicht, dass es rücksichtsvoller gewesen wäre, den Tisch nur für sechs Personen zu decken, die Crew muss doch wissen, was mit Veronique passiert ist?«, flüsterte ich Daniel zu und vergaß dabei meine Absicht, ihn durch mein Schweigen zu bestrafen.

»Das war meine Idee. Ich habe mir erlaubt, Gäste an unseren Tisch zu laden. Sir Walter hat sich entschuldigt, er wird in seiner Kabine essen, deshalb dachte ich, dass es für uns interessant sein könnte, wenn ich Richard Wu und seine, nun ja, nennen wir sie *seine Assistentin*, heute Abend zum Essen einlade. Ich hoffe, dass Tom mir das verzeiht, aber ein paar neue Gesichter und ein Themenwechsel werden uns guttun. So tragisch alles war, aber wir haben die beiden Todesfälle nun weiß Gott häufig genug durchgekaut.«

Ich seufzte: »Das haben wir in der Tat, aber wir sind nicht weitergekommen. Wir waren bisher nicht sonderlich effizient.«

»Stimmt leider. Ich versuche mein Bestes, aber ich bin hier nur zu Gast auf dem Schiff und kein Detektiv.« Er zuckte mit den Schultern.

»Ich hoffe wirklich, dass unser Kapitän ein paar gute Ideen hat. Es ist nicht nur sehr frustrierend – es macht mir auch ein wenig Angst …«

Daniel nahm meine Hand und drückte sie sanft. Das war eine nette Geste; vielleicht konnte ich ihm ja doch noch einmal verzeihen.

»Ich kenne Richard Wu zufällig recht gut. Er sieht vielleicht etwas seltsam aus, aber er ist eine faszinierende Persönlichkeit, ein brillanter Stratege und erstaunlich erfolgreicher Unternehmer, aber urteile selbst«, nahm Daniel den Faden wieder auf.

Gegen meinen Willen war ich beeindruckt. In Daniels Welt schien ein Essen mit Milliardären nichts Besonderes zu sein.

Neil wählte diesen Moment, um dazuzustoßen. Allerdings war kein Oberkellner aufgetaucht, um ihn zu unserem Tisch zu führen, und mir wurde ganz warm ums Herz – willkommen bei einem Seelenverwandten, kein Mann aus dem Bling-Bling-Jetset. Na gut, nicht so gewöhnlich, könnte man einwenden, immerhin hatte er einen Nobelpreis verliehen bekommen.

Heute trug Neil eine Fliege mit auffälligen, schreiend rosa Punkten. Ich schluckte. Zumindest hatte er daran gedacht, heute Abend seinen Kamm zu benutzen.

Mit Genugtuung stellte ich fest, dass Neil nicht mehr so verhärmt aussah wie gestern. Offenbar hatten meine Bemühungen, seine Moral zu heben, gefruchtet. Er küsste Marge und mich auf die Wange, bevor er sich setzte und einen Whisky bestellte.

Dann unterhielt er uns mit einer Erzählung über eine haarsträubende Episode in Borneo, wo er nur um Haaresbreite einer Begegnung mit einer Gruppe feindseliger Eingeborener entkommen war, die kein Verständnis für seine Leidenschaft für giftige Frösche gezeigt hatten.

Neil lachte. »Die Wahrheit war natürlich, dass sie die Frösche mehr als ich brauchten – sie benutzen ihr Gift für ihre Jagd. Ich war also eine unwillkommene Konkurrenz – und sie schätzten mein Auftauchen überhaupt nicht. Aber ich hatte Glück, sie haben zwar viel Lärm gemacht, aber an diesem Tag müssen ihnen die Giftpfeile ausgegangen sein, sonst säße ich heute Abend wohl nicht hier.«

Ich hörte Marge stammeln: »Um Himmels willen!«, aber ich war mir nicht sicher, ob sie Neils Geschichte oder den Auftritt eines sehr seltsamen Paares kommentierte.

Ein leises Gemurmel lief wie ein Lauffeuer durch das Restaurant. Ein königlicher Auftritt hätte nicht mehr Aufmerksamkeit erregen können. Der Oberkellner persönlich, gefolgt von nicht weniger als drei seiner Untergebenen, begleitete die beiden Gäste, die ich leicht als Richard Wu und seine Assistentin identifizieren konnte, zu unserem Tisch. Die Assistentin allein hätte schon für Aufsehen gesorgt, denn sie war nicht nur schön, sie war umwerfend schön. Das glänzende rabenschwarze Haar bildete einen perfekten Kontrast zu ihrer blassen Haut. Sie war die menschgewordene Perfektion, von ihren mandelförmigen Augen bis zu ihrer kleinen Nase und den sinnlichen roten Lippen, und hätte dem Titelblatt der Vogue entsprungen sein können.

Der Oberkellner verbeugte sich tief, als er die Stühle zurechtrückte, während unsere Mitreisenden ihre Hälse reckten und Stielaugen bekamen, um einen Blick auf das VIP-Paar zu erhaschen, das sich anschickte, unseren Tisch zu beehren. Zufrieden stellte ich fest, dass ich bei Weitem nicht die einzige neugierige Seele auf diesem Schiff war.

Mr. Wu ignorierte die allgemeine Aufmerksamkeit und ließ sich wie ein unförmiger Kartoffelsack auf seinen Stuhl fallen. Er war nicht nur dick, er war fett. Sein Gesicht glänzte vor Schweiß und ich konnte hören, wie schwer er atmete. Schon der kurze Weg zum Tisch war anstrengend für ihn gewesen. Aber seine Augen funkelten aufmerksam, musterten uns und analysierten kühl alle Anwesenden.

Mir lief ein Schauer über den Rücken. Richard Wu sah aus wie eine fette, giftige Kröte in Menschenform. Instinktiv begriff ich, dass es ein fataler Fehler wäre, auf der Liste seiner Feinde zu landen. Vor mir saß ein skrupelloser Mann, der es nicht gewohnt war, lange zu fackeln.

Daniel schien von all dem nicht beeindruckt und plaudernd eröffnete er das Gespräch. Einmal mehr wurde mir klar, wie unterschiedlich die Kreise waren, in denen Daniel und ich verkehrten. Wir lebten auf verschiedenen Planeten.

Was wusste ich schon über Daniel? Die Antwort war: nichts. Na ja, kaum etwas. Und obwohl Daniel und ich absolut nichts gemeinsam hatten, war da doch jedes Mal dieses Kribbeln, wenn er mich anschaute.

Das Leben ist leider kompliziert.

Daniel und Mr. Wu tauschten Gemeinplätze aus, aber Mr. Wus Assistentin beteiligte sich nicht am Gespräch. Mit einer überraschend hohen Stimme erteilte sie dem Kellner einen kurzen Befehl. Sofort hastete der Kellner mit einem feuchten Handtuch auf einem Silbertablett zurück und noch während Mr. Wu sich weiter unterhielt, tupfte seine Assistentin Wus Gesicht mit dem Handtuch zart ab. Mr. Wu ignorierte sie, so als wäre sie ein Lakai. Ich war angewidert – wie konnte eine Frau nur akzeptieren, sich so zu erniedrigen?

Bald erfuhr ich, dass der Name der Schönheit Angela war. Mit ihrer zarten chinesischen Schönheit hätte sie eine Schwester von Veronique sein können. Aber während Veronique auf eine robuste und dynamische Weise attraktiv gewesen war, sah Angela eher wie eine kostbare Porzellanpuppe aus: exquisit und zart.

Sie trug ein enges, leuchtend rotes Seidentop, das mit goldenen Drachen bestickt war. Es war nach traditioneller chinesischer Art geschneidert, was ihre Persönlichkeit noch exotischer erscheinen ließ. Aber mir fiel noch etwas anderes auf. Angela war von Kopf bis Fuß mit kostbaren Juwelen geschmückt. Gold, Jade und Diamanten funkelten um die Wette. Es war kostbarster Schmuck, sicherlich nicht die Art von Modeschmuck, wie ich ihn mir leisten konnte. Von einem chinesischen Freund wusste ich, dass Jade auf asiatische Sammler einen besonderen Zauber ausübt und der Wert schwindelerregende Höhen erreichen kann. Richard Wu behandelte Angela vielleicht nicht gut, aber er kompensierte das offensichtlich durch kostbare Geschenke.

Während des Essens wurde mein Unbehagen an der Gesellschaft der beiden immer größer. Ich konnte mich nicht entscheiden, wen ich weniger leiden konnte. Angela sprach mit einer seltsam hohen und unterwürfigen Stimme. Mein chinesischer Freund hatte mir erklärt, dass manche Frauen diese Stimmlage absichtlich wählten, um für Männer attraktiv zu klingen. Für mich klang es nicht betörend, sondern eher wie eine miauende Katze.

Mr. Wu hingegen hatte die Essmanieren eines schlabbernden Hundes.

Der erste Gang wurde serviert und ich traute meinen Augen kaum. Angela hatte Essstäbchen bestellt, aber benutzte sie nicht nur für sich selbst, sondern wählte sorgsam die besten Häppchen aus, um Mr. Wu damit zu füttern. Dies schien ein fester Bestandteil ihres Essensrituals zu sein, denn Mr. Wu schenkte Angela dabei nicht mehr Aufmerksamkeit als den Kellnern, die seinen Teller und insbesondere seine Gläser immer wieder auffüllten.

Während wir unseren Wein tranken, wechselte Wu von dem Jahrgangschampagner, der aus einer Kristallflasche kredenzt wurde, zu einem uralt XO Cognac. Ich beobachtete fasziniert, wie er den Cognac hinunterkippte, so wie unsereins einen Softdrink. Angela fütterte ihn dabei unablässig, nur um von Zeit zu Zeit diese Prozedur zu unterbrechen und Mr. Wu liebevoll das Gesicht abzutupfen.

Ich war mehr und mehr angewidert.

»Die Position und die Macht des russischen Präsidenten scheinen unangreifbar zu sein«, hörte ich Daniel sagen.

Richard Wu lachte, ein kurzer asthmatischer Laut. »Nicht nur in Russland«, antwortete Wu. »Es ist kein Geheimnis, dass er versucht, das ehemalige russische Reich wieder auferstehen zu lassen.«

»Sie sind bestens informiert, um das zu wissen«, kommentierte Daniel mit einem schiefen Lächeln. »Es ist nicht immer leicht, mit Geschäftspartnern aus dieser Region umzugehen.«

Mr. Wu schüttelte den Kopf und kippte das nächste Glas Cognac.

»Ich kann auf die Unterstützung meiner Regierung zählen«, erklärte er schlicht und rülpste laut. »Andernfalls wäre meine Beteiligung ziemlich wertlos und meine Aktien längst in den Taschen der üblichen Oligarchen verschwunden. Aber glauben Sie mir, ich bin in einer sehr starken Position, ich werde am Ende der Gewinner sein. Niemand wagt es, den chinesischen Drachen zu verärgern. China ist die Supermacht dieses Jahrhunderts, vergessen Sie Russland und Amerika oder Japan, nur Indien wird China jemals herausfordern können.«

Mr. Wu rülpste erneut und Marge schaute ihn entsetzt an.

Als ob nichts geschehen wäre, fuhr Mr. Wu fort: »Indien könnte eine Herausforderung sein, aber nur, wenn die Inder ihre Demokratie abschaffen. Das Konzept der Demokratie ist veraltet und ineffizient. Schauen Sie sich China an. Wir können einen Flughafen in der Zeit bauen, die die Inder brauchen, um eine Diskussion im Parlament zu beginnen. Nein, Russland braucht China, es gibt in der Welt keinen wirklichen Konkurrenten mehr für China.«

Wie zur Bestätigung von Wus Aussage begann Angela zu gurren und fütterte ihn mit einem riesigen Bissen geschmorten rosa Lachses, der mit einer Schicht cremiger Kaviarsauce glasiert war. Der Lachs wurde neben anderen Köstlichkeiten auf Silbertellern serviert. Wu schnappte zu wie ein Piranha, der rosa Bissen verschwand und hinterließ nur eine Erinnerung in Form eines hellen Flecks auf seinem Kinn, während das Fett langsam von seinen Lippen tropfte.

Ich schauderte innerlich. Allein die Vorstellung, auch nur eine einzige Minute meiner Zeit allein mit Richard Wu verbringen zu müssen, verursachte mir eine Gänsehaut. Und doch … ich war gleichzeitig fasziniert. Obwohl ich ihn abstoßend fand, spürte ich das Charisma seiner starken Persönlichkeit. Richard Wu mochte ekelhaft sein – aber er war clever, vermutlich teuflisch clever.

Tom erschien und setzt sich an unseren Tisch. Ich sah, wie er am Eingang des Restaurants erst zögerte, unsicher, ob er sich zu uns setzen oder lieber kehrtmachen sollte. Aber seine Neugier gewann am Ende die Oberhand. Er setzte sich allerdings neben mich, sorgsam darauf achtend, dass Marge und John eine Art Puffer zwischen ihm und Richard Wu bildeten.

Mr. Wus wachsame Augen hatten sich für eine Sekunde überrascht geöffnet, als er den Sohn des Feindes erblickte. Er erwiderte Toms Begrüßung kurz und knapp, ignorierte ihn aber anschließend völlig und richtete seine Aufmerksamkeit ausschließlich auf Daniel.

Im Verlauf des Gesprächs wurde immer klarer, dass Richard Wu versuchte, Daniel für eine Investition in seinem Unternehmen zu begeistern. Daniel ging darauf ein und gab vor, äußerst interessiert zu sein. Daniel machte das sehr glaubwürdig, obwohl ich wusste, dass der Artikel in der Zeitschrift ihn sicher nachdenklich gestimmt hatte.

Ich hatte mir bisher nicht vorstellen können, dass ein so wichtiges Geschäft Thema eines Abendessens sein könnte, und stellte außerdem verblüfft fest, dass Richard Wu Daniel für reich genug hielt, um in großem Umfang investieren zu können. Es gab also nur zwei Möglichkeiten: Entweder war Daniel ein exzellenter Hochstapler oder er musste weitaus reicher sein, als ich es mir vorstellen konnte.

Daniel und Richard Wu unterhielten sich gerade über die Förderung von Schiefergas in Kanada, als ich unbedacht einwarf: »Ist es nicht viel zu schwierig, die kanadischen Gasfelder zu nutzen? Wie wollen Sie das Gas transportieren?«

Aus Mr. Wus Augenwinkeln schossen Blitze und auch die zarte Angela, die diese Diskussion eifrig mitverfolgt hatte, sah mich mit offensichtlichem Missfallen an.

Mr. Wu räusperte sich, was allerdings wie das asthmatische Bellen einer überfütterten Bulldogge klang: »Das ist nichts, was nicht gelöst werden könnte – und glauben Sie mir, es wird gelöst werden«, antwortete Wu kurz angebunden.

Ich spürte, dass er durch meine Bemerkung nicht nur irritiert, sondern regelrecht erzürnt war. Durch meinen vorlauten Kommentar war ich sicher soeben auf der Liste seiner potenziellen Feinde gelandet und dieser Gedanke war alles andere als beruhigend. Mir war sonnenklar: Männer wie Richard Wu duldeten keinen Widerspruch.

Ich zuckte zusammen und senkte schnell meinen Kopf, dabei hörte ich ein leises Kichern neben mir. Es war Tom, offenbar fand er es höchst amüsant, dass ich es gewagt hatte, den mächtigen Tycoon herauszufordern.

Unser Abendessen endete mit einem opulenten Dessert, serviert von einem silbernen Wagen. Alle meine guten Vorsätze, heute Abend auf einen Nachtisch zu verzichten, waren sofort vergessen und ich schwelgte in einer Orgie von Kalorien.

Mr. Wu war weiterhin mit einem gesunden Appetit gesegnet, der Tycoon verdrückte eine beeindruckende Anzahl von Desserts, dann folgten unsere chinesischen Gäste Daniels Einladung, sich mit ihm an die Bar zu setzen. Richard Wu liebte es, nach dem Essen eine kubanische Zigarre zu rauchen, wie er uns wissen ließ. Ich lehnte die Einladung höflich ab. Nicht nur für diesen Abend hatte ich genug von Mr. Wu und seiner Assistentin.

Das seltsame Paar verließ zusammen mit Daniel das Restaurant – M. Wu watschelnd wie eine fette Ente. Derweil schwebte Angela ätherisch neben ihm. Plötzlich verfing sich Angelas hoher Absatz im Teppich. Mr. Wu watschelte weiter vor ihr her, ohne sie weiter zu beachten, aber Daniel eilte ihr sofort zu Hilfe und bot ihr galant seinen Arm an.

Angela nahm mit einem einladenden Lächeln an und stützte sich auf Daniel. Ich seufzte. Dieses Manöver war für meinen Geschmack ein wenig zu durchsichtig gewesen.

Sind Männer wirklich so blind?

Doch schnell stellte ich fest, dass Daniel gar nicht blind war, sondern im Gegenteil, er schien Angela zu ermutigen, sich noch mehr auf ihn zu stützen. Kein Zweifel, auch Daniel war ein williges Opfer ihrer Reize geworden. Ich war alles andere als amüsiert.

»Nun, beeindruckt vom großen Tycoon?«, hörte ich Toms sarkastische Stimme sagen.

»Mehr irritiert als beeindruckt. Wie kann sich eine Frau wie Angela nur so erniedrigen? Sie hat dieses fette Krokodil sogar gefüttert. Einfach ekelhaft!«, zischte ich erbost.

Währenddessen sah ich empört zu, wie Daniel seinen Arm schützend um Angelas Schultern legte, als sie durch die Tür des Restaurants verschwanden.

Tom kicherte, dann wurde er ernst. »Geld, Amanda, es geht immer nur um Geld. Warum glaubst du, dass Veronique meinen

Vater geheiratet hat? Wegen der Schönheit seiner blauen Augen? Ich verstehe nicht, warum mein Vater und Wu sich in hirnlose Narren verwandeln, wenn es um Frauen geht.«

»Richard Wu ist alles andere als ein Narr«, mischte sich Marge plötzlich in unser Gespräch ein. »Angela spielt die unterwürfige Geisha zur Perfektion, dafür bezahlt er sie ja – bestens. Ihr habt sicher den Schmuck bemerkt, sie war behängt wie ein Weihnachtsbaum – allein die Kette war so viel wert wie das Lösegeld eines Königs.«

Marge räusperte sich und überlegte kurz, dann setzte sie hinzu: »Aber es ist nicht schwer zu erkennen, dass Mr. Wu ein eiskalter Psychopath ist. Das ist der Unterschied zu Ihrem Vater, Tom. Ich hatte den Eindruck, dass Sir Walter ganz vernarrt in Ihre Stiefmutter war.«

Ich war sprachlos, das traf genau ins Schwarze. Marge war eine überraschend scharfsinnige Beobachterin.

»Ich denke, Sie haben recht, Marge. Mein Vater war in Veronique verliebt – total verknallt –, könnte man sagen, aber die Beziehung zwischen Angela und Richard Wu ist anders, sie ist auch nur eine seiner vielen Geliebten, soweit ich weiß.«

»Nicht doch, sie wurde uns als seine Assistentin vorgestellt«, sagte ich höhnisch.

»Mit ganz besonderen Fähigkeiten, das ist doch klar«, schaltete sich Neil Hopkins in unsere Diskussion ein. Er machte eine kurze Pause und fügte grinsend hinzu: »Rein wissenschaftlich gesehen gibt es keine stichhaltige Erklärung dafür, wie Angela überhaupt auf so hohen Absätzen laufen kann, es scheint gegen alle Gesetze der Schwerkraft zu verstoßen.«

»Was wiederum einmal beweist, dass die Wissenschaft nicht alle Fragen des Lebens beantworten kann«, warf ich ein. »Ich glaube, ich gehe jetzt zurück in meine Kabine. Der Geruch von Angelas Parfüm scheint an mir zu kleben, seit ich ihr die Hand gegeben habe. Ich muss duschen, es ist einfach ekelhaft.«

Angelas Parfüm roch überwältigend nach Vanille, und zwar so stark, dass mein Magen zu rumoren begann.

»Lass mich dich zu deiner Kabine begleiten!«, schlug Neil vor.

»Das ist nett.«

Ich war gerührt. Im Laufe dieses bewegten Abends hatte ich die Drohbriefe vergessen, aber jetzt kam die Erinnerung daran zurück und Neils Begleitung würde mir ein besseres Gefühl geben.

Wir erreichten meine Kabine und automatisch wanderte mein Blick auf den Boden. Aber kein neues Schreiben lag auf dem Teppich und ich konnte einen Seufzer der Erleichterung nicht unterdrücken, denn ich war mir fast sicher gewesen, erneut eine Nachricht zu finden.

Neil bemerkte meine Erleichterung und drückte meine Hand. Es war eine freundliche und zugleich beruhigende Geste. Es war nett, nicht allein in der Kabine zu sitzen und Trübsal zu blasen.

»Darf ich dich auf ein Glas Champagner einladen, Neil? Er wird immer nachgefüllt … Wenn ich das Schiff nach der Kreuzfahrt verlasse, werde ich eine Alkoholikerin sein.«

Neil lachte. »Stimmt leider, es gibt sogar Passagiere, die ihn bereits zum Frühstück trinken. Für mich gibt es nur Tee, sonst nichts am Morgen!«

»Für mich ist es Kaffee, das heißt, wir haben einen unterschiedlichen Geschmack!«, fügte ich hinzu und lächelte ihn an.

»Nichts, was sich nicht leicht lösen ließe, Amanda. Ich merke schon, dass ich mich schnell für die Idee erwärmen könnte, morgens Kaffee, statt Tee zu trinken.«

Ich wurde rot und wusste nicht, was ich antworten sollte.

Neil erwartete auch keine Antwort, sondern schickte sich an, die

Flasche zu öffnen. Er zog sein Jackett aus und erledigte die Aufgabe recht professionell, nur Sekunden später verkündete ein lautes Ploppen den Erfolg seiner Arbeit. Wir prosteten uns zu, aber der Geruch von Angelas Parfüm stieg mir immer noch in die Nase und ich fand ihn ekelerregend.

»Neil, würdest du mich kurz entschuldigen? Ich möchte duschen. Der Geruch von Angelas Parfüm klebt an mir, er vermischt sich sogar mit dem Geschmack des Champagners. Ich springe schnell unter die Dusche, du kannst dir in der Zwischenzeit etwas zum Lesen aussuchen, mach es dir bequem.«

»Kein Problem, ich bin erwachsen, ich komme mit fünf Minuten allein zurecht.«

»Hast du schon mal eine Frau getroffen, die es geschafft hat, in nur fünf Minuten zu duschen?«, fragte ich misstrauisch.

»Ja, du wirst erstaunt sein, aber das habe ich. Es war im Winter in Polen und die Heizung im Badezimmer war ausgefallen«, lachte er, »aber das ist wohl kein Maßstab, lass dir Zeit.«

Ich warf Neil ein breites Lächeln zu und verschwand im Badezimmer, wo ich mich unter das warme Wasser der Dusche stellte. Endlich wich der penetrante Geruch.

Bestens gelaunt, schritt ich aus der Dusche, verpasste aber den Vorleger und rutschte auf dem glatten Boden aus. Ich prallte also mit voller Wucht und einem lauten Knall gegen die Badezimmertür. Gott sei Dank tat es nicht weh, aber die Scheiben im Raum vibrierten, als hätte ich die Trompeten von Jericho ausgelöst.

Die Tür flog auf und ein besorgt aussehender Neil starrte mich an. »Ist alles in Ordnung, Amanda?«

Ich schrie auf und schnappte mir das erste verfügbare Handtuch, um mich zu bedecken. Es war natürlich viel zu klein und ich konnte nur hoffen, dass der Boden sich öffnen und mich verschlucken würde – aber das tat er natürlich nicht. Das tut er übrigens nie, wenn man es mal braucht.

In billigen Schundromanen würde dieser kleine Unfall mit einer pikanten Schlafzimmerszene enden. Nun, so weit kam es dann doch nicht, aber eines kann ich bestätigen:

Dieser Nobelpreisträger küsste überraschend gut …

Tag 8 – Ein denkwürdiger Geburtstag

Am nächsten Tag erwachte ich in meinem Bett, allein … zu meiner größten Erleichterung. Wie hatte ich es nur geschafft, in diese unmögliche Situation zu geraten? Warum ist das Leben so kompliziert?

Du bist unglaublich!, schimpfte meine verhasste innere Stimme. *Du betest Daniel an, spielst dann die schüchterne Jungfer und bei der ersten Gelegenheit hüpfst du fast mit Neil ins Bett? Was ist nur mit dir los?*

Ich musste wohl zu viel Champagner getrunken haben. Das war die einzig logische Erklärung.

Amanda, so kann es nicht weitergehen, fuhr die nörgelnde Stimme fort, und obwohl mir meine innere Stimme meistens gehörig auf die Nerven geht, waren wir uns dieses Mal leider völlig einig. Ich fuhr in einer emotionalen Achterbahn. Ein Teil von mir fühlte sich schrecklich, der vernünftige Teil vermutlich, der andere genoss jede Minute.

Ich riss mich zusammen und fasste den Entschluss, wieder etwas Ordnung und Logik in meinen Kopf zu bringen. Das Fitnessstudio bot sich dazu an – statt Frühstück.

Als ich die Vorhänge öffnete, sah ich, dass sich das Wetter inzwischen aufgeklart hatte. Selbst das Meer war nicht mehr düster grau und eine muntere Sonne spielte mit den Schaumkronen der Wellen. Das fröhliche Brummen der Motoren verkündete, dass die Belgravia wieder auf Kurs war und mit Volldampf auf New York zusteuerte.

Wir hatten den Sturm überstanden.

Obwohl die See heute ruhig war und der Morgenhimmel einladend blau über mir strahlte, hatte ich keine Lust, fünfmal um das Schiff zu joggen oder etwa Golfbälle in das große Netz zu schlagen. Das Fitnessstudio schien mir die bessere Option zu sein.

Allerdings hatten Neil und Daniel meine Gedanken dermaßen beschäftigt, dass ich erst jetzt, da ich die Kabine verließ, bemerkte, dass mir eine weitere erpresserische Notiz erspart geblieben war.

Eine Sorge weniger, dachte ich erleichtert.

Ich betrat kurze Zeit später die Folterkammer – Fitnessstudio genannt – und mein Glück hielt. Weit und breit keine Spur von Marge. Vermutlich war es noch zu früh – der Zeiger meiner Uhr hatte sich noch nicht einmal auf die Acht bewegt. Nicht, dass ich Marge nicht gut leiden mochte, aber ich wollte heute Morgen einfach mit niemandem reden – und nicht mit Marge zu reden, war eine Mission Impossible.

In Gedanken versunken lief ich schneller und schneller auf dem Laufband. Ein kurzer Blick um mich herum versicherte mir, dass die wenigen Passagiere, die sich zu dieser frühen Stunde in das Studio gewagt hatten, sich nur für ihren Sport und nicht für mich oder gar mein Aussehen interessierten. Da es also keinen kümmerte, wie attraktiv ich aussah, beschloss ich, die Geschwindigkeit des Laufbands um eine weitere Stufe zu erhöhen und schnaufte bald wie eine ausrangierte Dampflokomotive – aber es tat gut, den Stress loszuwerden.

Ich mochte Neil sehr gut leiden, aber … ich war in Daniel verknallt. Ein furchtbares Wort, passend zu einem Teenager – aber diese lästige Tatsache ließ sich nicht leugnen. Neil war allerdings nicht zu verachten, er war recht attraktiv, wenn man von seinem grässlichen Kleidergeschmack absah.

Beide Männer waren hochintelligent, beide waren charmant, beide schienen an mir interessiert zu sein …

Meine Gedanken drehten sich im Kreis und ich war nicht in der Lage, mich für einen der beiden zu entscheiden. Die (hässliche)

Wahrheit war vermutlich, dass ich mich gar nicht entscheiden wollte. Sobald wir in New York ankamen, war diese Episode sowieso zu Ende. Amanda würde in ihr altes langweiliges Leben zurückkehren, warum also nicht jede Sekunde meines Abenteuers und das Interesse von zwei attraktiven Männern auskosten?

Ich habe noch nie verstanden, warum man in einem Fitnessstudio an jeder freien Wand einen Spiegel anbringt. Als ich von dem Bildschirm vor mir aufblickte, konnte ich mich aus mindestens drei verschiedenen Perspektiven erblicken – aber keine davon sah schmeichelhaft aus. Mein Gesicht war knallrot und mein lautes Schnaufen trug nicht dazu bei, mich attraktiver wirken zu lassen. Der Schweiß rann mir die Stirn hinunter; ich konnte ihn so häufig mit einem Handtuch hinwegtupfen, wie ich wollte, es half nichts. Ich beschloss, mein Spiegelbild zu ignorieren, mein Aussehen spielte heute Morgen ohnehin keine Rolle.

Ich war noch tief in Gedanken versunken, als eiskalte Hände sich mir von hinten näherten und mir die Augen zuhielten. Ich kreischte laut auf.

»Reg dich ab, ich habe keine unehrenhaften Absichten – nicht zu dieser Tageszeit zumindest«, hörte ich Daniels amüsierte Stimme. Wieder einmal hoffte ich, dass sich der Boden öffnen und die puterrot schnaufende Amanda verschlucken würde, aber natürlich: Nichts dergleichen passierte.

Daniel hingegen sah sportlich-elegant aus, seine Shorts betonten seine muskulösen Beine. Der Kontrast zu mir hätte nicht größer sein können. Es war an der Zeit, Daniel zu hassen – ein Gentleman wie Neil wäre vermutlich rücksichtsvoller gewesen und nicht zur falschen Zeit am falschen Ort aufgetaucht.

»Daniel, tu mir bitte einen großen Gefallen!«, flehte ich.

»Was immer du willst …«

»Schließe deine Augen, verlasse die Sporthalle – sofort – und vergiss, dass du mich jemals in diesem Zustand gesehen hast. Ich sehe einfach schrecklich aus. Es macht keinen Sinn zu leugnen, die Spiegel um mich herum zeigen mir die schonungslose Wahrheit.«

»Du hast eine melodramatische Ader, Amanda. Eine häufige Folge der beruflichen Belastung als Lehrerin, habe ich gehört. Du siehst toll aus, wie sollte man denn deiner Meinung nach aussehen, wenn man trainiert?«

Er nahm mein Handtuch und begann, mir die Stirn abzutupfen, allerdings übertrieb er es etwas mit der Rolle des fürsorglichen Freundes. Mein Blick schweifte hinter ihn und ich entdeckte ein Paar unschuldig aussehende Hanteln. Das ideale Werkzeug, um Daniel ins Jenseits zu befördern.

Er musste meinem Blick gefolgt sein, denn ich hörte ihn kichern. »Ich verstehe dich nur zu gut, aber gib der Versuchung nicht nach, Amanda. Stell dir vor, überall Blut, wie unästhetisch. Aber ich verstehe … ich bin hier gerade nicht erwünscht. Ich lasse dich jetzt allein, wenn du mir versprichst, dass du mit mir zu Mittag isst … und übrigens, ich bestätige dir gerne, dass mir sehr gut gefällt, was ich sehe.«

Er musterte mich von Kopf bis Fuß, wobei er für meinen Geschmack an einigen Stellen etwas zu lange verweilte, und zwinkerte mir zu: »Ich hatte mal eine, nennen wir sie eine gute Freundin, die sofort mit Sport aufhörte, sobald sich die erste Schweißperle auf ihrer Stirn zeigte. Sie hatte eine Heidenangst davor, dass sie ihr Make-up ruinieren könnte. Ich habe nie verstanden, warum sie überhaupt mit mir ins Fitnessstudio gehen wollte.«

Er machte eine kurze Pause und grinste mich dann an. »Aber sie hatte den schwarzen Gürtel im Shoppen, da konnte ihr keiner das Wasser reichen. Ehrlich gesagt, finde ich deine Art zu trainieren besser.«

Ich war aber fest entschlossen, mich nicht von seinem Latin-Lover-Gesäusel einlullen zu lassen:

»Ich vermute, dass dein Gedächtnis mit zunehmendem Alter nachlässt. Ich möchte wetten, du hast die – sicher nicht geringe Anzahl – von Freundinnen vergessen zu erwähnen, die auch bei anstrengendem Training noch wie ein Victoria-Secret-Model aussahen«, sagte ich streng.

Die Erwähnung seines fortgeschrittenen Alters war vermutlich eine billige Rache, aber zutiefst befriedigend.

»Das ist durchaus möglich, Amanda. Du weißt, dass das fortschreitende Alter eine Geißel ist, die uns alle irgendwann trifft. Jetzt, da du es erwähnst, fällt mir plötzlich ein, dass es doch die eine oder andere Frau in meinem Leben gab.«

»Daniel, du bist unmöglich. Ich sollte deiner Erpressung nicht nachgeben, aber wir sehen uns beim Mittagessen, wenn du jetzt gehst – und zwar schnell.«

Er warf mir eine Kusshand zu und war im nächsten Moment verschwunden. Aber mein Verstand – der nach dem Sport eigentlich ruhig, logisch und strukturiert sein sollte – war wieder im Chaos versunken. Daniels Auftauchen und seine Einladung zum Essen hatten alle guten Vorsätze vernichtet.

Sieh es praktisch, Amanda, sprach meine innere Stimme höhnisch. *Dein Abenteuer auf der Belgravia wird ohnehin nur eine kurze Episode bleiben und Aschenputtel Amanda wird bald wieder in ihrer Zweizimmerwohnung sitzen und lustlose Schüler unterrichten.*

Die Stimme hatte recht – es sei denn, der Mörder an Bord würde mich zu seinem nächsten Opfer machen. Ich fing an, mich für diese Idee zu erwärmen – denn das würde eine Menge Probleme lösen.

Schließlich verwarf ich diese düsteren Gedanken jedoch, denn ich bin eine geborene Optimistin. Ich drehte noch ein paar Runden auf dem Rad, in der vergeblichen Hoffnung, dass etwas mehr Bewegung mir helfen würde, wieder zur Ruhe zu kommen. Dann taumelte ich müde und schweißgebadet zu den Duschen. Die Spiegel zeigten eine Person mit hochrotem Kopf, die sich zu den Duschen schleppte – das konnte unmöglich mein Spiegelbild sein.

Auf dem Weg zu den Umkleidekabinen bemerkte ich freudig, dass das Schiff sogar ein türkisches Bad anbot. Ich hatte schon oft über die wohltuende und verjüngende Wirkung von Dampf gelesen. Warum sollte ich es heute nicht einmal ausprobieren?

Nur wenige Minuten später saß ich im Dampfbad und atmete tief den warmen Dampf ein, während meine Gedanken noch immer damit beschäftigt waren, einen Ausweg aus meinem Gefühlschaos zu finden.

Ich entspannte mich auf der Bank, aber es dauerte nicht lange, bis es unangenehm heiß wurde. Dampf mag gut für die Haut und die Durchblutung sein, aber hier gab es eindeutig zu viel davon. Bald würde ich wie ein gekochter Hummer aussehen, es war also höchste Zeit, unter eine kühle Dusche zu springen.

Ich wickelte mein Handtuch so fest wie möglich um mich und drehte den Hebel zum Öffnen der Tür. Nichts tat sich. Ich ruckelte ungeduldig und drückte mit aller Kraft gegen die Glastür.

Aber die Tür ließ sich nicht öffnen.

Wie dumm von mir, ich muss den Hebel in die falsche Richtung gedreht haben, dachte ich und versuchte, die aufsteigende Panik zu unterdrücken.

Ich ruckelte erneut, aber nichts passierte und immer mehr Dampf füllte den kleinen Raum. Meine Situation wurde langsam brenzlig.

Ich rüttelte immer stärker an der Tür, presste den Hebel mit aller Kraft, so fest ich konnte, aber die Tür öffnete sich nicht. Fluchend stemmte ich mich mit meinem ganzen Körpergewicht gegen die Tür – erneut ohne Erfolg; die Tür blieb fest verschlossen.

Das Dampfbad war zu meinem Gefängnis geworden.

Die Hitze wurde langsam unerträglich. Ich röchelte, denn der Dampf erstickte mich. Hilflos sackte ich auf die Bank. Meine Gedanken jagten: *Das kann kein Zufall sein, bin ich das nächste Opfer? Ein weiterer »Unglücksfall«?*

Mein Herz raste wie wild, aber ich war nicht bereit, aufzugeben. Ich schleppte mich noch einmal zu der Glastür und hämmerte mit aller Kraft, die ich noch aufbringen konnte, gegen die Tür.

Die intensive Hitze verschlang meinen Körper, sie betäubte mein Gehirn, sie kochte mich bei lebendigem Leib. Meine letzte Erinnerung war der Blick auf den menschenleeren Korridor, dann wurde ich ohnmächtig.

***

Später erzählte mir die nette junge Trainerin, dass sie mich gegen die Tür hatte hämmern hören, aber als sie die Tür öffnete, war ich schon bewusstlos. Sie konnte sich allerdings nicht erklären, warum ich die Tür nicht hatte öffnen können. Sie sagte, sie habe die Tür unverschlossen vorgefunden.

Die junge Frau war den Tränen nahe und entschuldigte sich in einer mir unverständlichen slawischen Sprache, aber ich wusste natürlich, dass der Vorfall nicht ihre Schuld war. Gierig trank ich das kalte Wasser, das sie mir mit zitternden Händen reichte, während meine Gedanken rasten. Ich war nun sicher, dass der Mörder sich nicht nur darauf beschränkt hatte, mir eine Nachricht zu schicken. Irgendwie musste er in Erfahrung gebracht haben, dass ich die einzige Augenzeugin des ersten Verbrechens gewesen war.

Mir wurde schlagartig klar: Amanda Lipton war zu einer Zeugin geworden, die liquidiert werden musste. Das klang sehr logisch, aber ich fand, diese Schlussfolgerung nur schwer zu verdauen. Eines war jedoch klar:

Von jetzt an würde ich noch vorsichtiger sein müssen.

Etwa zehn Minuten später hatte ich mich wieder aufgerappelt und konnte unter den aufmerksamen Augen der jungen Assistentin duschen und mich anziehen. Auf dem Rückweg zur Kabine bewegte ich mich allerdings immer noch wie in einer Seifenblase. Vermutlich hätte sich eine ganze Reihe von Schurken auf mich stürzen können und ich bin mir nicht sicher, ob ich etwas bemerkt hätte.

So viel zu meinem Vorsatz, mehr Vorsicht walten zu lassen …

In meiner Kabine wartete allerdings schon die nächste Überraschung auf mich. Als ich die Tür öffnete, lag erneut ein Zettel auf dem Boden.

Es war nur ein einziger Satz:

Letzte Warnung.

Ich schnappte mir das Stück Papier und sank damit auf mein Sofa. War das gerade meine letzte »Warnung« gewesen? Würde der nächste Angriff tödlich enden? Oder hätte ich diese Nachricht vielleicht schon früher erhalten sollen? Meine Hände zitterten. Diese Nachrichten waren wie ein Gift, das in täglichen Dosen verabreicht wurde, jedes Mal ein bisschen stärker, aber zumindest bisher noch nicht … tödlich.

Aber das nächste Mal – würde ich dann das nächste Opfer sein? Es war ein erschreckender Gedanke.

Ich schaute noch einmal auf das Stück Papier, in der Hoffnung, einen Hinweis oder eine Inspiration zu erhalten. Aber wie schon beim ersten Mal, konnte ich nichts erkennen, egal wie oft ich mir die Worte durchlas. Mein unbekannter Feind war nicht nur wahnsinnig, sondern auch sadistisch. Wie sollte ich damit umgehen?

Ich saß noch sinnierend auf meinem Sofa, als mir siedend heiß einfiel, dass ich versprochen hatte, Daniel zum Mittagessen zu treffen.

Schon wieder so ein sonderbarer Zufall, ertönte meine verfluchte innere Stimme. *Unser Freund Daniel war doch auch im Studio heute Morgen oder etwa nicht? Genau wie beim ersten Mord ... aber natürlich ... Amanda Gänschen vertraut ihm. Er ist amüsant, interessant – und sieht dazu noch gut aus. Amanda, wach auf! Du bist so naiv, dass es wehtut, du benimmst dich wie eines deiner verknallten Schulmädchen.*

Ich schüttelte den Kopf. Das war Unsinn, ich konnte mir nicht vorstellen, dass Daniel ein Sadist war, der mich mit diesen Botschaften quälen würde. Aber wem konnte ich auf diesem Schiff noch vertrauen?

Ich beschloss, dass ich dringend mit Daniel darüber reden musste. Ich wollte seine Reaktion aus erster Hand sehen. Dieser schreckliche Verdacht musste ausgeräumt werden. Tief in meinem Herzen hoffte ich, dass meine innere Stimme Unfug erzählte. Na ja, zur Not hatte ich noch Neil, der mich sicher beschützen würde.

Da war wieder mein Dilemma. Für wen sollte ich mich entscheiden? Für Daniel – oder für Neil?

Ich brauchte jetzt einen Kaffee. Das war ein Notfall!

***

Auf dem Weg zum Coffeeshop eilte ich durch verlassene Gänge, peinlich darauf achtend, in Sichtweite der Kameras zu bleiben, denn das gab mir ein Gefühl von Sicherheit.

Meine Kaffeepause, begleitet von einem opulenten Croissant, stellte mein seelisches Gleichgewicht wieder her. Während sich die wohlige Wärme des Kaffees in meinem Körper ausbreitete, brachte das Koffein mein Gehirn auf Trab.

Die Belgravia war jetzt wieder mit voller Geschwindigkeit nach New York unterwegs. Ich konnte somit hoffen, dass die Polizei bald an Bord kommen würde – es gab also keinen Grund zur Panik mehr. Zudem beschloss ich, Neil vorerst aus der Sache herauszuhalten. Er hatte eine sehr ritterlich altmodische Einstellung und würde sich sicherlich zu viele Sorgen um mich machen.

Ich grübelte noch immer erfolglos über mein kompliziertes Gefühlsleben, als John auftauchte. Er sah müde und erschöpft aus – auch er musste eine schlaflose Nacht verbracht haben.

»Hi John, darf ich dich auf eine Tasse Kaffee einladen?«, fragte ich impulsiv.

John strahlte mich an und bestellte sich beim Barista einen dieser riesigen Becher, zum Bersten gefüllt mit Milchkaffee, darauf schwamm eine dicke Sahnehaube. Das Getränk roch stark nach Vanille und Karamell. Ich überschlug geistig die Kalorien und schüttelte mich. Es roch allerdings köstlich und ich setzte das Getränk sofort auf meine rote Liste der verbotenen Lebensmittel.

John trank einen großen Schluck und seufzte zufrieden. Wenn dieses Getränk auch nur halb so gut schmeckte, wie es roch, hatte er auch allen Grund, zufrieden zu sein.

Ich war auch nur ein kleines bisschen neidisch.

»Du siehst ein bisschen müde aus, John«, eröffnete ich das Gespräch behutsam. »Warst du seekrank?«

John seufzte wieder, aber diesmal unglücklich. »Ich wollte, es wäre das. Dagegen gibt es Pillen. Nein, es geht um Marge.«

Er machte eine lange Pause. Wenn es nicht gerade um Fußball ging, war John kein großer Redner.

»Kann ich dir behilflich sein?«, schlug ich diskret vor.

»Das ist sehr nett von dir, Amanda, aber ich muss das leider selbst regeln. Ich habe dir ja schon gesagt, dass Marge seelisch nicht immer sehr stabil ist – aber es ist schlimmer geworden. Du kannst leider nicht helfen, aber nochmals danke, ich schätze dein Angebot.«

Fast hätte ich ihm von den Drohbriefen erzählt, die Marge bekommen hatte. Das war sicher Grund genug, dass Marge sich merkwürdig verhielt. Aber ich hatte Marge fest versprochen, John nichts zu sagen. Deshalb antwortete ich einfach: »Ich nehme an, es ist nichts Ernstes. Marge mag ihre Launen haben, aber ich bin mir sicher, dass sie hochintelligent ist. Mach dir nicht zu viele Sorgen um sie, John!«

»Ja, meine Marge ist ein kluges Mädchen, aber genau das ist ja ein Teil meines Problems.«

Er verstummte wieder und wir wechselten im geheimen Einverständnis das Thema.

»Die Motoren brummen«, sagte ich fröhlich. »Ich schätze, dass wir spätestens in zwei Tagen im Hafen einlaufen werden.«

John schüttelte den Kopf. »Ich befürchte, du bist ein bisschen zu optimistisch. Die Maschinen laufen noch nicht auf Hochtouren und nach einem solchen Sturm gibt es sicher einen Stau vor dem Hafen, zig Schiffe warten auf einen Anlegeplatz. Ich denke, wir legen frühestens in drei Tagen an, aber es gibt Schlimmeres im Leben, als auf der Belgravia festzusitzen.«

Ich hätte dieser Aussage begeistert zugestimmt, wäre da nicht das winzige Ärgernis gewesen, dass ein Mörder beschlossen hatte, die Freuden dieser Kreuzfahrt mit mir zu teilen – was mich auf meine neue Drohung und meinen längeren, aber unfreiwilligen Aufenthalt im Dampfbad zurückbrachte. Ich musste Daniel alles darüber erzählen, was mich wiederum daran erinnerte, dass ich versprochen hatte, mit Daniel zu Mittag zu essen.

Ich folgte noch diesem Gedankengang, als ich mein Spiegelbild in den großen Fensterflächen des Coffeeshops entdeckte. Leider stellte ich fest, dass die Frau, die sich dort im Glas spiegelte, (a) ich, Amanda Lipton, war und (b) bei Weitem nicht attraktiv genug für ein Date aussah.

Ich konnte mich unmöglich mit Daniel zum Mittagessen zu treffen, wenn so ich aussah, als wäre ich rückwärts durch eine Hecke geschleift worden. Er hatte zwar im Fitnessstudio erwähnt, dass ihm mein natürlicher Stil gefiel, aber zu viel Natur wollte ich ihm denn auch nicht zumuten.

Daraus ergab sich: Ein wenig professionelle Hilfe würde mir und meinem Aussehen guttun. Wer wäre besser geeignet als Oksana mit ihren magischen Händen, um Aschenputtel wieder in eine Prinzessin zu verwandeln?

Kurz gefasst: Es war höchste Zeit, mich von John zu verabschieden.

»John, sorry, aber ich habe die Zeit völlig vergessen. Mir fällt gerade auf, dass ich einen Termin beim Friseur habe, ich muss mich beeilen«, rief ich aus und drückte dem völlig überraschten John einen schnellen Kuss auf die Wange.

In Windeseile war ich auf dem Weg, in der Hoffnung, dass Oksana Dienst – und Zeit – für mich hatte.

Atemlos kam ich in dem kleinen Salon an, aber mein Herz sank, da ich nur eine mir unbekannte Assistentin am Tresen sah. Sie war eine menschgewordene Barbiepuppe mit perfekt geformten Beinen, platinblondem Haar, blauen Augen und ihr Schmollmund wurde von einer dicken Schicht rotem Lipgloss zur strahlenden Wirkung gebracht.

»Kann ich Ihnen helfen, Madam?«, fragte Miss Barbie gelangweilt, während sie ihre roten Nägel inspizierte, die mindestens drei

Zentimeter zu lang waren, dafür aber perfekt zum Rotton ihrer Lippen passten. Vielleicht hatte sie Nagellack statt Lipgloss aufgetragen?

Wir sahen uns an und waren uns auf den ersten Blick unsympathisch.

»Hi, ich heiße Amanda Lipton und ich habe einen Termin bei Oksana um 9.30 Uhr. Es tut mir leid, ich weiß, dass ich etwas zu spät bin«, log ich schamlos.

Miss Barbie runzelte angestrengt die Stirn und versuchte, die Hieroglyphen zu entziffern, die in den Terminkalender vor ihr gekritzelt worden waren. Ich sah schadenfroh, dass ihr das Lesen große Mühe bereitete. Ich kannte diese Art Mädchen ihrer Art aus meiner Schule – leider nur zu gut. Mir juckte es in den Fingern, ihr den Terminkalender aus den manikürten Fingern zu reißen, aber ich hielt mich zurück – ihre langen Fingernägel könnten sich als tödliche Waffe erweisen.

»Ich sehe keinen Termin mit Ihrem Namen und Oksana ist auch schon gebucht, ihre Kundin wird in Kürze eintreffen«, näselte sie und schloss gelangweilt das Buch.

»Das ist nicht meine Schuld. Bitten Sie Oksana, sofort hierher zu kommen, ich sehe nicht ein, warum ich hier dumm herumstehen soll!«, schimpfte ich mit meiner Lehrerin-Stimme. Das funktionierte oft recht gut.

Barbie erkannte die Stimme der Autorität und stelzte zu einem Raum im hinteren Teil des Salons. Dabei schwenkte sie die Hüften, so als würde sie für den Laufsteg trainieren.

Ich musste nicht lange warten, Oksana erschien sofort. Geduldig hörte sie sich meine langatmigen Erklärungen an, dass offenbar jemand vergessen habe, meinen Termin zu notieren.

»Würdest du Madame de la Rue übernehmen? «, fragte sie Barbie. »Sie müsste jeden Moment eintreffen, sie hat auch eine Maniküre gebucht.«

Barbie zuckte nur mit den Achseln. Eine Verabredung mit Monsieur de la Rue zum Shoppen wäre wohl eher ihr Ding gewesen.

»Danke, Oksana«, hauchte ich, » es handelt sich um einen Notfall!«

»Erzählen Sie mir bitte mehr«, antwortete sie neugierig, während sie mich zum Stuhl führte.

Oksana begann, die Haare zu waschen, während ich ihr mein Herz darüber ausschüttete, dass ich Daniel morgens im Fitness Studio getroffen hatte. Sie stimmte sofort zu, dass es nicht nur ein Unglück, sondern schon fast eine mittlere Katastrophe war, einen Mann zu treffen, der perfekt und sportlich aussah, während man selbst schweißgebadet im Zustand der Auflösung war.

»Keine Sorge, ich werde dafür sorgen, dass Sie zum Date wieder glamourös aussehen«, versprach Oksana mit einem verschwörerischen Lächeln.

»Übertreiben Sie es bitte nicht«, flehte ich. »Schließlich ist es nur eine Verabredung zum Mittagessen, ich muss natürlich aussehen, also natürlich gut, aber es muss so aussehen, als hätten wir kaum nachgeholfen.«

Oksana lachte. »Ich verstehe, ich werde mein Bestes tun.«

Das tat sie und sie hielt ihr Wort. Nachdem mein Haar gewaschen war und der Föhn seinen Dienst getan hatte, wurde ein dezentes Make-up gekonnt aufgetragen, und eine neue Version von Amanda mit einem aufregenden goldenen Schimmer in ihrem Haar lächelte mir im Spiegel entgegen. Meine grünen Augen leuchteten, größer als ich sie je zuvor gesehen hatte. Ich umarmte Oksana, und meine Begeisterung wurde erst gedämpft, als sie mir die Rechnung überreichte.

Ich ließ vor Schreck fast meine Handtasche fallen.

Ich räusperte mich. »Nun ja, das ist eine Menge Geld …«

»Ich weiß.« Oksana sah etwas schuldbewusst aus. »Aber ich musste Ihnen den vollen Preis in Rechnung stellen, sonst bekomme ich Ärger mit Monsieur. Die obligatorische Kopfmassage, die Monsieur nach jeder Haarwäsche von uns erwartet, habe ich schon ausgelassen …«

Ich schloss daraus, dass »Monsieur« der Besitzer des Salons war und dass er sehr einkommensorientiert war.

»Du bist es wert, Oksana, ich war verzweifelt.«

Ich seufzte tief und zückte meine Kreditkarte. Ich gab dazu ein schönes Trinkgeld und verließ den Salon als eine attraktive, aber viel ärmere Amanda. Manche Leute mögen sagen, dass man Schönheit nicht kaufen kann, aber dann haben diese Leute wahrscheinlich noch nie eine Oksana getroffen.

Die Zeit mit Oksana war wie im Flug vergangen und ich musste zurück in meine Kabine eilen. Das Gute an meinem Zwischenspiel beim Friseur war, dass der Vorfall im Dampfbad etwas von seinem Schrecken verloren hatte. Hatte jemand versucht, mich zu erschrecken – oder war es doch nur ein dummer Zufall gewesen? Türen können klemmen, das kommt schon mal vor. Ich versuchte also, positiv zu denken, und kam zu dem beruhigenden Schluss, dass ich wohl todmüde gewesen sein musste und vermutlich in der Panik überreagiert hatte.

Ich öffnete meinen Kleiderschrank, aber eine kritische Überprüfung meiner Kleidung ließ mich unschlüssig zurück; sie erschien mir entweder zu formell oder zu leger. Schließlich entschied ich mich für einen marineblauen Blazer mit dezenten Streifen und eine weiße Leinenhose – smart casual, wie es so schön auf Einladungen bei der High Society heißt.

Aber obwohl ich mich beeilte, kam ich mehr als fünfzehn Minuten zu spät am Restaurant an. Für eine Italienerin oder Spanierin würde das bedeuten, dass ich viel zu früh kam, aber wenn man in Europas nördlichen Gefilden geboren und aufgewachsen ist, wird Pünktlichkeit zu einer Art Besessenheit. Daniel schien genauso zu denken, denn er saß bereits an einem für zwei Personen gedeckten Tisch und hatte ein fast leeres Glas vor sich stehen – er musste wohl schon länger warten.

»Hi Daniel, es tut mir so leid, dass ich etwas zu spät dran bin!«

In Wirklichkeit beglückwünschte ich mich selbst, dass ich den Umweg über den Friseursalon gemacht hatte. Daniel warten zu lassen, konnte ihm schließlich nur guttun. Eins war sicher, sein Ego brauchte von Zeit zu Zeit einen Dämpfer.

»Keine Sorge, Amanda, es macht mir nichts aus, solange es nicht Professor Hopkins war, der dich aufgehalten hat.«

Mein Gesicht färbte sich ärgerlicherweise leicht rosa. Dieser Mann muss wohl einen sechsten Sinn haben. Zum Glück ersparte mir Daniel eine Antwort. Er musterte mich anerkennend:

»Du siehst fantastisch aus!«

Ich belohnte sein Kompliment mit einem breiten Lächeln. Ich liebe Komplimente. Daniel trug eine bequeme Jeans und ein einfaches Sweatshirt. Er war einer dieser hassenswerten Menschen, die immer gut aussehen, egal was sie anziehen. Nun, die Tatsache, dass seine Jeans ein dezentes Armani-Logo zierte und das Sweatshirt von Ralph Lauren stammte, half vermutlich.

»Ich habe nur kurz beim Friseur vorbeigeschaut«, gab ich zu, »nach dem Fitnessstudio sah ich furchtbar aus, man hätte mich gut als Hexe in einem neuen Netflix-Film besetzen können.«

Daniel lächelte mich an und leider reagierte mein Herzschlag sofort.

»Amanda, versprich mir, dass du dich nie ändern wirst. Ich fände dich auch als Hexe umwerfend.«

»Lass uns das Thema wechseln, Daniel. Mein Aussehen ist nicht wichtig. Ich habe wieder eine dieser verdammten Nachrichten erhalten.«

Ich kramte den Zettel aus meiner Handtasche, wo ich ihn – neben unzähligen anderen Dingen – sorgfältig aufbewahrt hatte. Diesmal machte ich mir aber nicht mehr die Mühe, das Papier nur mit einem Taschentuch zu berühren, sondern faltete das Blatt einfach auseinander und legte es auf den Tisch.

Daniel zog ein Gesicht und betrachtete die Notiz – eine ganze Minute lang. Ich vermutete, dass er sich eine Art Inspiration erhoffte, indem er das Papier in die Hand nahm und mehrmals durchlas. Ich sah, dass er die Stirn runzelte, dann sah er mich an.

»Ich bin überrascht, dass du so ruhig bist. Wann hast du diesen besonderen Liebesbrief erhalten?«

»Heute Morgen, als ich vom Fitnessstudio zurückkam. Ich habe das Papier auf dem Boden gefunden. Jemand muss es unter der Kabinentür durchgeschoben haben. «

»Das ist gut. Ich denke, wir sollten sehr bald herausfinden, wer der Urheber ist. Die Kameras sollten ihn dieses Mal eingefangen haben. Das Ganze entwickelt sich zum Krimi.«

Ich erschauderte.

»Das hoffe ich wirklich, Daniel. Es ist ein komisches Gefühl, von jemandem verfolgt zu werden. Stalken nennt man das neuerdings. Ich dachte, so etwas passiert nur den berühmten Stars. Es ist einfach erbärmlich, ich fühle mich wie in einer schlechten Seifenoper. Was es aber noch schlimmer macht, ist, dass ich weiß, dass dieser Kerl keine Skrupel hat, seine Opfer über Bord zu werfen oder eine Giftschlange in ihrem Schlafzimmer zu platzieren. Er ist hinterhältig und raffiniert. Ich versuche, ein tapferes Gesicht zu bewahren, aber wenn ich ehrlich bin, habe ich Angst … zumal sich heute Morgen ein seltsamer Vorfall im Dampfbad ereignete.«

Daniel sah mich an, sein Gesicht war ein Fragezeichen. Schnell erzählte ich ihm von meinem Abenteuer.

Daniel nahm meine Hand und streichelte sie beruhigend. »Das klingt nicht gut, aber warum bist du so sicher, dass unser Verdächtiger ein Mann ist? Es könnte doch genauso gut eine verrückte Frau sein?«

Ich zuckte mit den Schultern. Für mich war klar gewesen, dass es ein Mann sein musste, aber Daniel hatte recht, man durfte keine Möglichkeit ausschließen.

Daniel saß eine Minute schweigend da, dann sah er mir in die Augen. »Dieser Wahnsinn muss aufhören! Es ist höchste Zeit zu handeln.«

Daniel hielt immer noch meine Hand, was mir leider gut gefiel, aber Neil wählte genau diesen Moment, um das Restaurant zu betreten. Es gab keinerlei Möglichkeit für mich, hier und jetzt unsichtbar zu werden, und ich wurde puterrot.

Natürlich hatte Neil uns bemerkt. Er kam langsam näher und warf mir dabei einen langen und sehr nachdenklichen Blick zu.

»Schön, euch hier zu treffen«, sagte er schließlich. »Es tut mir leid, scheinbar störe ich … Ich wollte eigentlich mit Amanda reden, aber dafür ist es wohl nicht der richtige Moment.«

Er machte eine längere Pause und fügte dann, direkt an Daniel gewandt, hinzu: »Nun, lass mich sagen, dass ich dich um das Privileg beneide, ein so intimes … äh, Mittagessen, mit Amanda teilen zu dürfen.«

Neil sah nun nicht mehr wütend oder überrascht aus, er blickte mich leidend an, wie ein gequälter junger Hund.

Ich konnte das nicht ertragen; ich musste eingreifen. »Neil, du irrst dich. Das hier ist kein romantisches Rendezvous. Tatsächlich hat mir derselbe Mörder, der frei auf diesem Boot herumläuft, bereits zwei Drohbriefe geschickt. Ich sitze hier mit Daniel zusammen, um zu besprechen, was getan werden kann. Ich hatte nicht vor, dir davon zu erzählen, da du schon genug Sorgen hast. Daniel und ich sind der Meinung, dass dringend etwas unternommen werden muss, so kann es nicht weiter gehen.«

Es war eine lange Rede und ich war am Ende etwas außer Atem, aber ich wollte nicht, dass Neil dachte, ich säße hier, bereit und willig, in Daniels Arme zu sinken. Und das nur Stunden später, nachdem er mich geküsst hatte.

In Wahrheit war ich natürlich bereit gewesen, genau diese Art von Dummheit zu begehen. Meine Gefühle waren ein Chaos. Ich wusste nicht mehr, was ich wollte – oder was ich nicht wollte. Aber ich war noch vernünftig genug, um zu wissen, dass ich Neil auf gar keinen Fall verletzen wollte; er hatte Besseres verdient.

Neil warf mir erneut einen sehr nachdenklichen Blick zu. Ich fühlte mich höchst unwohl – so als würde mein Gehirn geröntgt, oder was auch immer für eine wissenschaftliche Methode man heutzutage anwendet, um die Gedanken der Menschen zu analysieren.

»Darf ich auch einen Blick darauf werfen?«

Ohne unsere Antwort abzuwarten, schnappte sich Neil einen Stuhl und setzte sich neben mich. Er sah sich das Papier genau an und reichte es an Daniel zurück.

»Gedruckt mit einem Laserdrucker, wahrscheinlich hier an Bord. Entweder ist es ein geschmackloser Scherz oder eine echte Drohung. Was ist dein Eindruck?«

Ich hätte wissen müssen, dass ein Mann der Wissenschaft immer von jeder Art von Geheimnis fasziniert sein würde und die Besorgnis, er könne sich zu sehr um mich sorgen, hätte ich mir sparen können.

»Ja, nichts Besonderes, selbst das Papier ist auf den ersten Blick normales Druckerpapier«, räumte Daniel ein.

»Muss ein abgebrühter Kerl sein, wenn er es wagt, seine Nachrichten direkt vor der Nase der Stewardess zu drucken, die für das Business-Center zuständig ist.«

»Das ist kein großes Risiko«, antwortete Daniel. »Ich gehe auch ab und zu dorthin und das Mädchen an der Rezeption scheint sich nie dafür zu interessieren, welche Art von Dokumenten ich ausdrucke.«

»Das macht dich also zu unserem Hauptverdächtigen«, rief ich aus. Ich dachte, es sei an der Zeit, mich wieder ins Spiel zu bringen, schließlich ging es in dieser Geschichte um mich. Ich war schließlich diejenige, die gejagt wurde.

»Stimmt, ich habe mich gerade ans Messer geliefert«, grinste Daniel und griff nach seinem Handy. »Zur Vorsicht werde ich jetzt schon mit meinen Anwälten sprechen und prüfen, ob ich überhaupt noch mit dir reden darf …«

»Haha, sehr witzig! Haben die Herren schon ein paar konkrete Ideen, was wir jetzt machen sollen?«

»Ja, doch, aber als Erstes müssen wir unser Mittagessen bestellen! Ich kann nicht richtig denken, wenn ich hungrig bin.«

Dem konnte ich nur zustimmen; mein Magen knurrte ebenfalls.

Daniel öffnete die Speisekarte und studierte sie aufmerksam. Aber wenn er vielleicht gehofft hatte, damit Neil abzuschrecken, so hatte er sich getäuscht.

»Oh ja, ich habe auch Hunger, Heißhunger. Ich glaube, ich habe es in letzter Zeit mit dem Joggen übertrieben. Seid meine Gäste! Kellner, noch eine Speisekarte bitte!«

Neil zwinkerte mir übermütig zu und ich musste den Drang bekämpfen, ihm mein Glas Wasser über den Kopf zu schütten. Der verletzte Welpenblick war längst verschwunden, vor mir stand ein gerissener und kampfbereiter Mann.

Es überraschte mich dann auch nicht weiter, dass dieses Mittagessen in recht angespannter Atmosphäre stattfand. Die Unterhaltung wurde zwar mit allergrößter Höflichkeit geführt, doch waren die Wortwechsel wie ein Kampf mit geschliffenen Degen.

Am Ende war ich völlig erschöpft, denn ich hatte den Eindruck, zwei Hunde in Schach zu halten, die um einen Knochen kämpfen. Nur dass ich das Pech hatte, diesmal der begehrte Knochen zu sein – eine neue, aber nicht besonders erbauliche Erfahrung für mich.

Als sich unser Mittagessen mühevoll dem Ende zuneigte, war ich leider immer noch nicht in der Lage, mich zwischen den beiden zu entscheiden. Ich fühlte mich völlig erschöpft und dann wurde mir klar: Es war vermutlich am besten, die beiden Streithähne nicht mehr zu treffen, um meinen Seelenfrieden wiederherzustellen.

Es war Daniel, der uns am Ende des Essens überraschte: »Eigentlich wollte ich heute Abend einladen. Ich organisiere nach dem Essen eine kleine Party in der Kensington Bar. Ich würde mich freuen, wenn du dich mir anschließen könntest.«

Daniel schaute mir tief in die Augen, die Art von Blick, bei der mir die Knie weich wurden. Meine Entscheidung, mich nicht mehr mit ihm zu treffen, wurde sofort auf einen späteren Zeitpunkt verschoben. Sagt man nicht, dass man übereilte Entscheidungen noch einmal überdenken soll?

Daniel erinnerte sich nun daran, dass wir zu dritt am Tisch saßen, und fügte lahm hinzu: »Du bist natürlich auch eingeladen, Neil.«

»Oh, danke, ich komme gerne«, antwortete Neil sofort.

Ich war mehr und mehr erstaunt; mein Wissenschaftler hatte beschlossen, seinen Elfenbeinturm zu verlassen und am gesellschaftlichen Leben hier auf der Erde teilzunehmen, was für eine Abwechslung!

»Danke, ich komme auch sehr gerne!«, fügte ich schnell hinzu. »Darf ich wissen, ob es einen besonderen Anlass gibt?«

»Nichts Besonderes«, sagte Daniel lächelnd. »Zufällig habe ich heute Geburtstag.« Er genoss meinen überraschten Blick und fuhr schnell fort: »Ich hole dich vor dem Abendessen in deiner Kabine ab. Sei heute Abend aber zur Abwechslung pünktlich fertig.«

Letzteres hatte er zwinkernd hinzugefügt und bevor ich empört protestieren konnte, wurde er wieder ernst. »Amanda, tu mir bitte einen großen Gefallen und bleib heute Nachmittag in deiner Kabine – oder an Orten, gut sichtbar unter anderen Passagieren, bis wir die Identität deines Stalkers geklärt haben. Es scheint leider, dass er es ernst meint.«

Ich war dermaßen damit beschäftigt gewesen, meine Gedanken zu sortieren, dass ich die Briefe völlig verdrängt hatte. Aber Daniel hatte recht, ich musste vorsichtiger sein.

Neil rief den Kellner, um uns drei Gläser Champagner zu bringen, und wir stießen auf Daniels Gesundheit an, obwohl Daniel uns sein Alter nicht verraten wollte:

»Leider jenseits der Vierzig, aber glücklicherweise noch nicht auf die Fünfzig zugehend«, war alles, was Daniel verraten wollte. Ich schloss daraus, dass Mr. Perfect doch eine empfindliche Stelle hatte – seine Eitelkeit.

Daniel verließ uns nach dem Mittagessen mit der Absicht, mit dem Kapitän zu sprechen. So blieb ich mit Neil allein. Am Anfang herrschte ein langes und sehr unangenehmes Schweigen und ich hatte keinen Schimmer, was ich sagen sollte – oder was ich besser nicht sagen sollte.

Schließlich räusperte sich Neil und sprach mich direkt an. »Es tut mir leid, wenn ich dich in eine unangenehme Situation gebracht habe, Amanda. Ich bin eigentlich gekommen, weil ich dir danken wollte. Mach dir keine Sorgen, ich habe nicht vor, mich wie ein Blutegel an dich zu heften. Ich gebe zu, dass ich eifersüchtig war, als ich dich hier mit Daniel sitzen sah, aber ich habe kein Recht, eifersüchtig zu sein, und alles, worauf ich hoffen kann, ist, deine Freundschaft zu behalten. Ich möchte, dass du weißt, dass dies sehr wertvoll für mich wäre.«

Ich spürte, wie mir die Tränen in die Augen schossen. Warum war ich immer nur so verdammt sentimental? Aber ich schaffte es, zu antworten: »Das ist sehr nett von dir, Neil. Ich hoffe auch, dass wir Freunde bleiben können.«

Ich hasste meine dumme kleine Rede, aber wie sollte ich mehr sagen, geschweige denn, etwas erklären, das ich auch nicht verstand?

Neil nahm zart meine Hand und küsste sie.

»Ich danke dir, Amanda. Ich verstehe dich und – deine Worte bedeuten für mich, dass es noch Hoffnung für mich gibt.«

***

Später hockte ich nachdenklich in meiner Kabine und versuchte, das Treffen beim Mittagessen zu analysieren. Ich war leider immer noch nicht in der Lage, meine eigenen Gefühle zu verstehen.

Sowohl Neil als auch Daniel hatten ihr Interesse deutlich signalisiert und jeder war auf seine Weise faszinierend. Die Frage war: Was wollte ich eigentlich?

Die Antwort darauf: Ich hatte keine Ahnung. Ich mochte und bewunderte Neil, aber dieses Gefühl war keine Liebe, zumindest nicht die Art von Liebe, von der man in den romantischen Romanen liest, die ich gerne abends mit einem Glas Wein und einer Schachtel Pralinen verschlang.

Was Daniel betraf, so brachte er, wenn ich ehrlich war, mein Herz zum Klopfen und verführte mich dazu, mich so dumm zu benehmen wie meine sechzehnjährigen Schulmädchen. Aber der kleine Rest an geistiger Gesundheit, den ich mir bewahrt hatte, sagte mir, dass meine Schwärmerei hoffnungslos war.

Daniel anzuschmachten war eindeutig ein Anzeichen von Wahnsinn, ein schwerer Fall von Midlife-Crisis-Verliebtheit, aber das war auch keine wahre Liebe. Das Bild von Daniel, der Angela in den Arm nahm, als sie den Westminster Grill verließen, erschien vor meinen Augen. Ich wusste instinktiv, dass ein Mann wie Daniel immer auf dem Radar irgendeiner Femme fatale erscheinen würde – das war einfach unvermeidlich. Und … dem hatte ich nicht viel entgegenzusetzen. Ich war aber nicht bereit, das zu akzeptieren oder damit leben zu wollen.

Für einen Laien, der niemals eine Ausbildung in analytischer Psychologie erhalten hatte, machte ich, so glaubte ich zumindest, gute Fortschritte, aber letztlich half mir das alles nicht. Aus welcher Perspektive auch immer ich meine Situation betrachtete, ich befand mich in einer Sackgasse und hatte keine Ahnung, wie ich da je rausfinden sollte. Wenn ich ehrlich zu mir selbst war, wollte ich gar nicht weiter analysieren. Das Aschenputtel in mir genoss jede Sekunde, bis es ihr bestimmt war, die Belgravia zu verlassen und in ihr altes und leider sehr langweiliges Leben zurückzukehren. Bis dahin wollte ich alles genießen, was mir das Leben bot.

Um mich etwas abzulenken, nahm ich die Belgravia News zur Hand und warf einen Blick auf die lange Liste der Unterhaltungsangebote für die Passagiere.

Ein Vortrag beschäftige sich mit dem Leben in den Tiefen des Atlantiks – wahrscheinlich erbaulich, vielleicht sogar interessant, aber nicht interessant genug, um mich zu motivieren, neunzig Minuten lang Bilder von Meeresbewohnern anzuschauen. Ich mag meinen Fisch lieber gut zubereitet und möglichst ohne Gräten auf dem Teller.

Alternativ wurde ein Schachturnier vorgeschlagen – keine Option bei meinem derzeitigen geistigen Chaos. Mein Finger folgte dem Zeigefinger: Zumba! Das wäre toll – ich tanze gerne und Zumba macht Spaß. Selbst Menschen mit mäßigem Talent (wie ich) können daran teilnehmen. Aber dann erinnerte ich mich daran, dass ich an diesem Morgen ein Vermögen dafür bezahlt hatte, damit Oksana mein vom Fitnessstudio ruiniertes Aussehen wiederherstellte. Zumba würde das alles wieder ruinieren – auf keinen Fall!

Mein Finger bewegte sich weiter: Bingo!

Es muss schon ewig her sein, dass ich Bingo gespielt hatte. Das passte einfach perfekt. Daniel hatte mir empfohlen, an öffentlichen Orten zu bleiben, und ich konnte mir nur wenige Dinge vorstellen, die weniger gefährlich gewesen wären als ein Bingo-Turnier.

***

Eine Stunde später traf ich bei den Bingo-Tischen ein und fand mich in kürzester Zeit umringt von gut fünfzig Mitreisenden, achtzig Prozent davon weiblich, weit, weit jenseits der Sechzig. Eine Versammlung alter Schachteln, wie meine Schüler uns abfällig genannt hätten, denn alt fing bei Ihnen ab dreißig an.

Dieser Altersdurchschnitt hatte zumindest einen positiven Nebeneffekt: Ich fühlte mich wie ein Teenager. Es war eine gut eingespielte Gruppe mit klarer Hackordnung und folglich erntete ich feindselige Blicke, als ich aus Versehen auf einen Sitz zusteuerte, der wohl bereits für eines der älteren Mitglieder dieses exklusiven Klubs reserviert worden war.

Ich bemerkte meinen Fauxpas, murmelte eine Entschuldigung

und zog mich auf einen der hinteren Plätze zurück. Ein Mann lächelte mich an und lud mich ein, mich neben ihn zu setzen. Ich hatte scheinbar eine neue Eroberung gemacht – schade, dass er schon weit über siebzig Jahre alt sein musste.

Ich muss Marge morgen mitschleppen, das ist ein fabelhaftes Jagdrevier für sie, dachte ich belustigt, als ich es mir gemütlich machte.

Schon bald nahm die Aufregung des Spiels überhand und ich vergaß alle Sorgen meines Privatlebens. Zum Schluss war ich glückliche Besitzerin eines Gutscheins für einen Cocktail an der Poolbar – was will man mehr vom Leben?

Nachdem das Bingo beendet war, standen eine Tasse Kaffee und ein Stück Kuchen auf meinem Programm. Es gibt nichts Besseres, um die Moral zu stärken. Auf dem Weg zu meinem Lieblingscafé stieß ich buchstäblich mit Tom zusammen.

»Es tut mir leid, ich muss blind gewesen sein«, stotterte ich.

Tom lachte. »Kein Problem, Amanda. Wie laufen die Amateurdetektivarbeiten? Gibt es etwas Neues über den Mörder? Ich hoffe, er hat sich in der Zwischenzeit nicht auch noch bei dir gemeldet?«

Tom klang für meinen Geschmack ein bisschen zu fröhlich. Mord ist kein Thema, über das man scherzen sollte. Ich hatte immer eine Schwäche für Tom gehabt, aber seine Frage ließ mich die Stirn runzeln. Warum fragte er mich nach der Detektivarbeit? Was wusste er, woher konnte er von meinen jüngsten Abenteuern wissen?

Siedend heiß fiel mir ein, dass Tom immer noch ganz oben auf meiner Liste der Verdächtigen stand. Er musste meine Gedanken gelesen haben, denn er lachte leise.

»Sieh mich nicht so entsetzt an, Amanda. Verdächtigst du mich etwa, an Veroniques Ableben beteiligt zu sein? Ich gebe zu, ich war mehrmals versucht gewesen, sie zu erwürgen, aber Mord mit Giftschlangen ist nicht so mein Ding. Ach, Amanda, der Schein kann so trügerisch sein. Sei vorsichtig und traue niemandem! Ich scherze nicht!«

Im Nu war er verschwunden und ließ mich mit sehr gemischten Gefühlen zurück – und irgendwie auch erleichtert, dass unsere Begegnung nicht in einer dunklen Ecke des Schiffes oder in der Nähe einer Reling stattgefunden hatte.

***

Daniel war wieder einmal überpünktlich, aber heute Abend war auch ich bereit. Ich hatte ein elegantes schwarzes Designerkleid mit tiefem Ausschnitt gewählt, ein Kleid, das auf subtile Weise edel wirkte. Ich trug dazu eine grüne, mit Diamanten besetzte Turmalin-Halskette, ein Familienerbstück und Leihgabe meiner Mutter. Sie hatte darauf bestanden, dass ich die Kette auf dieser Reise mitnahm. Nun war ich froh darüber, die Diamanten und der grüne Stein funkelten im Licht der Kabine und bildeten einen schönen Kontrast zu dem eleganten, aber schlichten Kleid.

Seit dem Mittagessen hatte ich mir den Kopf zerbrochen, was ich Daniel zum Geburtstag schenken könnte. Er gehörte zu den Leuten, die genug Geld haben, um sich jede – auch noch so absurde – Laune erfüllen zu können. Es war eine entmutigende, um nicht zu sagen, äußerst frustrierende Aufgabe.

Meine Suche nach einer originellen Idee war nicht sehr ergiebig gewesen. Frustriert hatte ich mich für ein Buch über Alexander den Großen und ein Eau de Toilette einer berühmten französischen Marke entschieden. Wenn es ihm nicht gefiel, konnte er beides als Geschenk für jemand anders zweckentfremden, sein Butler bot sich an. Ich ging einfach davon aus, dass schwerreiche Leute wie Daniel einen Butler haben. In Büchern liest man, dass diese entweder treu und ergeben sind – oder hinterlistige Erbschleicher.

Aber meine Bedenken, dass Daniel meine Geschenke nicht gefallen könnten, verflüchtigten sich schnell. Ich konnte sehen, dass Daniel sich aufrichtig freute, dass ich an den Anlass der Feier gedacht und ihm sogar ein paar Geschenke gekauft hatte. Neugierig wie ein Kind riss er die Verpackung auf, ohne auf die kunstvollen Schleifen zu achten, die ich mit viel Mühe angebracht hatte.

»Alexander der Große!«, rief er freudig aus. »Woher wusstest du, dass ich von ihm fasziniert bin?«

»Ganz einfach«, antwortete ich lächelnd. »Ich war mir sicher, dass du dich nicht mit weniger als einer der ganz großen Persönlichkeiten der Geschichte zufriedengeben würdest.«

Daniel lachte und zwinkerte mir zu, während ich animiert fortfuhr: »Der Mann in der Buchhandlung sagte mir, dass es sich um eine brandneue Ausgabe handelt und dass der Autor Alvin Goldstein derzeit als absolute Koryphäe auf diesem Gebiet gilt.«

Daniel nickte lächelnd: »Ja, ich habe schon von ihm gehört. Nicht immer ganz akkurat, manchmal umstritten, aber ich habe gehört, dass er viel von seinem Fach versteht. Vielen Dank, das ist eine wundervolle Idee! «

Er riss das nächste Päckchen auf, schnupperte an dem Eau de Toilette: »Hey, riecht super! Ich bin mein altes Eau de Toilette ein bisschen leid, habe aber nie etwas Besseres gefunden. Tolle Idee.«

Ich war hocherfreut, denn es war teuer gewesen, zu teuer, um es an seinen Butler zu verschwenden.

Daniel beugte sich vor und küsste mich, aber es war nur ein Dankeschön-Kuss unter Freunden.

Ich wusste nicht, ob ich mich erleichtert oder enttäuscht fühlen sollte.

Das anschließende Abendessen verging rasend schnell, sogar Sir Walter hatte beschlossen, sich uns anzuschließen. Ich war allerdings schockiert, als er auftauchte, denn er war in wenigen Tagen stark gealtert. Er lief leicht gebückt, die forsche Haltung eines ehemaligen Rugbyspielers war verschwunden. Geistesabwesend nahm er nur ein paar Bissen von seinem Essen, trank aber zu viel. Mühsam umschifften wir alle das heikle Thema des plötzlichen Ablebens seiner Frau.

Daniel schaffte es dennoch, das Gespräch geschickt in Gang zu halten, und heute Abend war es Tom, der den Ton angab; die Rollen zwischen Vater und Sohn waren komplett vertauscht. Tom wirkte selbstbewusst und kompetent, manchmal sogar ein wenig arrogant, wenn er mit seinem Vater sprach. Veroniques Tod war das Beste gewesen, was ihm hatte passieren können. Hatte er vielleicht doch seine Hände im Spiel gehabt?

Auch Charles Peltier hatte zu seiner alten Selbstsicherheit zurückgefunden. Charmant und witzig schmiedete er Pläne für seine bevorstehende Modenschau in New York, die dem Andenken an Frank gewidmet werden sollte. Marge blühte in dieser Atmosphäre angeregter Gespräche regelrecht auf und sprach angeregt mit Neil und John. Ich hörte im Hintergrund, wie sie mit Tom über die Aktienkurse von Mineralölunternehmen diskutierte – sie kommentierte die neuesten Entwicklungen wie ein echter Profi. Ich war erstaunt. Marge war mir ein Rätsel – spielte sie nur das hilflose Frauchen? Eines war klar: Sie wusste immer genau, was sie wollte.

Nach dem Dinner ging unsere kleine Gruppe gemeinsam zur Kensington Bar, die für Daniels Privatparty reserviert worden war. Die Bar füllte sich mit erstaunlicher Geschwindigkeit. Ich entdeckte, dass Daniel überraschend viele Freunde und Bekannte auf dem Schiff besaß. Das angeregte Summen von Gesprächen in vielen fremden Sprachen erfüllte die Bar, begleitet vom Klang leiser Klaviermusik und dem vertrauten Klirren der Gläser.

Champagner floss in Strömen und es wurden bunte Cocktails durch die Menge gereicht. John schaute angewidert auf den rosafarbenen Cocktail mit Cocktailkirsche, der ihm von einem Kellner angeboten wurde. Er flüsterte ihm etwas ins Ohr und schon Minuten später hielt er erleichtert ein Bier in der Hand.

Die Party war schon seit einiger Zeit in vollem Gange, als neue Gäste eintrafen. Die Menge teilte sich wie weiland in der Bibel das Meer vor dem Stamm Israel und machte Platz für die Neuankömmlinge: Es war die raumfüllende Gestalt von Richard Wu, gefolgt von seiner ätherisch wirkenden Assistentin Angela. Heute trug sie eine Hochsteckfrisur mit einer Art Diadem, die sie wie eine atemberaubend schöne – wenn auch orientalische – Inkarnation von Audrey Hepburn aussehen ließ. Ich hatte große Probleme, meinen Neid im Zaum zu halten.

Angela trug ein täuschend einfaches schwarzes Kleid mit einem aus goldenen Fäden gestickten Drachen, das im traditionellen chinesischen Stil gefertigt war. Die schlanke Silhouette hatte seitlich einen langen Schlitz, was den Vorteil hatte, dass sie beim Gehen ihre fabelhaften Beine voll zur Geltung bringen konnte. Jede ihrer Bewegungen wurde daher von den Männern, die sie umgaben, mit größtem Interesse verfolgt – und von den Frauen mit kaum verhohlenem Hass. Ich war mir sicher, dass Angela nicht viele Freundinnen ihr Eigen nennen konnte.

»Sir Walter wird das nicht gefallen!«, flüsterte Marge.

Zumindest dachte sie, dass sie flüsterte, aber da der Lärmpegel ohrenbetäubend war, spielte das auch keine Rolle.

»Sir Walter und Richard Wu waren schon immer Intimfeinde«, fuhr sie fort, »aber in letzter Zeit laufen Sir Walters Geschäfte viel besser. Ich habe Aktien seiner Firma gekauft und meine Anteile an

Wus Holding abgestoßen und ich wäre sehr überrascht, wenn ich damit falschgelegen hätte.«

Ich schaute sie überrascht an und platzte raus: »Ich wusste nicht, dass du dein Vermögen selbst verwaltest.« Ich hatte mir immer vorgestellt, dass Marge ihre Zeit mit Kartenspielen, Kreuzfahrten oder Shoppen verplemperte.

»Natürlich!«, rief Marge entrüstet aus, »ich gehöre nicht zu den Erbinnen, die das Geld verprassen, für das ihre Vorväter hart gearbeitet haben. Ich kann mich leider nicht auf John verlassen, sonst würde ich im Handumdrehen mehrere Fußballvereine besitzen und wäre in kürzester Zeit bankrott. Er ist zu gutmütig. Und was die Banken angeht, das sind alles Gauner und Blutsauger.«

Bevor ich auf diesen Ausbruch etwas erwidern konnte, mischte sich Neil ein und wir unterhielten uns über andere Themen. Neil war ein amüsanter Unterhalter, sobald er seinen wissenschaftlichen Elfenbeinturm verlassen hatte. Von Zeit zu Zeit bemerkte ich, dass uns Daniels Blicke streiften. Vielleicht bildete ich mir das nur ein, aber ich war mir fast sicher, dass ein bisschen Eifersucht im Spiel war. Ich fühlte mich zwar ein wenig schuldig, aber der Gedanke gefiel mir leider nur zu gut.

Neil wurde kurz darauf von einem alten Freund aus Oxford angesprochen und das Gespräch wurde schnell hoch wissenschaftlich. Ich blendete mich aus, denn es war an der Zeit, mit Daniel zu sprechen, schließlich hatte er ja Geburtstag und sollte im Mittelpunkt stehen. Ich musste mich dazu allerdings durch die dichte Menge an ihn heranpirschen. Auf meinem Weg traf ich auf Tom, der inzwischen von Angela, Richard Wus exotischer Assistentin, in Beschlag genommen worden war.

Für mich war es ziemlich offensichtlich, welchen Plan sie verfolgte. Sie strahlte Tom bewundernd und mit weit aufgerissen Augen an, ihre sinnlichen, roten Lippen waren leicht geschürzt und ihre rosa Zunge befeuchtete die Lippen, was sie wie eine zufriedene Katze vor dem Milchtopf wirken ließ.

Das war alles andere als subtil. Ein wohlgeformtes Bein ragte wohl auch nicht rein zufällig aus dem langen Schlitz.

Tom schien sich an Angelas Aufmerksamkeit nicht zu stören – ganz im Gegenteil. Beide plauderten angeregt und hielten dabei ihr Cocktailglas in der Hand. Es war ein ausgefallener Cocktail von auffallend smaragdgrüner Farbe. Bunte Strohhalme und exotische Früchte sorgten für einen karibischen Flair.

»Oh, Mr. Olstrom – oder darf ich dich Tom nennen«, hörte ich sie zwitschern und schon fuhr sie fort: »Tom, wir müssen uns unbedingt weiter unterhalten, was du mir da gerade erzählst, ist absolut faszinierend! Unsere beiden Unternehmen können davon nur profitieren, es ist eine fantastische Win-win-Situation! Herr Wu bedauert es sehr, dass er nicht in der Lage war, mit deinem Vater unter vier Augen zu sprechen, aber wir verstehen natürlich, dass die Umstände … ein wenig schwierig sind.«

»Ich schlage vor, dass Mr. Wu das Gespräch mit mir sucht«, antwortete Tom selbstbewusst und seltsam entspannt für jemanden, der gerade eine nahe Verwandte verloren hatte. »Mein Vater steht immer noch unter Schock, aber wir haben die gleichen Ansichten und Visionen. Sobald wir in Kanada eintreffen, werde ich die Leitung verschiedener Geschäftsbereiche übernehmen. Das haben wir schon so besprochen.«

»Ein Joint Venture zwischen unseren Unternehmen kann nur Vorteile bringen«, fuhr Angela angeregt fort. Offenbar teilte sie die Ansicht, dass Veroniques plötzliches Ableben auf keinen Fall die Geschäfte stören sollte. »Unser gemeinsames Unternehmen würde die Hälfte der kanadischen Erdölreserven kontrollieren, wir könnten somit die Preise im Markt diktieren.«

Tom lächelte, aber sein Lächeln war nicht mehr jungenhaft

charmant. »Du kennst unsere Bedingungen, Angela. Canadian Imperial muss die Mehrheit bekommen. Wir kontrollieren den Zugang zu euren Gas- und Ölfeldern. Es kann keine Rede davon sein, gleichberechtigte Partner zu werden.«

Fasziniert beobachtete ich, wie sie kurz zusammenzuckte und Blitze in ihren Augen aufleuchteten. Für einen kurzen Moment ließ sie die Fassade der verführerischen Frau fallen. »Du solltest wissen, dass diese Haltung für Mr. Wu völlig inakzeptabel ist«, zischte sie, »unsere Gasreserven sind viel größer als eure!«

Tom lachte leise. »Dann kann ich deinem Boss nur vorschlagen, dass er einen Weg findet, sie auszubeuten. Viel Glück!«

Angela sah aus, als würde sie sich gleich verschlucken. Es folgte eine kurze Zeit des Schweigens, während Tom an seinem Drink nippte und Angela amüsiert betrachtete. Dabei verzog er das Gesicht. »Zu süß, aber irgendwie interessant«, sagte er und nippte noch einmal.

Die Unterhaltung der beiden war inzwischen zu einem Kampf der Giganten geworden.

Ich stellte mit Genugtuung fest, dass Angelas Bemühungen, ihn mit den Waffen der Weiblichkeit zu schlagen, ins Leere liefen. Tom erwies sich als harte Nuss.

Angela erlangte schnell ihre Fassung wieder. »Vielleicht kann ich Herrn Wu davon überzeugen, eine beträchtliche Beteiligung an seinen russischen Erdölinteressen einzubringen; wir sprechen über Vermögenswerte in Milliardenhöhe.«

Tom zuckte nur mit den Schultern. »Angela, bitte verstehe, ich bin nicht naiv. Es ist ein offenes Geheimnis, dass euer Vermögen in Russland eingefroren ist. Ich stimme zu, dass die Beteiligungen eigentlich Milliarden wert sind – aber auf absehbare Zeit sind die Aktien von Herrn Wu wertlos und ihr könnt nicht einmal eure Stimmrechte ausüben. Es fließen keine Dividenden, die Aktien können nicht verkauft werden. Angela, du weißt genau, dass du mir nur bedrucktes Papier anbietest. Mit anderen Worten: Monopoly-Geld. Vergiss es.«

Angela bemühte sich krampfhaft, ihre lächelnde Fassade beizubehalten, aber ihre Augen sprühten vor Wut. Ich war beeindruckt, denn Tom war alles andere als der grüne Junge oder Einfaltspinsel, als den seine Stiefmutter ihn hatte erscheinen lassen. Nein, Tom war durch Veroniques Tod zum Gewinner geworden. Die Maske des netten, etwas naiven Jungen war gefallen.

Angela keuchte kurz, dann fasste sie sich und erwiderte: »Niemand – auch die Russen nicht – würde es wagen, einen Aktionär herauszufordern, der ausgezeichnete Beziehungen zu den höchsten Kreisen der Zentralregierung in Beijing hat.« Ihre Stimme hatte einen arroganten Ton angenommen und sie fuhr fort: »Ihr in eurem hinterwäldlerischen Kanada, ihr habt doch nichts zu bieten. Eure Regierung kuscht vor den USA und sie würde niemals eingreifen, um Canadian Imperial zu helfen. Mr. Wu kann jeden Moment mit Beijing sprechen – und man wird ihm sofort zuhören! Die Russen würden es nicht wagen, sich über die Wünsche der chinesischen Regierung hinwegzusetzen.«

»Fakt ist, bisher ist nichts passiert, vielleicht ruft Mr. Wu bei den falschen Leuten an?«, antwortete Tom in demselben arroganten Ton, »im Moment hat er nichts anzubieten, was ihn mit uns auf Augenhöhe bringen könnte. Dein Boss braucht uns, um seine kanadischen Öl- und Gasfelder rentabel zu machen und … es ist ein offenes Geheimnis, dass euch bald das Geld ausgeht.«

Angelas Gesicht war zu einer Maske erstarrt. Selbst mir war klar: Das Gespräch war für sie nicht sehr erfolgreich verlaufen.

Dann zischte sie: »Ohne die Unterstützung von China seid ihr nichts! Wir wissen nur zu gut, dass Sir Walter versucht, sein Gas nach China zu verkaufen. Ohne die Unterstützung von Mr. Wu wird das niemals klappen.« Sie machte eine kurze Pause und fügte höhnisch hinzu: »Ihr habt nicht die geringste Chance!«

»Dann lass mich dir ein Geheimnis verraten«, antwortete Tom maliziös. »Morgen früh wird es sowieso überall in den Nachrichten zu lesen sein. Die staatliche Ölfirma von China hat letzte Woche einen Vertrag mit uns unterzeichnet und wird nicht nur unser strategischer Partner, sondern auch ein strategischer Aktionär von Imperial Canadian. Dein Angebot kommt zu spät, tut mir leid, Angela. Ich habe meine Stiefmutter aus tiefstem Herzen gehasst, aber ich muss zugeben, dass ihr Verhandlungsgeschick brillant war. Sie hat dieses Abkommen mit der Zentralregierung eingefädelt. Wir werden das Gas verflüssigen und es für mindestens zwei Jahrzehnte nach China liefern. Dieses Geschäft ist Milliarden wert, wir brauchen weder eure Aktien noch eure russischen Ölfelder.«

Ich konnte sehen, dass Angela fast einen Schlaganfall bekam. Kein Wunder, dass Tom vor Zufriedenheit fast schnurrte – seine Familie hatte Wu und seine Assistentin eiskalt ausgebootet.

Aber Angela schluckte nur und riss sich zusammen. Mit einer Gelassenheit, die ich nur bewundern konnte, schaute sie ihm tief in die Augen: »Lass mich dir also gratulieren, Tom. Ich hätte allerdings gerne enger mit dir zusammengearbeitet.« Angela machte eine kurze, aber dramatische Pause: »Nicht nur aus geschäftlichen Gründen …«

Flüchtig strich sie über Toms Hand und schenkte ihm ein verführerisches Lächeln. Dann wechselte sie abrupt das Thema.

»Ich bin gespannt, ob wir morgen schon in New York ankommen.«

Ich konnte nur bewundern, wie Angela nicht nur ihre Niederlage akzeptiert hatte; es war einfach beeindruckend, wie schnell sie wieder auf weibliche Verführung umschalten konnte. Hier war ein echter Profi am Werk, ich war sprachlos.

Nur Sekunden später erzählte Angela bereits angeregt eine Anekdote von einem Taifun, den sie einst in Hongkong erlebt hatte. Lebhaft erzählte sie: »Es war einfach schrecklich. Ich saß in meinem Porsche, das Wasser stieg und stieg – ich war eingesperrt. Alle Straßen waren überschwemmt …« Dabei gestikulierte sie eindrucksvoll mit ihrer kleinen Handtasche. Es war eine schwarze, mit teuren Kristallen besetzte Designertasche. Sie passte perfekt zu ihrer Diamantkette, die sicherlich auch ein Vermögen gekostet haben musste.

Angela war ein teures Hobby für Mr. Wu, schlussfolgerte ich, aber wahrscheinlich hatte sie in mehreren Bereichen zu seiner größten Zufriedenheit gearbeitet, ich meine damit nicht nur das Geschäftsleben …

Sie legte allerdings etwas zu viel Elan an den Tag und schon sauste ihre Tasche durch die Menge.

Angela kreischte auf: »Mein Gott, wie ungeschickt von mir!«

»Kein Problem, ich hole sie«, sagte Tom, ganz der Gentleman.

»Das ist wahnsinnig nett«, antwortete sie mit klimpernden Augen, »ich halte so lange dein Glas.«

Tom bahnte sich seinen Weg durch die dichte Menschenmenge und schickte sich an, die kostbare Handtasche zurückzubringen.

Ich hatte Angelas kleine Show mit Abscheu mitverfolgt; wenn Veronique schon eine Goldgräberin gewesen war: Diese Frau war noch schlimmer! Mir war klar, dass sie nicht aufgeben würde. Toms Ankündigung, dass ein Deal mit einem Konkurrenten zustande gekommen war, schien ihren Ehrgeiz eher noch angestachelt zu haben. Sie setzte nun alle Waffen ein, die jeder schönen Frau zur Verfügung stehen. Ich konnte nur hoffen, dass Tom bei klarem Verstand war und nicht auf diese miesen Tricks hereinfallen würde.

Angela stellte beide Cocktailgläser auf einen der hohen Stehtische, direkt neben mir. Sie ignorierte mich vollkommen und sah nachdenklich aus; ich vermutete, dass sie ihre nächsten Schritte plante. Sollte ich ein Wort der Warnung an Tom richten? Ich schätze, das liegt an der Lehrerin in mir, wir mischen uns gerne ein, es liegt uns im Blut. Aber instinktiv wusste ich, dass der neue, selbstbewusste Tom so etwas nicht schätzen würde. Er wollte und konnte seine Angelegenheiten selbst regeln.

Tom kam mit der Tasche in der Hand zurück und Angela drückte ihm einen Kuss auf die Wange.

»Oh Tom, du bist mein Held, ich liebe diese Tasche so sehr. Ich habe sie in Beijing gekauft, als Versace dort seine neue Boutique eröffnete. Danke tausendmal, dass du sie mir zurückgebracht hast.«

Tom errötete. »Nicht der Rede wert, ich habe es gerne gemacht.«

»Prost, mein Held!« Angela drehte sich um und reichte Tom sein Glas.

Beide standen jetzt mit dem Rücken zu mir und ich beschloss, sie in Ruhe zu lassen. Ich hatte genug von Angelas Talenten genossen.

Da ergriff auch schon Daniel meine Hand. »Da bist du ja! Ich feiere meinen Geburtstag und ich meine, ich hätte ein bisschen Aufmerksamkeit von dir verdient!«

Ich verließ sofort meine Ecke und vergaß Tom und Angela im Nu, als Daniel mich in seine fröhliche Runde zog. Im Gespräch fand ich schnell heraus, dass zwei seiner illustren Gäste Inhaber eines Lehrstuhls für Geschichte in Oxford waren.

»Darf ich dir Amanda vorstellen? Sie ist eine Expertin für Geschichte!«, erklärte Daniel mit einem Augenzwinkern, wohl wissend, dass ich hier – inmitten veritabler Professoren auf diesem Gebiet – keinerlei Überlebenschance hatte.

»Es ist immer schön, jemanden zu treffen, der ein echter Experte auf unserem Gebiet ist, wir beide zumindest tun meistens nur so, als wären wir Experten. Geschichte kann so verwirrend sein, so viele Zahlen und Fakten, da kann man eigentlich nur durcheinanderkommen«, bemerkte einer seiner Freunde augenzwinkernd. Es war Professor Golding.

»Ich bin sicher keine Expertin!«, erwiderte ich nervös. »Das ist nur Daniels seltsamer Sinn für Humor. Aber ich mag Geschichte sehr gerne!«

Bevor ich fliehen konnte, wurde ich in eine Diskussion über Julius Cäsar und seine Zeit hineingezogen. Es war sicher ein interessantes Thema, aber schnell stellte ich fest, dass ich mich auf dünnem Eis bewegte. Die beiden waren sich schnell einig, dass die gesamte Epoche eigentlich als Machtkampf einer eng verwandten Sippe zu betrachten war, und ich muss gestehen, dass ich niemals bemerkt hatte, dass Julius Cäsar und seine Feinde eigentlich Verwandte waren. Das Ganze war sehr verwirrend, zumal die Römer über Generationen hinweg fast identische Namen verwendeten.

»Daniel ist ein echter Experte auf diesem Gebiet«, bemerkte Professor Golding beiläufig.

»Das überrascht mich nicht, aber ich denke, dass er im Vergleich zu Ihnen ein ziemlicher Amateur ist, genau wie ich«, erwiderte ich.

»Oh nein!«, protestierte Golding entsetzt. »Daniel ist ein echter Experte. Er publiziert regelmäßig Bücher zu verschiedenen Themen. Sein letztes war ein regelrechter Wälzer über Alexander den Großen, aber er hat sich entschieden, es unter dem Namen …«

»… Alvin Goldstein zu veröffentlichen?«, fragte ich, während meine Knie weich wurden.

»Ja, hat er Ihnen das etwa gestanden? Normalerweise hält Daniel das geheim. Interessante Theorie eigentlich. Er behauptet nämlich, dass Alexanders Vater, König Philipp, Alexander tatsächlich ermutigt hat, sein Thronfolger zu werden, aber viele Autoren würden dieser Theorie widersprechen, denn da war ja diese Geschichte mit seiner neuen, viel jüngeren Gemahlin …«

Sekunden später stand ich vor Daniel. »Ich hasse dich!«, erklärte ich ohne Umschweife.

»Dazu könnte es viele Gründe geben«, antwortete Daniel nachsichtig. »Sag mir bitte, was ist heute der Grund?«

»Ich habe dir ein Buch zum Geburtstag geschenkt, und zwar genau das Buch, das du selbst geschrieben hast. Du hast kein Wort gesagt, ich habe mich damit total lächerlich gemacht!«, rief ich entrüstet.

Daniel grinste lässig. »Ich fand das süß. Ich war erstaunt und ehrlich gesagt etwas geschmeichelt, dass du herausgefunden hast, was mein Steckenpferd ist, obwohl wir uns erst ein paar Tage kennen. Ich fand das sehr rührend! Ich kann mich nicht erinnern, dass eine meiner früheren Bekannten sich jemals so viel Zeit genommen hätte, sich ein Geschenk für mich auszudenken. Normalerweise bekam ich eine Krawatte.«

»Was vermutlich bedeutet, dass du inzwischen genug Krawatten für einen Großhandel haben solltest!«, antwortete ich ungnädig, denn ich leckte noch immer meine geistigen Wunden.

»Ich habe eine ganz nette Sammlung«, räumte Daniel ein. »Wenn du Lust hast, könnte ich sie dir zeigen, vielleicht sogar noch heute Abend …?«

Ich schnappte nach Luft. Dieser Mann war einfach unmöglich – leider war genau das der Grund, warum er so verdammt attraktiv war.

»Danke, das ist nicht nötig. Schau sie dir allein an.«

»Langweilig … Ich habe aber auch eine Überraschung für dich.«

Daniel grinste mich an. Ich mochte dieses Grinsen nicht, tausend kleine Teufel tanzten in seinen Augen.

Er zog mich zum Klavier, gleich daneben war ein großer Bildschirm aufgestellt worden. Ohne mich weiter zu beachten, griff Daniel zum Mikrofon.

»Ladys and Gentlemen, jetzt ist Karaoke-Time! Ich habe die Ehre, den Wettbewerb mit Amanda zu eröffnen. Übrigens … wir sind beide jederzeit bereit, in ernsthafte Verhandlungen einzusteigen, wenn uns jemand unter Vertrag nehmen möchte, aber das Mindestgebot soll nicht unter einer Million US-Dollar liegen. Also beleidigen Sie uns bitte nicht mit lächerlich geringen Angeboten. Sie werden schnell verstehen, warum, denn der nächste Song wird eine einmalige Erfahrung, die alles übertrifft, was Sie je gehört haben!«

Warum tut sich der Boden nie auf und verschluckt einen, wenn man es am meisten braucht? Ich errötete wie ein Teenager und mir wurde unangenehm bewusst, dass mich etwa zweihundert Leute anstarrten. Na ja, vielleicht nicht ganz, denn ich sah Richard Wu aus der Bar watscheln. Angela ging neben ihm her, fest an ihren feisten Chef geklammert.

Die Schöne und das Biest, dachte ich, bevor ich mich wieder auf die schreckliche Tortur konzentrierte, die mich nun erwartete.

Daniel hatte den Evergreen »Summer Wine« ausgesucht, und ich gab mein Bestes, um Nancy Sinatra nicht zu blamieren. Zum Glück singe ich gerne, also hätte meine Leistung auch schlechter sein können. Und – wie hätte es anders sein können? – Daniel hatte natürlich eine ausgezeichnete Tenorstimme. Warum hätte er mich sonst ans Mikrofon gezerrt?

Meine Nervosität legte sich und keck beschloss ich, das Beste aus diesem Auftritt zu machen. Die Menge begann zu jubeln, als ich meine Hüften schwang und einladende Blicke ins Publikum warf. Dann – wie eine echte Entertainerin – schnappte ich mir einen unschuldigen Zuschauer (den armen Professor Golding) und ließ ihn mitsingen.

Die Menge drehte durch, alle stimmten mit ein und beendeten das Lied gemeinsam mit uns. Ich weiß nicht, ob es die Wirkung der Cocktails war oder ob ich Daniel zeigen wollte, dass ich nicht die langweilige Lehrerin bin, für die mich jeder hält, aber an diesem Abend habe ich die Menge gerockt.

Es folgte ein weiteres Lied und dann noch eins – und ich muss sagen, dass ich selten eine schönere Zeit verbracht habe. Das Publikum in der Bar sang und tanzte die ganze Nacht hindurch und es war weit nach vier Uhr morgens, als Daniel mich zu meiner Kabinentür brachte – nun, um genau zu sein, wurde ich von zwei Herren dorthin gebracht, da Neil darauf bestanden hatte, sich uns anzuschließen.

Deshalb tauschte ich nur keusche Küsse mit beiden aus, bevor ich in mein Bett ging.

»Danke, Amanda«, Daniel küsste noch einmal meine Hand. »Das war wahrscheinlich der schönste Geburtstag, den ich seit Jahren erleben durfte!«

»Es war sicherlich der unterhaltsamste, zu dem ich seit vielen Jahren eingeladen war«, antwortete ich.

Ich lächelte Daniel an und gab ihm noch einen kurzen Kuss, bevor Neil protestieren konnte, dann schloss ich meine Tür. Ein kurzer Blick auf den Boden verriet mir, dass heute Nacht keine Drohungen meine Träume stören würden, und Minuten später war ich fest eingeschlafen.

Aber viele Dinge können passieren, während man schläft.

Tag 9 – New York – wir kommen!

Ich schlief wie ein Murmeltier, bis mich Kenneth weckte. Er brachte einen Servierwagen mit, der mit einem kompletten amerikanischen Frühstück beladen war. Unter normalen Umständen hätte ich diese Initiative begrüßt, aber da ich immer noch unter einer Überdosis exotischer Cocktails litt, mochte mein Magen den Geruch von Spiegeleiern und Speck überhaupt nicht.

»Kenneth!«, stöhnte ich auf. »Das ist sehr nett, aber ich habe kein Frühstück bestellt, zumindest kann ich mich nicht daran erinnern.«

Kenneth schien ein wenig nervös zu sein. »Das stimmt, Madam, aber ich habe mir erlaubt, Sie zu wecken, denn es ist bereits Viertel nach zehn!«

Ich gähnte und streckte mich, während meine Augen versuchten, sich an das Tageslicht zu gewöhnen, das in meine Kabine fiel, als Kenneth vorsichtig eine der Jalousien öffnete.

»Was ist los, Kenneth, du siehst besorgt aus?«

Kenneth antwortete nicht sofort. Er war unsicher, wie er antworten sollte. Dann platzte er heraus: »Sie werden es ohnehin bald erfahren. Es hat einen weiteren *Unfall* gegeben – und ich wollte mich vergewissern, dass es Ihnen gut geht!«

»Noch einen Unfall?«, rief ich verblüfft.

Ich fühlte mich, als hätte mir jemand in den Magen geboxt – und zwar in genau den Magen, der heute Morgen bereits verstimmt war. Es fühlte sich nicht gut an … Ganz und gar nicht gut.

»Raus mit der Sprache! Du meinst, es hat einen weiteren Mord gegeben?«

»Ich weiß es nicht genau, Madam, aber letzte Nacht ist Angela, die Assistentin von Richard Wu, heftig erkrankt und gestorben, bevor der Schiffsarzt sie retten konnte. Gerüchten zufolge handelt es sich um Gift. Ich glaube, ich werde dieses Schiff in New York verlassen! Das heißt, sobald die Polizei es uns erlaubt.«

Kenneth sah jetzt regelrecht krank aus. »Es gibt schlechtes Feng-Shui auf diesem Schiff. Die Reederei kann anbieten, was sie will, ich werde nicht bleiben!«

»Danke, dass du dich um mich gekümmert hast, Kenneth, das war sehr nett von dir. Mir geht es gut, wie du sehen kannst. Aber es wird mir besser gehen, wenn du den Speck und die Eier wieder mitnimmst. Ein Kaffee und ein Croissant sind mehr als genug heute Morgen.«

Kenneth nickte verständnisvoll, setzte ein Tablett nur mit Kaffee und Gebäck auf dem Tisch ab und verschwand mit dem Rest. Ich schenkte mir eine Tasse Kaffee ein und zog mich in die Zuflucht meines Bettes zurück.

Ich musste nachdenken.

Gestern im Dampfbad war ich fast das Opfer eines weiteren Unfalls geworden und doch war dies nun eine sehr überraschende Wendung der Ereignisse.

Eine Viertelstunde später grübelte ich immer noch, was ich tun sollte. Vielleicht bin ich ein langsamer Denker oder vermutlich scheue ich einfach die Verantwortung, aber es ist schon eine wichtige Entscheidung, die Wahrheit zu sagen, vor allem, wenn das Thema alles andere als angenehm ist.

Ich beendete mein Frühstück und nahm eine heiße Dusche, dann durchsuchte ich meinen Kleiderschrank. Ich brauchte Kleidung, die nüchtern und seriös wirkte, schließlich ist man nicht jeden Tag gezwungen in der Öffentlichkeit zu gestehen, dass man jemanden umgebracht hat.

Aber es gab nun keine Ausreden mehr und auch kein Leugnen,

da wir uns dem Hafen von New York näherten. Ich musste bereit sein, mich meiner Schuld zu stellen; sie zu verbergen, war keine Option.

Nachdem ich mich fertig angezogen hatte, schaute ich in den Spiegel. Eine sehr nervöse Amanda blickte mich an. Ich hatte schon besser ausgesehen. Ich atmete tief durch, bevor ich zum Telefon griff und die Rezeption anrief.

»Können Sie mich mit Mr. Greenfield verbinden? Ich muss dringend mit ihm sprechen!«

»Natürlich, Madam, ich werde Ihren Anruf durchstellen ...«

Eine sehr müde Stimme antwortete mir. Ich hatte Daniel wohl aus dem Schlaf gerissen.

»Hallo Daniel, hier ist Amanda. Ich muss dringend mit dir sprechen!« Ich versuchte, kompetent und positiv zu klingen.

»Ich hoffe sehr, dass es dringend ist, sonst müsste ich dich umbringen, weil du mich geweckt hast. Übrigens hatte ich einen recht angenehmen Traum. Soll ich ins Detail gehen?«

Er mochte müde sein, aber das hielt Daniel nicht davon ab, seine Latin-Lover-Show abzuziehen. Nun, bald würde er verstehen, dass es keine Zeit für Scherze war. Ich konnte nur hoffen, dass er gute Anwälte hatte, die mir helfen konnten; denn ich hatte schreckliche Geschichten über amerikanische Gefängnisse gehört.

Vielleicht könnte ich auf Unzurechnungsfähigkeit plädieren? Ich war mir sicher, dass meine Kollegin Claudia diesen Gedanken vehement unterstützen würde. Wenn amerikanische Filmstars etwas Dummes anstellen, schieben sie es auf den Einfluss von Drogen, checken in eine Reha-Klinik ein und tauchen ein halbes Jahr später zehn Jahre verjüngt wieder auf.

Das könnte ich doch auch mal versuchen.

»Nein, ich will nicht, dass du ins Detail gehst! Daniel, es ist ernst, wir haben keine Zeit für Scherze, bitte komm so schnell wie möglich in meine Kabine.«

Ich wartete nicht auf seine Antwort, sondern legte auf.

In der Zwischenzeit konnte ich nicht viel tun, zumindest hatte ich nicht den Nerv, etwas anderes zu tun, als eine zweite Tasse Kaffee zu trinken ... und dann noch eine.

Eins musste ich Daniel lassen, er war fix. Nur zehn Minuten später klopfte er schon an meiner Tür. Er hatte sich noch nicht rasiert, was leider den Effekt hatte, dass er noch attraktiver aussah als sonst. Dumm nur, dass man solche Details auch dann noch wahrnimmt, wenn man weiß, dass es um viel wichtigere Dinge geht.

»Guten Morgen, Amanda«, begrüßte er mich und küsste mich auf die Wangen. Dann sah er mich kritisch an. »Ich weiß, dass du das jetzt nicht hören möchtest, aber du warst schon mal in besserer Verfassung – stimmt etwas nicht?«

»Alles!«, erwiderte ich knapp und versuchte, meine Tränen zurückzuhalten. So viel dazu, gelassen und kompetent zu wirken.

»Rück raus, wo drückt der Schuh? Aber wenn du mir zuerst eine Tasse Kaffee anbieten könntest, wäre ich dir auf ewig dankbar. Ich bin sofort aus dem Bett gesprungen, um dich zu treffen. Es klingt ein bisschen pathetisch, aber ich brauche eine Tasse Kaffee, um aufzuwachen.«

Mit einem schlechten Gewissen, weil ich die Grundregeln einer guten Gastgeberin vergessen hatte, schenkte ich ihm schnell eine Tasse Kaffee ein. Es würde allerdings seine erste und letzte sein, denn jetzt war der Kaffee alle.

Daniel nahm einen großen Schluck und erklärte sich bereit, sich ab jetzt jeder Art von Katastrophe stellen zu können.

»Es ist keine Zeit für Scherze, Daniel. Ich muss dir ein Geständnis machen: Ich habe jemanden umgebracht.«

So, jetzt war es raus. Die Wahrheit lag auf dem Tisch.

Seltsam, wie ruhig und erleichtert ich mich plötzlich fühlte. Das

Geständnis war relativ einfach gewesen. Ich war nur ein bisschen enttäuscht über Daniels Reaktion. Ich meine, es kommt nicht jeden Tag vor, dass jemand einen Mord gesteht. Er hätte zumindest ein bisschen erschrocken oder verblüfft aussehen können.

Aber Daniel beäugte mich nur mit leichtem Misstrauen und dem nachsichtigen Blick, den man einem ungezogenen Hund zuwirft, der gerade den Lieblingsschuh zerkaut hat.

»Hm …«, sagte er schließlich. »Das klingt ein bisschen seltsam, passt einfach nicht zu dir. Könntest du mir ein bisschen mehr erzählen, zum Beispiel den Namen deines Opfers?«

»Nimm es nicht auf die leichte Schulter!«, antwortete ich sauer, fuhr aber fort: »Ich habe Angela, die Assistentin von Richard Wu, auf dem Gewissen. Mein Steward hat mir gerade erzählt, dass sie letzte Nacht an Gift gestorben ist. Und es gibt leider keinen Zweifel, es ist meine Schuld.«

Daniel sah plötzlich so aus, als ob er endlich den Ernst unserer Diskussion begriffen hätte. »Angela ist letzte Nacht gestorben?«, rief er. »Und niemand hat mich informiert?«

»Warum sollten sie dich informieren? Glaubst du, dass sich auf diesem Schiff alles um dich dreht? Sie war nicht deine Assistentin, es sei denn …« Ich schluckte.

»Es sei denn, ich war mit ihr auf … nennen wir es … eine andere Art und Weise liiert?« Daniel grinste unverschämt. »Amanda, deine Fantasie ist ein bisschen schmuddelig, aber beeindruckend produktiv! Ich kann dich aber beruhigen, ich schlafe nicht mit jeder Schönheit, die mir über den Weg läuft. Aber du solltest mich doch kennen, ich muss immer alles wissen …«

»Kannst du nicht einen Moment ernst bleiben?«

»Jetzt bin ich es. Sag mir, warum du glaubst, dass du sie vergiftet hast. Ich habe gesehen, dass du Angela verabscheust – aber das ist kein Grund, um sie umzubringen. Du bist mir eine Erklärung schuldig.«

Ich seufzte. »Nun gut. Ich habe gestern Abend eine Riesendummheit begangen. Ich stand ganz in ihrer Nähe und habe mitverfolgt, wie Angela versucht hat, sich an Tom heranzumachen. Ich konnte nicht umhin, ihre Unterhaltung zu belauschen. Sie war so darin vertieft, Tom zu umgarnen, sie hat mich nicht bemerkt. Sie versuchte alles, um Tom zu überreden, ein Joint Venture mit Richard Wu zu arrangieren.«

»Und was hat Tom geantwortet? Ich nehme an, er war klug genug, um abzulehnen?«, fragte Daniel gespannt.

»Ja, er hat sie in die Wüste geschickt und ihr gesagt, dass sein Vater schon eine Vereinbarung mit einem Konkurrenten unterzeichnet haben. Angela raste erst vor Wut, aber dann hatte sie sich meisterlich in der Hand.«

Ich schloss die Augen und ließ die Szene noch einmal vor meinen Augen ablaufen.

»Plötzlich änderte sie ihre Taktik und versuchte, Tom anzumachen. Sehr durchsichtig … zumindest für mich. Dann veranstaltete sie einen ziemlichen Wirbel, gestikulierte mit ihrer Tasche und ließ sie in die Menge fliegen. Tom bot ihr an, sie zurückzuholen, und ließ sie für einen Moment allein. Da sah ich, dass sie etwas in sein Cocktailglas fallen ließ, das er neben ihr abgestellt hatte. In dem Moment, als sie sich zu ihm umdrehte, tauschte ich die Gläser.«

Ich musste innehalten, meine Hände zitterten.

»Ich dachte, sie habe so etwas wie K.-o.-Tropfen genommen, um Tom in dieser Nacht in ihr Bett zu bekommen – an Gift habe ich nicht gedacht. Ich habe diese Geschichten schon von meinen Schülern gehört: Mädchen werden bewusstlos gemacht und dann abgeschleppt. Es ist widerlich. Aber ich hätte es dir sofort sagen müssen. Es ist alles meine Schuld, dass es so eskaliert ist!«

»Hm … ich weiß nicht, wie du denkst, dass so etwas funktioniert, aber lass dir sagen: Es ist ziemlich schwierig, einen Mann zu verführen, wenn er bewusstlos ist. Aber wie sagt man so schön: Ende gut, alles gut.«

Daniel sprang plötzlich auf und küsste mich.

»Du bist ein Genie! Ist dir nicht bewusst, dass du gerade alle mysteriösen Todesfälle gelöst hast, die sich ereignet haben, seit wir London verlassen haben? Ich habe immer vermutet, dass Angela etwas damit zu tun hat, aber jetzt haben wir den Beweis, du bist einfach fabelhaft!«

Er hob seine Kaffeetasse und prostete mir zu, während ich ihn nur verdattert anschaute. Ich hatte dafür gesorgt, dass eine junge, schöne Frau tot war, und Daniel sah fast fröhlich aus. Ich verstand kein einziges Wort von dem, was er sagte!

Angeregt fuhr er fort:

»Jetzt müssen wir sofort mit dem Kapitän sprechen und ich muss ein paar Dinge organisieren. Lass uns gehen, wir haben keine Zeit, mehr zu verlieren!«

Nun, der Kapitän war *die* Autorität auf dem Schiff – also gab es nicht viel einzuwenden. Immer noch nervös, folgte ich Daniel.

Daniels Worte »Wir haben keine Zeit, mehr zu verlieren« hallten in meinem Kopf wider. Wer würde das nächste Opfer sein, wenn wir nicht schnell handelten? Könnte ich damit gemeint sein? Wie passte Angela in dieses Bild? Hatte sie etwa Veronique umgebracht? Vielleicht war sie neidisch, weil es Veronique gelungen war, Sir Walter zu heiraten?

Aber wenn Angela die Mörderin war, wer könnte noch darin verwickelt sein?

Wir erreichten den Aufzug, der uns zur Kommandobrücke bringen würde. Aber dieses Deck war nur mit einer speziellen Schlüsselkarte zugänglich.

»Ha, siehst du, nicht einmal du kannst den Kapitän unangemeldet sprechen. Man braucht eine spezielle Karte, um zur Brücke zu gelangen. Also gehen wir brav runter zum Empfang und melden uns an, so wie es sich gehört.«

Ich konnte meinen Triumph nicht verbergen. Männer denken immer, dass sie die Welt erobern können, aber sie denken nie an die praktischen Hürden.

»Danke, dass du mich daran erinnerst«, erwiderte Daniel und drückte eine Schlüsselkarte gegen die Metallplatte. Sofort sauste der Aufzug nach oben.

Ich verzichtete auf einen Kommentar.

Die Fahrstuhltür öffnete sich geräuschlos und wir befanden uns im inneren Heiligtum des Kapitäns, des unbestrittenen Herrschers unserer kleinen Welt.

»Hi Alberto«, sagte Daniel zu einem Offizier, der sich uns auf dem Korridor näherte. »Ich muss dringend mit Tony sprechen. Bitte ihn, zu uns in das kleine Büro zu kommen.«

Warum war Daniel so vertraut mit der Besatzung? War er schon so oft mit der Belgravia gefahren? Ich würde ihn später dazu befragen müssen, aber dies war nicht der richtige Zeitpunkt für solche Fragen.

»Sicher, Mr. Greenfield, warten Sie bitte in dem kleinen Büro, ich schicke ihn sofort!«

Daniels Schlüsselkarte öffnete auch diese Tür. Es sah aus wie ein Büro, aber es war so gemütlich und einladend wie eine Gefängniszelle. Helle Neonröhren warfen kaltes Licht auf die weißen Funktionsmöbel. In diesem Teil des Schiffes gab es kein glänzendes Mahagoni oder Messing; ein Krankenhaus würde im Vergleich zu diesem Raum fast gemütlich aussehen.

Wir hatten gerade Platz genommen, als der Kapitän eintraf.

»Hallo Tony, danke, dass du so schnell gekommen bist, aber du wirst verstehen, dass es dringend ist.«

»Das ist in Ordnung, Mr. Greenfield, ich bin immer für Sie da!«

Daniels Stimme bekam plötzlich einen unangenehmen Ton: »Ich habe gehört, dass es gestern Abend wieder einen Todesfall gegeben hat. Warum musste ich das von Amanda erfahren, warum hat sich niemand die Mühe gemacht, mich zu informieren?«

Tony, der Kapitän, sah ihn unangenehm berührt an. »Ich wollte sicher sein, dass die Ergebnisse der Analyse vorliegen. Ich wollte niemanden beunruhigen, ohne klare Beweise zu haben.«

»Und, was ist das Ergebnis?«

»Arsenvergiftung, es gibt keine Zweifel«, folgte die unglückliche Antwort, »Ich habe die New Yorker Polizei bereits informiert und wollte Sie anrufen, aber Ihre Kabine war verlassen. Ich bereite gerade eine Durchsage für die Passagiere vor. Niemand darf von Bord gehen, bevor die Polizei die Passagiere befragt hat. Die Polizei verlangt sogar, dass wir alle Restaurants und Bars abriegeln, aber das ist lächerlich, ich habe diese Forderung abgelehnt und wir diskutieren noch über andere Optionen! Drei Tote in Folge, das ist ein echter Albtraum!«

»Die Polizei auf dem Schiff zu haben, die alles auf den Kopf stellt, hört sich nach einer Menge Spaß an!«, bemerkte Daniel trocken.

»Das ist noch nicht einmal das Schlimmste.« Er zeigte auf sein Tablett. Die Schlagzeilen in den Nachrichten blinkten fett: *Luxuskreuzfahrt, das Ziel ist der Tod* oder *Der Fluch der Belgravia, wer wird das nächste Opfer sein?*

Ich schluckte, das war sicher keine gute Werbung für die Belgravia, aber ich konnte zumindest helfen, indem ich ihnen mitteilte, dass ich zumindest eine der Toten auf dem Gewissen hatte.

»Woher wissen die das?«, fragte Daniel kurz angebunden.

»Twitter, WhatsApp, Insta … schätze ich. Die Crew ist extrem nervös, wissen Sie, die meisten sind sehr abergläubisch. Es ist ein Wunder, dass nicht schon früher etwas durchgesickert ist.«

»Ich schätze, die PR-Abteilung von Astra Lines wird in den nächsten Tagen und Wochen gut damit beschäftigt sein, um diese Geschichte unter Kontrolle zu bekommen. Wir haben Glück gehabt, denn Miss Lipton hat mir soeben mitgeteilt, dass sie die Wahrheit herausgefunden hat. Wir müssen sofort ein Treffen organisieren. Wenn wir es richtig anstellen, wird der Fall abgeschlossen sein, bevor die Polizei ihn übernimmt, und wir können das PR-Desaster überstehen.«

Daniel erläuterte seine Pläne und der Kapitän rief sofort seine Offiziere zusammen, um alles genau so zu veranlassen, wie Daniel es vorgeschlagen hatte. Ich hatte aufgehört, mich darüber zu wundern, warum alle auf sein Kommando hörten, aber Daniel schuldete mir ganz sicher die eine oder andere Erklärung.

***

Bald stellte sich heraus, dass dieses Treffen in der luxuriösen Suite von Richard Wu stattfinden sollte.

Richard Wu saß zusammengekauert wie ein leibgewordener, fetter Buddha in seinem Sessel und betrachtete mit einem leichten Stirnrunzeln die Schar der Besucher, die es wagten, in seine Kabine einzudringen. Das waren Daniel, der Kapitän, zwei seiner Offiziere, Tom, Sir Walter und auch ich, denn ich hatte sehr darauf bestanden, dabei sein zu dürfen.

»Darf ich erfahren, warum Sie in meine Kabine gestürmt sind und mich in dieser schmerzlichen Stunde der Trauer stören?«, sprach Mr. Wu leise.

Seine Stimme klang überraschend gelassen, so als sei er losgelöst von den Niederungen unserer Welt.

Ich konnte keinerlei Anzeichen von Trauer bei ihm erkennen, weder eine Träne noch gerötete Augen. Neben seinem Sessel stand eine Tasse mit chinesischem Tee, dessen intensives Kräuteraroma die Kabine erfüllte. Ein leerer Teller mit Krümeln zeugte davon, dass Mr. Wus Appetit unter seinem plötzlichen Verlust nicht gelitten hatte.

»Herzliches Beileid zum Ableben von Mrs Angela Wu«, begann Daniel seine Rede, »aber wir müssen Ihre Trauer leider stören und dringend einige Dinge klären.«

Ich unterdrückte ein Keuchen. Das war eine neue Wendung in der Geschichte.

»Meine Ehefrau?«, fragte Richard Wu und zog eine Augenbraue hoch. Ich konnte die Verwunderung in den Gesichtern von Tom und Sir Walter sehen.

»Ja, Ihre Frau. Sie haben Angela vor zwei Monaten in einer privaten Zeremonie geheiratet. Sie müssen also nicht weiter vorgeben, sie sei nur Ihre Assistentin gewesen.«

»Sie scheinen über ausgezeichnete Informationsquellen zu verfügen«, seufzte Wu und bemühte sich, ein passend trauriges Gesicht aufzusetzen. »Ja, es stimmt, wir haben geheiratet. Angela hatte darauf bestanden und sie konnte sehr hartnäckig sein, wenn sie etwas wollte. Aber das ändert nichts daran, dass sie jetzt nicht mehr unter uns weilt, mein armes Lämmchen.«

Eine echte Liebesheirat schloss ich aus diesen Ausführungen. Ich erschauderte. Selbst ein riesiges Vermögen hätte mich niemals in die Arme eines Monsters wie Mr. Wu treiben können!

Daniel verbeugte sich knapp und sprach mit scharfer Stimme: »Mr. Wu, ich darf Sie darauf aufmerksam machen, dass wir uns auf hoher See befinden und der Kapitän dieses Schiffes daher das Gesetz vertritt. Kapitän, es ist jetzt Zeit für Ihre kleine Rede!«

Der Kapitän räusperte sich kurz und sprach: »Ich muss Ihnen

mitteilen, Richard Wu, dass Sie ab sofort unter Arrest stehen, weil Sie den Mord an zwei Personen auf meinem Schiff geplant und aktiv unterstützt haben. Sie werden die Kabine nicht verlassen dürfen. Bitte geben Sie auch Ihr Mobiltelefon an mein Personal ab und seien Sie bitte darüber informiert, dass wir alle Internetverbindungen gekappt haben, bis die Polizei in New York den Fall übernimmt! Sie können jedoch Ihre Anwälte kontaktieren.«

Mr. Wu ignorierte die Ausführungen des Kapitäns. Wie eine fette Schildkröte drehte er langsam seinen Kopf und sagte mild: »Daniel, du bist zu weit gegangen. Du wirst diese kleine Komödie noch bereuen. Übrigens, was für eine Anklage könnt ihr gegen mich erheben?«

Daniel antwortete unbeirrt: »Ihre Holding, Richard, befindet sich in einer verzweifelten Lage. Das russische Vermögen ist eingefroren und die kanadischen Gasfelder dürfen keine Pipelines bauen und betreiben, um das Gas abtransportieren zu können. Ihre einzige Hoffnung, finanziell zu überleben, war, mit Ihrem größten Feind, Sir Walters Firma Canadian Imperial Petrol, ein Joint-Venture zu gründen. Da Sir Walter alle Vorschläge abgelehnt hatte, beschlossen Angela und Sie, Ihre Taktik zu ändern. Sie entwickelten einen Plan, um Sir Walters Frau und auch seinen Erben zu töten, um Ihren Konkurrenten zu brechen und ihn dazu zu bringen, die Vereinbarung zu unterzeichnen, die Sie ihm in seiner Stunde der Not vorlegen würden. Ein widerlicher und hinterhältiger Plan, wenn ich das so deutlich sagen darf.«

Richard Wus Gesichtsausdruck blieb eine gleichgültige Maske. Nur seine Augen verhöhnten uns; er schien diese Rede sogar recht amüsant zu finden. Ich konnte aus den Augenwinkeln jedoch sehen, dass Sir Walter am Boden zerstört war. Tom nickte nur; die Wahrheit schien ihn nicht zu überraschen.

Ich erinnerte mich plötzlich an Toms Warnung, vorsichtig zu

sein – er hatte sich scheinbar selbst gemeint! Ich war ihm wohl eine Entschuldigung schuldig.

Daniel genoss die Aufmerksamkeit, die sich auf ihn richtete. Er hätte Schauspieler werden sollen.

»Richard, Sie haben Ihre Frau für die Drecksarbeit benutzt, die erledigt werden musste. Angela verfolgte und griff die Person an, die sie für Tom Olstrom hielt und stieß Frank über Bord. In der Dämmerung sahen Tom und Frank fast gleich aus und sie war fest davon überzeugt, Tom beseitigt zu haben. Aber Tom hatte Glück, sie stieß irrtümlich Frank Müller über Bord, den jungen Passagier, der zusammen mit Charles Peltier reiste. Wir waren natürlich ratlos, wie dieser *Unfall* zu erklären sei. Um ehrlich zu sein, dachten wir alle, dass Charles Peltier darin verwickelt war – ein junger, attraktiver Mann, der mit einem alternden Designer reiste –, die Zeitungen sind voll von Verbrechen aus Eifersucht und Leidenschaft.«

Daniel machte eine kurze dramatische Pause und fuhr fort: »Aber der Angriff wurde gefilmt und dank des Eingreifens von Miss Lipton konnte dieses Filmmaterial gesichert werden und zeigt deutlich, dass Frank von Ihrer Frau über Bord gestoßen wurde.«

Mr. Wu schüttelte langsam den Kopf und runzelte die Stirn, so wie ein Lehrer einen milden Vorwurf an ein ungezogenes Kind richten würde. »Daniel, wenn Sie so wunderbare und stichhaltige Beweise in der Hand haben, frage ich mich, warum Sie sich nicht gemeldet haben, um Angela schon in diesem Moment zu verhaften. Ihr Verhalten ist, gelinde gesagt, etwas seltsam. Ich kann nur schwören, dass Angela immer an meiner Seite war. Ich bin ein alter Mann und leide an Diabetes; ich brauchte ihre ständige Anwesenheit. Sie sehen ja, Sie ermüden mich mit ihrer bloßen Anwesenheit.«

Touché, dachte ich. Daniel hatte sein Ziel klar verfehlt.

»Dieser Mord mag seinen Zweck nicht erfüllt haben«, fuhr Daniel fort, unbeeindruckt von dieser bissigen Bemerkung, »aber Sie hatten sich entschlossen, Ihren hinterhältigen Plan weiterzuverfolgen. Das nächste Opfer war Veronique Olstrom. Dieser Plan war äußerst perfide, denn Sie platzierten eine Giftschlange aus dem Vivarium von Professor Hopkins in ihrem Schlafzimmer. Diesmal hatten Sie Erfolg und Veronique starb einen qualvollen Tod. Sie ist praktisch erstickt, da das Gegengift, das sie hätte retten können, zuvor aus Professor Hopkins' Koffer entfernt worden war. Dieser Mord wurde äußerst kaltblütig geplant und ausgeführt.«

Sir Walter sprang auf und bevor jemand realisiert hatte, was er vorhatte, schlug er Richard Wu mit voller Wucht ins Gesicht. Sofort sprangen die Offiziere nach vorne und zogen Sir Walter zurück, der vor Wut schäumte.

»Sir Walter, bitte halten Sie sich zurück, sonst muss ich Sie ebenfalls verhaften!«, donnerte der Kapitän.

Sir Walter sackte auf einen Stuhl, er sah grässlich aus.

»Danke, Kapitän«, sagte Mr. Wu knapp.

Seine Wange schwoll rot an, aber ich hatte kein Mitleid und musste sogar meinen Impuls unterdrücken, Sir Walter nachzuahmen.

»Dazu muss man wissen, dass meine arme verstorbene Frau sich vor Schlangen ekelte. Niemals hätte sie eine Schlange angefasst. Diese Geschichte ist ein Hirngespinst, Sie haben zu viele schlechte Krimis gelesen.«

Wus Aussprache war durch seine geschwollene Wange etwas undeutlich geworden. Bei mir wollte sich aber immer noch kein Mitleid für ihn einstellen.

»Seltsamerweise hatte Angela einen Master-Abschluss in Biochemie; sie hat sogar vor einigen Jahren an einem Projekt zusammen mit Professor Hopkins gearbeitet. Er hat sie wiedererkannt, als ich ihm einige alte Fotos gezeigt habe, Fotos, die gemacht wurden, als sie noch ihre Brille trug und bevor sie sich mehreren Schönheitsoperationen unterzogen hatte.«

Richard Wu gab keinen Kommentar dazu ab, aber ich sah seine Augen aufblitzen. Ein klarer Punktsieg für Daniel!

»Kommen wir zu der Feier gestern Abend. Ihre Frau versuchte ein letztes Mal, Tom von einem Joint Venture zu überzeugen. Als Tom sich weigerte und ihr eröffnete, dass – was noch schlimmer war – China als Großaktionär einsteigen würde, beschloss sie, auf der Stelle zu handeln, und schüttete Gift in seinen Cocktail. Aber Angela war nicht clever genug. Miss Lipton sah, wie sie etwas in Toms Glas fallen ließ und tauschte die Getränke aus, ohne jedoch zu wissen, dass Angela versucht hatte, Tom Olstrom zu vergiften. Sie dachte, dass Ihre Frau nur ein Beruhigungsmittel hinzufügen wollte. Deshalb ist Ihre Frau gestorben, Mr. Wu. Da wir einen Zeugen haben, ist Ihr Spiel vorbei. Es ist an der Zeit, Ihre Anwälte einzuschalten. Die USA sind übrigens nicht dafür bekannt, bei dieser Art von Verbrechen Milde walten zu lassen.«

Richard Wu schlürfte seine Tasse Tee, das einzige Geräusch, das die Kabine erfüllte, gefolgt von einem lauten Rülpsen. Er stellte seine Tasse mit einem lauten Klappern ab und gähnte.

»Ist das Märchen fertig erzählt?«, fragte er höflich, »Daniel, du wärst ein erstklassiger Autor von billigen Schundromanen. Ich kenne da zufällig einen Filmproduzenten in Hongkong, vielleicht kann ich dich an ihn weiterempfehlen, noch etwas Kung-Fu und ein bisschen Sex, fertig ist der nächste Blockbuster …«

»Für meinen Geschmack waren drei Tote genug Action. Dein Spiel ist vorbei, Richard. Finde dich besser mit der Realität ab.«

»Daniel, du bist so naiv, dass es wehtut. Und jetzt lasst mich bitte allein – und wenn es euch nichts ausmacht, ich bräuchte noch etwas heißen Tee, das beruhigt meine Nerven. Angelas plötzliches

Ableben war ein ziemlicher Schock, das arme Lämmchen … und jetzt wird ihr Andenken noch durch den Schmutz gezogen.«

Und so waren wir entlassen.

Widerwillig musste ich Richard Wus kaltblütige Art bewundern. Daniels Analyse war brillant gewesen, aber im Grunde war mein Zeugnis der einzige greifbare Beweis. Ich wollte mir gar nicht ausmalen, was in einem Land, in dem man die Justiz kaufen konnte, nun passieren würde. Vermutlich würde ich dann anstelle von Richard Wu im Gefängnis landen – falls ich bis dahin überhaupt überleben würde. Richard Wu hatte mich beäugt wie eine von Neils Giftschlangen. Ich stand nun definitiv auf seiner Liste der Feinde … und das war kein sehr beruhigender Gedanke.

Richard Wu war dermaßen gelassen, dass ich mir sicher war, dass er nicht nur einen Plan B, sondern sogar einen Plan C in petto hatte. Im schlimmsten Fall würde er Angela die Schuld geben; ihr Tod lieferte ihm für alles eine bequeme Ausrede.

»Ich brauche einen Whisky!«, konnte ich Sir Walters Stimme hören. »Dieses fettleibige Monster glaubt tatsächlich, es stehe über dem Gesetz! Ich werde ihn in Kanada vor Gericht stellen lassen. Wir wissen, wie man mit Leuten wie ihm umgeht.«

Dann ergriff er den Arm seines Sohnes. »Ich kann immer noch nicht ganz glauben, was ich gerade gehört habe. Ich will mir gar nicht ausmalen, was mit dir hätte passieren können.«

Toms Vater hatte Tränen in den Augen.

Tom streichelte unbeholfen den Arm seines Vaters. Ich konnte sehen, dass er sich ein wenig unbehaglich fühlte; es musste schon eine ganze Weile her sein, dass sein Vater ihm überhaupt so nahe gewesen war.

»Ich hatte schon vermutet, dass ich das Opfer sein sollte, als Frank über Bord ging«, flüsterte er Daniel zu und ließ sich ein

Stück hinter seinen Vater zurückfallen, »Aber ich war überzeugt gewesen, dass dieses Miststück von Veronique dahintersteckte. Ich habe sie gehasst, so wie sie mich gehasst hat, und auch wenn sie jetzt tot ist und man nicht schlecht über Tote reden soll. Sie war eine skrupellose Intrigantin. Erst als sie auch ermordet wurde, konnte ich die Situation neu analysieren. Es ist irgendwie bequem, wenn man einen Feind hat, auf den man sich fixieren kann, die Wirklichkeit ist häufig komplexer. Ich glaube, ich bin in den letzten Tagen erwachsen geworden. Ich nehme nicht mehr alles für bare Münze.«

»Das kann ich nur bestätigen«, mischte ich mich ein, dann ärgerte ich mich über mich selbst, das klang irgendwie herablassend, und sehr nach Lehrerin.

»Gut zu wissen, dass ich nicht mehr auf der Liste deiner potenziellen Mörder stehe«, sagte Tom und grinste mich frech an.

»Ich entschuldige mich tausendmal, Tom, aber du musst zugeben: Es hat alles gepasst, du hast am meisten vom Tod deiner Stiefmutter profitiert. Mir war dieser Gedankengang zutiefst zuwider, aber du hattest nicht nur das Motiv, sondern auch die Gelegenheit dazu! Das Problem war, dass ich nicht aufhören konnte, dich zu mögen, obwohl du alles getan hast, um mich zu irritieren«, antwortete ich ein wenig pikiert.

Tom lachte. »Es tut mir leid, aber du hast es so offensichtlich gemacht, dass du mich verdächtigst, dass ich nicht anders konnte, als dich ein bisschen auf den Arm zu nehmen. Bitte nimm meine Entschuldigung an.«

Er schaute mich mit großen Augen an. Wie hätte ich ihm nicht verzeihen können?

Unsere kleine Gruppe löste sich schnell auf. Tony, der Kapitän, musste sich um eine Menge wichtiger Dinge kümmern und Tom und sein Vater hatten auch noch viel zu besprechen.

Daniel bot an, mir einen Kaffee zu holen, und ich nahm sein Angebot dankend an. Es störte mich nicht, dass er mir einen Irish Coffee brachte. Der Whisky und die Sahne waren genau das, was ich brauchte, um meine Nerven zu beruhigen.

»Seit wann verdächtigst du dieses Pärchen?«, fragte ich Daniel.

»Genau seit dem Tag, an dem Veronique getötet wurde. Als Frank starb, dachte ich, dass Charles Peltier darin verwickelt war, obwohl sein Verhalten eigentlich nicht darauf hindeutete. Aber Veroniques Tod machte deutlich, dass die Familie Olstrom im Visier des Mörders war und ich verbrachte einige sehr unangenehme Tage damit, täglich auf die nächste Katastrophe zu warten. Aber ich wusste, dass es unmöglich sein würde, eine bekannte Persönlichkeit wie Richard Wu zu beschuldigen, wenn ich nicht harte Fakten zur Hand hatte. Ich wusste, dass ich schnellstens Beweise finden musste, denn ich befürchtete, dass Tom oder Sir Walter die nächsten Opfer sein könnten. Ich war zutiefst besorgt.«

»Warum hast du Angelas Angriff auf mich nicht erwähnt?« Ich fühlte mich fast ein wenig vernachlässigt. »Ich bin davon überzeugt, dass sie es war, die mich im Dampfbad eingesperrt hat. Zählt das nicht als Verbrechen?«

Daniel sah mich ein wenig unbehaglich an.

»Ich sage es nur ungern, aber es gab keinen Vorfall, den wir rekonstruieren konnten. Du hast in deiner Panik den Hebel die ganze Zeit in die falsche Richtung gedreht. Man kann das Bad aus Sicherheitsgründen nicht abschließen. Aber ich werde Tony bitten, die Mechanik auf jeden Fall austauschen zu lassen.«

Ich musste das erst verdauen und es folgte ein Moment der Stille.

»Nun gut, ich muss zugeben, ich war in Panik geraten. Ich frage mich allerdings, warum Angela diese dummen Nachrichten für Marge und mich gedruckt hat, das ergibt überhaupt keinen Sinn. Sie hatte doch alles Interesse, alles so geheim wie möglich zu halten.«

»Das stimmt und Angela hat auch keine Zettel unter eurer Tür durchgeschoben.«

»Läuft etwa noch eine Verrückte auf diesem Boot herum?«

»Ja und nein. Es macht keinen Sinn, um den heißen Brei herumzureden. Marge war die Verfasserin dieser dummen Drohungen.«

»Marge, du meinst damit unsere Marge?«, rief ich so laut aus, dass der Kellner mich erstaunt ansah. Ich muss wohl so ausgesehen haben, als ob ich den Verstand verloren hätte.

»Ja, *unsere* Marge. Sie hat sich nach Aufmerksamkeit gesehnt und ist auf diese dumme Idee gekommen, nachdem du ihr erzählt hast, dass Frank ermordet wurde und du es gesehen hattest. Sie bereut das inzwischen zutiefst und wartet darauf, dass du zu ihr in ihre Kabine kommst. Sie will sich bei dir entschuldigen.«

Das musste ich erst einmal verdauen. »Du meinst, sie wartet jetzt auf mich?«

»Ja, ich denke schon, vermutlich wie eins deiner nervösen Schulmädchen.«

»Meine *Schulmädchen* sind niemals nervös, die sind alle abgebrühter als ich«, antwortete ich aus vollster Überzeugung.

Ich folgte Daniel zu Marges Kabine. Sobald Daniel geklopft hatte, öffnete John und ich sah Marge, die zusammengekauert auf dem Sofa saß und leise in ein feuchtes Taschentuch heulte. Es war ein Bild des Elends.

Kaum hatte ich die Kabine betreten, sprang Marge schon auf und warf sich melodramatisch in meine Arme. Ich fühlte mich wie im Trash-Fernsehen und wartete darauf, dass das Publikum uns jeden Moment bejubeln oder ausbuhen würde.

»Ich war so dumm«, stammelte Marge. »Ich dachte, wir könnten zusammen ein Abenteuer erleben, so wie beste Freundinnen.

Und ich war ein bisschen, nun ja, gelangweilt, ich kenne die Belgravia ja inzwischen in- und auswendig.«

Sie klammerte sich an mich wie ein Affe, und zwar wie ein erstaunlich starker Affe. Hatte Marge etwa im Fitnessstudio Übungen gemacht, wenn ihr niemand zusah? Jedenfalls brauchte ich einige Zeit und eine Menge Entschlossenheit, um mich aus Marges heftiger Umarmung zu befreien.

»Aber du bist doch meine Freundin«, protestierte ich. »Es gab keinen Grund, mir so einen Schreck einzujagen. Du hast etwas geahnt, nicht wahr?«, fragte ich zu John gewandt.

Er nickte unglücklich. »Ja, ich wusste, dass mein Mädchen etwas im Schilde führt.«

Vorsichtig trat ich einen Schritt zur Seite, um nicht wieder Opfer ihrer heftigen Umarmung zu werden. »Es ist schon in Ordnung, aber bitte lass uns lieber shoppen gehen, wenn du dich wieder langweilst. Ich habe übrigens eine schöne Überraschung für dich!«

Marges Gesicht erhellte sich. »Eine Überraschung, Darling? Ich liebe Überraschungen! Aber erst zeige ich dir meine Überraschung!«

Sie reichte mir einen flachen Karton. Mein Herz schlug schneller, als ich das Tiffany-Logo erspähte. Neugierig öffnete ich das Päckchen. Es war ein wunderschönes Collier, bestehend aus Smaragden, die in leuchtende Diamanten gefasst waren. Die Steine funkelten im Licht der Kabine, es war die Art von Collier, die man sonst nur bei der Oscar-Verleihung im Fernsehen sieht. Ich schluckte. Die Kette war unbeschreiblich schön, aber wie konnte ich ein so kostbares Geschenk annehmen? Und ich fühlte mich unwohl bei dem Gedanken, gekauft zu werden.

»Marge, ich kann das nicht annehmen, es ist zu wertvoll. Lass uns trotzdem Freunde sein – aber ich kann es einfach nicht annehmen, obwohl es umwerfend schön ist.«

Marge war verblüfft. »Du magst es nicht? Würdest du lieber Rubine haben, ich kann es gerne umtauschen.«

Plötzlich schaltete sich John mit überraschender Autorität ein.

»Marge, hör endlich einmal zu und verstehe: Amanda ist anders als deine üblichen Freundinnen. Die meisten von denen sind so gierig, dass sie gleich zwei davon nehmen würden. Sei froh, dass du eine Freundin gefunden hast, die nicht an kostbaren Geschenken oder deinem Geld, sondern nur an dir als Mensch interessiert ist.«

Marge schluckte. »Ich verstehe«, dann heulte sie los: »Dass ich das noch erleben darf.«

Der Anfall von Rührseligkeit dauerte fünf peinliche Minuten, dann tupfte Marge sich energisch die Tränen der Rührung ab und nahm das Päckchen zurück.

»Amanda, dann behalte ich die Kette für mich, es wird meine Amanda-Kette sein und mich an dich erinnern, wann immer ich sie trage. Wenn du sie doch einmal tragen möchtest, leihe ich sie dir natürlich gerne.«

Sie nahm die Kette aus der Schachtel und legte sie sich selbst um den Hals. Als sie in den Spiegel schaute, sagte sie: »Bist du sicher, Amanda? Ist sie nicht umwerfend schön? Du kannst deine Meinung noch ändern!«

Ich schüttelte resolut meinen Kopf.

»Nun gut«, antwortete Marge, »nun lass mich aber wissen, was war deine Überraschung? Ich bin ganz gespannt.«

»Ich lade euch beide ein, mich in Hamburg zu besuchen. Nimm dir ein paar Tage frei und ich zeige dir die Stadt, wir sehen uns zusammen ein Musical an, machen eine Bootsfahrt und du kannst auch meine beste Freundin Susan kennenlernen. Sie ist wundervoll, du wirst sie sehr mögen!«

»Das klingt fabelhaft! Amanda, was für eine wunderbare Idee!«

Marge schaute auf und studierte ihr Gesicht im Spiegel, sofort kreischte sie auf vor Entsetzen:

»Warum hat mir niemand gesagt, dass ich total grässlich aussehe, sieh dir meine Wimperntusche an, ich sehe aus, als hätte ich mich für ein Horror-Movie schminken lassen«, jammerte sie, während sie ins Badezimmer flüchtete, um ihr Make-up aufzufrischen.

John und ich sahen uns vielsagend an. »Wusstest du von den Briefen?«, fragte ich schließlich.

»Ich hatte einen Verdacht, denn sie war so aufgeregt, aufgekratzt, aber dabei niemals ängstlich und das wäre ja nur normal gewesen. Marge hat leider eine blühende Fantasie. Ich glaube, sie langweilt sich schnell und dann neigt sie dazu … Dinge zu erfinden.«

»Ich sehe schon, eure Ehe wird niemals langweilig«, sagte Daniel und zwinkerte John zu. »Ich muss jetzt gehen. Es gibt noch viel zu tun. Sehen wir uns beim Abendessen?«

»Ja, mit Vergnügen«, antwortete ich. Ich hätte gerne länger mit Daniel gesprochen, aber was sollte ich sagen?

Marge kam zurück aus dem Bad und bestand darauf, dass wir den Nachmittag zusammen verbringen sollten. Ich erinnerte mich an den Zumba-Kurs, und so verbrachten wir einen vergnüglichen Nachmittag.

Nun, ich bin leider nicht begabt, egal, welchen Tanzschritt mir die Lehrerin zeigte. Ich änderte ihn kreativ, aber wir hatten viel Spaß. Es ist nett, eine Kreuzfahrt zu machen und nicht hinter jeder Ecke einen Mörder erwarten zu müssen.

***

Die Atmosphäre beim Abendessen im Westminster Grill war seltsam. Unser Tisch war fast vollständig besetzt, was bedeutete, dass zwei Personen von uns fehlten: eine davon lag im Kühlraum, eine andere irgendwo in den Tiefen des Atlantiks. Und doch waren wir alle erleichtert, dass diese schreckliche Geschichte zu Ende war. In den letzten Tagen hatte ich mich gefühlt, als wäre ich direkt in einem dieser Krimis gelandet, in denen es täglich ein neues Opfer gab.

Neil und Daniel gaben ihr Bestes, um die Unterhaltung aufrechtzuerhalten, und ich versuchte, ein fröhliches Gesicht aufzusetzen, aber ich war traurig, weil ich wusste, dass die beiden am nächsten Tag in New York von Bord gehen würden. Ich würde sie so sehr vermissen!

»Ich muss morgen Mittag das Schiff verlassen. Ich werde gegen neun Uhr morgens in deine Kabine kommen. Vielleicht lädst du mich zum Frühstück ein, damit ich mich verabschieden kann?«, flüsterte Daniel in mein Ohr.

Warum kommt er nicht heute Abend?, schoss es mir durch den Kopf, aber hatte ich nicht alles getan, um die Unerreichbare zu spielen?

»Ja, bitte; irgendwelche besonderen Wünsche?«, antwortete ich und zwang mich zu einem Lächeln.

»Nur dich – und einen Kaffee«, lächelte er zurück.

Neil hatte gesehen, wie Daniel mit mir geflüstert hatte, und wie ein eifersüchtiger Hund wich er nicht mehr von meiner Seite. Es ergab sich also keine Gelegenheit mehr für ein vertrauliches Gespräch mit Daniel.

***

Wir nahmen noch zusammen einen Abschiedsdrink in der Bar, in der wir so schön gefeiert hatten – aber schon bald war mein Märchen zu Ende.

Wie es sich für ein braves Mädchen gehörte, ging ich allein in mein großes Bett. Ich war einerseits erleichtert, dass dieser furchtbare Albtraum vorbei war, aber anderseits traurig, dass ich morgen meine neuen Freunde verlieren würde.

Ich blieb zwar auf dem Schiff. Schöne Ausflüge in Kanada und interessante, neue Mitreisende würden auf mich warten, daher versuchte ich, mich auf diese neue Episode zu freuen, aber leider wollte sich weder Freude noch gute Stimmung einstellen.

Seufzend machte ich das Licht aus.

Tag 10 – Abschied in New York – aber nicht auf ewig

Daniel kam pünktlich – wie immer.

Ich hatte bei Kenneth zur Feier des Tages ein gigantisches Frühstück bestellt und meine Kabine ähnelte dem beeindruckenden Frühstücksbuffet der Belgravia. Daniel ließ sich auf dem Sofa nieder und ich schenkte ihm einen Kaffee ein. Er wählte ein Plundergebäck, ignorierte aber den Speck und die Spiegeleier.

»Du siehst nicht gerade glücklich aus?«

Es war eine mehr rhetorische Frage, denn sein Gesicht sprach Bände.

»Wir haben per Mail eine Aufforderung von der chinesischen Botschaft erhalten. Zwei ihrer Attachés fordern, Richard Wu sofort nach dem Anlegen der Belgravia in New York auf dem Schiff treffen zu können. Ich frage mich, was sie im Schilde führen und wie sie zum Teufel herausgefunden haben, dass Richard Wu auf dem Schiff unter Arrest steht? Wir haben sofort das US-Außenministerium kontaktiert und das Ministerium verlangt, dass wir der Aufforderung Folge leisten. Der Kerl am Telefon hat sich fast in die Hose gemacht. Man hat scheinbar große Angst im Ministerium, dass wir die schon recht komplizierten Beziehungen der USA zu China stören könnten.«

Ich hatte mir unseren letzten gemeinsamen Morgen romantischer vorgestellt, aber ich konnte verstehen, dass Daniel verärgert war.

»Wer sind die Stewards, die sich um Richard Wu kümmern?«

Daniel runzelte die Stirn und begann aufzuzählen: »Da ist Ruxandra, eine Stewardess aus Rumänien, Matt, der Chefsteward, ein Brite, der seit mehr als zwei Jahrzehnten bei Astra Lines arbeitet, ach, und ja, Kenneth, der ab und zu aushilft …«

Ich stöhnte auf.

»Dann musst du nicht weitersuchen, wer den Chinesen die Information gesteckt hat. Kenneth steckt dahinter. Er hat mir vor ein paar Tagen erzählt, dass Richard Wu aus derselben Stadt stammt wie seine eigenen Vorfahren, was sie zu einer Art Cousins macht; außerdem hat er gleich am Anfang schon ein fettes Trinkgeld von Wu bekommen.«

Daniel sah mich voller Respekt an. »Du bist unglaublich! Wenn du jemals vorhast, dich für einen neuen Job zu bewerben, denk bitte daran, mich anzurufen! Ja, das passt und macht Sinn.«

»Daniel, kannst du mir bitte erklären, warum alle auf diesem Schiff – einschließlich dem Kapitän – auf dein Kommando zu hören scheinen? Ich denke, du schuldest mir eine Erklärung …«

Daniel räusperte sich. Er schien ein wenig verlegen zu sein.

»Das Schiff gehört den Astra Lines, eine Aktiengesellschaft, die an der Londoner Börse notiert ist. Der Hauptaktionär ist jedoch eine auf den Bahamas registrierte Gesellschaft. Diese Gesellschaft gehört zufällig dem Greenfield-Familientrust – im Grunde bin ich als Vertreter der Eigentümerfamilie hier an Bord …«

Ich schluckte schwer. Das musste ich erst einmal verdauen.

»Und warum wurde ich dann an euren Tisch gesetzt, ich meine, so zwischen Milliardäre und Nobelpreisträger? Brauchtet ihr einen Durchschnittsbürger an eurem Tisch, um eine geheime Quote zu erfüllen?«

Daniel kicherte. »So durchschnittlich nun auch wieder nicht, aber eigentlich war es ein Irrtum. Der Oberkellner dachte, du seist ein Mitglied der Teedynastie Lipton – was natürlich völliger Unsinn ist, da Lipton's Tee nur eine Marke ist, die einem großen Konzern gehört.«

Er machte eine kurze Pause und wurde wieder ernst: »Du hast uns übrigens Millionen von US-Dollar erspart, daher nimm dies hier, bitte, als Zeichen unseres Dankes.«

Er reichte mir einen Umschlag, keinen gewöhnlichen Papierumschlag, sondern ein schweres Büttenpapier, auf dem das Wappen der Belgravia prangte.

»Wieso habe ich euch Millionen erspart?«

»Die Polizei wollte die Ausschiffung in New York stoppen, um den Mörder auf dem Schiff suchen und stellen zu können. Das hätte uns ein Vermögen an Hafengebühren, Klagen verärgerter Passagiere, Rückerstattungen von Fahrkarten und so weiter und so fort gekostet und nicht zu vergessen den zu erwartenden Shitstorm in den Medien. Es war ein Albtraum.«

Ich öffnete den Umschlag und hielt den Atem an. Er enthielt einen Gutschein für lebenslange Fahrten mit der Belgravia, alle Kosten zu Lasten von Astra Lines. Ich wollte meinen Augen nicht trauen.

»Du schweigst, gefällt es dir nicht?«

»Sei nicht albern, Daniel – das ist ein wahr gewordener Traum! Aber ich kann das nicht annehmen, es ist einfach zu viel!«

»Du hast es verdient, ich wiederhole, du hast uns Millionen gespart! Schau, da ist noch ein zweites Blatt Papier!«

Ich nahm das zweite Blatt aus dem Umschlag. Es enthielt eine Buchungsbestätigung für die Queen's-Suite für eine Kreuzfahrt im September in der Karibik.

Ich war sprachlos.

»Hmm, ich hatte zumindest einen Dankeskuss erwartet«, meinte Daniel und rückte näher, um seine Belohnung abzuholen.

»Vielleicht sollte ich ganz auf die Belgravia ziehen«, antwortete ich träumerisch, »und mir einen reichen Ehemann angeln. Mir scheint, die Auswahl ist hier nicht zu verachten …«

»Wage es!«, drohte Daniel lachend und zog mich näher zu sich. »Aber was ist mit meinem Kuss?«

Ich willigte ein, und oh mein Gott, dieser Mann wusste, wie

man küsst. Das ist vermutlich die positive Seite eines Mannes, der viel Übung hat …

Er seufzte. »Ich muss jetzt gehen …«

Ich schluckte schwer. »Natürlich, Daniel. Ich verstehe das und ich wünsche dir alles Gute. Wenn du mal in Hamburg vorbeikommst, ruf mich ruhig an.«

Ich hasste mich dafür, dass ich das gesagt hatte. Männer können Frauen nicht ausstehen, die darum betteln, angerufen zu werden. Das weiß ich, denn ich bin eifrige Konsumentin romantisch-kitschiger Filme.

Daniel blickte auf sein Frühstück, das fast unberührt geblieben war.

»Andererseits zwingt mich eigentlich nichts dazu, sofort zu gehen. Vielleicht trinke ich noch eine Tasse Kaffee und esse doch etwas.«

Nun, ich habe nicht auf die Uhr geblickt, aber ich glaube, er ist erst drei Stunden später gegangen. Die Diskretion verbietet es mir, mehr zu sagen, aber es war ein köstliches Frühstück, wahrscheinlich das beste, das ich je hatte.

Nicht, dass wir viel gegessen hätten …

Torn between two lovers …

Die New Yorker Polizei war überraschend nett zu mir, obwohl ich das Schlimmste befürchtet hatte. Allerdings war auch nicht viel Arbeit für die Beamten übrig geblieben. Wie Daniel mir später erzählte, hatte Richard Wu die chinesische Delegation in seiner Suite empfangen und zog anschließend einen Diplomatenpass aus dem Ärmel, der ihm freies Geleit gewährte. Man hatte ihn mit knirschenden Zähnen ziehen lassen.

Am Flughafen JFK wartete bereits ein Privatjet auf ihn und er verschwand noch am selben Tag zurück nach Hongkong.

Neil umarmte mich fest, bevor er die Belgravia verließ und ich musste ihm versprechen, dass ich ihn in England besuchen würde. Ein *Vielleicht* wollte er nicht akzeptieren.

Zu Hause angekommen, hatte ich natürlich viel zu erzählen.

Meine Eltern erhielten eine harmlose und stark geschönte Version meiner Geschichte. Ich hatte gelernt, diplomatisch mit ihnen umzugehen, denn sie sehen mich immer noch als ihr kleines Küken und neigen dazu, das Schlimmste anzunehmen.

Aber Susan wurde natürlich voll eingeweiht. Sie hat die Geschichte genossen und besonders gefiel ihr die Tatsache, dass ich sie bei meiner nächsten Kreuzfahrt mitnehmen darf, da in der Queen's-Suite genügend Platz für uns beide ist.

Susan kicherte: »Amanda, der ewige Single, ist jetzt hin- und hergerissen zwischen zwei Liebhabern.«

Sie stimmte das Lied an: »Torn between two lovers, feeling like a fool …«, dann fuhr sie fort: »Liegt Promiskuität eigentlich in deiner Familie?«, neckte sie mich.

Ich bombardierte sie mit meinen Sofakissen, um sie zum Schweigen zu bringen, denn ich wusste nicht recht, was ich antworten sollte. Ich konnte ihr unmöglich gestehen, dass ich mein Herz an einen Playboy verloren hatte.

Susan überredete mich denn auch, die Geschichte aufzuschreiben.

In einer meiner Lieblingszeitschriften lief gerade ein Wettbewerb und der Gewinner würde einen Gutschein für ein Drei-Sterne-Restaurant erhalten.

Zwei Wochen später erhielt ich schon die Antwort per E-Mail:

Liebe Leserin,

wir wissen es sehr zu schätzen, dass Sie sich die Mühe gemacht haben, an unserem Wettbewerb teilzunehmen. Wir bedauern jedoch, Ihre Geschichte nicht in die engere Auswahl nehmen zu können. Unsere Zeitschrift legt Wert darauf, nur wahre Geschichten zu veröffentlichen. Wir haben Ihre Geschichte an unsere Kollegen der Rubrik »Herz-und Schmerz« weitergeleitet.

Mit freundlichen Grüßen,

Ihre Redaktion

Ich bekam einen Lachanfall und löschte die Mail.

Zwei Tage später traf eine viel interessantere E-Mail ein:

Hi Amanda,

ich werde es leider nicht vor September nach Hamburg schaffen, aber da ich weiß, dass Du im September auf der Belgravia sein wirst, habe ich die gleiche Kreuzfahrt gebucht! Bis bald! Ich freue mich!

Daniel

PS: Bitte reserviere Zeit für ein besonderes Frühstück, das letzte war göttlich

Nun, ich muss zugeben, ich bin den ganzen Tag auf Wolken gegangen!

***

Circa eine Woche später tauchte eine neue E-Mail auf meinem Bildschirm auf:

Liebe Amanda,

ich habe eine gute Freundin, die für die Astra Lines arbeitet. Sie hat Deinen Namen auf der Passagierliste für eine Kreuzfahrt im September gefunden. Ich kann Dich nicht vergessen und möchte Dich wiedersehen. Ich habe mir daher die Freiheit genommen, dieselbe Kreuzfahrt zu buchen. Ich freue mich schon riesig, bis bald!

Cheers,

Neil Hopkins

Seitdem zerbreche ich mir den Kopf – was soll ich tun? Ich habe keinen blassen Schimmer.

Vielleicht kann mir Susan etwas raten?

Torn between two lovers ...

Ich glaube, ich werde noch verrückt.

Printed in Poland
by Amazon Fulfillment
Poland Sp. z o.o., Wrocław

61636588R00178